MORD AM KEHLSTEINHAUS

Felix Leibrock

MORD AM KEHLSTEINHAUS

Ein Berchtesgaden-Krimi

Servus

FSC
www.fsc.org
MIX
Papier | Fördert gute Waldnutzung
FSC® C083411

Diese Geschichte ist frei erfunden. Tatsächlich existierende Personen und Firmen wurden verändert und/oder vom Autor ausgedacht, Geschehnisse anderen und/oder fiktiven Personen zugeordnet. Verbleibende Übereinstimmungen mit etwaigen realen Personen wären somit rein zufällig und sind nicht gewollt.

1. Auflage 2022

Dieses Werk wurde durch die Verlagsagentur Thomas Schlück vermittelt.

Medieninhaber, Verleger und Herausgeber:
Red Bull Media House GmbH
Oberst-Lepperdinger-Straße 11–15
5071 Wals bei Salzburg, Österreich

Satz: MEDIA DESIGN: RIZNER.AT
Gesetzt aus der Palatino, Bauer Bodoni, Courier
Umschlaggestaltung: www.b3k-design.de, Andrea Schneider, diceindustries
Umschlagmotive: © Sunrise_studio / shutterstock.com;
© Herbert Berger / imageBROKER / picturedesk.com
Printed by CPI books GmbH, Germany
ISBN: 978-3-7104-0304-0

Der Watzmann ist der schönste
Berg der Berchtesgadener Alpen,
der Kehlstein der spannendste.

PERSONEN

Simon Perlinger, junger Polizeibergführer und Leiter der Kripo Berchtesgaden

Ludwig Perlinger, Großvater von Simon, Schnitzer, Hobbyhistoriker und Entenzüchter

Maria Perlinger, Gattin von Ludwig, Hühnerzüchterin und Rosenkranzbeterin

Kunigunde Pöppel, beste Freundin von Maria Perlinger, Hühnerexpertin

Michael (Michi) Pregler, **Luisa Sedlbauer,** beide Polizeibergführer, Kripo Berchtesgaden

Robert Kopp u.a., Bergwachtler in Berchtesgaden

Belinda Koreck, Polizeihauptkommissarin bei der Kripo Traunstein

Rick Walker, US-Bürger, Alpen-Schamane

Golo Gruber, Gernot Gruber, Greta Gruber, Kinder von Hermann und Eva Gruber, gleichberechtigte Inhaber der Grubermilch AG

Eva Gruber, Jahrgang 1945, Ehefrau des verstorbenen Hermann Gruber und Mutter von Golo, Gernot und Greta

Cynthia, Gustav und Gesa Gruber, Golo Grubers Frau und Kinder

Dr. Matthias Herfurt, Fachanwalt für Strafrecht

Klaus Brunner, Liftverantwortlicher des Kehlsteins

Jana, Karl und Patrick Brunner, Klaus Brunners Familie

Rudi Sargmacher, Verwaltungsmitarbeiter des Zweckverbands Tourismus Berchtesgaden und Vorgesetzter von Klaus Brunner

Rudi und Ilona Moderegger, Pächterehepaar des Kehlsteinhauses sowie **Willi**, der Koch

Manfred Lechhuber, Leiter der Busgesellschaft am Hintereck/Kehlsteinstraße

Corinna Pregler, Ehefrau von Michi Pregler, dem Polizeibergführer

Horst Adler, Antiquitäten- und Militaria-Händler

Arno Krumbacher, Tierschützer, Mitarbeiter auf Honorarbasis im Berchtesgadener Tierheim, Veganer, Einradfahrer und Hobbyornithologe

Andrea Heusmann, Schriftstellerin und eventuell neue Freundin von Simon

Prolog

Kathmandu, Bir Hospital, Mai 2017

Ich wache auf. Mir muss etwas Schlimmes zugestoßen sein. An der weiß getünchten Decke kreist leise ein Ventilator. Mücken führen wilde Tänze auf. Eine Schwester mit dunklem Teint und zartblauem Kittelkleid beugt sich über mich. Sie trägt eine weiße Haube, dazu eine medizinische Maske. Streng fragt sie mich auf Englisch, ob ich einen Tee möchte. Aber ihre Augen lächeln.

Ich bin in einem Krankenhaus. Warum? Meine Hände fühlen sich an wie zwei schwere Kartoffelsäcke. Ich versuche mühsam sie zu heben, sehe die dicken Mullverbände. Ein heftiges Ziehen, das vom linken Daumen ausgeht. Als habe jemand mit einer langen Nadel von der Fingerspitze durch den Arm bis ins Herz gestochen. Ich sinke erschöpft in die Kissen zurück. Beim Blick zur Seite erkenne ich vier, fünf weitere Betten. Auch gegenüber ist eine Bettenreihe zu sehen. Ein richtiger Schlafsaal. Ich nehme nur Einheimische wahr. Sie brabbeln vor sich hin, stöhnen, jammern. Laute, die von starken Schmerzen zeugen.

Bilder fluten meinen Kopf. Für den Aufstieg über den Südsattel zum Gipfel des Mount Everest war das Wetter zunächst günstig. Wir hatten auf etwa achttausend Metern Höhe unser Hochlager für die Gipfeletappe aufgeschlagen. Als wir dann in der Nacht losgingen, lief noch alles reibungslos. Viele Menschen waren am Berg unterwegs. Es gibt ja nur die paar Tage im Mai, die einen Aufstieg zum Gipfel erlauben. Der Hillary Step hatte sich durch das Erdbeben von 2015 verändert. Zwar war er nicht mehr so steil und gefährlich, dafür war die Route schwerer auszumachen. Am schlimmsten aber war der Stau, der sich dort bildete. Nachdem die Sonne aufgegangen war, sah ich es noch deutlicher: Viele Expeditionen wollten zum Gipfel. Wir alle waren zwar gut ausgerüstet, aber gegen die mörderische Kälte half die beste Daunenjacke nichts. Beim Warten froren wir von Minute zu Minute mehr. Auch unsere Sauerstoffvorräte verhießen nichts Gutes. Es war schon mein sechster Versuch, den Everest zu besteigen. Sollte mir das denn nie gelingen?

Wir klatschten in die Hände, traten auf der Stelle, um gegen das Auskühlen anzuarbeiten. Die Sonne funkelte trügerisch vom sich zuziehenden Himmel, als ob sie uns ein letztes Mal ihre Gnade schenken wollte. Die matten Strahlen vermochten nicht darüber hinwegzutäuschen, dass es um die minus zwanzig Grad hatte. In meinem zotteligen Bart, den ich mir seit meiner Ankunft im Basislager hatte wachsen lassen, bildeten sich immer mehr Eisklumpen. Dann der Wetterumschwung. Dichter Nebel und Eisregen. Heftige Windstöße, die mich wie Peitschenhiebe vom Berg zu stoßen versuchten. Ich klammerte mich ans Seil am Beginn des Hillary Steps. Ich war als Nächster dran! Sollte ich es also nicht trotz des miesen Wetters versuchen? Ich hörte nicht, was Daniel, unser Expeditionsführer, von unten schrie. Es begann heftig zu schneien. Um mich herum bildete sich ein weißes Gefängnis. Dann der Rutsch. Ein paar Meter nur, über das schroffe Gestein, an dem kaum Schnee haften blieb, weil es so steil war. Eine scharfe Steinkante schnitt mir den dick gefütterten Thermoanzug auf. Die Kälte kroch jetzt endgültig in alle Poren meines Körpers. Aber noch schlimmer war, dass ich den linken Handschuh verlor. Er hüpfte im dichten Schnee nach unten weg, als ob er einen schadenfrohen Tanz auf meine Kosten aufführte. Ab dann erinnere ich mich an nichts mehr. Filmriss.

Hallende Schritte unterbrechen meine mühsamen Gedanken. Die Visite kommt. Eine Prozession in Weiß.

»You can be lucky«, sagt der Arzt mit der randlosen Brille und den Grübchen in den Wangen. »You can be very lucky that you have survived.«

Ich nicke stumm. Mein Mund ist trocken und schmeckt nach faulem Wasser.

»Now, we open the bandages. We want to see how your fingers are doing.«

Zwei Schwestern sind an mein Bett getreten und schneiden gekonnt die Verbände an den Händen auf. Ich lasse die Prozedur über mich ergehen, zucke nur manchmal etwas zusammen und presse die Kiefer aufeinander wie zwei Eisen eines Schraubstocks.

»Okay«, stellt der Arzt nüchtern fest, »we had to amputate three fingers. They were frozen to death. Three fingers in the middle of your left hand. Playing the piano becomes a little more difficult.«

Niemand aus dem Visitenteam lacht laut. Aber in einigen Augenpaaren erkenne ich ein trügerisches Glitzern über den medizinischen Masken. Wahrscheinlich halten sie uns Europäer mit unserer Gipfelsucht für irre. Mir ist nicht nach Lachen zumute. Ich habe den Kampf gegen den Everest verloren. Wieder einmal. Bezahlt mit drei Fingern. Aber ich werde nicht aufgeben. Ich bin nach wie vor fit. Und zäh. Und belastbar. Ich werde es wieder versuchen. Mein Lebenstraum. Auch mit sieben Fingern ist der Berg zu schaffen. Und ich habe mir, verdammt noch mal, geschworen, auf dem Dach der Welt zu stehen. Meine Schwüre halte ich. Koste es, was es wolle.

Kapitel 1 • Blutige Spuren

Kehlsteinhaus, Mittwoch, 26. Mai

Die Tür des Lifts öffnet sich. Er schaltet die goldverkleideten Deckenstrahler an. Noch ist er verschlafen, verkatert. Er schaut sich langsam um, wie in Zeitlupe. Irgendetwas stimmt da nicht. Himmelsakra! Spielt ihm der viele Alkohol der letzten Nacht einen Streich?

Er reißt die Augen auf wie ein Fuchs beim Erspähen des Eichhörnchens. Sein Unterkiefer klappt herunter. Ein leises Stöhnen kommt aus seinem Rachen. Es gibt keinen Zweifel: Alles in der Liftkabine ist beschmiert mit – ja, womit eigentlich? Angst steigt in ihm auf. Geistesabwesend drückt er den Hebel, der den Schließmechanismus der Lifttür blockiert. Die Flecken, Striche und Streifen an den venezianischen Spiegeln sind mal dunkelrot, mal wässrig grau, dazu krustige, schorfige Erhebungen. Alles ist wild durcheinandergepinselt wie bei einem Gemälde von Jackson Pollock. Für einen Sekundenbruchteil glaubt er, einen fremden Mann auf der anderen Seite des Lifts zu sehen, der ihn finster anglotzt. Schockstarre. Dann die Erleichterung. »Uff, das bin ich ja selbst«, flüstert er, nachdem er sich im Spiegel erkennt.

Sein Blick wandert zu den grünen Lederbänken, die er am Vorabend mit einem Spezialspray imprägniert hat. Jetzt sind auch sie mit Schmierereien überzogen. Irgendwie riecht es leicht modrig. Er tritt in die Kabine, um den Saustall näher zu betrachten. An manchen Stellen hat sich die Farbe zu kleinen Klumpen verdichtet. Mit dem rechten Zeigefinger beginnt er, einen dieser Klumpen von der Lederbank abzukratzen. Doch kaum hat er ihn berührt, zerbröselt die poröse Erhebung. Sein Zeigefinger ist von der abgekratzten Materie leicht feucht. Er hält sie sich unter die riesige Knollennase. In kurzen Zügen zieht er die Luft ein, schnüffelt und ist sich dann sicher: Das, was den Lift so verunstaltet, ist keine liederlich hingepinselte Farbe, kein fahrlässig verschütteter Lack. Das, was er hier sieht, ist getrocknetes, geronnenes Blut!

Das kann doch gar nicht wahr sein! In seinem Lift, der in zwei Stunden wieder Hunderte Menschen zum Kehlsteinhaus bringen soll. Wie soll er diese Sauerei so schnell wegbekommen? Und, noch viel wichtiger, ist es Tierblut? Oder etwa Menschenblut?

»Menschenblut …«, stammelt er vor sich hin. Wenn das wirklich Menschenblut ist, wurde dann hier jemand ermordet? Er schaut sich um, mit Panik in den Augen. Auf seiner Stirn sammeln sich kleine Schweißtröpfchen. Versteckt sich der Mörder vielleicht noch irgendwo hier? Was würde er tun, wenn der Mörder ihm plötzlich gegenüberstünde? Mit einem blutigen Messer in der Hand. Er selbst hat nur seinen riesigen Schlüsselbund als Waffe. Den würde er einem Angreifer ins Gesicht schleudern, um ihn abzuwehren.

Jetzt hört er Schritte. Gleichmäßig. Ganz nah. Sein Herz pocht wie wild. Doch nein, das sind Tropfen, die hallend von der Decke auf den Aluminiumboden fallen. Ein solcher Tropfen landet jetzt direkt auf seinem Gesicht und läuft ihm langsam die Wange hinunter. Das sieht er in einem der Spiegel. Auch dabei handelt es sich um Blut. Voller Ekel greift er sich an die Backe und wischt die schmierige Masse weg. Liegt da etwa eine Leiche auf der Kabine? Jemand, der auf den Lift geklettert ist und gestern bei der letzten Fahrt nach oben an der Decke des Liftschachts zerquetscht wurde? Aber dann hätte er doch Schreie gehört. Das hält doch niemand aus, wenn er wie eine Tomate zerquetscht wird!

Er presst die Augen ein wenig zusammen, weil ihn das Deckenlicht blendet. An den Strahlern erkennt er kleine Klumpen, wie die auf den Polstern. Ihm dämmert, warum es von der Decke tropft: Weil die Strahler sich erwärmen, verflüssigen sich die Klumpen und fallen als Tropfen auf den Liftboden. Ein Lift voller Blut. Als habe ein Priester das Aspergill eingesetzt und anstelle von Weihwasser den roten Lebenssaft verspritzt. Angst steigt in ihm hoch. Er fragt sich, was hier gespielt wird.

Er, das ist Klaus Brunner. Er wohnt in einem spröden Mietshaus im Berchtesgadener Weinfeldweg. Die Liftkabine ist sein Arbeitsplatz, sein zweites Zuhause. Heute wollte er die Sprayreste von den Lederpolstern entfernen, den Liftboden wischen und die verspiegelten Wände mit Glasreiniger zum Glänzen bringen, bevor die Menschenmassen kommen. Für die Gäste sollte die Kabine erstrahlen. Der legendäre Lift hinauf zum Kehlsteinhaus.

Wer das Massiv von Göll und Hohem Brett von Berchtesgaden aus betrachtet und ein bisschen um die Geschichte weiß, dem kommt der Aufbau auf dem seitlich daneben gelagerten Kehlstein befremdlich, irritierend vor. Geradezu schicksalhaft steht dieser Berg mit dem ihn verlängernden und bewaldeten Obersalzberg für die

Irrwege deutscher Geschichte. Wie viel Aufwand hat es gekostet, den Kehlstein auf diese Weise zu erschließen! Wie viele Menschen haben sich hier abgeschuftet, wie viel Geld haben die Nazis für ein mehr oder weniger überflüssiges Gebäude verschleudert. Im Grunde genommen für einen einzigen Menschen und dessen Größenwahn. Hier ist dieser Wahn in Stein gehauen. Das aus Hauzenberger Granit erbaute Haus nahe dem Gipfel wirkt wie die Beule auf der Schädeldecke von jemandem, der im Rausch gestürzt ist. Der sich nicht mehr so richtig erklären kann, wie das passiert ist.

Im Ausland kursiert eine andere Deutung der Szenerie. Adlerhorst. *Eagle's Nest.* So nennt man das stark ausgesetzte Haus auf dem Kehlstein dort oft. Aber wohnt da ein Adler? Hat da einer gewohnt? War Hitler ein Adler? Der Adler steht für Weitblick, Mut und Kraft, heißt es in einschlägigen Lexika. Weil er beim Auffliegen direkt in die Sonne sieht, ist der Adler ein Symbol für Auferstehung, Erlösung, ewiges Leben. Hm. Passt das überhaupt auf einen einzelnen Menschen? Wohl kaum. Und schon gar nicht auf den eben genannten.

Eagle's Nest, that doesn't really fit.

•••

Eine halbe Stunde vorher. Nebel füllt das Tal des Königssees. Die Gipfel mit ihrer leichten Schneeschicht sehen aus wie Gugelhupfe mit Puderzucker. Die Aussicht hat Brunner oft. Immer wenn er auf seiner täglichen Fahrt zur Arbeit die Wolkendecke durchdringt. *Über den Wolken.* So manches Mal pfeift er den Song von Reinhard Mey. Er kämpft sich mit seinem Moped die lang gezogene

Kehre zum Kehlsteinlift hoch. Als er aus dem letzten Tunnel auftaucht, ist unter ihm alles weiß, und der Himmel über ihm strahlt in mattem Blau. Die Straße zum Kehlsteinhaus ist sonst nur Bussen vorbehalten, die Kohorten von Menschen nach oben bringen. Die roten Busse haben eigens für sie präparierte Motoren, Bremsen und Getriebe, weil sie immer nur Steigungen von durchschnittlich vierundzwanzig Prozent rauf- und runterfahren. Ein normaler Linienbus wäre bei solchen Belastungen überfordert und schnell verschlissen.

Seit zwei Wochen ist die Kehlsteinstraße wieder geöffnet. Brunner kommt mit seinem Gefährt an der Buswendestelle an. Das Moped stößt kleine Wölkchen aus seinem Auspuff aus. Auch sein Fahrer atmet schwer, keucht mit jedem Ausatmen eine Nebelfahne in die kalte Luft. Ihm liegt der gestrige Abend schwer in jeder Gehirnwindung. Er war zur Vorstandssitzung des Schachclubs ins Berchtesgadener Bräustüberl gegangen. Mit einigen anderen ist er versumpft. Mei, was hat er heute für einen Brummschädel. Aber wenn man mit dem guten Berchtesgadener Hellen einmal anfängt, ist's halt schwer, wieder damit aufzuhören. Und dann auch noch dieser Enzian vom Grassl! Die raue Luft tut ihm jetzt auf jeden Fall gut.

Brunner ist als Betriebstechniker verantwortlich für den Lift am Kehlsteinhaus. Das klingt hochtrabender, als es ist. Als Schüler war er faul. Ließ lieber Steine auf dem Königssee tanzen, als sich mit komischen Matheformeln oder der Geschichte Bayerns zu beschäftigen. Den Hauptschulabschluss hat er gerade so geschafft. Später hat er das oft bereut. Zum Beispiel als er an der Kasse des hiesigen Edeka saß und ihm seine früheren Klassenkameraden, die noch auf dem Gymnasium waren, abfällig das Geld für Leberkässemmeln und Cola hinwarfen. Er empfand das als demütigend. Oder als er sich vergeblich um einen Ausbildungsplatz zum Mechatroniker beim VW-Händler bewarb.

Aber irgendwann hatte auch er etwas Glück. Ein Bekannter seines Vaters war Inhaber einer Elektrofirma und bot ihm eine Lehrstelle zum Elektriker an. Klaus gefiel die Ausbildung, er war jetzt fleißiger und brachte passable Noten von der Berufsschule mit. Aber danach übernahm ihn der Meister nicht in den Betrieb. Die Zahl der Aufträge war zurückgegangen, auch gab es billigere Arbeitskräfte aus Osteuropa.

So hing Klaus einige Jahre mehr oder weniger untätig im Elternhaus herum und lebte von der staatlichen Stütze. Nur kurz arbeitete er als Küchenhilfe in einem Hotel, flog dort raus. Aber er begann, sich für Geschichte zu interessieren, las viel und holte nach, was er sich als Schüler vergeben hatte.

Dann kam der Anruf vom Berater der Agentur für Arbeit. Für einen Elektriker mit Gesellenabschluss wäre da eine interessante Stelle am Kehlsteinhaus ausgeschrieben. Genau genommen ginge es um den berühmten Lift. Der müsse gut gewartet werden. Ein Ausfall koste den Tourismusverband viel Geld. Auch gehöre es zum Aufgabenbereich, den Lift täglich zu bedienen und seine Fahrten mit den Ankunftszeiten der Besucherbusse zu koordinieren. Wie das Kehlsteinhaus selbst war der Lift vom Bombenteppich verschont geblieben, mit dem britische Lancaster-Maschinen 1945 den Obersalzberg überzogen und fast alle Gebäude der Nazis zerstörten. Auch als nach Kriegsende die restlichen Gebäude der Nazis am Obersalzberg abgetragen wurden, blieb das Kehlsteinhaus ausgenommen.

Klaus, ein eher scheuer Typ, war bei der Vorstellung unwohl, in der Hochsaison den Menschenmassen ausgesetzt zu sein, die mit dem Lift zum Gipfel strebten. Schreiende Kleinkinder. Eis schleckende Eltern. Schulklassen voller Pubertiere. Vielleicht auch Ewiggestrige, die mit kurz rasierten Schädeln, Sonnenbrille und Schlägerfresse die vielen ausländischen Besucher anpöbelten. Im Winter, wenn das Kehlsteinhaus geschlossen war und keine Busse fuhren, wolle man ihn im Bauhof Schönau einsetzen, so die Herren im Bewerbungsgespräch. Als Mädchen für alles, aber auch zum Räum- und Streudienst. Er überlegte ein paar Tage hin und her und sagte dann für die Stelle zu.

Das liegt nun sieben Jahre zurück. Die Arbeit am Lift des Kehlsteinhauses ist für Klaus Brunner mittlerweile Routine. Er hat sich angewöhnt, Fragen zur Geschichte des Lifts, des Hauses, des Obersalzbergs höflich, aber deutlich zu parieren. Er weist auf das Dokumentationszentrum oder die Ausstellung im Kehlsteinhaus hin. Abends läutet er die letzte Liftfahrt ein, indem er die Umstehenden anspricht und sie darauf hinweist, ihnen bliebe sonst nur noch der Abstieg zu Fuß zum Buswendeplatz. Aber auch der letzte Bus würde bald fahren. Dann müssten die Gäste den ganzen Berg hinunterlaufen, wenn sie nicht rechtzeitig einträfen. Und das auf dem Fußweg durch den Wald! Denn die Straße blieb auch nach Ende des Busverkehrs für Fußgänger gesperrt.

Manchmal sind es bis zum Hals tätowierte Typen, die ihn bei solchen Worten stumm und abweisend anschauen. Brunner kennt seine Pappenheimer. Männer wie diese warten gezielt, bis auch das Pächterehepaar ins Tal gefahren ist und ihnen der Kehlstein allein gehört. In ihren Sporttaschen haben sie Fackeln versteckt. Sie spielen dann ein bisschen die Machtergreifung von 1933 nach. Von dieser historischen Stunde hat der Maler Max Liebermann, als er die Truppen vor seiner Berliner Wohnung umhermarschieren sah, gesagt: »Ich kann gar nicht so viel fressen, wie ich kotzen möchte.« Aber auf dem Kehlstein kotzt niemand in der Nacht wegen der Fackelträger. Sie sind ganz unter sich. Und gehen dann natürlich auf der Straße ins Tal hinunter.

Brunner stellt sein Moped im Betriebsraum des Lifts ab. Erst einmal atmet er tief durch. Weißes Hemd, taubenblaue Jacke mit Emblem des Zweckverbands Tourismus Berchtesgaden. Massiger Bauch und erstaunlich dünne Beine, die sich sicher oft fragen, wie lange sie diese gewaltige Last noch tragen sollen. Auch manche Liftgäste rätseln insgeheim, warum man gerade einen solch korpulenten Mann den Lift bedienen lässt. Er passt ja kaum auf den Stehhocker in der Kabine und löst manchmal ungewollt Alarm aus, weil er mit seiner Wampe an die Armatur gestoßen ist.

Brunners Stirn ist trotz der Kälte schwitzig. Aus der Thermosflasche gießt er sich dampfenden Kaffee in den Deckel und schlürft ein paar Schlucke. Sein Blick wandert über das Dach des Kehlsteinhauses hinweg zum Göll. Auch dieser Gipfel ist mit einer leichten Schneeschicht überzogen, auf die jetzt die ersten Sonnenstrahlen fallen. Vom Tal unten, von Berchtesgaden ist nichts zu sehen. Eine bizarre Kulisse, eine ganz eigene Welt. Caspar David Friedrich würde seine Staffelei aufstellen und lospinseln.

Aber das sind nicht die Gedanken von Brunner an diesem Morgen. Er holt Schrubber, Wischlappen und Eimer aus einer Kammer im Funktionsgebäude. Die frische Luft tut seinem alkoholgeschwängerten Gehirn gut. Schon etwas aufgeweckter begibt er sich zum mächtigen, aus Quadersteinen gerahmten Tor am Lifteingang. Noch ist er ganz allein in dieser unwirklichen Landschaft. Eine Krähe fliegt über ihn hinweg und stößt heisere Schreie aus. Verkohltes Holz liegt auf dem Buswendeplatz. Brunner ist nicht überrascht. Gestern sind wieder so finstere Typen mit dem Lift gefahren, die offensichtlich ein Lagerfeuer gemacht haben. Schriftzüge auf ihrer Kleidung und einige Tätowierungen wiesen sie als sogenannte Reichsbürger aus. Leute, die die Bundesrepublik ablehnen und sich von den geltenden Gesetzen gerne selbst freisprechen. Dumpf haben sie ihn angeglotzt, als er sie auf die letzte Busfahrt hinwies. Einer hat sogar vor ihm auf den marmorierten Boden gespuckt. Mit seiner Uniform, die ihn als Bediensteten des Zweckverbandes ausweist, war Brunner für sie ein Vertreter des Staates und damit ein Hassobjekt. Sie träumen von einem eigenen Reich. Wer weiß, welche Worte gestern an ihrem Lagerfeuer gefallen sind und welche Parolen sie gebrüllt haben.

Brunner erinnert sich an seine erste Fahrt mit dem Lift. Das war kurz vor dem Bewerbungsgespräch. Er hatte sich natürlich angelesen, was es mit dem Lift und dem Kehlsteinhaus auf sich hatte. Als er den golden glänzenden, einhundertvierundzwanzig Meter in die Höhe fahrenden Lift im Bergmassiv betrat, fühlte er sich beklommen. Ihn schauderte, zugleich war er fasziniert. Natürlich dachte er an ihn, den Massenmörder, Schreihals und Kriegstreiber, der viele Millionen auf dem Gewissen hatte. Er war im selben Lift gefahren wie er jetzt. Im ersten Augenblick hielt Brunner es für undenkbar, mit, in und an diesem Lift zu arbeiten. Aber dann dürfte auch niemand mehr über den Münchner Königsplatz spazieren oder ins Bayreuther Festspielhaus gehen. Mit solchen Gedanken beschwichtigte er sein Gewissen. Erfolgreich. Wenn auch andere dieses beklemmende Gefühl bekämen, würde der Lift abschreckend wirken. Die Besuche hätten also einen pädagogischen Wert. Allerdings nicht für die Ewiggestrigen. Wenn sie oben ankamen, strahlten sie wie nach einer Massage von zwei Thai-Frauen. Der Lift, in den Hitler und sein Schäferhund gefurzt hatten, bevor sich die beiden auf der Terrasse des Kehlsteinhauses mit Eva Braun ablichten ließen – manche überkam hier eine weihevolle Stimmung.

Brunner muss noch mal zum Betriebsraum zurücklaufen. Er hat den Schlüssel für die mächtigen Torflügel vergessen, der den einhundertvierundzwanzig Meter langen Gang zum Lift freigibt. Wenn der Lift Geschichten erzählen könnte, denkt sich Brunner oft. Er erinnert sich an einen Tag am Ende der Saison. Kurz vor der Abfahrt des Lifts musste Brunner einem menschlichen Bedürfnis nachgehen. Ein junges Paar hatte den Lift betreten, um wieder nach unten zu fahren. Außer dem Paar kam sonst niemand mehr. Wäre er streng nach Vorschrift gegangen, hätte er sie wieder rausgebeten und später, nach seinem Toilettenbesuch, wieder reingelassen. Aber er wollte mal nicht päpstlicher sein als der Papst und bat das Paar, kurz auf ihn zu warten. Er huschte zu den Toiletten in der Gaststätte. Und was taten die beiden in seiner Abwesenheit? Der schlaksige Mann mit den dunklen Locken drückte den Knopf, der die Lifttür schloss. Dann setzte er mit einem anderen den Lift in Bewegung und fuhr hinunter und dann wieder hinauf. Zwei Mal einundvierzig Sekunden. Brunner, wieder zurück, konnte an der Anzeige genau sehen, auf welcher Höhe sich der Lift befand. Warum die beiden das taten? Offenbar hatten sie auf der kurzen Fahrt Sex. Oder versuchten es zumindest. Der ultimative Kick. Als sich der Lift oben öffnete, sah Brunner, wie der Mann den Reißverschluss seiner Lederhose zuzog und sie sich den Slip zurechtruckelte, bevor der Rock wie ein Theatervorhang nach unten fiel. Die Wangen der vielleicht Zwanzigjährigen glühten wie der Watzmann in der untergehenden Sonne. Der Lockenkopf hechelte wie ein Pudel in der Sahara. Nur ein halbherziges »*Sorry*« kam über seine Lippen. Brunner setzte ein schiefes Lächeln auf und schwieg. Mit vielem hatte er gerechnet, aber nicht mit Sex in seinem zweiten Wohnzimmer. Er, der nach wie vor Junggeselle war und, was ihn mit Mitte dreißig immer mehr peinigte, auch noch Jungfrau (oder heißt das dann Jungmann?).

Jetzt kommt Brunner am mächtigen Portal des Lifts an. Der Schlüsselbund an seinem Gürtel klimpert ein namenloses Lied. Gerade will er die Torflügel öffnen, da bleibt sein Blick an etwas hängen. Was ist das da auf dem Tor? Dunkle Striche, gemalt, gekritzelt, geschmiert. Brunner tritt einen Schritt zurück. Was bedeutet das?

»Himmelsakra, das waren diese Nazi-Schweine von gestern Abend«, schimpft er vor sich hin und geht erneut zum Betriebsraum zurück. Dort holt er einen Schwamm, der seine besten Tage schon hinter sich hat, und ein spezielles Spülmittel. Wenn man Geduld hat, gehen damit sogar Graffiti weg. Als Brunner den Schwamm ansetzt, hat er überraschend leichtes Spiel. Graffitispray ist das nicht. Brunner kratzt sich am Hinterkopf und wischt dann die Tür komplett sauber. Hilft ja nichts, sich aufzuregen.

Vielleicht sollte er wegen der dubiosen Besucher hier oben mal an den Verfassungsschutz schreiben? Aber das ist ihm zu gefährlich. Schließlich ist er nur ein kleiner Angestellter, und sein Chef sähe das gewiss nicht gern. Einmal hatte er ohne Rücksprache mit oben einem holländischen Radiosender ein Interview gegeben. Mann, da hat die Hütte aber richtig gebrannt, als der Chef davon erfuhr! Eine Ermahnung kam in Brunners Akte. Das war ihm eine Lehre. Lieber wegducken, Augen zu. Er war für die Technik des Lifts und den Betrieb zuständig – und damit gut.

Mit starkem Druck auf den ergrauten Schwamm entfernt er die letzten Farbflecken am Tor. Er ist in Verzug, wie ihm ein Blick auf die Uhr verrät. Bald schon wird das Pächterehepaar Moderegger mit dem Koch ankommen und zur ersten Liftfahrt starten wollen.

Brunner schaut noch einmal auf die wieder sauberen Türen. Dann macht er die Beleuchtung des Tunnels an und geht die Strecke bis zum Lift. Die Schritte hallen. Irgendwo huscht ein Tier davon, vielleicht eine Maus. Im Warteraum zum Lift, einem aufwendig gestalteten Kuppeldom mit Mosaikdecke aus Ruhpoldinger Stein, drückt er den Lichtschalter. Dann dreht er den Schlüssel in die seitlich des Lifts befindliche Armatur. Die beiden Halbtüren öffnen sich. Und dann: Überall dunkelrote und schwarze Farbe. Bald wird ihm klar: Blut! In seinem zweiten Wohnzimmer! Das kann doch nicht wahr sein!

Kapitel 2 • Vandalismus?

Kehlsteinhaus, Mittwoch, 26. Mai

Erst glaubt Brunner an einen Tagtraum, ein Wahnbild. Wie waren der oder die Täter bis hierher zum Lift gekommen? Das Eingangsportal zeigt keinerlei Einbruchsspuren. Brunner greift sich an die Hosentasche, holt apathisch den Schlüsselbund hervor. Hat er gestern Abend das Abschließen vergessen? Nein, das kann nicht sein. Er leidet in dieser Hinsicht an einer Art Zwangserkrankung. Vor allem seit seinem kurzen Intermezzo als Küchenhilfe in der Gastronomie. Damals hatte er eines Abends übersehen, dass noch eine Herdplatte brannte. Als er am nächsten Morgen seinen Dienst antrat, baute sich sein Chef mit breiten Schultern vor ihm auf. Mit einer Pfanne bewaffnet brüllte er ihn an, was er denn für ein Trottel sei. Nicht mal die Herdplatten schaffe er alle auszuschalten. So ein unzuverlässiger Kerl! Er sei fristlos entlassen. Seitdem achtete Brunner penibel darauf, ob er den Herd ausgeschaltet hat, die Wohnungstür, das Auto oder das Tor zum Kehlsteinlift abschlossen war. Immer wieder. Und wieder. Zwanghaft. Er hat sich sogar angewöhnt, das Tor mit dem Schlüssel zu fotografieren, *nachdem* er es zugeschlossen hat. Falls ihm später im Tal Zweifel kommen. Dann schaut er sich das

Foto an, den umgedrehten Schlüssel, und ist beruhigt. Auch jetzt zückt er das Handy und schaut sich das gestrige Foto vom Tor an. Eindeutig, er hat definitiv zugeschlossen. Allein schon wegen dieser Reichsbürgertypen. Damit die keinen Unfug machen. Haben sie es dennoch getan? Wie aber haben sie es dann geschafft, das Tor zu öffnen?

Nur langsam dringt in Brunners Bewusstsein, was er hier sieht. Seine Gedanken springen hin und her wie eine Flipperkugel. Hat er gestern irgendwelche auffallenden Personen hochbefördert? Welche, die vielleicht Blutkonserven dabeihatten? Wieder taucht die Frage auf, die ihm Schauer verursacht: Ist jemand im Lift verletzt, vielleicht sogar ermordet worden? Wo aber ist dieser Jemand? Und wo der Täter, die Täter?

Er überlegt, wer alles einen Schlüssel zum Portal des Lifts hat. Außer ihm noch sein Chef Rudi Sargmacher. Für alle Fälle. Den holen sich dort die Vertretungskräfte ab, wenn er mal krank ist, oder, rein theoretisch, Urlaub hat. Urlaub kommt aber in der halbjährigen Saison nie vor. Weil er da so etwas wie Urlaubssperre hat. Krank war er sowieso noch nie in der Saison. Nur an zwei Wochenenden im Monat vertreten ihn andere Mitarbeiter des Zweckverbands. Sonst häuft er zu viele Überstunden an. Dazu bekommen sie von Sargmacher den Schlüssel. Theoretisch könnte einer dieser Vertretungskollegen den Schlüssel nachgemacht haben. Aber warum sollten sie das tun? Auch Moderegger, der Wirt des Kehlsteinhauses, hat einen Schlüssel. Manchmal sind die Wirtsleute und das Personal noch länger oben, als seine Schicht geht. Sie fahren ohnehin mit ihrem Firmenbus bis zum Buswendeplatz und sind unabhängig von den offiziellen Busverbindungen. Wenn es da spät wird, kommt es vor, dass der Wirt den Lift bedient.

Wie sind die da reingekommen, hämmert es unentwegt in Brunners Kopf. Und was soll das Ganze? Er schaut sich die Klumpen und Schlieren erneut genau an, hält seine Nase daran wie ein Trüffelschwein.

Blutgeruch, diese leicht eiserne Duftnote kennt er. Manches Mal hilft er seinem Schachbruder Korbinian beim Schlachten. Die Blutsuppe, die es zur Belohnung gibt, mag er besonders gerne. Korbis Frau Uschi vermischt dazu das geronnene Schweineblut mit Essigsud und richtet es mit Gemüsebrühe, Graupen und Knoblauch an. Normalerweise läuft ihm bei der Vorstellung daran das Wasser im Munde zusammen. Jetzt aber bricht ihm der Schweiß aus. Er spürt, wie sein geripptes langärmeliges Unterhemd an ihm klebt. Er fürchtet sich vor einem Gewalttäter oder Mörder, ist aber auch wütend. Was ist da in *seinem* Lift passiert? Sargmacher wird toben, wenn er davon erfährt. Disziplinarische Maßnahmen wird er androhen. Ob er denn nicht in der Lage sei, das Portal richtig zu verschließen, wird der Vorgesetzte ihn anherrschen. Wie der pockennarbige Chef in dem Restaurant damals. Und dann ist da ja schon diese Ermahnung in der Personalakte. Wegen des Radiofuzzis, der ihn überredet hat, sonderbare Begegnungen im Lift zu erzählen. Brunner hatte seinem Chef damals völlig arglos von dem Interview mit dem holländischen Sender berichtet. Den anschließenden Tobsuchtsanfall Sargmachers wollte er nicht noch einmal erleben. Deswegen hatte er ihm auch vom Sex im Lift nichts erzählt. Sargmacher hätte ihm vorgeworfen, den Lift im Stich gelassen zu haben. Hatte er ja auch. Und jetzt eine komplett verschmierte Kabine, sogar mit Blut. Brunner ist paralysiert, verängstigt.

Plötzlich hört er eine Stimme. Nur wenige Meter hinter sich. Schritte hat er keine vernommen. Er zuckt zusammen, dreht sich nur langsam um. Dann sieht er in funkelnde Augen, mit einem Streifen Silber in der Mitte.

»Klaus, ja sag einmal, was ist denn hier passiert?«

»Wie? Äh, was?«

Brunner nimmt nur langsam das Pächterehepaar Moderegger und Willi, den Koch, wahr, die, mit Körben und Taschen bepackt, durch den Tunnel zum Lift gekommen sind. Auch den Motor ihres Kleinbusses hat er nicht gehört, so entrückt war er.

»Jesses Maria, so eine Schmiererei«, sagt der Wirt. »Mach das schnell weg, Klaus. Aber erst fährst uns nach oben.«

Brunner starrt den Wirt ungläubig an. Er soll ihn einfach hochfahren? Und dann alles wegwischen? Als ob hier nichts vorgefallen sei?

»Das ... das ... das geht nicht«, stammelt er. »Hier sind welche unbefugt eingedrungen, die müssen einen Schlüssel gehabt haben ...«

Die buschigen Augenbrauen Modereggers ziehen sich zu einem kleinen durchgehenden Wäldchen zusammen.

»Magst heut nicht arbeiten? Geh weida, ich hab dich gestern im Bräustüberl gesehen. Hast wohl einen Brummschädel?«

»Nein, äh ja, also den Schädel hab ich schon. Aber ich kann das hier nicht wegwischen, weil ...«

»Na, wird's bald!« Der Wirt ist jetzt ungehalten. »Wir müssen unsere Küche vorbereiten. In einer Stunde kommt der erste Gästebus. Los, jetzt fahr uns rauf.« Mit entschiedenen Schritten betritt Moderegger die Kabine. »Ich kann die Knöpfe auch selbst drücken«, droht er Brunner. Aber der stellt sich vor die Schalterleiste links hinter dem Lifteingang und verdeckt sie komplett mit seinem Leibesumfang.

»Klaus, ich verstehe ja, dass dich das mit der Farbe schockt«, versucht es Ilona Moderegger, die Wirtin, jetzt einfühlsamer. »Aber es wird sich schon eine Erklärung finden, wie da jemand das Tor geknackt hat. Und solche Schmierereien, mei, das haben wir doch oben am Haus auch schon gehabt.«

Brunners Lippen zittern. Er schaut ins Leere und spricht dann ganz langsam.

»Ich müsste den Sargmacher anrufen. Aber der ist noch nicht im Büro.«

»Warum?«, schaltet sich der Wirt wieder ein. »Wegen dem bisschen Vandalismus? Komm, mach das weg, wenn du uns nach oben gebracht hast.«

Brunner starrt zwischen Wirt und Wirtin hindurch in die verschmierte Spiegelwand.

»Ich ruf die Polizei an«, sagt er schließlich, traut sich aber nicht, den Modereggers dabei in die Augen zu schauen.

»Nein, das kannst vergessen, Klaus. Dann machen die den Aufzug dicht, und wir können den Tag heute abblasen. Die Saison ist eh schon schlecht angelaufen. Heute wird's sonnig, und viele wollen herauf. Lass das sein, Klaus!«

Brunner schüttelt den Kopf, spricht jetzt entschieden, schreit fast schon.

»Ich ruf die Polizei an. Denn was da überall so rot ist, das ist Blut!« Er zeigt auf die krustige Masse auf dem Boden.

»Blut? Dann ist es sicher Tierblut. Vandalismus, sage ich doch«, wendet der Wirt ein.

»Ja, sind sicher ein paar Steinböcke hier drin gewesen und haben sich mit den Hörnern blutig gestoßen.« Brunner schaut den Wirt herausfordernd an.

Moderegger krault sich das Kinn und schweigt jetzt.

»Ich geh jetzt raus zum Telefonieren. Und wehe, ihr fahrt nach oben. Wenn das Blut ist, macht ihr euch damit strafbar. Außerdem bringt es eh nichts, wenn ihr jetzt hochfahrt. Wenn die Polizei kommt, geht eh erst mal kein Bus mehr.«

Brunner geht den Weg aus dem Tunnel zurück und wählt die 110. Bald darauf hat er Kriminalhauptkommissar Simon Perlinger am Hörer.

»Lassen Sie alles stehen und liegen, Herr Brunner. Schließen Sie den Lift ab. Wir sind so schnell wie möglich bei Ihnen.«

Brunner denkt an die Schmierereien am Portal, die er bereits vollständig entfernt hat. Soll er der Polizei davon auch erzählen? Oder bringt ihm das Ärger ein? Hat er unwissend wichtige Spuren beseitigt, vielleicht die eines Kapitalverbrechens? Muss er befürchten, dass seine Personalakte dann um mindestens eine DIN-A4-Seite anwächst?

Kapitel 3 • Beklemmende Liftfahrt

Kripoinspektion/Kehlstein,
Mittwoch, 26. Mai

Auch die beiden Polizeihauptkommissare Simon Perlinger und Luisa Sedlbauer haben gestern Abend Berchtesgadener Helles getrunken. Anlass war die kleine Feier, mit der die Kriminalpolizeistation Berchtesgaden eröffnet wurde. Eine Staatssekretärin des Innenministeriums aus München war gekommen, der Polizeipräsident aus Rosenheim und Belinda Korreck, die Leiterin der Kripo in Traunstein. Ihr Aufgabenfeld würde durch die Kripo in Berchtesgaden etwas kleiner werden. Aber sie bedauert das nicht. Auch die Kripo Traunstein ist chronisch unterbesetzt und freut sich, wenn sie entlastet wird.

Die Nachricht einer eigenständigen Kripo in Berchtesgaden hatte Simon und Luisa nach der Lösung eines spektakulären Falles erreicht. Ein Lübecker Ehepaar war vom Watzmanngrat in den Tod gestürzt. Was zunächst nach einem Unfall ausgesehen hatte, entpuppte sich bald als kaltblütiger Mord. Dieser Ermittlungserfolg war ein Grund, warum das Bayerische Innenministerium und die Polizeidirektion Bayern-Süd eine zusätzliche Kripo in Berchtesgaden befürworteten. Vor allem aber waren es die enorm gestiegenen Gästezahlen in den Berchtesgadener Alpen, die zu dieser Entscheidung geführt hatten. Wo mehr Menschen sind, gibt es auch mehr Kriminalität. Menschenansammlungen locken zum Beispiel Taschendiebe an. Oder das geschichtsträchtige Areal um den Obersalzberg, das Reichsbürger und andere Extremisten anzieht. Auch bieten die Berge grüne Grenzen für Menschenschmuggel. Oder prominente Urlauber brauchen Personenschutz. Wie der Doppelmord am Watzmann außerdem zeigte, ziehen Abstürze am Berg Fragen nach sich: War es nur fahrlässiges Verhalten? Ein Suizid? Oder gar Mord? Die Liste möglicher und wirklicher Verbrechen im Berchtesgadener Land ist lang. Trotz oder gerade wegen der idyllischen und beschaulichen Bergwelt ringsum.

Simon Perlinger und Luisa Sedlbauer haben als Polizeibeamte beide die Zusatzausbildung als Polizeibergführer absolviert. Sportlich immer trainiert, scheuen sie keinen Einsatz im Hochgebirge. Sie brechen zu Zeugenbefragungen auf einsame Hütten auf, selbst wenn der Wettergott mal wieder die Backen aufbläst und es stürmt und schneit. Die beiden Jungspunde sind sogar richtig heiß auf solche Erlebnisse. Ob der Grund für diesen Eifer ist, dass beide mit dreißig Jahren noch Single sind? Dass sie ihre überschüssige Energie in die berufliche Arbeit in den Bergen einfließen lassen? Niemand weiß das so genau, auch die beiden selbst nicht.

»Lassen Sie alles stehen und liegen, Herr Brunner. Schließen Sie den Lift ab. Wir sind so schnell wie möglich bei Ihnen.«

Simon hat gerade seinen Dienst angetreten und die alte, röchelnde Kaffeemaschine in Gang gesetzt. Da erreicht ihn der Anruf von Klaus Brunner. Blutspuren im Lift zum Kehlsteinhaus!

Die neue Kripo Berchtesgaden hat zwei beengte Zimmer unter dem Dach der Villa Bayer bezogen. In dem großbürgerlichen Haus residiert die Polizeiinspektion Berchtesgaden seit 1987. Der Dritte im Bunde der Kriminalpolizei ist Michael Pregler, zweiundvierzig Jahre alt und ebenfalls ausgebildeter Polizeibergführer. Geschluckt hat er schon etwas, als er von Simons Beförderung zum Leiter der neu eingerichteten Kripo Berchtesgaden erfahren hat. Als der Ältere und Erfahrenere hatte er darauf gehofft, an die Spitze der neuen Kripo befördert zu werden. Aber Simon hat ihm das Studium voraus. Außerdem plagen Michi, wie ihn alle nennen, gerade starke private Probleme. Er ist mit einer Apothekerin fremdgegangen, und das Ganze ist aufgeflogen. Seine Frau hat ihn kurzerhand aus dem elterlichen Haus in der Stanggaß rausgeworfen, in dem sie mit ihren beiden Kindern das zweite Stockwerk bewohnen. Er hat sich jetzt ein Zimmer in Bischofswiesen gemietet und ist psychisch ziemlich durch den Wind. Die Kinder, acht und zehn Jahre alt, kaum noch zu sehen geht ihm an die Nieren. Er hat keinen Appetit mehr, gähnt ständig und ist unkonzentriert. Anzeichen einer depressiven Verstimmung, hat ihm sein Arzt gesagt. Wenn das nicht besser würde, brauche er eine Auszeit.

Luisa betritt gerade das Büro mit den beiden Schreibtischen. Den anderen Raum behalten sie sich für Besucher und Verhöre vor. Michis Büro ist noch das alte ein Stockwerk tiefer bei der Polizeiinspektion. Mittelfristig soll es eigene, angemietete Räume und eine neue Büroausstattung für die Kripo in Berchtesgaden geben.

»Guten Morgen«, ruft Luisa Simon etwas unleidlich zu und will sich einen Kaffee einschenken. Ihr Lidschatten sitzt nicht ganz perfekt.

»Lass gut sein, Luisa, wir müssen gleich los!« Simon schlüpft in seine schwarze Lederjacke. »Zum Kehlsteinhaus. Komm! Das wenige, was ich weiß, erklär ich dir im Auto.«

Sie eilen zum dunkelblauen Dienst-BMW und fahren los. Simon am Steuer schießt die Kurven des Obersalzbergs hoch. Noch fahren keine Busse mit Touristen zum Kehlsteinhaus. Telefonisch informiert Simon die Buszentrale, dass die Straße zum Kehlstein bis auf Weiteres gesperrt ist.

Als sie im Vorbeifahren die schon recht zahlreichen Autos auf dem Parkplatz Hintereck beim Dokumentationszentrum sehen, ahnen die beiden Kriminalbeamten bereits, was das bedeutet. Über eine Treppe geht es vom Parkplatz hinunter zum Busterminal mit den Ticketschaltern und den Haltebuchten der Busse. Hier wollen alle zum Kehlsteinhaus. Haben vielleicht schon Tickets gelöst. Die spektakuläre Fahrt mit dem Bus bietet atemberaubenden Ansichten und ist ein Muss für fast alle, die sich ein paar Tage in Berchtesgaden aufhalten. Das Kehlsteinhaus zählt zu den TOP100-Sehenswürdigkeiten in Deutschland. Und natürlich hat der Lift eine magische Wirkung. Selbst wenn man von der Buswendestelle zum Kehlsteinhaus zu Fuß nur eine Viertelstunde braucht, ist der Berg ohne den Lift für viele nicht mehr attraktiv. Aber es hilft nichts. Wenn im Lift tatsächlich Blutspuren sind, müssen diese erst gesichert werden. Vorsorglich bittet Luisa als Beifahrerin schon mal die Spurensicherung von der Polizeidirektion Rosenheim, sich bereitzuhalten.

Nur selten fahren Autos die schmale Straße zum Lift des Kehlsteins hoch. Simon sieht aber keine Alternative. Mit einem der Busse dort hochzufahren würde an der Abfahrtsstelle für unnötige Unruhe unter den Touristen sorgen.

Warum die und nicht wir? Was, Polizei, die haben ja keine Uniform! Kripo? Wieso das denn? Da brauchen die gleich einen ganzen Bus für zwei Personen? Ungeheuerlich, wir wollen auch hoch! Verdammt, ich bin extra von Stuttgart hergefahren! Unverschämt! …

Luisa springt kurz am Busbahnhof raus und holt sich den Schlüssel für die Schranke, die vor der ersten Brücke die Kehlsteinstraße abriegelt. Als sie sie passiert haben, schaltet Simon in den zweiten Gang und fährt langsam die lang gezogene Schleife zum Buswendeplatz nach oben, die durch fünf Tunnel führt. Obwohl er und Luisa geübte Bergsteiger sind und schon oft in tiefe Abgründe geschaut haben, beschleicht sie hier ein mulmiges Gefühl. Nachher, bei der Abfahrt, werden sie sich hinter einen der Busse klemmen, sollten die wieder fahren. Nicht dass ihnen noch ein anderer Bus entgegenkommt! Dem Gegenverkehr ausweichen hier auf dieser engen Straße, zumal einem Bus, das ist schwierig bis unmöglich.

Simon und Luisa brauchen in der Liftkabine nicht lange, um zu erkennen, was Sache ist. Mit ein bisschen Luminol stellen sie fest, dass es sich bei den Spuren auf dem Boden und an den Spiegeln tatsächlich um Blut handelt. Sie erinnern sich an ihre Ausbildung, wo sie im Fach Kriminalistik verschiedene Formen von Blutspuren gelernt haben. Da das aber sehr diffizil ist, bittet Luisa die Rosenheimer Spurensicherer, sofort zum Kehlsteinhaus zu kommen.

Kaum hat sie das Gespräch beendet, klingelt es auf ihrem Diensthandy an.

»Simon, das ist der Leiter der Busgesellschaft. Ein Manfred Lechhuber. Die betreiben die Busse, die hier hochfahren.«

Simon bittet Klaus Brunner und das Wirtsehepaar mit dem Koch, sich zur Verfügung zu halten. Er geht ein paar Schritte in den Gang zum Lift.

»Nein, wir werden mindestens bis Mittag den Lift und die Kehlsteinstraße nicht freigeben«, sagt er betont ruhig in sein Smartphone.

»Wissen Sie, was das bedeutet?«, hört er Lechhuber zetern. »Hier stehen jetzt schon Hunderte Menschen, die auf die Fahrt nach oben warten. Dann lassen Sie die Menschen doch wenigstens zu Fuß vom Busparkplatz zum Kehlsteinhaus hochgehen!«

Simon überlegt kurz. Wenn er diesem Vorschlag zustimmt, gerät die Situation unter Umständen außer Kontrolle. Wütende Besucher, die, statt den spektakulären Lift zu nehmen, jetzt vom Buswendeplatz zum Haus hochkraxeln. Die werden vielleicht den Lift stürmen. Das kann er nicht verantworten. Also bleibt er hart und beendet das Gespräch. Die Ansage ist klar: Busse frühestens ab 12:00 Uhr und erst nach ausdrücklicher Freigabe. Bis dahin sollte die Spurensicherung aus Rosenheim mit ihrer Arbeit fertig sein.

Luisa schießt unzählige Fotos vom Tor zum Tunnel, vom Tunnelgang, vom Kuppeldom und vom Lift selbst. Simon befragt unterdessen Brunner und das Wirtsehepaar. Vor allem Brunner soll in allen Details schildern, wie er die Situation am Morgen vorgefunden hat und was gestern Abend war, als er seinen Arbeitsplatz verlassen hat.

»Ich weiß nicht, ob ich überhaupt mit Ihnen reden darf«, wendet Brunner ein. In seinem Kopf spukt die Personalakte herum, das Interview mit dem holländischen Radiosender, die weggewischten Schmierereien am Portal. Seine Beine schlottern, auch der mächtige Bauch rollt hin und her. Simon spürt Brunners Aufregung und separiert ihn von den anderen. Im Tunnelgang redet er auf ihn ein, er möge doch bitte die Wahrheit sagen.

»Aber der Sargmacher, den muss ich doch vorher informieren!« Brunner erklärt Simon den Vorfall mit dem Radiosender. Auch bei der Polizei gibt es strenge Hierarchien. Simon versteht Brunners Sorge. Er sagt ihm mehrfach zu, seine Aussagen absolut vertraulich zu behandeln. Dann fängt dieser an zu erzählen. Alles. Auch von den Reichsbürgern gestern berichtet er.

»Dass Sie das Tor gleich gereinigt haben, spricht doch für Sie«, sagt Simon schließlich und schaut ihm direkt in die Augen. »Sie konnten ja nicht wissen, wie es im Lift aussieht. Ihr Chef soll froh sein, so tüchtige Mitarbeiter zu haben.«

Simon lässt Brunner wieder zu dem Wirtsehepaar zurückkehren. Die Sonne streichelt das Kehlsteinhaus mit milden freundlichen Strahlen. Nachdem die Rosenheimer Spurensicherung eingetroffen ist und ihre Arbeit im Lift beginnt, steigen Simon und Luisa zu Fuß die rund einhundertvierzig Meter nach oben zum Kehlsteinhaus. Um das Haus herum und am Haus selbst entdecken sie nichts Verdächtiges.

Per Funk bitten sie das Wirtsehepaar und den Koch, ebenfalls zu Fuß nach oben zu kommen. Mit ihren Körben und Taschen brauchen die eine Weile, bis sie endlich am Kehlsteinhaus angelangt sind. Die beiden Bergpolizisten bitten die drei vom Wirtshaus, sich umzuschauen, ob ihnen irgendetwas Besonderes auffällt. Doch das ist nicht der Fall.

Vorsichtig betreten sie das Gasthaus. Dort setzt man auf Berchtesgadener Bier und bayerische Blasmusik, um eine weihevolle Stimmung Ewiggestriger gar nicht erst aufkommen zu lassen. Auch dort hat sich seit gestern Abend nichts geändert. Den Zutritt zum Lift, der hier im Vorraum des Gasthauses an die Oberfläche kommt, haben sich der oder die Unbekannten nicht mit Gewalt verschafft. Auch hier oben keinerlei Einbruchsspuren. Dennoch sichern die Experten aus Rosenheim im Liftbereich DNA und Fingerabdrücke.

»Wäre es denkbar, dass sich jemand hier im Wirtshaus hat einschließen lassen?« Simon will alle Zweifel ausschließen.

»Eigentlich nicht«, sagt der Wirt. »Ich gehe immer noch mal die Räume durch, die Toiletten, schaue, ob vielleicht jemand zusammengebrochen ist und unbemerkt rumliegt. Das kommt ab und zu vor.«

Luisa schaut aufmerksam zum Wirt. »Dass hier jemand rumliegt?«

»Ja mei, unser Berchtesgadener Bier verträgt halt nicht ein jeder so gut. Zum Beispiel die Japaner. Von denen haben wir schon öfter welche wiederbeleben müssen.« Die Laune des Wirts hat sich gebessert. Beim Hochsteigen auf dem Fußweg hat er noch lauthals geflucht. Auch auf die Polizei. Aber Simon und Luisa haben nicht so genau hingehört. Die Wirtin und der Koch wieseln schon kräftig in der Küche und hinter der Theke herum. Bald werden, so hoffen sie, die ersten Gäste hochkommen.

Gegen Mittag sind die Rosenheimer Spurensicherer fertig. Simon telefoniert kurz mit Belinda Koreck in Traunstein. Erzählt ihr, was vorgefallen ist. Auf Belindas Erfahrung legt er großen Wert. Sie sagt ihm, wie sie weiter vorgehen würde. Er dankt ihr.

»Können wir die Straße für die Busse freigeben?«, fragt Luisa. »Der Lechhuber von der Busgesellschaft hat schon wieder angerufen und mit Schadensersatz gedroht.«

»Gut«, sagt Simon und schließt kurz die Augen. Noch einmal geht er alle Erkenntnisse durch. Wenn sie den Berg jetzt freigeben, sind weitere Spurenfunde kaum mehr möglich. Sie steigen den Weg zum Buswendeplatz hinab und geben Brunner das Zeichen, auf das er gewartet hat. Endlich kann er den Lift reinigen. Wenig später gibt Simon die Straße für die Busse frei. Bevor die ersten Touristen eintreffen, bittet er Brunner, nur ihn und Luisa zum Kehlsteinhaus hoch- und wieder runterzufahren.

»Ziemlich exklusiv, was wir gerade erleben«, sagt Luisa und schaut die Spiegel und das goldglänzende Metall an. Oben angekommen, sehen sie die Wirtsleute in Habtachtstellung. Mit dem ersten Bus kommen auch die Bedienungen und Küchenkräfte, die den Betrieb unterstützen. Sie wollen sie sofort in ihre Aufgaben einweisen.

»Entschuldigen Sie, dass wir Sie so lange haben warten lassen«, sagt Simon. »Aber die Ermittlungen haben Vorrang. Möglicherweise geht es um ein Menschenleben, das im Lift ein schlimmes Ende gefunden hat.«

»Schon gut«, antwortet der Wirt milde. Simon tauscht noch mit ihm und Brunner Telefonnummern aus und bittet sie, sich zu melden, falls ihnen noch etwas einfällt.

Mit einem Busfahrer spricht er sich ab, wie sie wieder nach unten kommen, ohne einem anderen Bus zu begegnen.

»Da hängst dich einfach an mich dran«, sagt der Busfahrer mit dem unter Einheimischen und auf dem Berg üblichen Du.

»Wie fandest du das in dem Lift?«, fragt Luisa, als sie vom Parkplatz Hintereck die Kehren des Obersalzbergs hinunterfahren.

»Schon irgendwie beklemmend«, räumt Simon ein. »Zum einen, weil der Hitler genau mit diesem Aufzug gefahren ist. Zum anderen, weil sich da letzte Nacht vielleicht eine Gewalttat ereignet hat. Und es gibt keine Leiche, keine weiteren Blutspuren im Gang oder auf dem Buswendeplatz. Wenn da jemand blutüberströmt rausgewankt ist, müsste es doch auch Spuren auf dem Weg aus dem Tunnel geben.«

»Finde ich auch merkwürdig«, sagt Luisa einsilbig.

Sie sind im Berchtesgadener Tal angekommen, fahren die lang gezogene Schleife der Bahnhofstraße hoch, die in die Maximilianstraße übergeht. Luisa schaut auf das AlpenCongress zu ihrer Linken, wo auch die Touristinfo ist und viele Gäste hinströmen. Berchtesgaden lädt zum Wandern auf Almen und Gipfel, zu einer Fahrt auf dem Königssee und so vielem anderen ein.

»Meinst du, wir finden was über die Typen raus, die da gestern auf dem Buswendeplatz waren, nachdem der letzte Bus gefahren ist?«

»Diese Reichsbürger? Klar. Da haben wir reichlich Informationen.«

»Nur, dass wir nicht wissen, wer von denen gestern auf dem Kehlstein war. Ich bin mir auch nicht sicher, ob der Brunner die so eindeutig zuordnen kann. Ich meine als Reichsbürger. Nur wegen ein paar Tätowierungen und T-Shirts«, gibt Simon zu bedenken.

»Na, dann prüfen wir doch mal, welche Reichsbürger hier so in der Nähe leben.«

Sie sind wieder am Polizeigebäude angekommen. Zeit, um endlich den ersten Kaffee zu trinken. Noch immer gibt es ein kleines Restbrummen im Kopf. Simon trinkt keinen Tropfen, wenn er Auto fährt. Gestern aber waren es, nach der Feier mit Sekt, drei, vier Halbe im Bürgerbräu. Und einen Enzian gab's auch noch. Oder zwei, drei? Er hatte seinen Großvater Ludwig bitten müssen, ihn abzuholen und zum Schönerlehen zu bringen. Dort wohnt er gemeinsam mit seinen Großeltern. Zum Glück war es noch nicht so spät. Schon um zehn Uhr ist er ins Bett gegangen. Dann dieser ereignisreiche Vormittag. Da tut ein Kaffee endlich gut. Doch gerade als er den ersten Schluck geschlürft hat, wird Simon schon wieder aus der Ruhe gerissen. Michi Pregler steht in der Tür.

Kapitel 4 • Unternehmer verschwunden!

Kripoinspektion,
Mittwoch, 26. Mai

»Der vielleicht reichste Berchtesgadener ist scheinbar verschwunden.«

Michi hält die Türklinke in der Hand. »Doktor Golo Gruber ist gestern Abend nicht bei einem Termin erschienen«, erzählt er. Während Simon und Luisa auf dem Kehlstein waren, hat Michi das Telefon in der Kripostation gehütet. »Sein jüngerer Bruder Gernot hat angerufen und ihn als vermisst gemeldet. Der Golo sollte gestern bei einer Sitzung des oberbayerischen Milchverbands eine Rede halten. Aber er ist einfach nicht gekommen. Und er hat sich auch nicht entschuldigt. Dabei soll Golo die Zuverlässigkeit in Person sein. Mit dem Handy ist er auch nicht zu erreichen.«

Michi Preglers Worte nehmen Simon Perlinger und Luisa Sedlbauer regungslos zur Kenntnis. Solche Vermisstenfälle gibt es relativ oft. Meist erledigten sie sich von allein. Mal ist die vermisste Person mit Klassenkameraden zu einem Spontantrip weggefahren, auf eine Hütte ohne Empfang. Mal verlor ein Liebhaber das Zeitgefühl in den Armen seiner Geliebten.

»Ob er zu Hause war, ist unklar. Seine Familie ist gerade verreist.«

»Und sind die nicht erreichbar? Kommen die nicht sofort zurück, jetzt, wo es einen Vermisstenfall gibt?« Luisa schaut verwundert. »Hast du die …«

»Ich brauch euch wohl nicht zu erklären, wer Golo Gruber ist«, unterbricht Michi sie. Er schaut mit müden Augen zu den beiden Kollegen in den Bürostühlen. Er selbst steht noch immer in der Tür, etwas orientierungslos. Keine gute Lösung, dass er sein Büro noch ein Stockwerk tiefer hat.

»Der Chef von der Grubermilch AG, ich weiß.« Simon winkt ab.

»Einer von drei Chefs beziehungsweise Chefinnen«, korrigiert ihn Luisa mit einem Augenzwinkern. Ihr ist es wichtig, nicht die bisherige männerzentrierte Sprache zu übernehmen, auch wenn sie keine Gender-Fanatikerin ist. Aber bei der Polizei gibt es in dieser Hinsicht noch viel Nachholbedarf, so ihre Erfahrung.

»Ich würde vorschlagen«, sagt Michi in die entstandene Stille hinein, »ihr fahrt jetzt mal zu Golos Bruder Gernot in die Firma und hört euch an, ob er euch im direkten Gespräch mehr sagt als mir am Telefon. Immerhin ist da nicht irgendwer verschwunden.«

»Würden wir bei einem anderen Vermisstenfall in diesem frühen Stadium nicht machen. Ich dachte, alle Menschen sind gleich, auch bei der Polizei«, stichelt Simon.

»Mann, sind sie doch auch, Simon. Red mal nicht so neunmalklug daher. Aber der Golo Gruber ist eine Person des öffentlichen Lebens. Den kennt man. Wenn dem was passiert ist, kommt sofort die Frage, was denn die Polizei getan hat. Ob sie die Vermisstenanzeige etwa nicht ernst genommen hat … Ich hab eigentlich keinen Bock, das jetzt ausführlich zu erklären, warum es gut wäre, da mal hinzufahren.«

»Und warum fährst du nicht selbst hin?« Simons Worte haben eine leichte Schärfe. So ganz kann er den aggressiven Ton von Michi nicht ignorieren. Auch wenn er weiß, dass der Kollege privat gerade ziemlich angefressen ist.

»Weil … weil … also, ich will das nicht breitwalzen hier. Aber ich sehe mich gerade nicht in der Lage, Befragungen durchzuführen. Vielleicht verschreibt mir meine Ärztin bald sowieso eine Auszeit.«

Simon lehnt sich in seinem Stuhl nach vorne und beugt sich zu dem in der Tür stehenden Pregler vor. »Okay, Michi, wir übernehmen das. Halt du solange hier die Stellung. Vor allem wenn aus Rosenheim die Ergebnisse der Spurensuche kommen. Schick uns die bitte aufs Handy, okay? Und meld uns bei dem Gernot Gruber an.«

Mit dem Kaffee für Simon und Luisa würde es wieder nichts werden.

Kapitel 5 • Ein Imperium entsteht

Berchtesgaden, von den 1950ern bis heute

Dr. Golo Gruber führt mit seinen beiden Geschwistern eines der größten Lebensmittelunternehmen Deutschlands, die Grubermilch AG mit Sitz in Berchtesgaden. Entstanden ist die heute weltweit agierende Firma (erst im vorigen Jahr hat man ein amerikanisches Joghurt-Unternehmen aufgekauft) aus einem kleinen Berchtesgadener Milchladen am Marktplatz. Dieser Milchladen befand sich im Erdgeschoss eines schmalen Hauses mit sichtbaren Holzbalken an der Außenfassade und ausufernden Blumenkästen am Balkon des ersten Stocks.

Dort lebte Hermann Gruber, der spätere Gründer der Grubermilch AG, mit seiner Mutter Alma in den 1930er-Jahren zur Miete. Der Vater war bald nach der Geburt des Sohnes Hermann gestorben. Wo heute ein Handyshop ist, stand Anfang der Fünfzigerjahre die Witwe Alma im Erdgeschoss hinter der Ladentheke. Stets in Tracht, mit hochgestecktem Haar und einem leicht bitteren Lächeln. Was sie verkaufte, produzierte ihr tüchtiger Sohn Hermann.

Mit seinem kantigen Gesicht, den tief liegenden Augen war Hermann geprägt von Ehrgeiz und einer großen physischen Kraft. Er kam mit wenig Schlaf aus. In aller Frühe brach er, anfangs noch mit seinem Pferdefuhrwerk, auf, um die Milchbehälter von verschiedenen Lehen einzusammeln. Im hinteren Teil des Geschäftshauses betrieb er eine kleine Käserei und lebte seine Kreativität im Schaffen neuer Käsesorten aus. Bärlauch, Kümmel, Knoblauch, Walnuss. Kein Kraut, kein Gewürz, keine Zutat scheute er, um sie in seinem Käse zu verarbeiten. So gelang es ihm, in die noch stark vom Krieg gezeichneten Jahre einen Hauch von Exotik zu zaubern. Die Kundschaft dankte es ihm, das Geschäft blühte auf, und mit der Zeit beschäftigte er ein paar Angestellte.

Als die ersten Urlauber im Zuge des deutschen Wirtschaftswunders nach Berchtesgaden kamen, galt der Milch- und Käseladen von Hermann Gruber schon bald als feste Größe. Er experimentierte mit Käse in Form des Watzmanns, besonders beliebt der Handkäse »Watzi«. Blätter mit Informationen zur Herkunft der Milch und zur Herstellung des Käses gab er den Kunden mit. Er suchte sich schließlich eine leer stehende Halle außerhalb des Zentrums, um die Käserei zu vergrößern. Cholerisch, dynamisch, manchmal auch ein bisschen gemütlich – das Letztere vor allem, wenn es zu einem Treffen mit seinen Weihnachtsschützen kam – das war Hermann Gruber. HB-Männchen, Zebulon und Heinz Schenk vom Blauen Bock in einem.

Bald schon ergänzte er das Sortiment um viele Sorten von Joghurt, stellte immer mehr Personal ein. Bei der Olympiade 1972 in München bekam er den Zuschlag für einen Teil der Verpflegung der Sportlerinnen und Sportler. Damals kreierte er auch den »Schokoki«, einen Joghurt aus Milch, Schokolade und Kokosflocken. Cremiger Genuss zum Löffeln, irgendwo zwischen Mars und Bounty. Jeden Becher zierte zudem ein Abziehbild von bayerischen Bergen und Seen. Ein gratis verteiltes Album zum Einkleben weckte den Sammlerinstinkt vieler. Die Bayerische Staatsregierung verlieh der Aktion sogar den Goldenen Stern für erstklassiges Engagement zum Bewahren der bayerischen Heimat und Natur. Eigens für die Olympiade hergestellt, brachte der Schokoki gleichzeitig die Karibik in biedere deutsche Wohnzimmer mit ihren Standuhren, edelholzfurnierten Schränken und den gerafften Gardinen mit zartem Blumendekor. *Kuba meets Gelsenkirchener Barock.* In ganz Deutschland avancierte der Schokoki zum Hit, auch im wörtlichen Sinn: Gruber ließ für die Fernseh- und Rundfunkwerbung einen Hit komponieren, den Peter Alexander sang. Mit dem Charme des Wienerischen avancierte der Song zum Ohrwurm:

Grubers Schokoki, dein kleines Glück
Probier ihn aus, und es gibt kein Zurück
Schokoki, du machst mein Leben heiter
Drum ess ich dich auch weiter, weiter, weiter …

Die Entwicklung von Hermann Grubers Betrieb zu einem großen Milch-, Käse- und Joghurtkonzern nahm ihren Lauf. Gruber kaufte ein riesiges Grundstück am Ortsausgang von Berchtesgaden und errichtete eine Firma, in der heute mehr als fünfhundert Beschäftigte arbeiten. Nimmt man die Betriebe in Rosenheim, Wasserburg und Oberstaufen hinzu, sind es rund tausend Angestellte, die bei der Grubermilch AG in Lohn und Brot stehen. Von der Aktiengesellschaft, in die Gruber den Betrieb schließlich umwandelte, besaß er die meisten Anteile, die übrigen verteilte er mit der Zeit im Wesentlichen an seine drei Kinder.

Heute allerdings macht der Grubermilch AG eine starke Konkurrenz immer mehr zu schaffen: Die Molkerei in Piding. Sie zahlt den Bauern bessere Milchpreise, nimmt nur noch Milch von Betrieben, die ohne Glyphosat bei der Grünlandbewirtung arbeiten, und zahlt auch den Angestellten deutlich bessere Löhne als die Grubermilch AG. Als Genossenschaft pflegt sie das Image, echte Bergbauernmilch anzubieten. Sie fährt viele kleine Höfe und Lehen mit zwanzig, zehn oder auch nur fünf, sechs Kühen an und holt dort die Milch Tag für Tag ab.

Die Grubermilch AG hat ihre Betriebe dagegen vor allem im Chiemgau und in Niederbayern, mittlerweile auch einige ganz große in Thüringen, Sachsen-Anhalt und Niedersachsen. Ganz groß, das sind bis zu sechshundert Kühe in riesigen Ställen. Tierschützer kritisieren diese Stallhaltung, die sich vom Leben der Tiere auf den Höfen im Berchtesgadener Land unterscheidet wie Bitter Lemon von Erdbeermilch. Simon Perlinger kennt das vom Nachbarhof des Schönerlehens. Dort hat nicht nur jede Kuh einen liebevollen Namen, die Bergbäuerin spricht auch mit den Tieren beim Melken und sorgt für ein gutes Feng-Shui im Stall, indem sie Antenne Bayern beim Melkvorgang einschaltet. Supertramp. *Give a little bit of your life to me.* Den Kühen hebt das die Stimmung. Die Bäuerin behauptet sogar, anhand der Milch erschmecken zu können, welche Musik die Kuh beim Melken gehört hat. Gäbe es noch »Wetten, dass..?« mit Thomas Gottschalk, sie wäre eine Kandidatin.

Was tun gegen eine so mächtige Konkurrenz, die den Zeitgeist der Verbraucherinnen und Verbraucher, das

Ökologische und Nachhaltige absolut trifft? Der Seniorchef sah mit Interesse, wie seine Tochter Greta gegen den Widerstand ihrer Brüder Golo und Gernot die Pidinger Molkerei auf der dunkelgrünen Spur links außen überholen wollte. Aber auch die Bedenken seiner Söhne hörte er – und mischte sich nicht mehr ein. 2015 stieg er aus der Geschäftsführung aus und übergab den Kindern zu jeweils gleichen Teilen seinen Firmenbesitz.

Hermann Gruber, der Selfmademan. Seine Kindheit war vom Krieg überschattet. 1935 geboren, wusste er, was es heißt, entbehrungsreich zu leben. Seine Mutter, schon bald alleinerziehend, ließ kein Selbstmitleid zu. Sie zählte zu den Frauen, die die Ärmel hochkrempelten und anpackten. Von ihr lernte er, sich auch unter schweren Bedingungen durchzusetzen. Mit achtundzwanzig Jahren begegnete er Eva. Sie war zehn Jahre jünger als er, attraktiv, die Taille schlank, mit kleinen Nasenlöchern und einem leichten Silberblick. Für ihn war es Liebe auf den ersten Blick, für sie eher eine Sache der Vernunft. Als Waise aufgewachsen, fand sie die bestimmende Art Hermanns gut. Da war ein Mann, der wusste, was er wollte. Einer, der sich durchsetzt. Einer, der eine Schulter bot, um sich anzulehnen. Ein stabiler Baum, den kein Sturm umwarf. Aber auch einer, der selbst Halbwaise war und sich gut in sie hineinversetzen konnte.

Eva hatte nach Abschluss der Volksschule Kindergärtnerin gelernt und war auf diesem Weg nach Berchtesgaden gekommen. Das Herz für Kinder sollte sich auch in der eigenen Familie bewähren. Zwei Jahre nach dem Kennenlernen und ein halbes Jahr nach der Hochzeit (sie *mussten* heiraten, wie man damals aufgrund gesellschaftlicher Zwänge mit einem wissenden Lächeln sagte), kam Golo zur Welt. Zwei Jahre später Gernot.

Aber Hermann wollte unbedingt noch Vater einer Tochter werden. Geradezu besessen war er von diesem Gedanken. Doch es wollte einfach nicht klappen. Fast schon hysterisch redete er auf Eva ein, sie möge warm baden, Eukalyptustee trinken oder Nachtspaziergänge machen. Weisheiten seiner einäugigen Großtante Elfriede. Er suchte mit Eva spezialisierte Ärzte in der Schweiz auf, auch einen Wunderheiler in Emden. Aber es half alles nichts. Erst achtzehn Jahre nach Gernot kam, für Hermann und Eva mehr als überraschend, dann doch noch eine Tochter zur Welt. Greta.

Hermann Gruber erzog alle seine Kinder mit Blick auf eine berufliche Zukunft in der Firma. Ihm schwebte die deutsche Marktführerschaft in Sachen Milchprodukte vor. Mit drei tüchtigen und ehrgeizigen Kindern, Blut von seinem Blute, gelänge das. Die Kinder gingen alle aufs Berchtesgadener Gymnasium. Golo und Gernot studierten Betriebswirtschaft. Greta schaffte gleich zwei Studienabschlüsse, in BWL und in Biologie. Hermann Gruber arbeitete seine Kinder persönlich in die Firma ein, baute für jeden ein eigenes Geschäftsfeld auf.

Lange klammerte er sich an die Firma, wollte alle Fäden selbst in der Hand behalten. Mit siebzig traf ihn ein Schlaganfall. Danach war die Welt für ihn eine andere. Abgeben von Verantwortung an die Kinder war für ihn kein großes Problem mehr. Im Gegenteil. Die hohe Eigenverantwortung, die die Kinder jetzt trugen, sollte diese motivieren. Das tat es auch – und tut es bis heute.

Aber was hier so harmonisch und einträchtig erscheint, ein Vater, drei Kinder und eine sehr erfolgreiche Firma, ist es bei genauerem Hinsehen keineswegs. Ein Sonnenschirm mag noch so schön gemustert sein – unter seinem Betonsockel aalen sich immer die Würmer und Spinnen.

Kapitel 6 • Dissonanzen

Grubermilch AG, Mittwoch, 26. Mai

An der Pforte der Grubermilch AG zeigen Simon und Luisa ihre Dienstausweise vor und werden im dritten Stock der Chefetage von Gernot und Greta Gruber erwartet. Das Besprechungszimmer ist mit modernster Technik und Designermöbeln ausgestattet. Alles weiß in weiß. Als ob sie in einem Milchtopf sitzen. Durch die bodentiefen Fenster zur Terrasse sieht man den Watzmann in seiner ganzen Majestät. Auch den Hochkalter und auf der anderen Seite den Jenner mit der Bergkulisse von Göll und Hagengebirge. Einige Wölkchen fliegen tief und leicht über das Tal des Königssees.

»Herr Gruber«, eröffnet Simon das Gespräch, nachdem sie in den tiefen weichen Ledersesseln an einem niedrigen Glastisch Platz genommen haben. »Erzählen Sie uns bitte, wann Sie Ihren Bruder zum letzten Mal gesehen haben.«

Gernot schildert den gestrigen Tag in der Firma. Es habe einige Besprechungen gegeben. Auch wegen eines Entwicklungshilfe-Projekts in Bangladesch. Man arbeite gerade an einem Joghurt, der siebzig Prozent des täglichen Vitaminbedarfs abdeckt. Bangladesch solle das Pionierland sein. Wenn man das Problem des Kühlens in den Griff bekomme, könne dieser Joghurt auch für Kinder in ganz Afrika eine Perspektive werden.

»Waren diese Gespräche friedlich?«, fragt Luisa. Gernot und Greta schauen sich einen Tick zu lange an. Als ob sie überlegen, was sie am besten antworten. Auf keinen Fall die Wahrheit. Das merkt Simon.

»Ich habe das Gefühl, es kam zu Kontroversen«, sagt er trocken und mehr zu Luisa hin.

»Kontroversen sind normal«, gibt Greta schließlich zu. Über der Oberlippe trägt sie ein kleines Muttermal. »Vor allem, wenn es um so ein grundlegendes Projekt geht.«

» … bei dem wir sehr viel Geld investieren und der Ausgang ungewiss ist«, ergänzt Gernot leicht gereizt.

»Okay, und Ihr Bruder, wie sah er das?« Simon spürt die Verunsicherung der Geschwister. Sie haben sich vor ihrem Besuch nicht abgesprochen.

»Der hatte auch Bedenken. Aber unsere Schwester will das unbedingt durchziehen.« Gernot stößt einen kurzen Seufzer aus. »Aber was hat das mit dem Verschwinden von Golo zu tun?«

Simon wirft Luisa einen kurzen Blick zu. Die beiden kennen sich schon lange, und Luisa weiß, was dieser Blick bedeutet: Wir schweigen erst mal. Lange Sekunden ist es jetzt still. Aber Simon weiß, das müssen er und Luisa aushalten.

»Golo hat voller Wut die Sitzung verlassen …«, räumt Gernot schließlich ein. »Er und Greta liegen schon lange über Kreuz. Denn …«

»Ach red doch nicht so einen Schmarrn, Gernot«, fällt ihm Greta ins Wort. »Wir verstehen uns doch meist so einigermaßen …«

»Hör auf, Greta, du willst nur schönreden, wo es nichts schönzureden gibt.«

»So ein Blödsinn, was du da verzapfst. Ihr seid einfach viel zu eingefahren in eurem Denken. Wir müssen die Firma von Grund auf neu aufstellen. So ein Projekt, wie das in Bangladesch, wäre ein erster Schritt, das neue Image zu präsentieren. Sozial, international, nachhaltig. Die Pidinger sind uns so weit voraus, weil sie sich als Genossenschaft hohen ökologischen Standards verpflichtet fühlen. Und sie setzen das auch praktisch um.«

»Ach, Greta, die Pidinger kann man doch nicht mit uns vergleichen. Wir müssen viel größer denken und profitabler arbeiten. Das, was du da rumspinnst, passt nicht in unsere Firmentradition.«

»Weil Ihre Schwester sozial und ökologisch orientiert ist?«, mischt sich plötzlich Luisa ein und ist selbst ein bisschen überrascht. Sie schaut Gernot mit leicht flackerndem Blick an. »Ich verfolge das immer mal wieder in der Zeitung. Ihre Schwester ist ja sogar Mitglied bei den Grünen!«

Simon staunt über Luisas Wissen. Vielleicht sollte auch er die Tageszeitung aufmerksamer lesen. Die Großeltern haben sie abonniert. Bei gutem Wetter liegt sie auf dem Tisch vor dem Wohnhaus im Schönerlehen. Nur zwanzig, dreißig Meter weg von seiner Wohnung im Austragshäusl. Aber abends ist er meist zu müde. Schafft es oft nicht einmal, ein Buch zu lesen, was er früher so gerne getan hat.

»Manche deiner Ideen sind gut, Greta«, räumt Gernot ein. »Aber vieles ist auch Spinnerei. Und wegen Spinnereien setzen wir nicht tausend Arbeitsplätze aufs Spiel …«

»Ich bin überzeugt, wir haben nur eine Zukunft, wenn wir ein ökologischer Vorzeigebetrieb werden. Denk an das Schicksal von Schlecker, der Drogeriemarktkette. Wenn sich unsere Firmenphilosophie nicht bald grundlegend ändert, wird es uns ergehen wie denen vor zehn Jahren. Wir verpassen den Trend der Zeit, nämlich umweltgerecht und mit Blick auf das Tierwohl zu wirtschaften. Dafür werden wir bald abgestraft. Schlecker hat seine Mitarbeiterinnen schikaniert, sie schlecht bezahlt, die Ware lieblos präsentiert, mit anderen Worten an alten, verkrusteten Geschäftsmodellen festgehalten. Und was ist passiert? Der ganz große Crash! Schlecker ging in Insolvenz, die Mitarbeiterinnen verloren ihren Job, und die Schleckerkinder sind ins Gefängnis gewandert. Willst du das auch?«

Gretas Wangen sind feuerrot, sie atmet schnell und hat sich unbewusst eine Hand aufs Herz gelegt.

»Das kann man doch nicht vergleichen«, erwidert Gernot nur schwach. Man spürt, solche Diskussionen haben die Geschwister schon oft geführt. Bis zur Ermüdung.

»Wenn dir Schlecker nicht einleuchtet, denk an die Hühnereier!«, schiebt Greta aufgebracht hinterher. Sie sieht jetzt älter aus, hat eine Zornesfalte über dem Nasenansatz.

Hühnereier? Simon überlegt, was Greta damit meinen könnte. Auf dem Schönerlehen gibt es einen nicht ganz ernsten, aber trotzdem vehementen Kampf zwischen seiner Großmutter Maria und seinem Großvater Ludwig. Sie hält, wie sie sagt, richtige Hühner, Ludwig dagegen Zwerghühner, die für nichts nützlich seien. Aber wenn die Mitinhaberin der Grubermilch AG von Hühnereiern spricht, meint sie sicher ganz andere Dimensionen.

»Wissen Sie, wo Ihr Bruder gestern nach der Besprechung …«, Luisa räuspert sich, » … also nach diesem Streitgespräch hingefahren ist?« Sie schaut erst zu Gernot, dann zu Greta.

»Nein.« Greta wirft Gernot einen strengen Blick zu. Mit ihrer schwarzen Hornbrille wirkt sie wie eine Lateinlehrerin. »Wissen Sie, privat leben wir alle unser eigenes Leben. Reicht schon, wenn wir uns hier so oft über den Weg laufen.«

Gernot widerspricht nicht. Er trägt eine orangene Cordhose. Wie so viele wohlhabende Männer jenseits der fünfzig, die mit auffallenden Kleiderfarben dem Alterungsprozess zu entwischen glauben. Auch der schmale seidene Schal in irgendeinem Lilaton, den er lässig um die Schultern geworfen hat, und der knallgelbe Golfpullover dienen diesem Zweck. Er wirkt nach Gretas Wutanfall schwach, in sich zusammengesunken. Als habe man ihm das Rückgrat herausoperiert und durch eine Kobraschlange ersetzt.

»Was für ein Auto fährt Ihr Bruder?« Simon versucht die Emotionen aus dem Gespräch zu nehmen.

»Meist fährt er mit seinem schwarzen Porsche Cayenne«, antwortet Gernot.

An der milchweißen Wand hinter Gernot ist ein Gemälde zu sehen. Darauf porträtiert ist, wie das Schild daneben mitteilt, Hermann Gruber in tannengrünem Jägergewand und mit einem Gewehr unter dem Arm. Der Firmengründer, 2017 gestorben, strahlt etwas Erhabenes, Souveränes aus.

»Sie sagen meist. Hat er noch andere Autos?«, fragt Simon.

»Ja, natürlich. Er hat noch einen Siebener BMW als Dienstwagen. Außerdem mehrere Oldtimer, sein Hobby.«

Gernot scheint über die Frage verwundert. Als ob es das Selbstverständlichste der Welt wäre, dass man mehrere Autos besitzt, denkt sich Simon. Er selbst fährt nur seinen klapprigen Golf, der ausschaut, als habe er ihn Barney Geröllheimer abgekauft.

»Welches Kennzeichen hat der Porsche?«

»BGL – GG – 65«, sagt Gernot.

»Hat die 65 etwas zu bedeuten? GG sind ja wohl die Initialen.«

»Ja, klar, ist sein Geburtsjahr.«

Simon und Luisa verabschieden sich.

»Nicht gerade ein Herz und eine Seele, diese Geschwister«, stößt Simon hervor.

Sie sind wieder an ihrem Dienstwagen angelangt.

»Schau mal!« Luisa weist auf einen kanariengelben Lamborghini hin, der auf dem Firmenparkplatz ganz vorne am Eingang zu den Büros steht. Er trägt das Kennzeichen BGL – GG – 67. »Ist klar, wem der gehört, oder?«

Simon nickt. »Klar, und wo ist Gretas Dienstfahrzeug?«

Ein dritter Stellplatz mit dem Schild *Geschäftsführung* ist leer. An der Eingangstür steht ein moosgrünes Holland-Damenrad.

»Ich schätze mal, das ist es«, sagt Luisa und nickt in Richtung des Drahtesels.

»Ja, das passt.« Simon kann sich ein Lachen nicht verkneifen.

Als sie in ihren Wagen steigen, leuchtet eine Nachricht in Simons Handy-Display auf. Absender ist Michi Pregler.

Schwarzer Porsche gefunden. Aufgebrochen. Sieht nach Diebstahlsversuch aus. Gehört Golo Gruber. Nähe Dokumentationszentrum auf dem Obersalzberg.

Kapitel 7 • Porsche gefunden!

Obersalzberg/Kripoinspektion,
Mittwoch, 26. Mai

Die beiden Polizeibergführer starten direkt von der Grubermilch AG zu einem Waldstück am Obersalzberg. Michi Pregler hat ihnen telefonisch den Fundort des Porsches beschrieben. Ungefähr hundert Meter ist er vom Dokumentationszentrum und dem Parkplatz Hinterеck entfernt, auf der anderen Straßenseite. Von dort führt ein Wanderweg zur Sommerrodelbahn beim Hochlenzer und zum berühmten Gasthaus-Café Windbeutelbaron auf der Graflhöhe. Aber auch ein Fußweg zum Kehlsteingipfel zweigt von hier ab.

Wanderer haben den Porsche entdeckt. Nicht weil er hier parkte, fiel er ihnen auf. Auch andere Autos stehen dort ab und zu. Was sie die Polizei rufen ließ, waren die gezackten Scherbenreste auf der Fahrerseite. Mit großer Gewalt hatte jemand so lange mit einem Hammer oder einem Stein auf die Scheibe aus Polycarbonat eingeschlagen, bis sie schließlich nachgab. Das Wageninnere wurde ansonsten nicht weiter beschädigt. Ob das wirklich ein Diebstahlsversuch war, lässt sich noch nicht sagen.

Simon hat den Spurensicherungskoffer aus dem Dienstwagen geholt. Fingerabdrücke, DNA, Reifenspuren, alles kann nun wichtige Hinweise zum Tathergang liefern. Direkt neben der Fahrertür sind frische Reifenabdrücke eines Motorrads zu sehen. Gemeinsam suchen Simon und Luisa das Wageninnere ab. Ein Mechatroniker der VW-Niederlassung in Berchtesgaden ist in der Zwischenzeit zu ihnen gestoßen und hilft ihnen, die eingebaute Elektronik zu nutzen und den Porsche zu untersuchen. Besonders gründlich schauen sie sich den Kofferraum an. Luisa filmt gleichzeitig den Porsche von innen und außen sowie das nähere Umfeld. Blutspuren entdecken sie keine. Zur kriminaltechnischen Untersuchung schicken sie die vorgefundenen Proben mit einem Kurier nach Rosenheim. Vorsorglich lassen sie den Porsche auf das Gelände der Polizei abschleppen. Ein Gefühl sagt ihnen, dass ihre Proben und Untersuchungen nicht ausreichen könnten.

Da sie schon am Obersalzberg sind, beschließen Simon und Luisa die Gelegenheit zu nutzen, um ein paar Zeugen ausfindig zu machen. Sie befragen das Personal an der Busabfahrtsstelle zum Kehlsteinhaus, Bedienungen der Gaststätte am Parkplatz und Angestellte des Dokumentationszentrums.

Ein wissenschaftlicher Mitarbeiter, der sich am Vortag bis spätabends im Dokumentationszentrum aufgehalten hat, erinnert sich an drei Autos, die noch auf dem Parkplatz standen. Sie hätten alle Nürnberger Kennzeichen gehabt. Einem Busfahrer ist eine finstere Truppe mit Lederjacken, bedruckten T-Shirts und Sonnenbrillen aufgefallen. Fränkischen Dialekt hätten sie gesprochen und das *R* bis nach Salzburg gerollt. Er habe sie gemeinsam mit russischen Touristen nach oben gefahren. Sie hätten Sporttaschen dabeigehabt, ohne dass zu erkennen gewesen war, was sich darin befand. So zehn, zwölf Personen seien das gewesen. Keiner der anwesenden Busfahrer kann sich erinnern, die Gruppe wieder mit nach unten befördert zu haben. Simon denkt an Klaus Brunners Aussage, er habe einige Reichsbürger auf die letzte Busfahrt hingewiesen, was sie aber abfällig kommentiert hätten.

Der Wissenschaftler des Dokumentationszentrums behauptet, auf dem Nachhauseweg auch den Porsche im Licht seiner Autoscheinwerfer gesehen zu haben. Er habe abgebremst, aber nichts weiter Verdächtiges bemerkt. Das Autokennzeichen habe er nicht erkannt. Ihm sei das komisch vorgekommen, wieso ein so edles Fahrzeug nachts in diesem Waldstück parkte. Vielleicht sei ein heimliches Liebespaar drin, habe er sich gedacht. Er sei jedenfalls weitergefahren in seine Wohnung im Ortszentrum. Die beiden Kriminalbeamten fragen ihn nach seinen Kontaktdaten, falls sie später noch Fragen hätten. Er gibt ihnen eine Visitenkarte. *Dr. Fridolin Täubner*, steht da, *Wissenschaftlicher Mitarbeiter am Institut für Zeitgeschichte München-Berlin*.

Auf der Fahrt ins Tal resümieren Simon und Luisa ihre bisherigen Erkenntnisse. Der mit Blut verschmierte Lift, die irgendwie rechtsextreme Gruppe an der Buswendeschleife des Kehlsteins, der verschwundene Golo Gruber, der aufgebrochene Porsche. Die Frage, die Simon sich stellt, liegt auf der Hand.

»Glaubst du, Luisa, es gibt einen Zusammenhang zwischen all diesen Dingen?«

»Tja, wenn wir das wüssten. Jedenfalls schon komisch, wie das alles hier am Obersalzberg zusammenkommt.«

»Warten wir mal den Bericht der Spurensicherung aus Rosenheim ab.«

•••

Wieder zurück in der Polizeiinspektion, kommt der Bericht gerade rein. Die Spuren im Lift bestehen aus menschlichem Blut, das eindeutig von einer einzigen Person stammt. Allerdings ist es nur zu geringen Teilen frisches Blut, der größere Teil muss in einer Tiefkühlbox aufbewahrt gewesen sein. Jemand hat also das Blut am Tatort verteilt. Sogar auf die grünen Lederbänke hat er oder sie das Blut gekleckert. Die Lederbänke waren allerdings in dieser Nacht ausnahmsweise nicht mit den hellen Schlaufen an der Wand festgemacht, wie Brunner erzählt hat. Wegen der Imprägnierung hatte er sie unten gelassen, damit das Spray gleichmäßig einzieht. Also hat der Täter sie nicht eigens zum Blutverspritzen heruntergeklappt.

Die Blutflecken an den Spiegeln sind zum Teil anderer Natur. Sie sind frisch und direkt aus einem Körper dorthin gespritzt. Denkbar, dass jemand mit dem Kopf gegen den Spiegel gekracht ist und dabei eine Platzwunde davongetragen hat. An mehreren Stellen des Spiegels muss die Person aufgeschlagen sein.

»Hört sich nach einem Kampf an, oder?«

»Ich weiß nicht«, grübelt Simon. »Wieso dann dieses andere Blut auf dem Boden und den Sitzen? Das geradezu hindrapiert wurde. Wie wenn uns jemand etwas demonstrieren will.«

»Uns. Oder jemand anderem.«

»An wen denkst du?«

»Keine Ahnung. Vielleicht an die beiden verbliebenen Gruber-Geschwister?«

»Weil die sich nicht grün sind, Luisa?«

»Das kannst du wörtlich nehmen. Grün ist diese Greta, sehr zum Unwillen der beiden anderen.«

»Ja, die wirkten alle zerstritten. Aber trotzdem ergibt sich noch kein logischer Ansatz, warum sich Golos Blut in der Liftkabine zum Kehlsteinhaus befindet. Falls es überhaupt Golos Blut ist. Es könnte auch von einem seiner Widersacher sein, den er bezwungen hat. Oder von einem dieser Neonazis.«

»Die der Klaus Brunner angesprochen hat?« Luisa schaut zweifelnd. »Aber auch bei denen ist unklar, wie sie das Tor zum Lift geöffnet haben, ohne dass man Einbruchsspuren sieht.«

»Wir sollten die drei Schlüsselbesitzer genauer befragen. Brunner, Moderegger, den Wirt, und diesen Sargmacher. Entweder haben die selbst das Tor geöffnet oder ...«

»Oder sie haben den Schlüssel jemandem gegeben«, vollendet Luisa Simons Gedanken.

Es ist später Nachmittag, und der Himmel hat sich zugezogen. Erste Regentropfen prasseln auf das Dach der Kripoinspektion. Auch morgen soll es regnen. Dann werden die Urlauber in das Salzbergwerk, die Therme, die Kletterhalle oder das Haus der Berge strömen.

Simon versucht am Telefon, das Ergebnis der Porsche-Spuren in Rosenheim zu erfragen. Sie könnten über die DNA Gewissheit geben, ob das Blut im Lift tatsächlich von Golo stammt. Doch die Proben sind gerade erst eingetroffen. Ein Ergebnis liegt frühestens morgen Mittag vor. Der Versuch, Golo Grubers Handy zu orten, bringt auch keinen Erfolg. Als habe er sich in Luft aufgelöst.

Kapitel 8 • Immer noch ein Tabu

Bischofswiesen/Schönerlehen,
Mittwoch, 26. Mai

Nach einem langen Tag verabschieden sich Luisa und Simon voneinander. Michi ist schon vor zwei Stunden in sein neues Zuhause gegangen. Die kleine Wohnung in Bischofswiesen direkt an der Bundesstraße.

Dem geht's wirklich dreckig, überlegt Simon, als er auf dem Weg nach Hause ist. Er ist müde und will eigentlich direkt zum Schönerlehen fahren. Einen Film schauen, chillen. Aber ihn treibt es um, was mit Michi ist, der heute gar nicht gut aussah. Am Kreisel vor dem Haus der Berge dreht er mit seinem Golf mehrere Runden und biegt schließlich Richtung Bischofswiesen ab. Simon weiß aus eigener Erfahrung, wie das ist, wenn man in einem seelischen Loch sitzt und keiner sich meldet. Wenn man niemanden zum Reden hat. Dabei kann es befreiend sein, alles loszuwerden.

So besucht er seinen Kollegen, der auf ihn ziemlich verwahrlost wirkt und offenbar nach Feierabend viel Alkohol trinkt. Michi erzählt Simon ausführlich, wie es in seinem Inneren aussieht. Eine Mischung aus Wut, Selbstanklage und Verzweiflung.

Corinna, seine Ehefrau, habe ihn aufs Abstellgleis gestellt. Ihre Eltern hätten sich ständig in ihre Zukunftspläne eingemischt, ohne irgendeinen Widerspruch von ihr. Die körperliche Nähe habe Corinna ohne für ihn erkennbaren Anlass nach der Geburt der Kinder immer mehr zurückgefahren. Irgendwann hatten sie dann gar keinen Sex mehr. Auf dem Marktfest sei er einer früheren Mitschülerin begegnet. Man habe viel Alkohol getrunken, sich wunderbar verstanden. Später habe man sich ein paar Mal getroffen. Irgendwann habe sie jemand beobachtet und fotografiert, als sie sich im Zauberwald geküsst haben. Das Foto schickte dieser Jemand an Corinna. Daraufhin habe sie ihn rausgeschmissen. Jetzt wolle sie die Scheidung. Seine Kinder dürfe er kaum noch sehen. Seine Zukunft liege in Trümmern.

Simon hört zu. Mehr kann er nicht tun. Zuhören hilft heilen und ist oft mehr wert als alle möglichen Tipps.

Zum Schluss bekommt das Gespräch noch eine überraschende Wende zum verschwundenen Golo Gruber. Corinna, so erzählt Michi, kenne Greta Gruber. Sie seien sogar befreundet und zu Schulzeiten in der gleichen Klasse gewesen. Simon könne Corinna doch befragen, falls aus dem bisher Bekannten ein richtiger Fall werden sollte. Bei diesen Worten schaut Michi Simon an, als sei er aus einem Traum, einer anderen Welt, dem Reich der Trübgedanken aufgetaucht.

Was verspricht sich Michi von einer Befragung Corinnas, fragt sich Simon. Soll er etwa zum Mittler zwischen den beiden werden? Hofft Michi, Simon werde Corinna irgendwie zu seinen Gunsten beeinflussen? Damit fühlt er sich überfordert. Andererseits möchte er Michi nicht im Stich lassen. Der ist nämlich fix und alle. Er klammert sich an den kleinsten Strohhalm, um nicht unterzugehen. Simon will sich das mit der Befragung Corinnas noch einmal überlegen.

Zum Schluss bittet Simon seinen Kollegen, er solle weniger Alkohol trinken. Auch fragt er ihn, ob er schon mal an eine Psychotherapie gedacht habe.

»Ich bin doch nicht gestört, Simon!«, antwortet der sichtlich erschrockene Pregler.

»Du vielleicht nicht, aber dein bisheriges Leben ist gestört. Mein Eindruck ist, dass du nur schwer wieder auf die Beine kommst. Lass dir helfen, wieder positiv in die Zukunft zu schauen.«

Einen Augenblick überlegt Simon, ob er Michi von seinen eigenen Erfahrungen in puncto psychischer Behandlung erzählen soll, lässt es dann aber sein.

»Ich habe morgen einen Termin bei meinem Hausarzt, Simon. Mal sehen, was der sagt. Aber ich bin kein Psychofall, nur weil es mal nicht rundläuft.«

•••

Auf der Rückfahrt ins Schönerlehen denkt Simon an die immer noch großen Vorbehalte, sich psychische Erkrankungen einzugestehen. Damals, als der Fußball-Nationaltorwart Robert Enke sich das Leben nahm, gab es eine hohe mediale Aufmerksamkeit für dieses Thema. Alle staunten, wie Depressionen Menschen verändern können. Aber dann? Hat sich nachhaltig etwas verändert? Oder ist es nicht immer noch ein Tabuthema? Michi zeigt die klassischen Symptome einer Depression: kein Antrieb, kein Appetit, häufiges Gähnen. Trotzdem hat er Hemmungen, sich professionell helfen zu lassen. Warum nur? Wer sich ein Bein bricht, geht ins Krankenhaus. Doch was ist, wenn die Seele bricht?

Gedankenverloren steuert Simon seinen Golf auf den Hof des Schönerlehens. Die Nacht ist hereingebrochen, bei den Großeltern brennt kein Licht mehr. Nur in einer der Ferienwohnungen im ersten Stock huschen Schatten hinter dem grauen Stoffvorhang hin und her. Hinter dem Stall springt die Milchkühlung an, eine Maus quiekt in den Fängen einer Katze um ihr Leben. Ansonsten ist es still, die Welt schweigt.

Simon ist zu aufgedreht, um sofort schlafen zu gehen. Mit einem Glas Weißbier setzt er sich auf die Bank vor dem Austragshäusl und hängt den Ereignissen der letzten Monate nach. Im letzten Herbst der Doppelmord am Watzmann. Dann sein persönlicher Aufstieg zum Leiter der Kripo Berchtesgaden. Zwischendurch mehrere Bergunfälle von Skitourengehern. Und heute Vormittag die Blutspuren im Lift zum Kehlsteinhaus. Ganz schön aufregender Job, die letzten Monate.

Aber für ein glückliches Leben reicht der Job allein nicht aus. Manchmal überlegt Simon, ob es ein Fehler gewesen war, beruflich in seine Heimat Berchtesgaden zurückzukehren. Vor allem, weil er keine Freundin hat. Eine solche hier zu finden ist schwierig. Die, die ihm in der Schule oder in der Jugend des Alpenvereins gefallen haben, sind alle entweder weggezogen oder unter der Haube.

Seit Kurzem hat er jetzt einen Tinder-Account. Aber auch das ist nicht so einfach. Er will nicht die schnelle Nummer. Nein, er ist da ziemlich konservativ, glaubt an die eine große Liebe. Wie er die in Berchtesgaden finden soll, wird ihm immer rätselhafter. Wäre da nicht der spannende Job, der Aufbau einer eigenständigen Kripo – er hätte sich vielleicht längst nach München oder wenigstens Rosenheim beworben. Dort wohnen mehr unverheiratete Frauen, die ihn interessieren, ist er sich sicher.

In Berchtesgaden dagegen wachsen sympathische, einigermaßen gleichaltrige und nicht vergebene Frauen nicht auf den Bäumen. Aber Single bleiben, dazu noch bei den Großeltern wohnen und irgendwann als Nebenerwerb die Kühe melken, das ist keine Perspektive. Am Schluss landet er noch als Kandidat bei *Bauer sucht Frau*. Wie peinlich wäre das denn! Ihn beschleicht das Gefühl, in dieser Hinsicht versagt zu haben. Zu lange an seiner letzten Freundin gehangen zu haben, obwohl klar war, dass es nie etwas mit ihnen beiden werden würde.

Aber er will sich nicht in diesen Gedanken verlieren. Nicht an diesem verrückten Tag.

Kapitel 9 • Merkwürdiges

Berchtesgaden, Donnerstag, 27. Mai

Soll die Berchtesgadener Kripo weiter ermitteln? Aber in welchem Fall? Bislang gibt es nur eine Vermisstenmeldung, eine Sachbeschädigung an einem Porsche und eine verwüstete Liftkabine. Hinsichtlich der Blutspuren dort gibt es allerdings bald Gewissheit. Sie stammen, wie der DNA-Abgleich ergibt, tatsächlich von Golo Gruber. Ein kleiner Teil ist frisches Blut, das meiste Blut wurde offenbar gekühlten Konserven entnommen. Ist der wohlhabende Unternehmer Opfer einer Entführung geworden? Oder eines Gewaltverbrechens? War es vielleicht Suizid und jemand hat die Leiche entfernt? Wo ist Golo jetzt, beziehungsweise seine Leiche? Und warum die Blutkonserven?

Die Berchtesgadener Ermittler recherchieren im privaten Umfeld von Golo Gruber. Abermals befragen sie Gernot und Greta. Simon sucht Corinna Pregler auf. Er war einmal privat bei Michi, von daher kennt er seine Frau. Ihm ist jetzt auch eingefallen, dass Corinna damals sogar von Greta erzählt hat. Wie sie sie im Wahlkampf unterstütze. Obwohl ihre Eltern stramme Wähler der CSU seien. So hat Simon jetzt einen Anknüpfungspunkt, um mehr über Greta zu erfahren.

Corinna ist anfangs etwas skeptisch, zieht die Augenbrauen hoch, als er ihr sein Anliegen schildert. Doch schließlich lässt sie ihn eintreten, erzählt im Wohnzimmer auf der kobaltblauen Couch von Greta. Von der Abifahrt an die Costa Brava. Wie Greta damals schon voller Ideen war, wie man den Planeten retten könne. Der sei nämlich extrem gefährdet. Nicht nur wegen der Atomkraft. Auch wegen der industriellen Landwirtschaft. Kühe und ihren Methanausstoß schilderte sie nur insofern als Bedrohung, als daran auch die Futtererzeugung und die Lagerung des Düngers in Form von Gülle und Mist schuld seien. Da könne man so vieles verbessern. Insgesamt seien Kühe an Treibhausgasen nur mit circa zwei Prozent beteiligt. Schon mit achtzehn Jahren war Greta also ökologisch versiert und sah die Milchtierhaltung differenziert.

Simon hakt nach, was Greta sonst noch für Interessen hatte, was für ein Charakter sie sei, wie sie in der Schule war und so weiter. Auch nach Gernot fragt er. Aber Corinna kennt ihn nur aus den Schilderungen seiner Schwester, die ihn als arbeitsscheuen Dandy beschrieben habe. Am Ende des Gesprächs überlegt er kurz, ob er Corinna auf Michi ansprechen soll, lässt es dann aber bleiben. Corinna würde misstrauisch und sein Interesse an Greta für vorgeschoben halten. Ein bisschen war es das ja auch. Um mehr über Greta zu erfahren, hätte er genauso gut ihre früheren Lehrerinnen oder ihre Nachbarn in Traunstein befragen können.

Luisa, selbst ökologisch interessiert und engagiert, recherchiert ergänzend unter anderem im Internet über die drei Gruber-Geschwister. So langsam zeichnet sich den Ermittlern ein Bild von diesem Trio ab. Von den

Rollen, die jeder in der Geschäftsführung spielt. Vom Miteinander. Aber noch viel mehr vom Gegeneinander. Auch von der ökonomischen Situation der Firma. Erst vor wenigen Tagen stand im *Handelsblatt* ein ausführlicher, gut recherchierter Artikel.

Die Grubermilch AG sei demnach in eine wirtschaftliche Schieflage geraten. Sie verliere den Anschluss an eine moderne Unternehmensführung auf nachhaltiger und ökologischer Basis.

Golo, Jahrgang 1965, ist der Hardliner, der die vom Vater eingeführten Geschäftsmethoden eisern gegen seine Schwester verteidigt: industrielle Tierhaltung mit Großställen, kein Auslauf für die Rinder, Zufütterung mit genetisch verändertem Soja, Glyphosat belastetes Tierfutter, schlecht bezahlte Mitarbeitende, Milchpreisdumping gegenüber den Bauern. Das alles, um optimale Geschäftsergebnisse zu erzielen.

Greta Gruber, Jahrgang 1985, kämpft für das Tierwohl, erfindet Programme wie »Kuhwellness«, fordert mehr Homöopathie für Tiere, lehnt genetisch manipuliertes Futter und Glyphosat in der Landwirtschaft ab, entwirft Konzepte, um in der Rinderhaltung den Methanausstoß zu verringern, und träumt von einem Betrieb ähnlich dem der Konkurrenz in Piding.

Gernot, Jahrgang 1967, steht in Unternehmensfragen eher auf der Seite des Bruders, trifft selbst aber kaum Entscheidungen und bringt keine wirklichen Ideen ein. Er lebt auf großem Fuß. Beide Geschwister werfen ihm vor, zu wenig für die Firma zu tun und stattdessen die meiste Zeit beim Klettern in den Alpen, beim Surfen in Südfrankreich oder beim Golfen irgendwo in der Welt unterwegs zu sein.

Golo, der Harte, Greta, die Alternative, Gernot, der Lebemann. Kein Wunder, dass es zwischen den Geschwistern wegen konträrer Ansichten zur Unternehmensführung und auch sonst oft kracht.

Das mysteriöse Verschwinden Golos und das merkwürdige Verhalten seiner Familie ist das eine, was die Ermittler beschäftigt. Hier stehen noch Besuche bei der Mutter der Gruber-Kinder und bei der Familie von Golo Gruber an. Merkwürdig ist, dass sich Golos Familie im Urlaub auf ihrer Finca in Mallorca befindet und es nicht für nötig hält, wegen seines Verschwindens nach Deutschland zurückzukehren. Telefonisch ließ seine Frau Cynthia mitteilen, sie würden, wie geplant, erst heute Abend wieder in Berchtesgaden sein. Dabei hätte es schon gestern Flugmöglichkeiten gegeben.

Das andere, was Simon und Luisa umtreibt, ist der ungewöhnliche Ort von Golo Grubers Blutspuren: der Lift des Kehlsteinhauses. Wieso hielt er sich nachts an diesem entlegenen Ort auf? Wie ist er hinaufgekommen, wenn die Straße mit einer Schranke versehen war? Welchen Bezug mag es zwischen Golo Gruber und dem Kehlstein geben?

Simon erinnert sich an die Oberstufe, den Geschichtsunterricht. Damals war die Geschichte des Obersalzbergs Thema, auch der Kehlstein mit seinem spektakulären Haus. Aber weil er sich nicht mehr so genau daran erinnert, sucht er sich Informationen zusammen und bespricht sie mit Luisa, die ebenfalls recherchiert.

Der Obersalzberg ist ein bewaldeter, unterhalb des mächtigen Gölls gelegener Höhenzug. Schon im Spätmittelalter wurden hier Flächen für die Bergbauernlehen gerodet. Ein eigentlicher Berg, mit einer exponierten Erhebung, wird er erst an seinem südlichen Ausläufer, dem Kehlstein. Die touristische Erschließung begann mit der legendären Pension Moritz gegen Ende des neunzehnten Jahrhunderts. Sie avancierte zum Vorbild für viele andere Berggasthöfe in den Alpen.

Mit den Pensionen am Obersalzberg entstanden auch Ferienvillen berühmter Persönlichkeiten wie das Anwesen von Carl von Linde, dem Vorreiter der industriellen Kältetechnik. Aber auch Nazi-Prominenz entdeckte den Reiz des Obersalzbergs, allen voran Hitler. Anfangs nächtigte er als Mieter in einem kleinen Landhaus, das später zum opulenten Berghof mit versenkbarem Panoramafenster, Konferenzsaal, riesigem Globus und Kegelbahn im Keller umgebaut wurde. Auch andere Nazi-Größen wie Bormann und Göring siedelten sich mit der Zeit am Obersalzberg an. Mit der Deklaration als Führersperrgebiet, einem Hochsicherheitsbereich mit unterirdischem Bunkersystem, bekamen die alteingesessenen Bergbauern das Angebot, die Grundstücke und Lehen mit ihren Häusern zu verkaufen. Taten sie es nicht, setzte man sie mit Lagerhaft unter Druck oder enteignete sie. Mit dem Ausbau des Obersalzbergs zum Nazi-Quartier war Martin Bormann vertraut, den die Einheimischen wegen seines despotischen Wesens den »Herrgott vom Obersalzberg« nannten.

Der größte architektonische Eingriff in der Geschichte des Obersalzbergs war schließlich der Bau der Kehlsteinstraße. Die insgesamt sechseinhalb Kilometer lange Straße wurde in nur dreizehn Monaten von Tausenden Arbeitern 1937 und 1938 erbaut. Wie eine lang gezogene Schlingpflanze durchzieht sie die bewaldete Flanke des Berges, überwindet siebenhundert Höhenmeter, durchquert fünf

Tunnel und mündet in den Wendeplatz. An diesem befindet sich das Tunnelportal, das den mehr als einhundert Meter langen Stollenweg zum berühmten Lift öffnet, der wiederum einhundertvierundzwanzig Meter in die Höhe führt und im Vestibül des Kehlsteinhauses endet.

Herzstück der Einrichtung des Kehlsteinhauses war in der Nazizeit neben der Sonnenterrasse der Mussolini-Kamin aus Marmor, wo Hitler endlose Monologe vor seiner Entourage gehalten haben und bisweilen selbst darüber eingeschlafen sein soll. Im Kehlsteinhaus weilte Hitler dann vergleichsweise selten, wenn, dann meist, um ausländischen Staatsgästen die imposante Bergwelt zu demonstrieren. Er fürchtete Blitze im Lift und gegnerische Luftangriffe auf das ausgesetzte Haus. Ein Bau, der immense Summen verschlang. Wie alle Diktaturen, die dem Untergang geweiht sind, zeichnete auch die Nazizeit eine pompöse Verschwendungssucht aus.

»Den Watzmann zu besteigen kostet Kraft und Geschick«, seufzt Simon. Er hat gerade ausgiebig über den Kehlstein und seine Geschichte gegoogelt und Luisa die Ergebnisse referiert. »Der Kehlstein dagegen erfordert historisches Gespür. Alles vermintes Gelände. Gar nicht so einfach für die Verantwortlichen in Berchtesgaden, mit diesem schwierigen und belasteten Erbe der Nazizeit umzugehen. Und ein Kriminalfall am Kehlstein, kann der überhaupt ohne einen historischen Bezug sein? Ich meine, wenn ausgerechnet hier jemand umgebracht wird, ist das Zufall, an diesem geschichtsträchtigen Ort?«

»Glaube ich nicht. Aber noch haben wir ja keinen Mord.« Luisa stellt weitere Ergebnisse der bisherigen Ermittlungen vor. Nach wie vor offen ist, wie Golo Gruber –

oder wer auch immer – Zugang zum Lift des Kehlsteinhauses bekommen hat. Oder besser gesagt, wie er oder sie an den Schlüssel gekommen war. Weder der Liftwart noch der Wirt des Kehlsteinhauses oder Sargmacher vom Zweckverband Tourismus haben den Schlüssel für das Tor verliehen oder verloren, wie die Befragungen ergeben. Brunner trägt seinen Schlüssel immer bei sich. Der Wirt hat ihn in seinem Tresor verwahrt. Sargmacher legt ihn in eine im Schreibtisch versteckte Schatulle. Wenn Brunner mal freihat, gibt Sargmacher diesen Schlüssel an Vertretungskräfte weiter. In diesem Jahr hatte Brunner allerdings noch keinen freien Tag, weil die Saison erst vor zwei Wochen begonnen hat. Da möchte er nichts anbrennen lassen. Er hat ein ausgesprochen starkes Pflichtbewusstsein entwickelt. Die Liste der Vertretungen vom letzten Jahr hat sich Luisa von Sargmacher besorgt. Darauf stehen nur die Namen zweier Mitarbeiter des Zweckverbands Tourismus Berchtesgaden. Mit ihnen hat Luisa telefoniert. Sie wirken spröde, nüchtern. Geben zurzeit nichts für den Verdacht her, dass einer von ihnen den Schlüssel heimlich nachgemacht hat. Von einem vierten Schlüssel weiß niemand etwas.

Untersucht sind mittlerweile auch die Spuren, die vom verkohlten Holz auf dem Buswendeplatz stammen. Sie rühren von einem Feuer her, das gegen einundzwanzig Uhr an jenem Abend gebrannt hatte, als einige Stunden später die Blutspuren in den Lift kamen. Das Feuer warf nur kleine Flammen. Ein größeres wäre vom Tal aus zu sehen gewesen und hätte die Feuerwehr zum Kehlsteinhaus gerufen. Diese Gefahr muss den Zündlern bewusst gewesen sein. Die Asche deutet auf Papier hin, das im Feuer verbrannt wurde. Ein roter Fitzel Pappe stammt wahrscheinlich vom Deckel eines deutschen Reisepasses.

Golo Grubers Auto weist keine Blutspuren auf. Wie die Lage der Scherben ergibt, ist die Scheibe auf der Fahrerseite mit einem schweren Gegenstand eingeschlagen worden, als niemand mehr im Auto saß. Theoretisch denkbar ist, dass Gruber selbst die Scheibe eingeschlagen hat. Aber wozu? Hatte er etwas Wichtiges vergessen und den Schlüssel verloren? Dafür spricht, dass ein Spürhund der Polizei den Autoschlüssel wenige Meter entfernt unter einer Laubschicht gefunden hat. Der Ablauf könnte so gewesen sein: Gruber wollte heimlich nachts zum Kehlsteinhaus, zu Fuß, vermutlich mit Stirnlampe. Nach dem Aussteigen aus seinem schwarzen Porsche ist er losgelaufen, erinnert sich an etwas Wichtiges, was im Auto liegt. Er sucht den Schlüssel, hat ihn aber verloren. Also nimmt er einen schweren Ast oder ein Werkzeug, das er dabeihat, und zertrümmert die Scheibe.

Hinter dem Porsche haben die Spurenermittler Profile von Motorradreifen entdeckt, noch relativ frisch. Ob zwischen dem Motorradfahrer und Golo Grubers Ankunft ein Zusammenhang besteht, ist unklar. Allerdings wird die Stelle am Waldeingang eher selten als Parkplatz benutzt, sodass einiges für einen solchen Zusammenhang spricht. Möglich auch, dass ein Bekannter Grubers Auto gesehen, abgebremst und mit ihm gesprochen hat. Als schwarzer Porsche war das Auto in der Dunkelheit nicht so leicht als das von Golo auszumachen, wohl aber durch das auffallende Kennzeichen.

»Und nun?« Simon legt alle Aufzeichnungen zur Seite und schaut Luisa am Tisch gegenüber direkt in ihre Heidelbeeraugen. Sie fasst sich ihr Haar zu einem Zopf zusammen und bindet ihn mit einem Gummi fest.

»Und nun?«, erwidert sie, weiß aber schon, was zu tun ist. »Wir fahren zur Mutter der drei, Eva Gruber. Die ist doch sicher in heller Aufregung, wenn ihr Sohn verschwunden ist.«

»Da bin ich mir bei dieser Familie nicht so sicher.«

»Weil auch Golos Frau und Kinder erst heute von Mallorca zurückkehren? Obwohl sie wissen, was mit ihrem Mann passiert ist?«

»Ja, das ist doch sehr ungewöhnlich!« Simon dreht Luisa seinen Bildschirm hin. Sie beugt sich über den Schreibtisch, um lesen zu können, was er ihr zeigen will.

Berchtesgadener Unternehmer auf mysteriöse Weise verschwunden.

Die Überschrift kommt bei der *BILD*-Zeitung gleich als dritter Eintrag auf der Online-Seite. Spekulationen folgen in dem Artikel darunter. Gruber habe Schulden und wolle denen entfliehen, um sich an einem anderen Ort ein neues Leben aufzubauen.

»Wie kommen die denn auf so was?« Luisa hat sich wieder auf ihren quietschenden Bürostuhl fallen lassen.

»Die haben den Artikel im *Handelsblatt* über die finanzielle Schieflage der Grubermilch AG gelesen. Und der Rest stammt aus dem Reich der Fantasie.«

»Okay, Simon. Aber lass uns die Mutter aufsuchen. Und dann die Ehefrau und Kinder von Golo Gruber. Die müssten heute aus Mallorca zurückkehren.«

»Von ihrer Finca!« Simon schüttelt den Kopf. »Wenn der Ehemann und Vater verschwindet, setzen die sich nicht sofort in den ersten Flieger zurück. Machen noch einen Tag weiter entspannt Ferien ...« Unweigerlich kommen in ihm Gedanken an seinen eigenen Vater auf. Auch der ist verschwunden. Von heute auf morgen. Allerdings ist er durch einen Wohnungsbrand ums Leben gekommen. Warum die Familie von Golo Gruber so gleichgültig ist, vor allem die Kinder, wenn der Vater verschwindet, kann sich Simon nicht erklären. Noch nicht, denkt er sich. Und ist gespannt, was sie wohl für Gründe ins Feld führen werden.

Kapitel 10 • Eva Gruber

Berchtesgaden, Marktplatz,
Donnerstag, 27. Mai

Zufällig trifft Simon seinen Großvater Ludwig am Mittag in der Fußgängerzone. Simon will sich eine neue Sonnenbrille kaufen, weil er sich auf die alte draufgesetzt und sie verbogen hat. Als er ihm ein paar Fragen zum Obersalzberg stellt, ist der Großvater kurz angebunden. Er hat es eilig, druckst herum, als der Enkel wissen will, wohin er geht. Simon beschließt, seinem Großvater heimlich ein Stück zu folgen.

Er staunt nicht schlecht, als er sieht, warum Ludwig Perlinger es so eilig hatte: Er geht auf eine Demonstration auf den Weihnachtsschützenplatz. *Fridays for Future,* steht in grüner Farbe auf einem weißen Banner. In der Mitte des Platzes ein Mikrofonständer, rechts und links Stände von Umweltverbänden. Ein Demonstrationszug mit jungen kreischigen Stimmen bewegt sich auf den Platz zu. Die Fußgängerzone ist voll wie beim Marktfest. Alle Schülerinnen und Schüler Berchtesgadens und der umliegenden Gemeinden scheinen versammelt zu sein. Erst sprechen zwei Teenager-Mädchen. Sie kündigen den Ehrengast des Tages an: die Grünen-Vorsitzende Greta Gruber.

Schau an!, sagt sich Simon. Ihre Rede ist aufrüttelnd, emotional. Sie lobt die jungen Menschen für ihr Klima-Engagement und sagt ihnen volle Unterstützung zu. Auch die Grubermilch AG werde bald einen klimafreundlichen ökologischen Kurswechsel vollziehen. Am Schluss kommt es zu Sprechchören. Am meisten der:

Wir sind hier, wir sind laut, weil ihr unsere Zukunft klaut!

Das Publikum skandiert den Spruch immer wieder. Und mittendrin: Ludwig Perlinger. Simon beobachtet ihn. Jetzt bewegt der Opa sogar die Lippen! Ist Teil des Sprechchors! Der Enkel kann es kaum fassen. Sein Großvater bei einer Demonstration, noch dazu bei den Grünen. Solange er sich erinnern kann, hat seine Familie immer die Schwarzen gewählt. In der Stube der Großeltern hängt, gleich neben dem Herrgottswinkel, ein goldgerahmtes Foto von Franz Josef Strauß, dem Urvater der modernen CSU. Was der wohl zu *Fridays for Future* und zu Ludwig sagen würde? Simon lächelt. Irgendwie findet er seinen Opa cool!

Dann entdeckt er sie. Kunigunde Pöppel, die beste Freundin seiner Großmutter Maria. Sie hat ihren Einkaufskorb dabei. Ganz am Rande der Demonstration ist sie stehen geblieben und hat ihr schwarzes Kopftuch tief ins Gesicht gezogen, sodass nur noch die Nase und die eng beieinanderliegenden Augen zu sehen sind. Wie Laserstrahlen blitzen ihre Augen zielgerichtet auf einen ganz bestimmten Demonstranten.

Wir sind hier, wir sind laut, weil ihr unsere Zukunft klaut!

Das muss sie sich merken. Am besten erstattet sie gleich Rapport im Schönerlehen. Sie muss den nächsten

Bus nehmen und in die Engedey fahren. Das grenzt ja an Volksverrat, was der Ludwig da treibt! Wer klaut hier wem die Zukunft? Kaum zu glauben, was sie der Maria, Ludwigs Ehefrau, da zu berichten hat!

Es beginnt zu regnen. Simon trifft sich mit Luisa auf dem Marktplatz. Eva Gruber wohnt in einer bescheidenen Wohnung mit alten knarzenden Dielen und klapprigen Fensterläden, obwohl ihr Mann ein florierendes Milchimperium hinterlassen hat. Dorthin ist sie nach Hermanns Tod gezogen, weil sie der Einsamkeit ihrer Bonzenvilla entfliehen wollte. Im Nachbarhaus hat alles begonnen: Hermann, seine Mutter und der Milchladen mit dem Bärlauchkäse.

Distinguiert, höflich, fast ein bisschen aristokratisch wirkt die zarte Frau mit der ädrigen Haut und den gepflegten Fingernägeln. In ihren Augen stehen Tränen. Die beiden Ermittler sitzen ihr gegenüber auf der barocken Wohnzimmercouch. Sie bietet ihnen englischen Tee an.

Während sie das Teewasser in der Küche aufkocht, nutzen Simon und Luisa die Gelegenheit, sich ein bisschen umzuschauen. Eine Wand ist voller gerahmter Fotos, auf einem Hermann Gruber bei der Olympiade in München im Grün der Berchtesgadener Tracht und mit einem Schokoki in der Hand. Frau Gruber kehrt mit dem Tee aus der Küche zurück. Sie schenkt ihnen mit leicht zitternder Hand ein. Nachdem sie sich auf einen mit Brokat bezogenen Stuhl gesetzt hat, steuert sie direkt auf das Thema zu.

»Ja, mein Golo. Es ist so furchtbar, nicht zu wissen, was mit ihm passiert ist. Glauben Sie, dass er noch lebt?«

Sie schaut Luisa an.

»Das können wir nicht einschätzen, Frau Gruber«, antwortet diese ehrlich. »Erzählen Sie uns doch einfach ein bisschen von Ihrem Ältesten, wenn das für Sie möglich ist.«

Eva Gruber beginnt zu erzählen, wehmütig, aber auch gerührt. Golo war als Kind oft schwer krank. Mehrere Lungenentzündungen überstand er nur knapp. Verschlossen, wortkarg, grübelnd, so charakterisiert sie Golo als Kind. Sein Hobby waren Modellflugzeuge, die er für sein Leben gern zusammenbaute. Irgendwann entdeckte sie bei ihm in einer Schublade alte Landserhefte, die den Krieg mehr oder weniger offen verherrlichten. Als sie ihm diese wegnahm, sprach er wochenlang nicht mehr mit ihr. Klavier lernte er, gab es aber nach einem Jahr ebenso schnell wieder auf wie die Trompete. Er begab sich von Jahr zu Jahr mehr ins Wirtshaus, mischte sich unter die Weihnachtsschützen, liebte plötzlich die Geselligkeit. Das Verhältnis zu seinem Vater war widersprüchlich. Einerseits bewunderte er den erfolgreichen Geschäftsmann und war sehr glücklich, mit ihm gemeinsam bei der Eröffnung der Olympischen Spiele in München 1972 auf der Haupttribüne zu sitzen. Hermann Gruber hatte als einer, der die Sportmannschaften mit seinen Produkten versorgte, Ehrenkarten bekommen. Golo war fast das einzige Kind auf der Tribüne. Ein nachhaltiges Erlebnis! Aber oft litt er auch unter dem strengen Vater, der ihn mit cholerisch rot gefärbten Backen bei kleinsten Anlässen anbrüllte. Golo empfand die vom Vater geforderten Aufgaben als Schikane. Der Vater aber wollte den Sohn abhärten fürs Leben, überforderte ihn mit Hilfsarbeiten im Garten und ließ ihn schon früh die ganze Ferienzeit über in der Firma arbeiten. Der Sohn sollte, wie es Hermann nannte, »Stallgeruch« annehmen. Ab und zu rutschte dem Vater auch die Hand aus. Golo kauerte dann wimmernd in einer Ecke seines Zimmers und war für Stunden nicht ansprechbar, aß nichts, trank nichts.

Das Studium in München war für Golo eine Befreiung. Er sonnte sich am Flaucher, fuhr mit dem Radl bis zum Ammersee und trat einem Fotoclub bei. Fern von der väterlichen Strenge, spürte er die Nachwehen der Achtundsechziger-Zeit. Er fühlte sich unabhängig, träumte von einer eigenen Firma. Doch ein guter Freund, der die elterliche Schraubenfabrik übernahm, brachte ihn zum Umdenken. Warum eine eigene Firma aufbauen, wenn er doch die väterliche quasi in den Schoß gelegt bekam? Immerhin hatte es sein Vater zu Wohlstand und Ansehen gebracht. Noch acht Jahre, vielleicht auch nur fünf, dann würde Hermann abtreten. Allerdings rechnete der Student Golo nicht damit, dass seine beiden Geschwister ähnliche Wünsche hegen würden. Das Examen in Betriebswirtschaft bestand er mit guten Noten. Die Promotion hängte er dran, um das lieb gewonnene Studentenleben als Doktorand noch etwas länger zu genießen. Außerdem glaubte er, der Doktortitel würde ihm so manche Tür öffnen.

Danach war sein Weg in die elterliche Firma vorgezeichnet. An der Seite des Vaters lernte er, wie man eine so große Firma führte. Einkaufspolitik, Finanzierung, Übernahmen, Personal, Marketing – in allen Geschäftsfeldern erprobte er sich. Den Vater empfand er immer wieder mal als zu herrisch und dominant. Manchmal drohte Golo ihm, sich bei anderen Firmen zu bewerben. Damit traf er ihn an einem wunden Punkt. Dass der Betrieb in den Händen der Familie blieb, war Hermann sehr wichtig, eigentlich sein Lebensziel. Alle Kinder sollten in der Firma arbeiten, damit diese expandierte und expandierte. Schneller, höher, stärker – mit dem Motto der Olympiade hatte er die Gene seiner Kinder aufgeladen. Darum rang er sich auch irgendwann dazu durch, Verantwortung an sie abzugeben. Zuerst an Golo. Der fand mit wachsender Verantwortung immer mehr Spaß daran, die eigene Firma voranzubringen. Und es ging voran! Golos erster Coup war die Übernahme einer Molkerei in Niederösterreich, von den Anbahnungsgesprächen bis zur Unterzeichnung der Verträge.

Eva Gruber wischt sich mit einem weißen Seidentaschentuch ein paar Tränen weg und räuspert sich. »Und jetzt ist der Golo verschwunden. Einfach so. Und, sagen Sie, man hat Blut von ihm gefunden?«

»Ja, Frau Gruber, im Lift zum Kehlsteinhaus.«

»Ausgerechnet dort …«

»Wieso sagen Sie ausgerechnet dort?« Simon hat sich vorgebeugt und schaut die alte Dame durchdringend an.

»Ach nichts …«

»Frau Gruber, gibt es da ein Geheimnis?«

»Ein Geheimnis? Nein, nicht dass ich wüsste.«

Simon und Luisa wechseln Blicke. Sie wissen nicht, ob es Sinn macht, die erschöpfte Dame noch weiter zu befragen. Aber dass sie eben nicht die Wahrheit gesagt hat, ist ihnen beiden klar.

»Frau Gruber, hat Ihr Sohn irgendwann mal etwas von Aussteigen erzählt? Dass er ein neues Leben anfangen möchte?«

Überraschend schnell und klar antwortet Eva Gruber. »Oh ja, das hat er. Er hat sich wegen der Firma viel mit seinen Geschwistern gestritten. Manchmal hat er dann gesagt, er habe genug Geld. Er werde seine Anteile verkaufen. Und dann nach Mauritius auswandern.«

Mauritius, denkt Simon und lächelt. Das würde eine schöne Dienstreise, falls er dort ermitteln sollte.

»Darf ich Sie fragen, Frau Gruber«, Luisa spricht ganz vorsichtig, »wie Sie zu Ihrer Schwiegertochter Cynthia und deren Kindern stehen?«

»Zu Golos Frau? Nun. Es geht. Aber sie ist mir zu unterkühlt. Sie kommt aus dem Norden. Vielleicht liegt es daran.«

»Halten Sie es für möglich, dass Ihr Sohn wegen einer anderen Frau das Land verlassen hat?« Luisa hat recherchiert. Sie hat von dem Manager einer großen Supermarktkette gelesen, der spurlos am Matterhorn in den Schweizer Hochalpen verschwunden ist. In eine Gletscherspalte gefallen, so der stärkste Verdacht. Aber auch andere Spekulationen gab es, vage Indizien. Dass er mit einer deutlich jüngeren Frau ein neues Leben begonnen habe. Auch sonst verschwinden gelegentlich Menschen, weil sie sich mit einer neuen Liebe davonstehlen. Irgendwo ganz neu anfangen wollen.

»Da bin ich überfragt, junge Frau. Aber ich würde es ihm nachfühlen können. Denn wer will schon dauerhaft mit einem Kühlschrank zusammenleben?«

Luisa will etwas einwenden. Eine Scheidung wäre der einfachere Weg, um neu anzufangen. Aber sie lässt es. Sie kennt die Einwände, die gegen einen solchen Weg sprechen: Golo war ein Berchtesgadener A-, ein bayerischer B- und ein bundesdeutscher C-Promi. Er hätte sich an vielen Stellen für die gescheiterte Ehe rechtfertigen müssen. Vor allem, wenn er jetzt mit einer jungen Geliebten daherkäme. Für die These, er sei mit einer anderen Frau durchgebrannt, gibt es auch keine wirklichen Indizien. Wer mit einem Kühlschrank verheiratet ist, wie es die Mutter ausdrückt, inszeniert nicht gleich ein solches Spektakel zum Abschied.

Das viele Blut spricht eher für ein Gewaltverbrechen. Nur dass es zum größten Teil aus Konserven kam, irritiert. Wer waren Golos Todfeinde? So spinnefeind, dass auch ein Mord infrage kam? Schon eine Stunde später spüren die Ermittler, wie viel negative Schwingungen Golo Gruber zu erzeugen vermag. Wo einmal Liebe war, entsteht mit der Zeit mitunter Gleichgültigkeit. Gleichgültigkeit, die oft in Hass übergeht. In tiefen, bitteren, endgültigen Hass.

Kapitel 11 • Familie aus Eis

Villa Gruber, Donnerstag, 27. Mai

Simon und Luisa fahren zurück zur Polizeiinspektion. Von dort aus melden sie sich bei der gerade aus Mallorca zurückgekehrten Familie von Golo Gruber an.

Wenig später parken sie ihren Dienst-BMW vor einem stählernen Tor. Das Anwesen liegt auf einem bewaldeten Gebirgskamm über Bischofswiesen. Mit dem traumhaften Panoramablick von der Schlafenden Hexe bis zu Kehlstein, Göll und Hohem Brett, zeigt sich die Berchtesgadener Bergwelt in ihrer ganzen Majestät. Bis zum Schönerlehen ist es von hier aus gar nicht weit. Nur erreicht man das Gruber-Anwesen von der anderen Seite des Bergrückens her, von Strub.

Eine Kamera beobachtet die Ermittler. Sie drücken den Klingelknopf. Tiefe Gonglaute ertönen. Sie gehen einen langen Weg auf rotem Splitt bis zum Eingang. Auch dort klingeln sie. Die Tür geht auf, und vor ihnen steht Cynthia mit ihren beiden erwachsenen Kindern Gustav und Gesa.

Cynthia Gruber ist Mitte fünfzig, mit etwas breiter Nase und vollen Lippen. Sie trägt eine rot-blau bedruckte Steppjacke im Renaissancestil von Versace. In den weißblonden, offen getragenen Haaren prangt ein halbmondförmiger Stirnreif, ein Diadem, wie ihn Königinnen tragen. Man sieht ihr an, dass sie nicht auf Flaschenpfand angewiesen ist.

Das Haus hat Golo Gruber vor zwanzig Jahren erbauen lassen. Es strahlt Luxus aus, wohin man schaut. Zwei Schwimmbecken, oval und riesig, sind durch die bodentiefen Terrassenfenster zu erkennen. Mehrere Treppenaufgänge führen in den ersten Stock. An einer Stelle findet sich eine Balustrade, von der man in das überdimensionale Wohnzimmer hinuntersieht. An den großen Wänden hängen avantgardistische Gemälde in grellen Farben. Das Mobiliar ist schlicht und edel zugleich. Die Stühle sind alle Freischwinger. Ein modernes Schloss im Bauhaus-Stil, chic, edel und – steril.

Das Sterile scheint auf die Bewohner abgefärbt zu haben. Cynthia und ihre trotz Mallorca blassen Kinder verströmen den Charme von Eiswürfeln. Zur Begrüßung gibt es nur ein stummes Kopfnicken von Cynthia. Gustav und Gesa schauen währenddessen zu Boden. Dann die Handbewegung Cynthias, die ins Wohnzimmer bittet. Der Höflichkeit halber fragt sie die Ermittler, ob sie etwas trinken wollen. Sie lehnen dankend ab.

Einiges über Cynthia Gruber und ihre Kinder haben Simon und Luisa schon im Vorfeld herausgefunden. Gustav studiert Volkswirtschaft und Philosophie in München. Seine dickrandige schwarze Brille und der strenge Scheitel lassen ihn Jean-Paul Sartre ähneln. Gesa hat sich in Passau für Jura eingeschrieben und will sich auf Europarecht spezialisieren. Cynthia war, bevor sie Golo Gruber kennenlernte, Journalistin beim Bayerischen Rundfunk, hat dann aber, als die Kinder kamen, ihren Beruf aufgegeben. Jetzt töpfert sie. Gestaltet Bilder aus Filz.

Fährt zu Flohmärkten und kauft altes Küchengeschirr, das sie aufbereitet. Lernt Cello. Hat sich eine Staffelei gekauft und versucht sich im Malen. Singt im evangelischen Kirchenchor. Sucht, so sieht es aus, nach einem sinnvollen Lebensinhalt. Sucht – sich selbst.

»Wir haben keine Erklärung, was im Lift des Kehlsteinhauses mit Ihrem Mann passiert ist, Frau Gruber.« Simon schildert die bisherigen Ermittlungsergebnisse, die Spurenfunde. »Haben Sie eine Ahnung, was das bedeuten könnte?«

Cynthia Gruber schlägt die Beine übereinander und spitzt die Lippen. »Das ist ja Ihre Aufgabe, das herauszufinden.«

Wusch, voll gegen die Wand gefahren. Aber Simon lässt nicht locker.

»Richtig. Aber Sie können uns sicher entscheidend weiterhelfen. Hatte Ihr Mann Feinde?«

Cynthia wirft ihren Kindern einen kurzen Blick zu. »Ja, natürlich. Jede Menge. Das ist wohl normal, wenn man ein milliardenschweres Unternehmen leitet. Gekündigte Mitarbeiter. Sogenannte Tierschützer. Konkurrierende Unternehmen.«

»Okay. Das sind eher allgemeine Informationen. Können Sie uns konkrete Namen nennen? Personen, die ihn direkt bedroht haben?«

»Unser Vater hat mit uns so gut wie nie über die Firma geredet«, grätscht Gustav dazwischen, der mit Mitte zwanzig immer noch Akne im Gesicht hat.

»Pffft …«, stößt Gesa aus, »er hat fast gar nichts mit uns geredet. Er war ja nie da. Entweder in der Firma. Oder auf Reisen. Meist im Ausland. Oft tagelang, wochenlang.«

Gesas Worte klingen wütend, bitter.

»Mein Mann hat die Familie nur als bürgerliche Fassade gebraucht. Erzogen habe ich die Kinder mehr oder weniger allein. Sogar in Urlaub bin ich oft ohne ihn gefahren, nur mit den Kindern.«

»Er hat uns nur bei irgendwelchen offiziellen Anlässen gebraucht. Wenn sich der chilenische Konsul mit ihm traf, da durften wir dann Geige und Klarinette spielen und den Applaus der Honoratioren entgegennehmen«, sagt Gustav.

»Bei solchen Anlässen hat uns der Vater dann sogar geküsst. Aufs Haar. Sonst hat er uns nie berührt.« Gesa schüttelt sich, als habe sie gerade eine geschälte Zitrone geschluckt.

Simon und Luisa schauen sich kurz an. Irgendetwas ist da gewaltig faul im Staate Dänemark beziehungsweise in der Villa Gruber. Simon fühlt sich an den früheren Bundeskanzler Helmut Kohl erinnert, über den er vor Kurzem ein Porträt gesehen hat. Auch er hat Frau und Kinder gerne öffentlich präsentiert, aber sich ansonsten von ihnen ferngehalten. Weil die große Politik ihn gebraucht hat.

»Hatte Ihr Ehemann, Ihr Vater die Absicht, vielleicht auszuwandern? Ein neues Leben zu beginnen? Hat er in dieser Richtung irgendwann etwas erwähnt?«

Simon und Luisa beobachten die Mienen der drei Grubers ganz genau. Bei Cynthia glaubt Simon ein leichtes Zucken der Stirn wahrzunehmen. Gustav und Gesa schauen nach unten auf den Flokati-Teppich, der den ganzen Sitzbereich des Wohnzimmers ausfüllt.

»Nein. Er war ja schon mehr oder weniger ausgewandert. Sehr oft im Ausland, wie gesagt«, antwortet Cynthia kurz angebunden.

»Was hat er da getan?«

»Na, was wohl?« Cynthia stöhnt auf. »Geschäfte. Er hat irgendwelche Molkereien aufgekauft. Liefervereinbarungen getroffen …«

»Und hat er dort privat auch ein Leben geführt?«

Luisas Frage. Die drei Grubers im Blickkarussell. Simon mit hochgezogener Stirn. Keine Antwort.

»Frau Gruber, wir müssen in alle Richtungen ermitteln«, sagt Simon schließlich nach endloser Stille. »Kann es sein, dass Ihr Mann eine Geliebte hat? Mit der er jetzt irgendwo anders ein neues Leben anfängt?«

Cynthia heftet den Blick fest auf das Schwimmbad, das azurblaue Wasser, auf das jetzt Regentropfen plätschern.

»Ob unser Vater eine Geliebte hat«, übernimmt jetzt Gustav anstelle seiner Mutter, »das wissen wir nicht. Sie können aber davon ausgehen, dass er mehrere parallele Leben geführt hat. Wenn ich es mal so ausdrücken darf: Unser Vater hatte kein Problem damit, mehrgleisig zu fahren. Ja, und wir wären froh, wenn Sie unsere Mutter und uns mit weiteren Fragen zu diesem Thema verschonen.«

»Das kann ich nicht versprechen«, kontert Simon, »wir ermitteln eventuell in einem Mordfall. Da ist das außereheliche Leben Ihres Vaters von entscheidender Bedeutung.«

Simon fragt, ob er und Luisa sich in Golo Grubers Arbeitszimmer umschauen dürfen. Dazu haben sie keinen richterlichen Erlass. Noch ist es nur ein Vermisstenfall, kein Gewaltverbrechen.

»Haben Sie denn einen Durchsuchungsbefehl?«

»Nein. Aber wenn wir etwas mehr Licht ins Dunkel der Tat am Kehlsteinlift bringen wollen«, erklärt er den drei Grubers, »wäre ein Einblick in die Unterlagen Ihres Mannes und Vaters ausgesprochen hilfreich.«

»Lassen Sie mich das bitte erst mit meinen Kindern allein besprechen«, erwidert Cynthia und weist die Ermittler an, sich auf die Terrasse zu begeben und die Tür hinter sich zu schließen. Nach einigen Minuten bittet sie sie wieder herein.

»Gut, Sie dürfen sich im Zimmer umschauen. Aber bitte nichts mitnehmen. Falls er doch noch mal zurückkommt, macht er uns fertig, wenn etwas fehlt.«

»Natürlich nehmen wir nichts mit«, beruhigt Luisa sie.

In dem großen Arbeitszimmer finden sich neben dem Laptop eine Vielzahl von Ordnern und Mappen. Sie sind fein säuberlich in Edelholzregalen aufgestellt, die bis zur Decke reichen. In den Laptop kommen sie ohne Passwort nicht rein. Aber beim Sichten der Ordner entdecken sie einige Dokumente, die für die Ermittlungen interessant sein könnten. Cynthia Gruber beobachtet sie die ganze Zeit vom Zimmereingang aus. Die Frage, ob sie das Passwort zu dem Laptop kenne, verneint sie.

»Na, haben Sie trotzdem etwas Weiterführendes entdeckt?« Cynthias Stimme hat fast etwas Spöttisches. So kommt es Simon jedenfalls vor.

»Ihr Mann hat Ihnen vor wenigen Wochen drei Millionen Euro von seinem Konto überwiesen«, schaltet sich Luisa ein. »Warum?«

Die Angesprochene erwidert Luisas Blick. »Altersvorsorge, schon lange angekündigt«, sagt sie schließlich und macht keine Anstalten, sich weiter zu erklären.

»Und wieso gerade jetzt, so kurz vor seinem Verschwinden?«

Cynthia Gruber schüttelt nur den Kopf und schweigt.

»Sie wollen uns das nicht erklären?«, hakt Simon nach.

»Was soll ich dazu sagen? Mein Mann hat mir schon lange zugesagt, mir einen angemessenen Betrag zu geben, damit ich mich selbstständig um meine Altersvorsorge kümmern kann. Auch brauchen die Kinder Geld für ihr Studium, den Berufsstart. Mehr gibt es dazu nicht zu sagen.«

»Na gut. Jedenfalls vielen Dank, dass wir in sein Arbeitszimmer durften. Noch eine letzte Frage. Vermissen Sie Ihren Mann eigentlich?«

Cynthia zuckt etwas zusammen, die Frage überfordert sie. Sie geht in Richtung Ausgang.

»Nein, er war ja sowieso nie da.« Mehr sagt sie nicht.

Manchmal sagen wenige Worte mehr als tausend lange Reden.

Die beiden Ermittler verabschieden sich.

•••

»Glaubst du das mit den drei Millionen für die Altersvorsorge?«, fragt Luisa, als die beiden Ermittler zu ihrem Dienstwagen gehen.

»Für uns ist das eine unglaubliche Summe. Aber für Gruber waren das eher Peanuts«, erwidert Simon. »Ich habe einige Auszüge von seinem Schweizer Konto gesehen. Der konnte sich so eine Zahlung locker leisten. Jedenfalls von seinem privaten Konto. Da hat er einiges auf die Seite gelegt.«

»Trotzdem, ist schon komisch. Er überweist das vor ein paar Wochen. Und jetzt ist er spurlos verschwunden.«

»Ja, das fällt auf, Luisa. Wie ein Abschiedsgeschenk. Oder ein Freikaufen. Unglaublich jedenfalls, was man mit Kühen verdienen kann.«

»Na ja, Kühe tragen ja nur noch zu einem Teil zu den Geschäften der Grubermilch AG bei. Nicht einmal den größten.«

»Stimmt. Aktuell verdienen sie am meisten mit ihren Powerriegeln. Für Bergsteiger und Leistungssportler«, ergänzt Simon. »Ich hab übrigens auch gesehen, was das *Handelsblatt* schon vermutet hat: So voll Golos Privatkonto auch ist, die Firma selbst ist finanziell angeschlagen. Da waren Kreditanträge in den Unterlagen. Alle abgelehnt. Noch gar nicht lange her, dass Golo Gruber die gestellt hat. Das im Wohnhaus sind alles Kopien. Die Originale sind sicher in der Firma.«

»Was glaubst du, warum hat er die hier in Ordnern aufbewahrt?« Sie sind in den BMW eingestiegen. Luisa startet ihn.

»Vielleicht hat er Angst gehabt, seine Geschwister würden die Sachen in der Firma manipulieren, vernichten.«

»Gut möglich, dass Golo sich auf und davon gemacht hat, mit ordentlich Taschengeld, bevor das Schiff untergeht.«

»Und seiner Frau hat er als Trostpreis drei Millionen hinterlassen?« Luisa biegt rückwärts in den schmalen asphaltierten Waldweg ein.

»Na ja, es war ja offenbar auch für die Kinder gedacht. Für ihre Ausbildung. Als Startbasis ins Berufsleben oder so. So viel Gewissen ihnen gegenüber hat er vielleicht doch gehabt, falls er tatsächlich irgendwo ein neues Leben beginnen wollte.«

»Oder die drei Millionen waren Schweigegeld.«

»Tja, Luisa, daran hält sich die Ehefrau ja vorbildlich. Lässt uns einfach in seine Ordner schauen.«

»Weil sie nichts zu verbergen hat. Wohl aber ihr Mann. Und der ist ihr so was von egal.«

»Ja«, stößt Simon hervor, »ich habe selten eine Frau erlebt, die so unbeteiligt wirkt, wenn man sie auf ihren verschwundenen Mann anspricht.«

»Unbeteiligt sagst du. Vielleicht weil gerade das Gegenteil der Fall ist. Weil sie in die Vorgänge im Kehlsteinlift irgendwie verwickelt ist. Sie hätte das Geld, um ihren Mann verschwinden zu lassen. Durch einen Berufskiller. Unter Umständen würde sie sogar seine Firmenanteile erben.«

Gerade als sie losfahren wollen, kommt ihnen ein schwerer silberner Mercedes entgegen. Silbern ist auch das Haar des Fahrers, der eine Fernbedienung hochhält und damit das Stahltor öffnet. Sie notieren sich das Kennzeichen. Das Auto ist in Traunstein gemeldet.

»War das etwa Golo Gruber?«, fragt Simon ungläubig.

»Ich habe den Fahrer durch die Spiegelung kaum erkannt. Nur silbergraues Haar.« Luisa sucht im Handy nach einem Foto von Golo Gruber.

»Da, schau.« Sie hält es Simon hin.

»Hm, graues Haar hat der auch. Aber Traunsteiner Kennzeichen? Lass uns das mal überprüfen.«

»Dann fahren wir in die Polizeiinspektion zurück, oder was schlägst du vor?«

Simon grübelt kurz. »Lass uns noch mal zur Grubermilch AG fahren. Die Ehefrau, diese Cynthia, hat von Tierschützern erzählt. *Sogenannte* Tierschützer hat sie gesagt.«

»Du meinst, das könnten militante Tierschützer sein? Solche, die auch bereit sind, Gewalt gegen Leute wie Golo auszuüben?«

»Wenn ja, muss es Drohmails oder so etwas geben. Ach ja, und ich habe in den Ordnern von Golo Gruber auch etwas sehr Spannendes entdeckt! Das bringt uns nämlich noch auf eine ganz andere Spur!«

Kapitel 12 • Hotel zum Türken

Grubermilch AG/Kripoinspektion,
Donnerstag, 27. Mai

Luisa schaut immer mal wieder zu Simon auf den Beifahrersitz, während sie von Strub zur Grubermilch AG fahren.

»Na, wird es mir der Herr Kriminalhauptkommissar heute noch verraten, was er in den Ordnern entdeckt hat?« Sie kann ihre Neugier kaum noch im Zaum halten. Simon tippt in seinem Smartphone herum.

»Tja, werde ich. Halt dich fest.«

»Tu ich. Nun sag endlich!«

»Gut. Golo Gruber wollte eine Immobilie erwerben.« Simon schaut Luisa von der Seite an.

»Ja, und? Das ist ja wohl nichts Ungewöhnliches für so einen Geldhai. Welche Immobilie denn?«

»Das Hotel zum Türken.«

Luisa denkt nach, dann hat sie es.

»Dieses Hotel, das in der Nazizeit so eine Rolle gespielt hat? Ich erinnere mich. Ganz in der Nähe von Hitlers Berghof. Der ist doch bis auf ein paar Reste der Stützmauern beseitigt und zugewachsen, oder?«

»Der Berghof schon. Trotzdem pilgern dort noch heute Ewiggestrige hin und suchen nach Andenken. Aber das Hotel zum Türken, das steht noch.«

Sie fahren an der Berchtesgadener Ache entlang. Vor Luisas innerem Auge erscheinen Bilder. Fotos vom Berghof. Auch an dieses Hotel zum Türken erinnert sie sich jetzt wieder. Wo die unterirdischen Bunkeranlagen der Nazis beginnen und noch heute zu besichtigen sind. Als sie gerade ein paar Tage in Berchtesgaden bei der Polizei arbeitete, da hatte sie sich das ganze Gelände an einem freien Tag angeschaut.

»Du glaubst, der Golo Gruber wollte das Hotel kaufen, weil er ein Neonazi ist, Simon?«

»Das muss es nicht bedeuten. Das Hotel ist zum Verkauf ausgeschrieben. Wie bei all den anderen Gebäuden auf dem Obersalzberg könnte auch Golo eine Umnutzung geplant haben.«

»Und hat er denn den Zuschlag bekommen?« Luisa schaut Simon gebannt an.

»Laut einem Zeitungsartikel hat es ein nicht namentlich genannter Berchtesgadener Geschäftsmann erworben.«

»Und das ist Golo Gruber?«

»Das steht da nicht. Ist, wie gesagt, anonym, wer das gekauft hat.«

Simon massiert sich die Schläfen. Sie sind gerade angekommen, parken auf dem Gelände der Grubermilch AG.

»Ich habe mal einen Artikel über eine Nazi-Liegenschaft in Brandenburg gelesen. Dort wollen diese sogenannten Reichsbürger die Villa des NS-Propagandaführers Joseph Goebbels erwerben. Sie unterwandern die Behörden, täuschen und tricksen, geben sich als Denkmalschützer aus und haben über einen Verein den Zuschlag bekommen. Sie sprechen von der *Operation Landnahme*. Wollen die Villa und das Gelände am Bogensee für sich. Zur Gründung des *Königreichs Deutschland*.«

Luisa lacht auf. »Du veralberst mich doch, Simon, oder?«

Er schüttelt den Kopf. »Leider nein, das ist bitterer Ernst. Die Behörden in Brandenburg versuchen mit allen Mitteln, den Schaden zu begrenzen. Die Reichsbürger sind als Wölfe im Schafspelz aufgetreten. Jetzt gibt es Kaufverträge und Nutzungsvereinbarungen. Das Rad zurückzudrehen ist gar nicht so einfach.«

»Und, um im Bilde zu bleiben«, konstatiert Luisa mit ungläubiger Stimme, »hier, am Obersalzberg, dreht sich das nächste Rad?«

»Das glaube ich nicht. Unsere Politik ist wachsam und wirklich bemüht, politisch Zweifelhafte vom Obersalzberg fernzuhalten.«

»Mit dem Dokumentationszentrum zur Abschreckung meinst du?«, sagt Luisa.

»Ja, und mit zünftiger Musik, bayerischem Bier und Gaudi im Kehlsteinhaus.«

Als sie bei der Grubermilch AG vorfahren, stellen sich Simon und Luisa zwei Fragen: Warum hat Golo Gruber der Ehefrau so viel Geld ausgezahlt? Und warum wollte er noch kurz vor seinem Verschwinden das Hotel zum Türken erwerben?

Sie betreten das Foyer, lassen sich erneut bei Greta und Gernot Gruber anmelden. Gernot ist auf einem Golfturnier, wie ihnen Greta mitteilt. Die beiden Ermittler lassen sich nicht anmerken, wie verwundert sie darüber sind. Der Bruder verschwunden, Spuren seines Blutes im Kehlsteinlift, und Gernot geht gemütlich golfen. Interessiert es denn hier niemanden, wenn der Bruder, Ehemann, Vater verschwindet? Nur die Mutter hat ein paar Tränen vergossen, aber waren die echt?

Was sie bisher wissen: Die Geschwister sind untereinander zerstritten. Auf den ersten Blick wegen unterschiedlicher Strategien in der Firma. Aber die Ursachen für Geschwisterkonflikte liegen meist tiefer. Bei vielen ist es ein in der Kindheit entstandener Dauerschmerz: das Gefühl, die Eltern hätten einen gegenüber den Geschwistern benachteiligt. Diese Narbe setzt sich fort im Neid auf die beruflichen Erfolge der Geschwister. Später sorgt die Frage, wer sich mehr um die älter werdenden Eltern kümmert, für Sprengstoff. Am Ende stehen oft Anschweigen oder Angiften, gespeist aus tiefem Hass. Dauerhaft glücklich ist dabei niemand. Aber es geht einfach nicht anders. Die Köpfe sind blockiert, durch die Synapsen fließt Beton. Nur Sieg oder Niederlage zählen. Die Familie wird zur Hölle.

Die Grubers eignen sich zu Feldstudien für jeden dieser Sätze. Die beiden Ermittler konfrontieren Greta mit den Rosenheimer Laborbefunden. Greta hat sie im türkisblauen Blazer empfangen, das Muttermal über der Oberlippe sieht aus wie eine zarte Tätowierung. Sie hat ihre Brille nicht auf, wirkt dennoch streng und unnahbar. Nicht leicht, sie mit ihrer Haltung klar zu verorten: Sie ist Unternehmerin und trotz ihrer Kritik an den Brüdern Teil des Establishments, der wirtschaftlichen Elite; aber sie ist auch eine Quertreiberin mit alternativen Konzepten, unkonventionellen Ideen und einem Herz für Kuhwellness und Globuli im Stall.

»Haben Sie eine Erklärung, was Ihr Bruder Golo am Kehlstein gewollt hat?«

Greta mustert Simon wie einen ungebetenen Eindringling. Mit zusammengekniffenen Augen schaut sie ihn an. Doch Simon hält ihrem herausfordernden Blick stand.

»Sie sagen, Herr äh …«

»Perlinger. Simon Perlinger.«

»Sie sagen, Golos Blut sei zum Teil aus einer Konserve, zum Teil frisch gewesen?«

»Ja, das sind die Ergebnisse aus dem Labor.«

»Komische Inszenierung. Wer sollte so was tun?«

»Das ist die Frage, die wir zu klären versuchen. Frau Gruber, Ihr letztes Gespräch mit Ihrem Bruder war nicht gerade friedlich.«

Greta dreht den Kopf zum Fenster. Simon wartet eine Weile, bis sie reagiert.

»Ganz normale Differenzen über die Ausrichtung der Firma. Das habe ich Ihnen das letzte Mal schon gesagt. Hören Sie, ich habe wirklich keine Zeit, um …«

Simon fällt ihr ins Wort. »Erzählen Sie uns bitte noch einmal genau, welche anderen Vorstellungen Ihr Bruder denn gehabt hat.«

Widerwillig beginnt Greta zu erzählen. Sie sei gegen die Herstellung von Milchpulver für einige afrikanische Staaten gewesen. Weil das dem Land das so kostbare Wasser entziehe. Es entstünde ein fataler Kreislauf in der Nahrungskette.

Sie berichtet von den Riesenställen, die sie ablehne. Auch Glyphosat behandelte Tiernahrung wolle sie verbannen. Alles Themen, bei denen sie vor allem mit Golo über Kreuz lag.

»Auch die Grubermilch AG muss dazu übergehen, nachhaltige und artgerechte Milchwirtschaft zu fördern. Wie die Pidinger, nur halt weltweit. Wir müssen Vorreiter sein und dürfen uns nicht von den großen Supermarktketten gängeln lassen. Auf Kosten der Tiere, der Umwelt, des Klimas.«

Sie hat den Vortragsmodus eingeschaltet. Als referiere sie auf einem Bundesparteitag der Grünen. Nur dass sie kalt, fast schon bitter spricht, gar nicht gewinnend.

»Okay, Sie haben Ihre Brüder jedenfalls nicht von Ihren Zielen überzeugen können.« Simon hat die Hände vor dem Gesicht gefaltet. »Waren die betrieblichen Themen der einzige Grund, warum Sie so heftig mit Ihrem Bruder gestritten haben, dass er einfach davongefahren ist?«

»Hach, das ist er doch öfter. Er war schon früher immer die beleidigte Leberwurst. Er fühlte sich weniger geliebt als die jüngeren Geschwister. Vor allem ich war ihm ein Dorn im Auge. Ich sei Papas Lieblingskind gewesen, hat er immer wieder behauptet.«

»Und … war das vielleicht auch so?« Luisa mustert Greta genau. »Ich meine, Sie sind eine Nachzüglerin. Solche Kinder werden oft bevorzugt.«

»Ach, hören Sie mir doch mit diesem Unsinn auf. Unsere Eltern haben sich immer um absolute Gleichbehandlung bemüht. Als ich zur Welt kam, war Golo zwanzig. Hätten sie ihm damals noch Lutscher und Gummibärchen kaufen sollen, wenn ich die bekam?«

Simon stellt sich den angehenden Firmenjunior mit Lutscher im Mund vor, wie er durch die Molkerei schreitet. Greta entgeht sein Schmunzeln nicht.

»Darf ich fragen, was das mit dem Verschwinden meines Bruders zu tun hat?« Sie schaut absichtlich auf die Uhr.

»Halten Sie es für möglich, dass Ihr Bruder Suizid begangen hat?« Simon ist klar, dass sie mit umweltpolitischen Vorträgen nicht weiterkommen.

»Warum sollte er? Er hat eine nette Frau, kluge Kinder, eine prächtige Villa, pflegt leidenschaftlich sein Oldtimer-

Hobby, ist wohlhabend ... Da spricht nichts für einen Suizid.«

Nette Frau. Weiß Greta nicht, wie es um die Ehe ihres Bruders bestellt ist? Oder redet sie auch das schön, so wie sie die Konflikte mit ihren Brüdern herunterspielt?

»Hatte er Feinde?«, wechselt Simon das Thema.

»Feinde, wer hat die nicht? Gerade in so einer herausgehobenen Position.«

»Wissen Sie etwas von Drohungen gegen ihn?«

Greta zuckt die Schultern. »Manchmal kommen Briefe von Tierschützern. Unser Justiziar hat die gesammelt. Meines Erachtens aber nur leere Worte. Die wollten ihren Forderungen Nachdruck verleihen. Mehr nicht.«

Simon überlegt kurz, ob er die letzte Frage noch stellen soll. Und tut es dann.

»Frau Gruber, geht Ihnen das Verschwinden Ihres Bruders eigentlich persönlich nahe?«

Greta wartet einen Tick zu lange, bevor sie sich über die Frage empört. Die Ermittler können sich des Gefühls nicht erwehren, dass Golos Schwester in gewisser Weise erleichtert ist über sein Verschwinden. Immerhin ruft sie noch den Justiziar an und bittet ihn, den Ermittlern die Drohbriefe der militanten Tierschützer zur Verfügung zu stellen.

Sie verlassen das Betriebsgelände. Gerade ist Schichtwechsel. Da die *Berchtesgadener Zeitung*, verschiedene Online-Nachrichtenportale und die bayerischen Radiosender von Golo Grubers Verschwinden bereits berichtet haben, geht Simon offen auf Mitarbeitende der Grubermilch AG zu.

Er will wissen, was sie zum Verschwinden von Golo Gruber sagen. Manche fragen zurück, ob er, Simon, von der Presse sei, oder gehen wortlos weiter. Aber er bekommt auch Antworten auf seine Frage. Was die *BILD* als Gerücht gepflanzt hat, ist hier ein offenes Geheimnis: Golo Gruber habe eine junge russische Geliebte. Demnach war der Tod im Lift nur ein Täuschungsmanöver. In Wirklichkeit baue er sich mit seiner Geliebten und sehr viel Geld aus der Firmenkasse ein neues Leben auf. Dem zu erwartenden Presserummel wollte er sich durch die spektakuläre Flucht entziehen. All diese Spekulationen gibt es nur, weil ab und zu ein Wagen mit Diplomatenkennzeichen vor dem Firmengelände geparkt hatte. Mit abgedunkelten Scheiben. Einmal war eine blonde Schönheit mit Beinen bis zum Hochkönig ausgestiegen und hatte Golo umarmt. Da war der Gerüchtebrei angerührt.

Simon und Luisa verlassen das Betriebsgelände und fahren zur Polizeiinspektion zurück. Dort finden sie heraus, wem der silberne Mercedes mit dem Traunsteiner Kennzeichen gehört, der Cynthia, Gustav und Gesa Gruber besucht hat. Dr. Matthias Herfurt. Fachanwalt für Strafrecht.

»Alter Schwede«, stöhnt Luisa auf. »Warum rufen die einen solchen Anwalt? Das tut man doch nur, wenn man was ausgefressen hat.«

»Ja, aber er könnte auch einfach nur ein Freund der Familie sein.«

»Hm. Ich weiß nicht. Aber was anderes, Simon. Sollten wir nicht mal die Kehlsteinstraße hochgehen und schauen, ob wir da irgendwas Verdächtiges am Straßenrand finden? Zum Beispiel leere Blutkonserven, die der oder die Täter beim Runterlaufen weggeworfen haben.«

Simon blinzelt seine Kollegin an. Er kennt sie gut, weiß um ihre Sportsucht.

»Du meinst, wir sollen den Kehlstein so richtig mit Tempo hochlaufen?«

»Ja, warum nicht.« Luisa lächelt beseelt. »Als Polizeibergführer braucht man Fitness …«

»Ist ja schon gut. Dein Vorschlag gefällt mir. Klär das bitte mit dem Lechhuber von der Busgesellschaft. Am besten bevor die Busse starten. Sonst denken welche im Bus, man darf auf der Straße wandern, und machen uns das nach.«

»Mach ich. Dann morgen um sechs direkt am Parkplatz Hintereck?«

Simon denkt kurz nach. Sie werden eine bis eineinhalb Stunden bis zum Gipfel brauchen. Vielleicht auch zwei, weil sie ja nach Fundstücken Ausschau halten.

»Okay. Um sechs.«

»Ich kümmere mich um den Lechhuber von der Busgesellschaft. Servus, Simon!«

Sie boxt ihm gegen den Oberarm und hüpft davon, ihr Haar ein einziger wippender Pferdeschwanz. Die Freude auf den morgigen Lauf zum Kehlsteinhaus ist ihr bei jedem Schritt anzusehen. Noch ahnt sie nicht, dass dieser Lauf einen Riesenschrecken für sie beide bereithält.

Kapitel 13 • Freude for fjudscha

Schönerlehen, Donnerstag, 27. Mai

Die Sonne hat es sich an diesem regnerischen Tag doch noch überlegt und sendet am Abend ein paar Strahlen. Sie reichen, um den Watzmann in goldrotes Licht zu tauchen. Simon fährt zu seiner Wohnung auf dem großelterlichen Anwesen.

Komisch, denkt er sich, seine Schicht ist offiziell vorüber. Aber das Gefühl von Feierabend stellt sich nicht ein. Als er noch im Streifendienst war, kannte er das anders. Wenn er einen häuslichen Streit geschlichtet oder einen Verkehrsunfall aufgenommen hatte, war der Fall für ihn erledigt. Zwar kam es vor, dass ihn manche Ereignisse auch nach Dienstende noch beschäftigten. Vor allem wenn er schwierige Todesnachrichten zu überbringen hatte. Da plagte ihn im Nachgang oft die Frage, ob er alles richtig gemacht hatte. Als ob es da so eine Kategorie wie *richtig* überhaupt gibt. Aber dennoch war damals Feierabend Feierabend. Spätestens beim zweiten Weißbier kam er auf andere Gedanken.

Jetzt, als Kriminalkommissar, ist das anders. Solange ein Fall nicht aufgeklärt ist, kann er nicht seelenruhig dasitzen und sich mit irgendwas anderem beschäftigen.

Ihn plagt das Gewissen, da draußen laufe irgendwo ein Gewalttäter herum, der gerade dabei ist, das nächste Verbrechen zu planen. Außerdem spürt er erstmals den Druck der Medien. Nicht nur die einheimische Presse, auch die *BILD* und einige Klatschjournale melden sich bei ihm und fragen nach dem aktuellen Stand der Ermittlungen. Golo Gruber ist nicht irgendwer. Sein Fall erinnert stark an den Manager des Lebensmittelkonzerns, der am Matterhorn verschwunden ist. Gibt es, so fragt die Presse, einen Zusammenhang zwischen den beiden verschwundenen Personen? Luisa und er haben daraufhin noch mal genau rekonstruiert, was damals am Matterhorn passiert ist. Auch dort gab es Spekulationen über eine russische Geliebte. Beweise dafür tauchten nicht auf. Für die Berchtesgadener Ermittler bringt der Matterhorn-Fall keinen wirklichen Erkenntnisgewinn.

Auch jetzt, in seiner Wohnung, denkt Simon ständig an den Fall Golo Gruber. Ist es überhaupt ein Fall?

Er holt sich ein Weißbier aus dem Kühlschrank und setzt sich auf die Holzbank vor dem Austragshäusl. Die Zwerghühner und die richtigen Hühner picken in ihren getrennten Gehegen, ohne dass zu erkennen ist, was sie da eigentlich auf dem zertretenen und lehmigen Boden noch finden. Die Laufenten bevölkern den von Algen überzogenen Teich und schnattern das Neueste vom Tage. Ludwig und Maria Perlinger kommen gerade aus dem Stall, wo sie die Kühe gemolken haben. Die Milch geht an die Genossenschaft nach Piding, nicht zur Grubermilch AG. Ludwig spannt den silbernen Milchwagen an seinen alten Mazda und fährt ins Tal.

Als er wieder hochgekommen ist, setzt er sich zu Simon auf die Holzbank. Der Enkel nutzt die Gelegenheit, den versierten Hobby-Historiker zum Hotel zum Türken und den Verkaufsplänen zu befragen. Natürlich ist Ludwig bestens informiert. In der Nazizeit war dort der Reichssicherheitsdienst untergebracht, zuständig für Hitlers Personenschutz. Ludwigs Meinung nach wird es Extremisten, egal welcher Couleur, nicht gelingen, sich das Hotel unter den Nagel zu reißen.

»Die Verträge gehen durch viele Behörden und Gremien. Die prüfen die infrage kommenden Personen sorgfältig auf die Herkunft des Geldes, auf Vorstrafen und Gesinnung.«

Der Großvater muss weiter zur kleinen Bachmann-Kapelle, wo er besonders leckeres Gras für seine Zwerghühner senst.

Nach zwei, drei tiefen Zügen am Weißbierglas hört Simon seine Großmutter Maria, seinen Namen rufen. Sie setzt sich auf die Holzbank, genau dahin, wo Ludwig zuvor saß.

»Weißt schon das Neueste?«

Er kann mit so einer allgemeinen Frage nichts anfangen, zieht nur die Augenbrauen noch oben. Aber er ist froh, dass sie ihn ein bisschen ablenkt.

»Der Opa, ich glaub, der wird dement. Hast du das auch schon gemerkt?«

»Nein, hab ich nicht. Wie kommst denn darauf?«

Maria schaut zum Watzmann und zum Hochkalter auf der Talseite gegenüber. Hinter den vorgelagerten Wäldern lugen die Berge in der Dämmerung hervor wie Riesen aus dem Paläozoikum.

»Na, ich mein ja bloß«, stößt Maria hervor. »Was der so macht gerade.«

»Oma, was macht er denn? Klartext, bitte.«

Simon hat da so einen Verdacht, will es ihr aber nicht zu leicht machen.

»Na ja, spinnen tut er halt. Dumme Sachen machen. Als ob er kein Hirn mehr hätt.«

Simon ist sich jetzt sicher zu wissen, was seine Großmutter meint. »Äh, Oma, du redest jetzt ganz schön verworren. Vergisst er manchmal seine Brille? Oder erinnert er sich nicht mehr an die Namen unserer Kühe?«

Maria seufzt. »Nein, nein. Das kann er alles schon noch. Aber, ich mein, was mir da die Kunigunde heut erzählt hat ...«

Die Kunigunde mit Kopftuch und Späheraugen auf dem Weihnachtsschützenplatz bei *Fridays for Future*. Simon hat es geahnt.

»Ja, Oma, die Kunigunde, die ist mir nicht ganz geheuer.«

»Was sagst du da?« Maria ist erschrocken. »Die Kunigunde? Nicht ganz geheuer?«

»Ja, Oma, ich hab die heute in der Stadt unten gesehen.«

Zum ersten Mal wendet sich Marias Blick direkt auf ihren Enkel, der weiter geradeaus schaut. »Du hast sie in der Stadt gesehen? Und? Warum ist sie dir nicht ganz geheuer? Jeder muss doch mal in die Stadt.«

»Ja, schon, Oma. Aber die Kunigunde hat dort heute was getan, was ich ihr nicht zugetraut hätte.«

Marias Blick hat sich jetzt an Simons Gesicht festgesaugt wie ein Gummistopfen.

»Jetzt machst mich aber neugierig, Simon. Sag, was hat die Kunigunde getan?«

Simon wendet den Blick endlich seiner Großmutter zu, beugt sich dann nah zu ihr hin und flüstert mit vorgehaltener Hand in ihr linkes Ohr: »Die Kunigunde hat ...«

Er macht absichtlich eine Pause und nimmt den leichten Stallgeruch im grauen Haar der Großmutter wahr, »… sie hat … ich trau mich es fast nicht zu sagen, Oma …«

Sie schiebt Simon leicht weg, weil sein Atem ihr Ohr kitzelt. Mit ihren kleinen wachen Augen schaut sie ihn an, auf das Schlimmste gefasst.

»Was, Simon, was hat sie getan?«

»Na gut, Oma, irgendwann muss ich es dir ja sagen. Die Kunigunde hat … demonstriert.«

»Jesses, Maria und Josef«, entfährt es Maria. Sie schnappt nach Luft. Simon holt ihr vorsorglich ein Glas Wasser. Sie trinkt es mit einem Zug leer. »Hast du gesehen, wie sie bei diesen Verrückten da mitgemacht hat? Das glaub ich dir nicht.«

»Welche Verrückten, Oma?«

»Na, diese Schulschwänzer da. Die *Freude for fjudscha*.«

»Ja genau, mit denen hab ich die Kunigunde demonstrieren gesehen.«

Maria atmet schwer. Sollte ihre beste Freundin ein doppeltes Spiel spielen? Den Ludwig anschwärzen oder besser gesagt »angrünen« und selbst bei diesen depperten Schülern da mitmachen? Das kann sie sich beim besten Willen nicht vorstellen. So langsam dämmert ihr, wie die wahren Sachverhalte sind. Die Kunigunde ist heute Mittag ja extra zu ihr hochgekommen, ins Schönerlehen. Weil sie den Ludwig beim Demonstrieren erwischt hat.

»Simon«, sie gewinnt langsam wieder die Fassung. »Du verwechselst da was. Die Kunigunde, die würde nie, nie bei so was mitmachen.«

»Ich hab sie aber gesehen. Sie hat sehr aufmerksam der Greta Gruber zugehört.«

»Der Greta? Die von der Grubermilch AG? Die muss ein gescheits Luder sein. Aber ihre Firma …«

Maria fährt jetzt Geschütze auf. Wie ausbeuterisch die Grubermilch AG ihre Bauern behandele. Wie sie die Tiere in Großställen halten. Wie sie …. Sie ist bestens informiert. In Sachen Landwirtschaft macht ihr so schnell keiner was vor.

»Weißt was, Simon, du verwechselst da die Kunigunde mit deinem Opa. Die Kunigunde war nur zufällig Zeugin bei dieser Demonstration.«

»Der Opa auch«, behauptet Simon einfach.

»Nein, war er nicht. Die Kunigunde hat gesehen, wie er geklatscht hat. Und zwar ganz kräftig! Und weißt, was er noch gemacht hat?«

Simon wirft ihr einen vollkommen ahnungslosen Blick zu.

»Er hat mitgeschrien!«

»Ah, Oma, verstehe. Er hat beim Sprechchor mitskandiert.«

»Was weiß ich, wie man das nennt.«

»Skandieren, Oma. Was haben die Kunigundes Meinung nach da so geschrien?«

»So englische Wörter. Und sie haben behauptet, man würde ihnen die Zukunft klauen.«

»Wer klaut die?«

»Ach, was weiß denn ich. Jedenfalls, diese Gruber Greta, die stellt sich da vorne hin und heizt die jungen Leute auf. In ihrer Firma schert sie sich einen Dreck um die Tiere und die Umwelt. Hauptsache Kohle machen.« Maria reibt sich Daumen und Zeigefinger.

Noch eine Weile plaudern die beiden so dahin, dann kommt Simon auf Marias Eingangsbehauptung zurück.

»Und warum glaubst du, der Opa sei jetzt dement?«

»Na weil der zu den Grünen auf Demonstrationen geht! Das ist doch total narrisch. Mir gönnen unseren Tieren so ein schönes Leben. Schau dich doch um!« Sie macht mit ihrer rechten Hand eine ausholende Bewegung über den ganzen Hof. Im Stall lässt eine Kuh, wie zur Unterstützung, gerade einen großen Haufen fallen.

»Stimmt schon, Oma. Wir machen schon einiges gut und richtig. Aber warum sollte der Opa sich nicht einsetzen, dass andere das auch tun? Ich meine, er hat ja nicht gegen unseren Hof demonstriert.«

»Aber bei den Grünen mitmachen? Und Patenschaften für den Feldhamster abschließen? Wo unsere Felder voll von kleinen Nagern sind?«

Simon weiß, die Diskussion wird jetzt endlos, wenn auch noch Ludwigs Hamsterpatenschaft zum Thema wird. Außerdem kommt der Großvater gerade von der Kapelle zurück. Simon trinkt schnell sein Weißbier aus und verabschiedet sich in seine Wohnung. Später, als er ein Paar Wiener isst und eine Bergzeitschrift liest, hört er durch das offene Fenster noch ein paar Worte von der Großmutter. Klang das nicht wie: »… aber doch nicht bei den Grünen?«

Kapitel 14 • Seltsame Gestalten

Kehlstein/Bahnhofstraße, Freitag, 28. Mai

Die Kehlsteinstraße ist für Fußgänger streng verboten. Zu gefährlich ist es, wenn die Busse fast die gesamte Fahrbahnbreite einnehmen. Sie können nicht ständig abbremsen und an den teilweise extrem steilen Steigungen so einfach wieder anfahren. Luisa hat am Vorabend noch mit dem Busbetreiber geklärt, dass sie mit Simon die Strecke aus Ermittlungsgründen zu Fuß geht. Noch bevor der Busverkehr beginnt. Abwärts würden sie dann mit einem der ersten Busse fahren.

Simon und Luisa hoffen, an der Strecke etwas Relevantes für die Ermittlungen zu finden. Leere Blutkonserven, irgendwelche Dokumente, Hinweise auf die Teilnehmenden am Lagerfeuer des Buswendeplatzes. Aber als Polizeibergführer ist es ihnen auch ein Anliegen, sich ständig am Berg fit zu halten und die entsprechende Muskulatur zu trainieren. Luisa als leidenschaftliche Bergläuferin hält sogar den Frauenrekord für den Watzmannlauf von der Wimbachbrücke über das Watzmannhaus, den Grat und zurück durchs Wimbachtal. Drei Stunden zweiundfünfzig Minuten und achtzehn Sekunden. Das soll ihr erst mal eine nachmachen!

Sie passieren die Schranke nahe dem Busbahnhof, beginnen, trotz des steilen Anstiegs zu joggen. Sie reden nicht miteinander, laufen nur und schauen rechts und links der Strecke, ob sie irgendetwas entdecken, was ihnen im Fall Golo Gruber weiterhilft. Nach einer halben Stunde machen sie Pause.

»Simon«, hechelt Luisa und bindet sich ihre blonden Haare neu zum Zopf. »Jetzt muss ich dir noch etwas Lustiges erzählen. Obwohl, vielleicht ist es auch gar nicht lustig. Jedenfalls …«

Sie sieht den ebenfalls pustenden Simon an, der sich mit seinen Händen auf den Knien abstützt.

»Also, Simon, wir reden ja da sonst nicht drüber«, nimmt Luisa den Gesprächsfaden wieder auf. »Aber mit meinem letzten Freund, das ging vor drei Jahren auseinander. Die Auswahl an Männern in einem für mich geeigneten Alter, die noch nicht vergeben sind, ist im Berchtesgadener Tal nicht soooo schrecklich groß. Deswegen habe ich mich bei Tinder angemeldet.«

Simon spürt, wie ihm die Röte in die ohnehin schon glühenden Wangen schießt. Es dauert nur Sekunden, dann ahnt er, was kommt.

»Und rate mal, wer mir da gestern als Kandidat mit Foto entgegengelacht hat?«

Ihm ist die Situation peinlich. Nach dem Ende mit seiner Münchner Freundin Carolin hat er sich überwinden müssen, einen Account bei Tinder einzurichten. Erst dachte er, das sei ein reines Sexportal. Er hatte da so manches in dieser Richtung gehört. Andere Portale aber kosten Geld. Viel Geld. Und ist es nicht eine Bankrotterklärung, sich über das Internet eine Freundin zu suchen? Andererseits ist an Luisas Worten auch aus Männersicht etwas dran. Er muss seinen Radius erweitern. Bad Reichenhall, Freilassing, Laufen, auch Salzburg, da gibt es sicher viele Optionen, die er bis jetzt nicht gesehen hat. Also meldete er sich bei Tinder an. Aber dass ihn jetzt seine Kollegin anspricht, dass sie sich beinahe gedatet hätten, ist ihm mehr als unangenehm.

»Hast du gute Erfahrungen mit Tinder?«, hakt Luisa auch noch nach. Andererseits, sagt sich Simon, ist es vielleicht gar nicht schlecht, Luisa ein bisschen ins Vertrauen zu ziehen. Sie kennen sich lange. Schon mit sechzehn Jahren haben sie gemeinsam an einer Biwakweitwanderung des Deutschen Alpenvereins teilgenommen. Er gibt sich einen Ruck und erzählt ihr von seinen Begegnungen, die über Tinder zustande gekommen sind. Vor allem von seinem letzten Date.

Sie hieß Rosemarie, trug auf allen Fotos ein Dirndl und hatte Wangen rot wie Äpfel vom Bodensee. Sie schrieb ihm lustig, direkt, frech, und er dachte, sie kennenzulernen sei kein Fehler. Dann trafen sie sich. Sie kam extra von Freilassing nach Berchtesgaden ins Café Forstner. Irgendwo hatte Simon gelesen, innerhalb der ersten zehn Sekunden entscheide sich, ob wir uns jemanden als Mensch fürs Leben vorstellen können oder nicht. Bei Rosemarie war das jedenfalls so. Auf den Fotos war nicht zu sehen, wie stämmig und ausladend sie ab den Schultern war. Das war per se noch kein Hinderungsgrund für Simon. Ihm schwante, warum sie nur Porträtfotos bei Tinder eingestellt hatte. Wie sie jetzt auf ihn zukam, mit grasgrünem Dirndl, blonden Zöpfen! Mit dunkelvioletten Lippen, gelb-grünem Lidschatten und viel Wimperntusche, bemalt wie eine Indianerin auf Kriegspfad! Wie sie ihn dann umarmte und drückte!

Wie sie als Allererstes »Mein Schatz« zu ihm sagte! Wie sie ihn dann an einen Tisch zerrte und ihn viel zu laut für sich vereinnahmte: »Ich bestell uns jetzt mal eine Käsesahnetorte!« Das ging alles gar nicht! Auch in jedem weiteren Satz flocht sie ein »mein Schatz« ein. Und sie sprach ständig so laut! Simon schaute sich sorgenvoll um, damit keiner seiner Bekannten diesen Auftritt zufällig mitbekam. Berchtesgaden war klein. Warum hatte er bloß diesen Treffpunkt vorgeschlagen, und nicht auf halber Strecke oder bei ihr in Freilassing!

»Mein Schatz, weißt du, ich möchte dich nicht nur einmal sehen. So wie all die anderen. Die sich nach dem ersten Treffen verabschieden und sagen, sie melden sich bald wieder. Pustekuchen! Nie wieder hör ich etwas von ihnen. Du aber, mein Schatz, du bist doch nicht so, oder?« Bei den letzten Worten zog sie ihn an der Jacke zu sich, und er starrte zwangsläufig in ihr Dekolleté, das ihn an die Schlucht der Wimbachklamm erinnerte.

»Nein, äh, also, ich weiß nicht. Wir haben uns gerade erst kennengelernt«, stotterte er. Er traute sich nicht, ihr zu sagen, was er schon jetzt wusste: dass es zwischen ihnen überhaupt nicht passte.

Rosemarie tat ihm leid. Er spürte an ihren Worten, wie oft sie schon enttäuscht worden war. Mitleid ist aber keine Basis für eine Beziehung. Sie kam von einem Bauernhof, hatte es irgendwie verpasst, rechtzeitig den Bauern eines anderen Hofs kennenzulernen und zu heiraten. Jetzt, an einem ganz normalen Nachmittag in der Berchtesgadener Fußgängerzone, wirkte sie wie Folklore. Einsam. Überdreht. Wie eine, die den letzten Zug noch erwischen will. Sexy war das nicht. Da half auch das schwanenweiße Dekolleté nichts. Während er in diesem

Gedankenkarussell festhing, begann Rosemarie plötzlich zu weinen. Erst leise, dann schluchzte sie laut, und die Kellner schauten besorgt zu ihrem Tisch.

»Ich spür das schon, auch du willst mich nicht«, sprach sie. Jetzt schauten auch die anderen Cafébesucher zu ihnen. »Immer das Gleiche. Zahlen, Herr Ober!«

Simon wollte sie einladen, aber das schlug sie wütend aus. Sie gab dem Kellner ein großzügiges Trinkgeld und stapfte mit festen Schritten, ein Taschentuch in der Hand, in Richtung Franziskanerplatz davon.

»Puh, das ist ja keine so gute Erfahrung gewesen«, sagt Luisa. »Aber ich könnte dir auch Storys erzählen, wer sich da so bei mir meldet. Viele verheiratete Männer unter falschen Namen zum Beispiel, die eine Affäre suchen. Und lügen, dass sich die Balken biegen. Aber wollen wir ein anderes Mal darüber weitersprechen? Ich kühl nämlich aus.«

Sie nehmen die restliche Strecke in Angriff, traben zügig die steile Straße hoch. Einhundert Höhenmeter vor dem Ziel bleibt Simon plötzlich stehen, springt wie ein Raubtier ins Gebüsch und packt etwas Dunkles, Stoffiges. Ein heftiger Aufschrei und zwei Arme, die jemand schützend über den Kopf hält. Als Simon erkennt, wen er da gegriffen hat, lässt er sofort wieder von ihm ab. Entschuldigt sich.

Der andere schreit nach Hilfe und hört erst damit auf, als Luisa beruhigend auf ihn einwirkt. Der andere, das ist Rick Walker, der raschelnd im Gebüsch saß. Jetzt steht er auf der Straße und schaut vollkommen verwirrt aus. Die Haare stehen ihm ab wie Stroh, der buntscheckige Lederbeutel, den er über der Schulter trägt, steht offen und lässt allerlei Kräuter, Drähte und Schnüre erkennen.

»Was machen Sie hier im Gebüsch, Herr Walker?« Simons Gesicht ist rot, so angestrengt und aufgeregt ist er. Bei jedem Ausatmen setzt er eine kleine Wolke in die Luft. »Ich dachte, da wollte jemand ein Stahlseil spannen. Das hat so silbern geblinkt. Und hier, ich seh es, da ist auch eins. Das hätte die Busse massiv gefährdet. Was soll das?«

Walker schaut ihn konsterniert an. Luisa erinnert sich, dass Walker auch beim Doppelmord am Watzmann in Erscheinung getreten war. Simon hatte ihn für eine Befragung in seiner Wohnung aufgesucht, einem magischen Kabinett. Walker ist ein selbst ernannter Alpenschamane.

»Beantworten Sie mir meine Frage. Was machen Sie hier mit dem Stahlseil?«, wiederholt Simon scharf.

Walker zittert leicht. Mit einer Geste winkt er die beiden Kriminalbeamten in den Wald, der an die Fahrbahn heranreicht. Stumm führt er sie zu einem wackligen Holzschuppen. Den hat er sich selbst gebaut, um von hier aus nachts den Kehlstein atmen zu hören, wie er ihnen erklärt.

»So, so, der Kehlstein atmet«, sagt Simon etwas erleichtert. »Und wozu brauchen Sie dann ein Stahlseil?«

»Um ihn zu fangen.«

»Wen zu fangen?« Simon überlegt, ob es Sinn macht, die Zeit mit Walker zu vertrödeln.

»Den … den …«

»Na, wird's noch?«, drängelt Simon.

»Den Tatzelwurm!«

Walker schaut, als habe er ein Straußenei gelegt. Simon und Luisa werfen sich einen unsicheren Blick zu.

»Tatzelwurm«, sinniert Luisa, »das ist so ein Märchenwesen, glaub ich.«

»Na, na!«, tadelt Walker sie mit erhobenem Zeigefinger wie ein Pauker in der *Feuerzangenbowle*. »Den gibt es wirklich. Ich habe ihn schon mehrfach gesehen.«

»So, so.« Simon schüttelt ungläubig den Kopf. »Wie sieht er denn aus, der Tatzelwurm?«

Walkers Augen weiten sich. Er wirkt wie hypnotisiert, nimmt die beiden Polizisten gar nicht mehr richtig wahr.

»Komm, süßer Tatz«, singt er jetzt mit säuselnder Stimme und tanzt umher wie eine Feder im Wind, die Arme ausgebreitet wie Flügel. »Komm, süßer Tatz, und schenk mir dein Blut, weil es den Bösen töten tut …«

Luisa kann sich das Lachen kaum verkneifen. Auch Simons Mundwinkel zucken etwas.

»Komm, süßer Tatz, ich verteidige dich, schwankende Gestalten ihr kriegt ihn nicht …«

Simon schickt sich an, zur asphaltierten Straße zurückzukehren. Da klingen ein paar Worte nach. »Schwankende Gestalten … ihr kriegt ihn nicht …«

»Äh, Herr Walker!«

Der Angeredete reagiert nicht.

»HERR! WALKER!«

Es dauert einen Moment, bis der Schamane aus seiner Trance erwacht. Er reibt sich die Augen. Gähnt. Schüttelt sich wie ein nasser Hund nach dem Bad im Fluss.

»Wen meinen sie mit schwankende Gestalten?«

»Äh, also, wie? Gestalten, ach so. Die Eindringlinge.«

»Welche Eindringlinge?«

»Die Eindringlinge ins Reich des Tatzelwurms.«

»Eindringlinge? Die den Tatzelwurm stören?«

»Ja, genau!« Walker ist wieder halbwegs in dieser Welt angekommen.

Jetzt ist Simon doch gespannt. Walkers Augen sind auf Simon gerichtet. Ängstlich. Als fürchte er eine Bestrafung.

»Wer sind diese Eindringlinge?«, hakt Simon nach. Luisa hält sich unterdessen ein Taschentuch vor den Mund, um nicht laut loszulachen.

Walker zeigt sich davon unbeeindruckt. Er holt tief Luft, dann spricht er weihevoll, als sei er ein altgriechisches Orakel: »Schwankende Gestalten. Die früh sich einst dem trüben Blick gezeigt.«

Simon weiß nicht so recht, was er von diesen Versen halten soll. Irgendwie erinnern sie ihn an den Deutschunterricht.

»Wen meinen Sie, verdammt noch mal, Herr Walker?«

Luisa nimmt Simon zur Seite. »Komm, wir gehen weiter, das bringt doch nichts.«

Doch dann überrascht Walker sie. Er ist zwar irgendwie immer noch ein bisschen abwesend, aber seine Worte sind klar. »Sie sind den Berg hinuntergeschwankt. In der Nacht. Betrunken waren sie. Mit Lederjacken. Gebrüllt haben sie. Da hab ich mich ihnen in den Weg gestellt. Wollte den Kehlstein und den Tatzelwurm vor diesen Barbaren schützen …«

Luisa und Simon starren den Schamanen an. Fantasiert er jetzt oder …

»Herr Walker, wann genau sind diese Gestalten den Weg hinuntergelaufen?«

Eine kurze Zeit überlegt er. Dann nennt er ihnen genau die Nacht vom 25. auf den 26. Mai, als die Blutspuren in den Kehlsteinlift kamen und Golo Gruber verschwand. Als Uhrzeit gibt er dreiundzwanzig Uhr an. Zu diesem Zeitpunkt waren die Blutspuren noch nicht im Lift, wie die Laborbefunde ergeben haben. Der Wirt und sein Personal sind um zwanzig Uhr ins Tal gefahren. Für das Lagerfeuer und irgendwelche Schwüre und Feiern hatten sich die Reichsbürger oder wie auch immer diese Gruppe zu kategorisieren war, demnach knapp drei Stunden Zeit genommen.

»Was, Herr Walker, ist passiert, als Sie der Gruppe entgegengetreten sind?«

Der Schamane zuckt zusammen, stößt einen gequälten Schrei aus. Dann krempelt er langsam die Ärmel hoch und zieht sein Leinenhemd nach oben. Die nackte Haut zeigt viele Spuren von stumpfer Gewalt. Vor allem Hämatome.

»Und das waren diese Männer?« Luisa staunt über die vielen blauen Flecke. Walker nickt nur stumm, mit aufgerissenen Augen.

Simon überlegt, wie Walkers Beobachtungen mit den Aussagen des Liftwarts und denen der Busfahrer zusammenpassen. Brunner hatte von einer Gruppe Reichsbürger gesprochen. Sie waren nicht mit dem Lift zum Buswendeplatz gefahren. Von den Busfahrern hatte sich zwar einer erinnert, die Gruppe nach oben gefahren zu haben. Aber ins Tal zurück, davon wusste keiner etwas.

»Was haben Sie getan, um den Tatzelwurm vor diesen …«, Luisa legt bewusst eine Pause ein und beugt sich dann verschwörerisch zu Walker. »… vor diesen Barbaren zu schützen?«

»Ich habe nur gesagt, dass sie bitte nicht so laut brüllen sollen«, flüstert Walker. »Weil der Tatzelwurm schläft und sie ihn sonst aufwecken. Dann sind sie ausgerastet. Haben zu dritt, zu viert auf mich eingeschlagen wie auf einen Strohsack.«

Äußerlich ähnelt Walker tatsächlich einem Strohsack, denkt sich Simon. Er zückt sein Handy und zeigt Walker ein Foto von Golo Gruber. Ob er ihn auch in der Nacht gesehen habe, will er von dem Alpenschamanen wissen. Walker schaut sich das Foto lange an.

»Nein«, sagt er schließlich. »Den kenne ich nicht. Aber …«

»Was aber?«

»Die schwankenden Männer haben mich irgendwann in Ruhe gelassen. Sie sind weiter nach unten gezogen. Aber an diesem Abend haben noch mal welche den Tatzelwurm geweckt.«

»Ja? Wer?«

Walker greift sich mit seinen vor Dreck starrenden Fingernägeln in den Bart. »Nach den finsteren Gestalten habe ich tief in der Nacht ein Motorrad gehört. Das ist den Berg hochgefahren. Mit eingeschalteten Scheinwerfern. Ich bin zur Straße vorgesprungen. Auf dem Motorrad saßen zwei Personen, wie ich an den Umrissen erkannt habe. Es war fast Vollmond. Der hinten hielt eine Kiste unter dem Arm. Bald darauf kam noch ein Moped hochgefahren. Da lag ich aber schon im Bett und habe nichts mehr gesehen. Später habe ich das Moped noch mal gehört. Es ist wieder nach unten gefahren.«

Simon und Luisa sind elektrisiert. »Sie haben ein Motorrad gesehen? Und zusätzlich ein Moped gehört? Sind Sie sicher? Waren es vielleicht zwei Motorräder?«

»Nein, das Motorrad hat richtig laut geknattert. Es sah aus wie die von früher. So ein ganz altes. Dunkelgrün. Wie getarnt. Mit so einem aufgebauten zweiten Sitz. Das andere war leise wie eine Nähmaschine.«

»Also ein Moped.«

»Oder ein … wie nennt man die noch …«

»Ein Mofa?«

»Ja, was weiß ich. So was Kleineres, glaub ich.«

»Okay, Herr Walker. Und dieses Mofa haben Sie dann wieder runterfahren gehört.«

»Ja, hab ich.«

»Und das Motorrad nicht?«

»Nein. Ich bin dann auch eingeschlafen. Der Tatzelwurm …«

»Wie lange waren der oder die mit dem Moped dort oben?«

Walker zuckt nur stumm mit den Schultern. Der erste Bus fährt gerade zum Kehlstein hoch. Die Kriminalbeamten sind schon zu lange bei Walker. Ihre Zusage an die Busgesellschaft, nicht während der Fahrzeiten auf der Straße zu laufen, können sie nicht mehr einhalten.

»Haben Sie denn die Gesichter erkannt von denen auf dem Motorrad?«

»Nein, das ging zu schnell. Die hatten auch Helme auf.«

Auch wenn es ihm sinnlos erscheint, stellt Simon Walker trotzdem noch eine Frage. »Was hat der Tatzelwurm denn von den Besuchern gehalten?«

Walker legt den Zeigefinger auf die Lippen, blinzelt mit den Augen und spricht dann geradezu weihevoll: »Der Tatzelwurm hat in dieser Nacht schwer gelitten.«

»Oho, Herr Walker, an was hat er gelitten?«

Die beiden Polizisten schauen den Schamanen an. Aber der spricht nicht mehr. Er legt sich wie ein Embryo auf sein Moosbett und schläft ein. Oder hört den Tatzelwurm im Innersten des Kehlsteins zu ihm sprechen. Jedenfalls ist er für die Beamten nicht mehr erreichbar.

Simon und Luisa laufen schnell den Rest der Strecke bis zum Buswendeplatz. Auf keinen Fall möchten sie noch auf der Straße sein, wenn der nächste Bus kommt. Oben angekommen, schnaufen sie durch und überlegen gemeinsam, was das mit Rick Walker für die Ermittlungen bedeutet.

Ein kleiner Teil eines Mosaiks fügt sich zusammen. Eine Gruppe von Reichsbürgern oder ähnlichen Gesinnungsgenossen, vielleicht aus Nürnberg, kommt zum Obersalzberg. Auf den Kehlstein fahren sie mit dem Bus und warten ab, bis die letzte Fahrt nach unten erfolgt ist. Dann halten sie sich noch irgendwo auf dem Gelände auf, bis auch die Gaststätte geschlossen und das Personal ins Tal gefahren ist. Jetzt, mit dem Berg allein, zünden sie auf dem Buswendeplatz ein Feuer an und begehen irgendetwas Rituelles. Verbrennen Reisepässe der Bundesrepublik, das Grundgesetz oder was man sonst noch von solchen Ritualen weiß. Der mythische Ort ist ihnen wichtig. Kurz vor dreiundzwanzig Uhr gehen sie über die Kehlsteinstraße ins Tal zurück. Auf dem Weg begegnen sie Walker. Sie sind alkoholisiert. Vielleicht haben sie den Wodka getrunken, dessen Flasche neben dem Tunnelportal des Lifts gefunden wurde. Walker hat sie überrascht, und sie reagieren sich kurzerhand an ihm ab, indem sie ihn zusammenschlagen. Dann ziehen sie weiter. Irgendwann nach Mitternacht fahren sie vom Parkplatz Hintereck am Dokumentationszentrum ab. Wie ein Rückruf bei Dr. Fridolin Täubner ergibt, dem wissenschaftlichen Mitarbeiter am Dokumentationszentrum, waren die Autos mit den Nürnberger Kennzeichen am nächsten Vormittag nicht mehr auf dem Parkplatz. Das würde also passen. Und Golo Gruber? Die Reifenspuren neben seinem Porsche stammen von einem Motorrad. Ein Motorrad hat auch Walker gesehen. Es ist nachts, nach dreiundzwanzig Uhr, die Kehlsteinstraße hochgefahren. Eine der beiden Personen könnte Golo Gruber gewesen sein. Wer aber war die andere? Und was war in der Kiste? Konserven mit Golos Blut? Wieso gab es dann aber zusätzlich frisches Blut im Lift? Gab es eine Auseinandersetzung zwischen den beiden? Auch das Moped oder Mofa gibt es. Wenn Walker sich nicht verhört hat. Er will drei Mal Motorengeräusche gehört haben. Einmal das laute Motorrad. Und zwei Mal das Moped oder Mofa. Wer damit wieder hinuntergefahren ist, ist nicht geklärt. Auch in welchem Verhältnis das Moped / Mofa zum Motorrad und dessen beiden Fahrern stand, bleibt offen. Möglich auch hier, dass jemand zu Fuß ins Tal gegangen ist. Aber mysteriös bleibt das Ganze, auch wenn Walker etwas mehr Klarheit geschaffen hat.

Wenn die Vorgänge sich so abgespielt haben, wären die Reichsbürger wohl aus dem Schneider, was das Blut und das Verschwinden Golo Grubers betrifft. Aber wer sagt, dass sie alle gemeinsam wieder den Berg verlassen haben? Wenn noch welche oben geblieben waren, warum auch immer, sind sie auf die Motorradfahrer und mutmaßlich Golo Gruber gestoßen, auch auf das Moped / Mofa.

»Wir müssen noch mehr über diese sogenannten Reichsbürger rausfinden«, resümiert Luisa.

»Ja, nimm mal bitte Kontakt mit den Nürnberger Kollegen und Kolleginnen auf.«

Noch ahnen Simon und Luisa nicht, dass es zwischen dem Umfeld eines selbst ernannten Reichsbürgers und dem ominösen Verschwinden Golo Grubers einen Zusammenhang gibt. Einen ganz anderen, als sie vermutet haben.

»Und jetzt fahren wir zu Arno Krumbacher«, sagt Luisa, als sie sich eine halbe Stunde später hinter das Steuer des BMWs setzt. Sie haben am Kehlstein keine weiteren Hinweise gefunden und sind mit dem Bus wieder zum Parkplatz Hintereck gefahren.

»Wer ist das noch mal?« Simon ist abwesend. Seine Gedanken kreisen um die vielen Spuren. Spuren, von denen ungewiss ist, ob sie nicht auf viele Holzwege führen.

»Krumbacher, der Tierschützer. Taucht in den Dokumenten der Grubermilch AG ständig auf.«

»Ach ja, stimmt.«

Sie hatten die Drohnachrichten von Tierschützern und Umweltaktivisten am Vortag beim Justiziar des Unternehmens abfotografiert. Meist waren es keine wirklichen Briefe, sondern nur zwei, drei Sätze. Die Drohungen wiesen fast alle in eine Richtung. Sie forderten den Schutz der Tiere und kündigten Gewalt gegen die Tierhalter an, wenn zum Beispiel die Großstallhaltung nicht beendet würde.

Simon hatte einen der Briefe, der aus Zeitungsbuchstaben zusammengeklebt war, mit Kopfschütteln gelesen. »Ich kann doch nicht Tiere schützen wollen und dafür Menschen mit Gewalt drohen.«

Krumbacher finden sie schließlich in seiner kleinen, mit Krimskrams vollgestopften Wohnung in der Bahnhofstraße. Vom Justiziar wissen sie, dass er Golo Gruber vor einigen Monaten am Fabriktor angebrüllt hat. Er würde ihn ganz persönlich für seine Verbrechen an den Tieren zur Rechenschaft ziehen. Gernot war damals auch zu der Szene dazugekommen. Doch Golo und Gernot hätten diesen Krumbacher nicht ernst genommen.

Arno Krumbacher ist ein früherer Klassenkamerad von Greta. Das hat sie ihnen erzählt. Schon zu Schulzeiten hat er Cannabis konsumiert, das Abitur nicht bestanden, einige Jahre in Indien in einem Aschram gelebt. Jetzt ist er Mitarbeiter auf Honorarbasis im Berchtesgadener Tierheim, Veganer, Einradfahrer und Hobbyornithologe. Mit seinen langen Rastahaaren, dem gezwirbelten Kinnbart, den beigen Wallahosen und der Ratte auf der Schulter ist er im Berchtesgadener Stadtbild vielen vertraut.

Als sie ihn auf Anschläge auf die Ställe der Grubermilch AG ansprechen, wehrt er sich heftig. Er drohe zwar manchmal mit Gewalt. Aber ausüben würde er sie nie. Er holt seine Ratte von der Schulter und streichelt sie wie andere ihre Perserkatze. Er habe Golo Gruber seit der emotionalen Begegnung am Fabriktor vor einigen Monaten nicht mehr gesehen. Mit seinem Auftritt wollte er ihm einmalig zeigen, dass es so mit der Grubermilch AG und ihrem Fokus auf den *Nutzen* der Tiere nicht weitergehe.

»*Nutz*tiere, dieser Begriff gehört verboten«, konstatiert er und küsst seine Ratte. Ein Alibi für die Nacht von Golos Verschwinden hat er nicht. Er habe friedlich in seiner Wohnung geschlafen, behauptet er. Simon sieht ein paar angeknabberte Möhren auf der Überdecke des Sofabettes. Da hat bestimmt die Ratte dran genagt. Und er auch.

•••

»Der ist harmlos«, sagt Luisa zwanzig Minuten später auf der Rückfahrt zur Polizeiinspektion.

»Wie kommst du darauf?«

»So ein Gefühl.«

»Aber mit Gefühlen kommen wir nicht weiter beim Ermitteln.«

»Ich weiß, Simon, wir brauchen Indizien, Beweise. Aber wie willst du bei dem Krumbacher weiter ermitteln?«

Simon weiß, dass seine Kollegin recht hat. Wirkliche Ansatzpunkte bietet Krumbacher nicht. Und eine DNA-Probe von ihm zu nehmen, wäre aktuell nicht zu rechtfertigen.

»Krumbacher ist nicht der einzige Tierschützer, der der Grubermilch AG gedroht hat, Luisa. Es sind ja auch Kühe aus ihren Ställen befreit und in die Ortschaften getrieben worden.«

»Stimmt schon. Aber Krumbacher hat recht. Wer Tiere befreit, ermordet noch keine Menschen. Denk mal an die Nerzfarmen.«

Simon erinnert sich an einen Artikel über solche Farmen in Dänemark. Dort hatten Tierschützer Nerze befreit und ausgesetzt.

»Ich weiß. Da gab es öfter spektakuläre Aktionen.«

»Genau. Aber den Besitzern dieser Nerzfarmen ist selbst nie etwas passiert.«

»Trotzdem, ich weiß nicht, ob wir die einfach so ausschließen können …«

»Wenn wir ein bisschen Luft haben, recherchiere ich auch zu den anderen Tierschützern in den Grubermilch-Akten, Simon. Vielleicht sind ja auch welche mit Vorstrafen dabei.«

Simon nickt zufrieden. Nur weil Krumbacher harmlos wirkt, sind nicht gleich alle Tierschützer Friedenstauben.

Kapitel 15 • Liebesleben?

Café Forstner/Christuskirche,
Freitag, 4. Juni

Eine Woche nach Golo Grubers Verschwinden hat Simon endlich einen freien Nachmittag. Er hat sich den Roman *Liebesleben* von Zeruya Shalev aus der Buchhandlung geholt und sitzt in den Text versunken im Café Forstner am Weihnachtsschützenplatz.

Wenn er zwischendurch an seinem Cappuccino nippt, kommt er ins Nachdenken. Das Thema des Buchs gibt ihm die Anstöße. Die Liebe – was für eine komplizierte Erfindung! Als Jugendlicher war er mehrfach unglücklich verliebt. Die Mädchen, die ihm gefielen, wollten ihn nicht. Andere Mädchen wollten ihn, aber er fand sie doof. Damals begann seine Unsicherheit gegenüber Frauen. Oft befiel ihn eine undefinierbare Angst davor, abgewiesen oder ausgetrickst zu werden.

Aber wieso gibt es eigentlich die Liebe, wenn sie nur begrenzt hält? An Golo und Cynthia Grubers Ehe sieht man doch, wie sie im Laufe der Jahre in Gleichgültigkeit und Hass umschlägt. Sogar ein Mord am Ehemann ist in diesem Fall nicht auszuschließen. Auch das Ehepaar Wineke in seinem letzten großen Fall war so ein Papierpaar. Gelebte Liebe gab es da nicht wirklich. Man tat nur so, für das Außenbild, die Kinder, den Rotary Club, die Fotoalben.

Grubers und Winekes waren wohlhabend, sehr reich. Aber das Scheitern der Liebe gibt es nicht nur in diesen oberen Sphären der Gesellschaft. Simon kennt viele Paare, die sich getrennt haben. Meist mit Rosenkrieg. Dem anderen noch mal so richtig mitgeben, was man viele Jahre unterdrückt hat. Jetzt kann es endlich raus! Mit der Macht eines Stausees entlädt es sich. Ein Stausee, dessen Mauer zusammenstürzt. Corinna und Michi Pregler scheitern auch gerade. Sie haben den großen Krieg wohl noch vor sich. Wenn es um die Scheidung geht. Die Auseinandersetzungen um Geld, Haus, Sorgerecht.

Ist denn der Glaube an die eine große Liebe im Leben eine Illusion? Vor Kurzem hat er in einer Zeitschrift gelesen, man solle die Möglichkeit haben, Ehen nur noch für sieben Jahre abzuschließen. Mit der Option auf Verlängerung um weitere sieben Jahre. Wenn es gut liefe, könne man so auch siebzig Jahre miteinander verheiratet sein. Wenn man aber nach sieben, vierzehn, einundzwanzig Jahren nicht verlängert, sei das nicht die Katastrophe, die es heute noch gesellschaftlich bedeutet.

Rosenkriege entstehen, weil es um die Wahrung des eigenen Gesichts geht. Weil man die Schuld der anderen Person zuschieben will. Damit man selbst eine Version des Scheiterns anbietet, in der man als unschuldiges und armes Opfer wegkommt. Aber birgt so eine zunächst auf sieben Jahre befristete Ehe nicht viel Misstrauen? So wie ein Ehevertrag, der per se das Scheitern schon mal mit einschließt, wenn nicht sogar einplant? Aber Misstrauen und befristete Ehe ist besser als dieses elende »Aneinanderleiden« und dieses verlogene Zusammenbleiben der Galerie wegen. Noch einen Schluck vom Cappuccino, dann vertieft er sich wieder in sein Buch.

»Hab ich auch begeistert gelesen«, sagt plötzlich eine Stimme über ihm. Er schaut an schwarzen Kaschmirstrümpfen mit Zopfmuster, einem roten Cordrock und einer weißen Bluse mit Rüschen hoch und direkt in die dunkel glitzernden Augen einer ihm unbekannten Frau. Sie hat am Tisch neben ihm gesessen und will gerade gehen. Irgendwo zwischen Kopf, Herz, Bauch und wer weiß noch wo trifft ihn die Unbekannte mit ihrer dunklen Stimme und ihrem warmen Blick. Sie ruft nach dem Kellner. Fieberhaft überlegt er, was er tun kann, damit sie nicht einfach so davonzieht.

»Haben ... äh, haben Sie das Buch wirklich gelesen?«, presst er schließlich hervor. Im gleichen Augenblick weiß er, wie dämlich die Frage ist.

»Ah, Sie halten mich für eine Hochstaplerin?« Dabei lächelt sie.

»Äh, also, natürlich nicht. Aber, wie sind Sie auf dieses Buch gekommen?«

Die Unbekannte setzt sich seitlich auf den Stuhl an seinem Tisch, in der Hand eine Einkaufstasche. Sie ist auf dem Sprung, nimmt sich trotzdem noch ein bisschen Zeit. Einige Locken ihres langen, nutellabraunen Haars fallen ihr ins Gesicht. Ich muss das Gespräch am Leben erhalten! Simon ist nervös. Gleich ist sie weg! Für immer! Aber wie kann ich sie festhalten? Mit welcher Frage, welchem Thema? Sie zahlt gerade ihren Caffè latte.

»Wie ich auf das Buch gekommen bin?« Sie steckt den Geldbeutel ein und greift nach ihrer Tasche. »Nun, als es erschienen ist, war ich noch am Gymnasium. Da ich in Deutsch nicht so schlecht war, hat es mir meine

Lehrerin zum Abitur geschenkt. Die Autorin habe einen ähnlichen Schreibstil wie ich, hat sie behauptet. So atemlos.«

»Ja, total atemlos«, pflichtet Simon ihr bei und wird darüber selbst atemlos.

»Na ja, aber so gut wie die Zeruya Shalev schreibe ich nicht. Ich schreibe – schlichter. Liebesromane mit viel Herzschmerz. Heute Abend habe ich hier in der Christuskirche eine Lesung. Kommen Sie doch vorbei!«

Sie packt ihre Taschen, zwinkert Simon zu und geht. Er sitzt sprachlos da. War das eine Sternschnuppe an dem für ihn so dunklen Horizont der Zweisamkeit? Im Internet findet er die Lesung mit Claudia Jacobs. Aber als er ihren Namen bei Google eingibt und auf Bilder geht, kommen nur Buchcover. Es dauert eine Weile, bis er herausfindet, woran das liegt. Claudia Jacobs ist ein Pseudonym. Die Autorin schreibt unter mehreren Namen. Vor allem Liebesromane. Ihr eigentlicher Name ist Andrea Heusmann. Es gibt sogar einen Wikipedia-Eintrag. Demnach ist sie als Autorin ziemlich bekannt und erfolgreich. Sie wohnt in Prien am Chiemsee. Über ihre familiären Verhältnisse findet er nichts. Er zoomt die Fotos heran, vergrößert ihre Hände. Sie trägt zwei Ringe. Aber ob da ein Ehering dabei ist, lässt sich schwer sagen. Sein Herz pocht stark. Ihm fällt ein, was sie zum Erscheinungstermin des Buchs gesagt hat. Er blättert hastig nach dem Impressum. Dann rechnet er. Andrea Heusmann muss ungefähr zehn Jahre älter sein als er. Jetzt, wo er das weiß, erinnert er sich an die kleinen Fältchen um ihre Augen. Aber die sahen nach Lachfältchen aus. Das ist doch ein gutes Zeichen, oder? Welche Rolle spielt schon das Alter, wenn sich zwei Menschen lieben. Hoppla, was denke ich mir da für einen Unsinn. Von Liebe kann doch keine Rede sein. Von ihrer Seite schon gar nicht. Aber sie hat mich zur Lesung eingeladen. Da muss ich hin. Komme, was wolle.

•••

Simon ist gedanklich vollkommen abgedriftet, da ruft ihn Luisa Sedlbauer an. Sie hat mit den Kollegen in Nürnberg telefoniert. Wegen der sogenannten Reichsbürger. Sie hatte zuvor im internen Polizeinetz recherchiert und einige Infos gefunden. Aber was die Nürnberger Kollegen schon alles persönlich mit diesen Typen erlebt haben, war mehr wert als ein paar dürre Einträge im Polizeicomputer.

Von den Namen, die die Kollegen genannt haben, ist Herbert Adler der vielversprechendste.

»Stell dir vor, Simon, der hat einen Bruder in Bischofswiesen. Und rate mal, wie der heißt?«

»Äh, keine Ahnung. Horst?«

Simon hat das eher scherzhaft gemeint. Aber Luisa bestätigt es ihm. »Horst Adler. Vielleicht war also dieser Reichsbürger, dieser Adler Horst, nachts am Kehlstein unterwegs, dem *Eagle's Nest* …«

Die beiden Ermittler prusten los. Endlich mal etwas Heiteres in diesem Fall. Wobei der Walker-Auftritt auch nicht von schlechten Eltern war.

»Nee, ob der sich als Reichsbürger bezeichnet und aufführt, wissen wir noch nicht.« Luisa hat sich wieder etwas gefangen. »Nur weil sein Bruder Reichsbürger ist, muss er selbst es noch nicht sein. Dennoch …«

»Dennoch sollten wir den mal aufsuchen.«

»Ich weiß, dass du nicht im Dienst bist, Simon. Aber wollen wir nicht jetzt zu diesem Adler hinfahren und ihn befragen? Du kannst die Stunden ja irgendwann ausgleichen.«

Eine Weile ist es still am Telefon.

»Simon? Bist du noch da?«

»Ja … Also klar … Den suchen wir auf. Morgen früh.«

»Morgen ist Samstag, Simon. Ich weiß ja, dass wir oft kein Wochenende haben. Morgen wollte ich aber mal wieder über den Watzmann laufen. Das Wetter würde passen. Also warum morgen und nicht heute?«

»Weil ich, also, weil ich …«

»Lass mich raten, Simon. Du hast ein Tinder-Date.«

Simon schnauft heftig. »Nein … also doch. So was Ähnliches.«

»Okay. Sag das doch gleich. Dann hol ich dich morgen im Schönerlehen ab. Ich versuche dann am Sonntag den Watzmann.«

»Wann?«

»Wann ich dich abhole? Hach, sagen wir nicht so früh. In deinem Interesse. Um elf.«

Simon sieht Luisas Grinsen förmlich vor sich. Hoffentlich hat sie das Date bis morgen vergessen.

Wie er sich täuscht. Als ob Luisa so was vergessen würde!

•••

Die evangelische Christuskirche in Berchtesgaden hat ein festes Publikum für Lesungen. Die Gemeinde vor Ort wünscht sich diese Form der Öffnung der Kirche. Literatur spielt in der Mitte des Lebens, in den Herzen und Köpfen der Menschen. Sie kennt Sehnsüchte und Hoffnungen, Scheitern und Aufstehen, Zweifeln und Vertrauen. Genauso wie es die Kirche tun sollte. Darum ist die Kirche ein guter Platz, um Bücher vorzustellen.

Der gut gelaunte Pfarrer begrüßt das Publikum und die Autorin in der voll besetzten Kirche. Andrea Heusmann, so führt der Geistliche aus, sei evangelisch und engagiere sich in ihrer Kirche in Prien am Chiemsee ehrenamtlich. Die Autorin dankt und begibt sich zum Pult. Simon glaubt, sie habe ihn entdeckt, als sie genau dort hinschaut, wo er sitzt, und freundlich blinzelt.

Für Simon ist diese Lesung eine Premiere. Auch wenn er gerne liest, war er noch nie bei so einer Veranstaltung. Er fand bisher das Wort *Lesung* irgendwie abschreckend. Da sitzt jemand vorne und liest aus einem Buch, und das Publikum schläft ein. Kann man ja auch selbst lesen, das Buch, denken viele. So stellte er sich das vor. Doch jetzt, bei der Lesung von Claudia Jacobs, die Andrea Heusmann ist, ist alles ganz anders. Die Autorin liest gar nicht viel. Sie erläutert vielmehr die Hintergründe ihres Buches *Sturmzeit im Haff*. Bei einem Urlaub an der Ostsee in Litauen hat sie mitbekommen, wie ein Liebespaar sich zerstreitet, auseinandergeht und dann wieder zusammenfindet. Was anfangs etwas seicht klingt, geht immer mehr in die Tiefe. Andrea Heusmann verhandelt genau die Fragen, die ihn am Nachmittag im Café Forstner so umgetrieben haben. Hatte er laut gesprochen? Sie saß direkt neben ihm. Gab es da eine Art Gedankenübertragung? Unglaublich, was sie jetzt alles erzählt. Auch die Ehe auf sieben Jahre mit Verlängerungsoption thematisiert sie. Geschickt nimmt sie den Pfarrer der Gemeinde mit ins Gespräch und fragt, eher rhetorisch, ob Jesus denn heute bei einer viel höheren Lebenserwartung auch noch fordern würde, man solle zusammenbleiben, bis der Tod uns scheidet …

Simon fühlt sich wie auf einen anderen Stern gebeamt. Dieser Stern hat einen Namen und lautet Andrea. Nach der Lesung, die mit viel Applaus bedacht wird, stellt er sich in die Schlange derer, die das Buch kaufen und signieren lassen.

»Ah, schön, dass du gekommen bist«, sagt Andrea fröhlich, als er am Tisch vor ihr steht. Hat sie ihn gerade geduzt? Sie schreibt etwas in sein Buch, dann drängen schon die Nächsten zum Tisch, und er verlässt die Kirche. Draußen wartet er noch einige Minuten. Als ihn der Pfarrer fragt, ob er ihm etwas helfen könne, bedankt er sich und geht. Es ist ihm zu unangenehm, Andrea hier abzufangen. Wer weiß, mit wem sie aus der Kirche kommt. Vielleicht mit ihrem Mann. Das wäre megapeinlich. Als er in seinen Golf gestiegen ist, klappt er das Buch auf.

Für meinen belesenen Berchtesgadener
Von Herzen
Andrea
P.S.: Melde dich mal!

Kapitel 16 • Der Antiquitätenhändler

Mitterbach, Samstag, 5. Juni

»Na, wie war dein Date?« Er ist gerade ins Auto eingestiegen, als ihm Luisas neugierige Augen entgegenleuchten. »Welche Note auf einer Skala von eins bis sechs gibst du? Eins ist perfekt, sechs ist Kannst-du-vergessen.«

Simon mag solche Fragen nicht.

»Kannst du mir die genaue Adresse von dem Adler sagen? Fürs Navi.«

»He, nicht ausweichen. Wie war's?«

Er weiß, gegen Luisas Penetranz hat er keine Chance. Also erzählt er von der Lesung. Sagt, ihn habe das Thema interessiert. Aber er habe keine Lust, das jetzt auszubreiten.

Luisa hat gute Instinkte und weiß, dass Simon ihr nicht die ganze Wahrheit sagt. Aber sie gibt ihm schließlich die Adresse, und sie fahren los. Zu Horst Adler. Sechsundsechzig Jahre. Wohnhaft auf dem Anwesen seiner sehr betagten Eltern. Das hat Luisa im Vorfeld herausgefunden.

Sie kommen an einem alten Hof hoch über dem Ortsteil Mitterbach an. Zwei alte Menschen sitzen an einem von der Sonne ausgeblichenen Holztisch. Neben der Sitzbank steht ein Rollator.

»Grüß Gott!« Simon spricht laut. Weil er vermutet, die alten Herrschaften hören schlecht. »Sind Sie die Eltern von Horst Adler?«

»Wie?«, kräht die Frau mit Kopftuch, die auffallend lange dürre Finger hat.

»Was hat er gesagt?«, fragt der Mann, der seine Pfeife schmaucht.

»Grüß Gott, hab ich gesagt!« Simon brüllt fast. »Ich hab Sie gefragt, ob Sie Horst Adler kennen!«

»Was ist mit dem Horst?«, hakt die Frau nach. »Klempner ist der doch ned.«

»Klempner? Der Horst? Geh weida!«, sagt der Pfeifenraucher.

Simon atmet tief durch und sieht, wie Luisa sich das Lachen verkneift.

»Dann frag du doch mal!«, wirft er ihr hin.

»Ich kann nicht so schön schreien wie du, Simon«, entgegnet sie unschuldig.

»Mach ruhig weiter mit deinen Fragen zu Horst, dem Klempner.«

Simon holt ganz tief Luft. Dann brüllt er: »Der Horst, ist der da?«

Die Frau weicht erschrocken zurück. »Jetzt brüllen S' mich doch nicht so an, Himmelsakra!«

»Der Horst, wohnt der hier bei Ihnen?«, sagt Simon erschöpft und nur noch halblaut.

»Was sagt er?«, meldet sich jetzt der Pfeifenraucher wieder.

»Er will einen Bohnenkaffee«, gibt ihm die Frau zu verstehen.

»Einen Bohnenkaffee? Ja sauber, da könnt ja jeder kommen.«

Offenbar verstehen sich die beiden alten Leute untereinander prächtig. Sie sind ein eingespieltes Team. Aber Simon hilft das in seiner Befragung nicht weiter. Plötzlich scheppert etwas im rückwärtigen Schuppen. Simon geht einfach los, ohne sich um die alten Leute zu scheren. Er schiebt das Schuppentor auf und sieht ein ... Ja, was ist das hier?

Der ganze Schuppen ist voller Schwerter, Armbrüste, Verkehrsschilder mit altdeutscher Schrift, Motorräder, darunter ein sehr altes in dunkelgrüner Tarnfarbe, alte Schränke und Schmuck, Fotos mit Soldaten im Zweiten Weltkrieg im Schützengraben …

»Herr Adler?«

Der Angesprochene zuckt vor Schreck zusammen.

»Mei, habt's ihr mich erschreckt? Was gibt's?«

Simon schaltet sekundenschnell um. Er ist in Zivil, nimmt die kurz staunende Luisa an der Hand und fragt wie selbstverständlich: »Wir interessieren uns für alte Möbel. Biedermeier und so. Stimmt es, dass man bei Ihnen welche erwerben kann?«

Horst Adler mustert sie misstrauisch. »Wie seids ihr denn auf mich gekommen?«

»Empfehlung von einem anderen Händler. Wir kommen aus München. Er hat uns ein paar Adressen von besonders gut sortierten Antiquitätenspezialisten in Oberbayern gegeben.« Simon zwinkert Horst Adler zu. Er hält noch immer Luisas Hand und macht auf turtelndes Pärchen.

Adlers Widerstand bricht so langsam, vor allem als Simon beginnt, einzelne Gegenstände im Schuppen zu bewundern. Er packt Adler dort, wo solche Leute am ehesten zu kriegen sind: an seiner Sammlerehre, seinem auf Rares orientierten Jagdsinn.

»Äh, mal unter uns«, sagt Simon nach einer Weile eher beiläufig, »ich habe gehört, hier in Berchtesgaden gibt's auch einige, die gerne das Hotel zum Türken wieder …«

Adler starrt an Simon vorbei auf den Hof. Bewegt sich keinen Millimeter. Erstarrt wie eine Salzsäule. »Wenns ihr von München seids, wieso habts ihr dann ein Berchtesgadener Kennzeichen?«

»Äh …« Simon fällt spontan nichts ein. Verdammt!

»Schleichts euch von meinem Grund und Boden«, brüllt Adler sie jetzt an. In einem Zwinger auf dem Hof beginnt ein Bullterrier gefährlich zu knurren.

»Wenns ihr nicht binnen einer Minute in eurem Auto seids, lass ich den Harro frei!« Adlers Blicke lassen keinen Zweifel daran, dass er es ernst meint.

»Okay, Herr Adler, hier ist mein Dienstausweis.«

Auch Luisa zeigt den ihren. Vorbei ist die Schauspielerei. Von wegen junges Liebespaar sucht alte Möbel.

»Wenn Sie den Hund auf uns hetzen, erschießen wir ihn«, gibt Simon unmissverständlich zu verstehen und greift sich an die Waffe unter seiner Jacke. »Und Sie bekommen eine Anzeige wegen …«

»Ist ja schon gut, was wollts ihr?«

Nach einigen hitzigen Wortwechseln erfahren Simon und Luisa, dass Adler in der Nacht von Golo Grubers Verschwinden zu Hause war, zumindest behauptet er das. Ein Alibi könnten ihm seine Eltern sicher geben. Er sei nämlich fast immer abends daheim, es sei denn, er halte sich im Bräustüberl auf. Nachts am Kehlstein rumgeistern, was das denn für ein Schmarrn sei! Sie bitten ihn, er möge ihnen auch die anderen Schuppen und Scheunen auf dem Hof zeigen. Widerwillig tut er das. Alle sind voll mit Antiquitäten, von alten Nähmaschinen über Marterln bis zu Dreschflegeln, Worfeln und anderen landwirtschaftlichen Geräten. Beeindruckt sind sie vor allem von einem guten Dutzend blitzblank geputzter Oldtimer in einer großen Scheune aus verblichenem Holz.

Ob er wisse, dass sein Bruder Herbert der Reichsbürgerszene angehöre, fragt Simon, als sie wieder an dem ersten Schuppen ankommen. Adler schüttelt den Kopf. Ob er sich selbst als Reichsbürger bezeichne? Er reagiert überhaupt nicht. Was er früher gearbeitet habe? »Dies und das«, sagt er. Ob er Golo Gruber kenne? »Nur aus der Zeitung.« Aber ihnen liegen genauere Informationen von der Personalstelle der Grubermilch AG vor. Vor zwanzig Jahren hat Adler dort ein paar Wochen als Pförtner gearbeitet. Golo Gruber muss er deswegen nicht persönlich kennen. Aber er hat ihn ein- und ausfahren gesehen. Verdächtig wird dieser Umstand nur, weil er ihn verschwiegen hat.

Als sie ihn damit konfrontieren, macht er auf vergesslich: »Ja, stimmt, da war ich mal ein paar Wochen, an der Pforte. Hat mir nicht getaugt, immer diese unterschiedlichen Schichten. Hab ich bei meinen vielen Jobs in den letzten Jahren schon ganz vergessen.« Ob sie ihm das glauben können?

Als sie davonfahren, springt Harro an der Beifahrerseite ihres BMWs hoch, als wolle er das Dichtungsgummi der Seitenscheibe herausreißen.

Kapitel 17 • Zwischenbilanz

Kripoinspektion, Dienstag, 22. Juni

Vier Wochen sind mittlerweile seit Golo Grubers Verschwinden vergangen. Von ihm gibt es kein Lebenszeichen, aber auch kein Todeszeichen. Für die Ermittler ist er wie ein Geist, der zwischen Himmel und Erde schwebt. Ein Alien, der nicht zu greifen ist. Und weil es keine Leiche gibt, ist es auch noch immer kein wirklicher Fall. Aber Simon und Luisa lässt die Sache einfach nicht los.

»Luisa, lass uns noch mal zusammentragen, was wir im Fall von Golo Gruber an Indizien oder Beweisen haben. Dann entscheiden wir, ob und wie wir weiter vorgehen.«

»Okay, Chef«, sagt sie und lächelt. Sie haben gerade ihren Dienst angetreten. Zwei dampfende Kaffeetassen stehen auf ihren Schreibtischen. Dort türmen sich die Notizzettel, Fotos, Dokumente zu verschiedenen Fällen. Irgendwann werden auch diese zu den Akten verschwinden, hoffentlich nachdem sie aufgeklärt wurden. Was aber würde aus den Unterlagen zu Golo Gruber? Der erste Staubfänger im Archiv der neuen Kripo Berchtesgaden?

Nach wie vor war unklar, wie das Portal zum Tunnel des Lifts geöffnet worden war. Mit brachialer Gewalt auf jeden Fall nicht. Dafür fehlten die Spuren. Und es hatte auch niemand den Schlüssel verloren oder verliehen.

Luisa hat sich in das Projekt *Joghurt für Bangladesch* eingelesen. Wirklich originell war die Grubermilch AG damit nicht. In den Neunzigerjahren hat Danone bereits ein ähnliches Vorhaben gestartet. Mit Danone gibt es deswegen sogar einen Rechtsstreit. Es geht um Urheberrechte, um Patente.

»Weißt du, Simon, was mich bei diesem Thema für ein Gefühl beschleicht?« Weil Simon nichts sagt, gibt sich Luisa selbst die Antwort: »Die machen solche Projekte nicht wegen der Ärmsten der Armen in Bangladesch. Denen geht's auch hier nur ums Geld. Und ums Image.«

»Da hat die Grubermilch AG einiges nachzuholen. Ich hab gelesen, denen brechen Aufträge bei großen Supermarktketten weg. Weil die auf Bio umstellen. In großem Stil.«

»Finde ich gut.«

Luisa trinkt von ihrem Kaffee. Simon zappt sich durch die Dateien im Ordner Gruber.

Er hat noch einmal Rick Walker aufgesucht. Dieses Mal allein und in seiner Wohnung, dem magischen Kabinett mit den vielen Kommoden und Regalen voller glitzernder Steine, Spielzeugindianer, bunt verzierter Holzpfeifen, Amuletten, Tierknochen und Wackeldackeln. Ganz zu schweigen von den Pfauenfedern und den brennenden Räucherkerzen. Auf unerklärliche Weise fühlt Simon sich von diesem Raum und von Walker mit seinen Ideen angezogen. Vor allem weil der Alpenschamane vorgibt, mit den Toten, den Ahnen zu sprechen. Er, Simon, hat als Kind seine Eltern verloren. Am Watzmann glaubt er manchmal noch immer die Stimme seines Vaters zu hören. Nur Einbildung? Rick Walker würde das verneinen. Aber Simon traut sich nicht, ihn auf die Stimme seines Vaters anzusprechen. Noch nicht jedenfalls.

Die abermalige Befragung Walkers zum Verschwinden von Golo Gruber hat wenig Hilfreiches ergeben. Nur an das Motorrad, das zur mutmaßlichen Tatzeit den Kehlstein rauf- und wieder runtergefahren ist, hat er sich noch etwas genauer erinnert. Die Farbe sei Tannengrün gewesen, wie eins dieser amerikanischen Militärmotorräder. Mit denen kennt er sich aus, war er doch selbst einst amerikanischer Soldat. Er ist in Deutschland hängen geblieben. Erst der Liebe wegen, dann weil er sich als Alpenschamane neu erfand.

Der eigentliche Grund für Simons Besuch war aber ein anderer. Er wollte sichergehen, dass Walker nicht auch als Täter infrage kam. Einer, der sich nur so ahnungslos stellte. Während des Gesprächs mit dem Schamanen suchten Simons Augen die Wohnung ab. Aber echte Anhaltspunkte, dass Walker in besagter Nacht am Lift des Kehlsteins war, fanden sich nicht. Simon hatte ohnehin Glück, ihn überhaupt in seiner Wohnung anzutreffen. Denn dorthin gehe er im Sommer nur zum Duschen. Die meiste Zeit lebte er auf den Bergen. Diesen Sommer auf dem Kehlstein. Simon schließt den Unterordner *Walker* auf seinem Computer.

»Bleiben noch die frischen Motorradspuren neben Golo Grubers Porsche.« Simon hat den Unterordner *Porsche* geöffnet. Luisa steht mit ihrer Kaffeetasse hinter ihm.

»Das passt immerhin zu den Beobachtungen von Rick Walker«, sagt sie.

»Gruber fährt mit seinem Porsche zu dem Waldstück, wo der Wagen später gefunden wird. Dort holt ihn ein

Motorradfahrer ab. Sie fahren über die Kehlsteinstraße zum Buswendeplatz. Vermutlich geschah das, nachdem diese Reichsbürger wieder unten waren«, resümiert Simon.

»Das passt dann aber nicht zu der Aussage von diesem Dr. Täubner. Dem Wissenschaftler im Dokumentationszentrum. Er behauptet ja, er habe die Autos mit Nürnberger Kennzeichen auf dem Parkplatz gesehen, als er das Zentrum verlassen hat. Und erst *danach* habe er den Porsche im Waldstück gesehen.«

»Das heißt, die Reichsbürger und das Motorrad hätten sich auf der Straße zum Kehlsteinhaus begegnen müssen.«

»Das Blut ist erst gegen Mitternacht in den Kehlsteinlift gelangt. Da waren die Reichsbürger schon wieder am Parkplatz Hintereck. Gut möglich, dass Gruber und der Motorradfahrer irgendwo gewartet haben, bis diese Reichsbürger wieder unten am Parkplatz waren, Simon.«

»Aber woher sollten Gruber und der Motorradfahrer von den Reichsbürgern gewusst haben? Dass die da oben sind und dann wieder runterkommen?«

»Ja, das ist nicht klar. Es sei denn, die Reichsbürger und der Gruber beziehungsweise der Motorradfahrer hängen irgendwie zusammen.«

Luisa setzt sich wieder hinter ihren Computer.

»In dem Schuppen von dem Adler stand ein uraltes Motorrad. Mit dunkelgrüner Tarnfarbe. Wie vom Militär …«

»Stimmt, Luisa. Wir bräuchten einen Durchsuchungsbefehl bei diesem Adler. Dann könnten wir überprüfen, ob die Reifenspuren des Motorrads am Porsche mit denen von Adlers Motorrad übereinstimmen. Falls ja, wären wir einen großen Schritt weiter.«

»Aber anhand der bisherigen Indizien bekommen wir wohl kaum einen Durchsuchungsbefehl.«

Sie gehen die anderen Gesprächsnotizen und Fotos durch. Sortieren sie und fassen die Verdächtigen auf einem Blatt zusammen. Verdächtig, falls Golo Gruber gewaltsam gestorben ist:

1. *Horst Adler, Hausdurchsuchung wäre hilfreich, verdächtiges Motorrad, Bruder zählt sich zu den Reichsbürgern, er selbst verkauft u.a. Militaria, Kampfhund, aggressives Potenzial. Motiv: unbekannt*
2. *Greta als Widersacherin Golos, der ihre Ideen torpedierte, häufige Zerwürfnisse deswegen, Auftragskiller unwahrscheinlich, aber bei der Kripo gibt's kein Gibt's-nicht. Motiv: Machtwille, Geschwisterhass*
3. *Cynthia Gruber, mit oder ohne Wissen der Kinder. Motiv: Frustration, Vernachlässigung, Eifersucht, Hass*
4. *Reichsbürger, waren kurz vor der Tat im Lift auf dem Gelände davor, alkoholisiert, gewaltbereit. Motiv: Aggression, Geldgier o.Ä., Hotel zum Türken?*
5. *Rick Walker, der Alpenschamane, an und für sich harmlos, aber vielleicht auch ein begnadeter Schauspieler. Motiv: Esoterisch?*
6. *Militante Tierschützer oder Öko-Aktivisten, zum Beispiel Arno Krumbacher, keine konkreten Spuren, aber anonyme Drohungen gegen die Grubermilch AG liegen vor. Motiv: Tier- und Klimaschutz*
7. *Irgendwelche Leute aus dem Umfeld einer (russischen) Geliebten (oder Mauritius), Verschwinden von Golo Gruber inszeniert. Motiv: Neustart im Leben*
8. *Sargmacher, Moderegger, Brunner, alles Schlüsselbesitzer zum Kehlsteinlift, eventuell Verbündete von Golo Gruber. Motiv: Geld*

Luisa und Simon drucken sich das Blatt mit den acht Punkten aus.

»Weißt du, was der Mist bei alldem ist?« Simon sieht skeptisch auf das Blatt. »Wir haben für alle acht Theorien maximal schwache Indizien. Schon gar keine Beweise. Es ist zum Kotzen! Unser erster Fall. Und wir kommen null voran. Dann können sie die Kripo Berchtesgaden gleich wieder dichtmachen.«

Simon steht auf und tritt gegen den Papierkorb, der bis zur Eingangstür fliegt. Da ist sie wieder, seine frühere Aggressivität, die er mit Therapien und Übungen in den Griff bekommen hat. Blöd, dass er kurz vor seinem Fußtritt den Locher in den Papierkorb entleert hat. Jetzt klaubt er die Papierfitzelchen auf dem Boden zusammen. Das bringt ihn zur Ruhe.

»Entschuldige«, grummelt er in Richtung Luisa.

»Kein Problem. Ich finde, unsere Ausgangslage ist nicht ganz so schlecht, wie du meinst. Vor allem dieser Adler verschweigt uns etwas.«

»Auch Golos Computer müssten wir uns anschauen«, sagt Simon jetzt wieder etwas optimistischer. »Darin müsste was zum Hotel zum Türken zu finden sein. Auch seine Bankbewegungen sind dort hoffentlich nachzuvollziehen. Schweizer Bankgeheimnis hin oder her. Meines Wissens gibt es das in der früheren Form nicht mehr, wenn es um Verbrechen geht. Wenn er geflüchtet ist, meinetwegen mit oder zu einer russischen Geliebten, wird es außerdem Mailverkehr oder Ähnliches geben.«

»Simon, wir hätten das mit Golos Computer schon längst gemacht, wenn die Angehörigen kooperativ und an der Aufklärung interessiert wären.«

»Aber sie sind ja eher das Gegenteil davon. Möchten es am liebsten mit dem Verschwinden bewenden lassen. Das macht sie verdächtig.«

»Ja, und weil das Verschwinden strafrechtlich relevant sein könnte, organisieren wir uns baldmöglichst Golos Computer. Den privaten und den dienstlichen.«

Ein paar kleine hoffnungsvolle Ansätze zeichnen sich ab. Aber erstens kommt es anders und zweitens als man denkt. Am nächsten Tag gibt es für die Kripo endlich eine richtige Leiche. Und am übernächsten Tag überschlagen sich die Ereignisse.

Kapitel 18 • Eine Leiche

Endstal/Mannlgrat/Schönerlehen,
Mittwoch, 23. Juni

Gernot Gruber ist tot. Zermatscht. Das Gesicht nur noch Brei. Der Schädel mehrfach gebrochen. Die Eingeweide von spitzen Steinen durchlöchert. Wanderer im Endstal haben Schreie gehört und die Bergwacht alarmiert. Eine Stunde später fanden ihn die Bergretter im Schotterhang unterhalb der Mannlköpfe. Bei dem mehrere Hundert Meter tiefen Sturz war er trotz Helm chancenlos. Simon Perlinger und Luisa Sedlbauer sind wenige Minuten nach Auffinden der Leiche vor Ort. Simon war selbst einmal aktives Mitglied der Berchtesgadener Bergwacht. Robert Kopp, der Leiter der Bergwacht, zählte zu den engsten Freunden seines verstorbenen Vaters.

»Der hat jedenfalls die Berge ernst genommen.«

Robert zeigt auf den Klettergurt, die Karabiner, den Helm.

»Fragt sich, wo er abgestürzt ist. Wenn er sich gut gesichert hat, kann am Mannlsteig eigentlich nichts passieren.« Simon schaut nach oben zu den steil aufragenden Felswänden.

»Ich glaube, der war noch gar nicht am Steig, Simon. Schau mal von der Fundstelle in direkter Linie nach oben.

Da befinden wir uns näher am Kehlsteinhaus als am Klettersteig oder der Göllleiten.«

»Du meinst, er ist beim Laufen über den Grat verunglückt? Gar nicht beim Klettern selbst? Der war geübt in den Bergen, von der Ausrüstung her zu schließen. Da stürzt man doch nicht von so einem harmlosen Grat.« Simon schaut Robert wenig überzeugt an. Die Sonne durchdringt die Wolken noch nicht. Es ist ein diesiger Frühsommertag. Das ohnehin schattige Endstal wirkt mit dem Toten im Geröll noch finsterer als sonst. Die Bergwände thronen über der Szenerie wie Geschworene, die über das Ende der Welt richten.

Simon und Luisa sichten und sichern Spuren. Immerhin finden sie Gernots Handy in seiner Brusttasche, noch unversehrt, soweit das der erste Blick erkennen lässt. Eine Ärztin bestätigt offiziell den Tod von Gernot Gruber.

»Nach Golo jetzt Gernot«, sagt Luisa leise zu Simon, sodass es die Bergwachtler und andere am Fundort nicht hören. Währenddessen fotografiert sie das Geröllfeld mit der Leiche. »An Gretas Stelle würde ich mir da mal ein paar Gedanken machen.«

Simon nickt nur. Er überlegt, wie sie weiter vorgehen sollen. Erst zur Mutter, dann zur Schwester des Verstorbenen? Oder auf dem Grat nach weiteren Beweisen und Zeugen Ausschau halten?

Unterhalb des Geröllfelds, dort, wo Flechten und Bäume wachsen, stehen zwei Männer mittleren Alters. Sie haben die Schreie gehört, die Bergwacht gerufen und den entscheidenden Hinweis gegeben, wo der Abgestürzte zu finden war. Von ihnen erfahren die beiden Bergpolizisten nichts Neues. Wenn, dann sind die wichtigen Zeugen eher an anderen Orten zu finden.

Wir müssen die Zeit nutzen, jetzt sofort, bevor sich alles verläuft, sagt sich Simon. Irgendwo auf dem Mannlgrat gibt es sicher Zeugen, auch wenn es noch früh ist und nicht viele an diesem nebligen Morgen die Berge begehen. Der erste Bus zum Kehlsteinhaus fuhr um halb neun. Abgestürzt war Gernot um halb zehn. Jetzt war es elf. War der Unternehmer mit dem Bus zum Kehlsteinhaus gefahren? Wenn ja, würde sich sicher ein Busfahrer an ihn erinnern. Die Gruber-Kinder kennt man in Berchtesgaden. Allerdings ist das auch ein Grund, warum Gruber eher nicht mit dem Bus gefahren sein dürfte. Denn mit vielen Touristen einfach so zusammen in einem Bus zu sitzen, das war nicht Gruber-like. Allein schon aus Sicherheitsgründen. Im Bus könnte einer der vielen ehemaligen Angestellten mitfahren, den Gernot und seine Geschwister mit juristischen Winkelzügen in existenzielle Not gebracht hatten. Er ist wohl doch eher zu Fuß hochgestiegen.

Simon erinnert sich an Gernots durchtrainierte Figur, die ihm schon beim ersten Gespräch aufgefallen war. Man sah ihm nicht an, dass er Mitte fünfzig war. Vielleicht ein bisschen geliftet, aber auf jeden Fall kernig mit gesundem Teint. Oder war es die orangene Cordhose, die ihn da getäuscht hatte? Ein passionierter Bergfex jedenfalls, der sich an diesem Morgen eine Auszeit vom Betrieb und den Querelen dort gegönnt hatte. Er war ja ohnehin ein Lebemann und in der Firma eher ein Gast. Klettern in den Alpen, Surfen in Südfrankreich oder Golfen irgendwo in der Welt. Für den von ihm verantwortenden Bereich Marketing und Verkauf hatte er gute Leute beschäftigt, die ihm den Rücken freihielten.

Vielleicht gibt es am Kehlsteinhaus Zeugen. Klaus Brunner, das Wirtsehepaar Moderegger, Willi, der Koch.

In Sachen Gruber alte Bekannte für die Ermittler. Oder jemand hat den Unternehmer beobachtet, als er seinen auffälligen gelben Lamborghini am Parkplatz Hintereck oder anderswo geparkt hat. Was, wenn er ihn dort abgestellt hat, wo vier Wochen zuvor der Porsche seines Bruders gefunden worden war?

Aber Simon kann sich nicht vierteilen. Daher telefoniert er mit der Polizeiinspektion Berchtesgaden und der Kripo Traunstein und fordert Unterstützung an. Noch nie hat er so viele Aufgaben auf einmal vor sich gehabt. Ein bisschen nervös ist er schon. Aber die Absprachen mit den anderen Dienststellen klappen gut. Direkt nach dem Telefonat setzen sich mehrere Streifenwagen in Bewegung. Auch Alpinbeamte aus anderen oberbayerischen Polizeidirektionen treffen ein und suchen den Mannlgrat und Mannlsteig nach Spuren ab.

Den Mannlgrat abzuwandern, dazu entscheiden sich jetzt auch Simon und Luisa. Beide haben, seit es die eigenständige Kripo Berchtesgaden gibt, die notwendigsten Kletterutensilien wie Bergschuhe, Klettergurte, Rucksäcke und passende Kleidung immer im Kofferraum ihres Dienstwagens. Nachdem sie die Spurensuche am Fundort der Leiche beendet haben, fahren sie zum Parkplatz Hintereck. Dort klemmen sie sich, nach kurzer Absprache mit Manfred Lechhuber, dem Leiter der Busgesellschaft, mit ihrem Dienstwagen wieder hinter einen der Busse. Auch dieses Mal soll ihnen kein Fahrzeug auf der schmalen Kehlsteinstraße entgegenkommen.

Am Wendeplatz angekommen, stürmen die beiden an der Menschenschlange vorbei, die auf den Lift wartet. Sie überhören Beschimpfungen wie *Unverschämt!* und *Drängler!* Klaus Brunner ist verunsichert, als sie plötzlich vor ihm stehen. Sie steigen in den Lift, ohne Rücksicht auf die Wartenden. Dort fordern sie Brunner auf, sofort loszufahren. Oben angekommen, wird ihnen erst klar, was für ein unmögliches Unterfangen es ist, bei so viel Andrang nach einzelnen Zeugen zu suchen. Die meisten Touristen sind erst in den letzten beiden Stunden, also nach Gernot Grubers Absturz, am Kehlsteinhaus angekommen. Die Wolkendecke ist aufgerissen, der Himmel azurblau. Viele haben ihren Wetterapps vertraut. Sie sind genau zur richtigen Zeit oben. Essen Erbsensuppe mit Würstln, Schweinshaxe oder Germknödel. Bewegen danach die gut gefüllten Mägen schwerfällig ein paar Meter nach oben zum Gipfelkreuz des Kehlsteins. Dort erst beginnt der kilometerlange Weg über den Grat, der schließlich zum Mannlsteig und weiter zur Göllspitze führt.

»Komm, Luisa, das hat keinen Zweck. Wir gehen zum Grat.«

Auch hierzu müssen sie sich anfangs durch die Besucherscharen kämpfen. Als sie den Grat erreichen, atmen sie auf. Aber Simon ist weiter ratlos, wie sie hier noch Zeugen oder Beweisstücke für den Absturz vor zweieinhalb Stunden finden sollen. Trotzdem machen sie sich auf den Weg. Wie Rehe auf der Wiese beobachten sie achtsam alles, was am Wegesrand liegt. Mit Google Maps lokalisieren sie den Fundort der Leiche und überlegen, wo genau der Absturzort gewesen sein könnte. Robert Kopps Ansicht muss nicht stimmen. Theoretisch könnte es Gernot Gruber bis zum Mannlsteig geschafft haben. Die Zeit ist zu kostbar, als dass sie den ganzen Grat wandern und auch noch am Steig nach Spuren suchen. Wirklich weiter kommen sie so nicht.

Wenigstens erhalten sie von Brunner und dem Wirtsehepaar eine negative Zeugenaussage: Sie haben Gernot Gruber nicht im Kehlsteinhaus oder im Lift gesehen. Das bedeutet, er hat sich, wenn er Grat und Steig überhaupt von dieser Seite angegangen ist, über den Fußweg zum Kehlsteinhaus nach oben begeben. Sowohl Lift als auch Gaststätte hat er aus welchen Gründen auch immer gemieden.

»Täter kommen wieder an den Tatort zurück«, schießt es Simon kurz durch den Kopf. Er denkt an den Lift, das Blut, Golos Verschwinden. Könnte vielleicht Gernot seinen Bruder … Aber er wehrt den Gedanken wieder ab. Er will nicht schon wieder spekulieren. Obwohl es kaum einen Beruf gibt, bei dem Spekulieren so gefordert ist wie bei der Kripo. Kriminelle sind oft kreativ und erfordern kreative Ermittler. Man muss immer wieder alle Details durchdenken und darf nichts, wirklich nichts ausschließen. Irgendwann kommt dann die Schneise im Wald, die aufs freie Feld und zur Erkenntnis der Tat und des Täters führt. So hat es pionierhaft der große Kriminalist Ernst Gennat im Berlin des frühen zwanzigsten Jahrhunderts praktiziert. Mit großem Erfolg.

Auf der Fahrt ins Tal bekommen sie von anderer Seite gute Nachrichten: Streifenpolizistinnen haben nicht nur Gernot Grubers Lamborghini etwas abseits auf dem Parkplatz Hintereck entdeckt. Auch einen Zeugen gibt es. Es ist der Fahrer eines Wohnmobils, der mit seiner Frau auf dem Parkplatz übernachtet hat. Ihm ist Gernot frühmorgens, gegen halb sechs, aufgefallen. Wegen des kanariengelben Wagens. Gruber hatte sich Bergkleidung und Wanderschuhe angezogen und war mit einer Stirnlampe in den Wald gegangen. Dort, wo der Wanderweg zum Kehlstein beginnt.

»Okay, und was hilft uns das?« Simon hat die Freisprechanlage an und hat der Kollegin von der Streife aufmerksam zugehört.

»Bin ja noch nicht fertig«, beschwichtigt die. »Der Wohnmobilfahrer hat noch ein zweites Auto beobachtet. Einen schwarzen Golf. Der stand mit laufendem Motor etwa hundert, hundertfünfzig Meter entfernt. Als habe der Fahrer aus der Distanz den Lamborghini-Besitzer beobachtet. Als der im Wald verschwunden war, hat der Golffahrer ebenfalls geparkt und sich bergtauglich gekleidet.«

»Okay, und dann?« Simon ist aufgekratzt. »Sag schon, was hat der Golffahrer dann gemacht?«

»Der Mann ist denselben Weg gegangen wie der Lamborghini-Fahrer. Allerdings war es noch zu dunkel, als dass der Zeuge ihn hätte beschreiben können. Auch könnte es sein, dass noch eine zweite Person dabei war. Sicher ist er sich nicht. Aber er hat sich das Kennzeichen des Autos notiert.«

»Das vom Golf?«

»Nein, das vom Lamborghini.«

»Mist!«, entfährt es Simon und Luisa gleichzeitig. Das von Gernot Gruber kennen sie beide auswendig: BGL – GG – 67. Das Kennzeichen des Golfs hätte sie in diesem Augenblick viel mehr interessiert! Aber gut, immerhin besser als nichts.

Simon und Luisa kehren in die Polizeiinspektion zurück. Wie sollen sie nun weiter vorgehen? Die Obduktion der Leiche von Gernot Gruber und die Laborergebnisse zu eventuellen DNA-Spuren an Kleidung und Rucksack stehen noch aus. Luisa tippt das Protokoll der Ereignisse vom Vormittag in den neuen digitalen Ordner *Gernot*

Gruber. Simon starrt auf den leeren Bildschirm und denkt nach. Sowohl bei Golo als auch bei Gernot gibt es diesen auffälligen Bezug zum Kehlstein, bevor sie verschwunden beziehungsweise in den Tod gestürzt sind. Und: Ist es überhaupt denkbar, dass Golos Verschwinden und Gernots Absturz nichts miteinander zu tun haben? Hat es da nicht jemand auf die Gruber-Geschwister abgesehen?

•••

Als Simon gegen zehn Uhr abends aufs Schönerlehen zurückkehrt, ist er müde. Er setzt sich auf die Bank am Bauernhaus der Großeltern, dort, wo die schöne Lüftlmalerei aufgetragen ist. Vielleicht kommt der Großvater noch mal mit Rex Gildo, dem blinden Schäferhund, heraus. Dann könnte er ihm ein paar Fragen zum Kehlstein und zu seiner Geschichte stellen. Aber der Großvater scheint schon zu schlafen. Stattdessen wird Simon unfreiwillig Zeuge eines Gesprächs. Im ersten Stock vermieten die Großeltern zwei Wohnungen an Feriengäste.

»Der hat mich verpfiffen, diese Drecksau«, hört er oben eine männliche Stimme leise, aber erregt schimpfen. »Dabei hab ich ihm das streng vertraulich gesagt. Wer gibt schon gerne zu, Bettnässer zu sein.«

Eine weibliche Stimme spricht jetzt, aber Simon kann sie nicht verstehen. Die Feriengäste haben ihn unter ihrem Balkon nicht bemerkt. Denn der Mann fährt jetzt fort: »Der wollt mich provozieren, indem er das zum Gespräch auf dem Schulhof macht. Dieser …«

Hatte er gerade richtig gehört? Hatte der Gast den Namen Gernot gesagt?

»Dem hab ich damals die Fresse poliert. Aber das hat nix geholfen. Der hat mich immer nur frech angegrinst …«

Die Stimme wird leiser. Geräusche in der Küche sind zu hören. Dann zischt eine Flasche. Und wieder die männliche Stimme: »Der wird mich nie mehr aufziehen, sage ich dir, der hat … wenn wir morgen … Göll … Ma … Gratwanderung … Nehmen wir auf jeden Fall die Klettergurte …« Die Stimme verstummt. Schritte auf dem Balkon. Die Gäste verschließen die Balkontür, das Fenster.

Was war denn das jetzt? Simon starrt auf die Wiese unterhalb des Schönerlehens. Am Waldrand sind silberne Punkte zu sehen. Die Augen von Rehen oder Rothirschen. Er erhebt sich, geht zur Eingangstür des Bauernhauses. Sie ist noch nicht abgeschlossen, obwohl alles dunkel ist. Mit der Handytaschenlampe leuchtet er sich den Weg die Treppe hinauf in den ersten Stock. Hinter einer Tür hört er den Fernseher, dazu Stimmen, die nicht zu verstehen sind. Vor der Tür liegen Bergstiefel, Klettergurte, Karabiner. Er nimmt einen der Schuhe in die Hand, tastet das Profil der Sohle ab. Die Erde darin ist noch feucht, ganz frisch. Das Gästepaar muss heute auf einer Tour gewesen sein.

Hatte er nicht *Gernot* und *Mannlgrat* gehört? Der Mann sprach von Bettnässen. Und einer schweren kindlichen Kränkung, als ihn jemand damit aufgezogen hatte. Waren kindliche Kränkungen nicht oft ein Grund für jahrzehntelangen Hass? Nicht zum ersten Mal wären sie die Ursache für eine späte Gewalttat, auch wenn es vordergründig ein anderes Motiv gab. Wer waren diese Feriengäste? Gleich am Morgen würde er der Sache nachgehen. Das wäre ja ein Ding, wenn ihm ein Mörder direkt im Schönerlehen auf dem Tablett beziehungsweise auf dem Balkon serviert würde! Unglaublich. Was für ein Tag! Um runterzukommen, geht Simon an den Kühlschrank in seiner Wohnung und öffnet sich ein Weißbier.

Der nächste Tag wird auch aufregend. Aber ganz anders, als er es sich vorgestellt hat.

Kapitel 19 • Attentat mit Armbrust

Kehlstein, Donnerstag, 24. Juni

Es ist kurz nach sechs Uhr früh, als sein Handy klingelt. Klaus Brunner steht im Display. Simon ist noch gar nicht richtig wach und glaubt an einen Traum. Das Handy verstummt. Sofort ruft Simon zurück.

»Brunner hier. Spreche ich mit Kommissar Perlinger?«

»Ja, was gibt's, Herr Brunner?«

»Ähm, also auf mich hat jemand geschossen.«

»WAS???«

»Ja, ich bin mit dem Moped wie jeden Morgen die Kehlsteinstraße hochgefahren. Es war noch dunkel. Und plötzlich spüre ich da so einen heftigen Schmerz in der Schulter. Beinahe wäre ich gestürzt. Ich konnte gerade noch abbremsen. Dann habe ich nach hinten gefasst. In meiner Schulter hat ein Pfeil gesteckt.«

»Ein Pfeil? Herr Brunner, was erzählen Sie da?«

»Doch, ich hab ihn mitgenommen. Das ist alles so unheimlich. Irgendwo da unten an der Strecke ist einer, der mich umbringen will. Und vielleicht kommt der jetzt hochgerannt und …«

»Herr Brunner? Hallo? Haaallllooo? Herr Brunner? Verdammt!«

Brunners Handy ist verstummt. Simon ruft noch zwei, drei Mal an. Aber der Liftwart geht nicht mehr dran. Simon springt ins Bad und spritzt sich eine Handvoll Wasser ins Gesicht. Dann schlüpft er schnell in Berghose und T-Shirt und braust mit dem Auto los. Unterwegs klingelt er Luisa mit dem Handy wach, informiert sie kurz und bittet sie, zum Parkplatz Hintereck zu kommen. Kaum hat er das Telefonat beendet, blinkt in seinem Display Brunners Name wieder auf.

»Herr Brunner?«

»Ja, bin wieder hier«, flüstert dieser leise. »Da war eben so ein Geräusch. Ich dachte, der mit dem Pfeil wäre es. Deswegen bin ich weggerannt und habe mich versteckt.«

»Okay, bleiben Sie bitte in Ihrem Versteck und verhalten Sie sich ganz ruhig. Wir sind auf dem Weg zu Ihnen.«

»Mit dem Auto?«

»Ja, klar. Wie sonst?«

Im selben Augenblick, in dem er es ausspricht, ist Simon klar, warum Brunner nachgefragt hat. Die Schranke! Verdammt! Er kommt ja gar nicht auf die Kehlsteinstraße. Und ob so früh schon jemand von den Verantwortlichen im Busbahnhof ist, ist zu bezweifeln.

Wieder ruft Simon Luisa an. Nach drei, vier quälend langen Sekunden geht sie dran.

»Wo bist du, Luisa?«

»Ich fahre gerade los.«

»Mit dem Auto?«

»Ja, klar.«

»Warte. Hast du außer deinem Mountainbike noch ein weiteres?«

»Ja, mein altes.«

»Dann pack die in den Kofferraum und fahr zum Busbahnhof am Hintereck. Schnall sie mit Expandern oder wie auch immer fest. Aber beeil dich. Vom Busbahnhof aus fahren wir mit den Rädern weiter. Wir kommen mit dem Auto ja nicht an der Schranke vorbei. Ich fahr schon mal hin, falls der Schütze die Straße runterkommt.«

»Okay.«

Zehn Minuten später werfen sie sich auf Luisas Räder und strampeln die lange Straße zum Kehlstein hoch. Auf nüchternen Magen.

»Keins der schlechtesten Trainings.« Luisa findet an allem auch etwas Positives.

Simon erzählt ihr jetzt die Details des Telefonats mit Brunner. Zum Glück hat auch Luisa an ihre Dienstwaffe gedacht. Die Stelle, an der der unbekannte Schütze auf Brunner geschossen hat, kennen sie nicht. Aber Simon hat einen Verdacht. Er hat in Rick Walkers Waldverlies eine Armbrust gesehen. Auch Pfeile in einem Köcher. Beides hing gut sichtbar außen an seinem zeltartigen Verhau.

So schnell sie können, strampeln Luisa und Simon die steile Straße hinauf. Doch es ist Vorsicht geboten. Der unbekannte Schütze kann noch immer irgendwo im Wald lauern und auch auf sie anlegen.

Als sie endlich an der Stelle ankommen, wo Rick Walker haust, pirscht sich Simon leise an das Zelt heran. Tiefes Schnarchen ist zu hören. Er will sich nicht länger hier aufhalten und mit Walker ein Gespräch anfangen. Wenn der Schamane nichts mit dem Pfeilanschlag zu tun hat, ist Brunner weiter in akuter Lebensgefahr. Die

Armbrust hängt an ihrem Platz. Im Köcher stecken neun Pfeile. So gerne sie die Waffe beschlagnahmen würden, ihnen fehlen Handschuhe und Asservatenbeutel. Würden sie sich die Waffe jetzt überstreifen, würden sie unter Umständen Fingerabdrücke verwischen. Außerdem ist die Armbrust für das Mountainbike viel zu unhandlich. Sie müssen so schnell wie möglich zum Buswendeplatz und Brunner aus seinem Versteck befreien. Also treten sie wieder in die Pedale.

Endlich kommen sie an. Mittlerweile ist es taghell. Der Wendeplatz, das Tunnelportal, die Souvenirläden, alles liegt still und friedlich da. Von einem Pfeilanschlag ist nichts zu sehen und zu hören. Simon klingelt Brunner an. Aber der geht nicht dran. Nur ein Besetztzeichen ist zu hören. Telefoniert der mit jemandem? Oder ist sein Handy ausgeschaltet? Hat ihn sein Attentäter erwischt und das Handy ins Tal geworfen?

Dann hören sie oberhalb des Tunnelportals ein kräftiges Niesen in einem Busch. Sie zücken ihre Waffen und kreisen von zwei Seiten die Stelle ein, von der das Niesen kam.

»Ich bin hier«, krächzt eine kümmerliche Stimme. Sie gehen auf den Busch zu und sehen Brunner, der blass und zitternd auf dem Boden liegt. Sofort rufen sie den Rettungsdienst an. Organisieren telefonisch, dass die Schranke für den Rettungswagen geöffnet wird. Manfred Lechhuber ist mittlerweile am Busbahnhof eingetroffen. Zehn Minuten später rast ein Rettungswagen mit einer Notärztin die lange Kurve zum Kehlstein hoch.

Simon und Luisa haben Brunner vom Gebüsch zum Buswendeplatz getragen. Bei seinem Gewicht nicht so einfach. Den Pfeil hielt er in den Händen, als sie ihn aufgefunden haben. Luisa hat ein Regencape in ihrer Sportjacke. Damit wickelt sie den Pfeil vorsichtig ein.

»Kein Herzinfarkt. Kein Schlaganfall. Aber ein Schwächeanfall. Und ein Einschuss im Deltamuskel. Nicht tief, dank des Fleecepullovers und der Lederjacke darüber. War wohl sehr gestresst, der Herr …« Die Ärztin stockt.

»Brunner«, ergänzt Simon. Sein Handy brummt. Lechhuber will wissen, was denn *schon wieder* los sei. Man merkt ihm die Angst an, auch dieser Tag könne ins Wasser fallen. Die gleiche Angst treibt auch das Wirtsehepaar Moderegger um, das jetzt samt Personal eintrifft.

Dieses Mal kann Simon alle beruhigen. Der Rettungswagen nimmt Brunner vorsorglich mit. Moderegger erklärt sich bereit, Rudi Sargmacher anzurufen, damit der noch rechtzeitig einen Ersatz für Brunner auf den Berg schicken kann. Manchmal hat Sargmacher auch schon selbst den Dienst für ein paar Stunden übernommen. Praxiserfahrungen sammeln, nannte er das.

Simon und Luisa fahren vorsichtig mit den Mountainbikes die Kehlsteinstraße hinunter. Sie wollen unbedingt zu Rick Walker. Als sie vor seinem Zelt stehen, auf dem einige Vögel gerade ihre Notdurft verrichtet haben, dringt immer noch ein tiefes Schnarchen zu ihnen. Sie wecken Walker, der sich sichtlich schwertut zu realisieren, wer da vor ihm steht und was man von ihm will. Erst als sie ihn auf seine Armbrust ansprechen, springt er aus seinem Schlafsack nach draußen. Die Armbrust hängt unschuldig am Zelt. Er nimmt sie in den Arm und wiegt sie wie ein Baby. Aber dann bleibt sein Blick am Köcher haften. Mit dem Finger zählt er die Pfeile.

»Einer fehlt«, sagt er entsetzt. »Das sind Pfeile zum Schutz des Tatzelwurms. Wer einen stiehlt, wird sterben.«

Simon erkennt, dass die Pfeile im Köcher identisch sind mit dem, den sie in Luisas Regencape aufbewahren.

»Wir müssen leider den Köcher und die Armbrust mitnehmen, Herr Walker.« Simon rechnet mit Widerstand. Aber er hat keine Wahl und greift sich Armbrust und Köcher. Walker jault auf wie ein geschlagener Hund. Wieder fragt sich Simon, ob Walker ein begnadeter Schauspieler ist, der sein lautstarkes Schnarchen nur vorgetäuscht hat. Ob er der Schütze ist. Ob Walker Brunner ins Visier genommen hat. Und ob er vielleicht etwas mit Gernot Grubers Absturz zu tun hat. Immerhin war Walker am Kehlstein, als Golo verschwand, und nun fehlt ein Pfeil aus Walkers Köcher, der Klaus Brunner traf. Sollte das alles Zufall gewesen sein?

»Kennen Sie Klaus Brunner?« Walker hat sich kaum beruhigt, aber wenigstens diese Frage will Simon noch von ihm beantwortet wissen.

»Geben Sie mir den Köcher und die Armbrust zurück. Dann sage ich es Ihnen.«

»Herr Walker! Sie sind Teil polizeilicher Ermittlungen. Es geht um einen Tötungsversuch. Da werden nicht Aussagen gegen Pfeile verhandelt, Mann!«

Luisa legt Simon beruhigend die Hand auf den Arm und gibt jetzt den *good cop*.

»Herr Walker, mein Kollege ist übernächtigt. Bitte sehen Sie ihm das nach. Aber die Frage ist wichtig. Bitte beantworten Sie sie. Kennen Sie Klaus Brunner?«

Walker schüttelt verneinend den Kopf. Auch Luisa bringt ihn nicht mehr zum Reden. Walkers Trauer um die Armbrust, seine Waffe zum Schutze des Tatzelwurms, ist zu groß.

Sie fahren zum Busbahnhof hinunter.

»Ich bin also übernächtigt, Luisa?«

»Nein, aber ich musste das so machen. Sonst hätte der Walker noch mehr gebockt. Wegen deines scharfen Tons hat er sich verkapselt.«

»Schon klar«, sagt Simon und ärgert sich über sich selbst. Er muss aufpassen. Seine Aggressionen hatte er lange gut im Griff. Binnen kurzer Zeit haben sie sich nun zwei Mal wieder gezeigt. Neulich der Tritt gegen den Papierkorb. Und jetzt das Anherrschen von Walker. Und die nächsten Tage werden wohl auch nicht gerade entspannend.

Aber er kennt etwas, das ihn ruhig werden lässt. Der Gedanke an Andrea. Er hat ihre Webseite gefunden, ihre Kontaktdaten. Er hat ihr eine WhatsApp-Nachricht geschickt. Und sie hat geantwortet! Seitdem liest er bis spätnachts und in jeder freien Minute *Sturmzeit im Haff*, *Glocken der Liebe*, *Und immer, immer wieder geht die Sonne auf*. Alles von Andrea Heusmann alias Claudia Jacobi alias Jenny Helfers. Aber freie Minuten, damit sieht's schlecht aus in den nächsten Tagen. Denn Golo wird ein richtiger Fall. Und bei Gernot, da spricht vieles für einen Mord.

Kapitel 20 • Everest-Pläne

Salzburg, April 2020

Mit Google Maps finde ich das Büro von Salzburg Adventures problemlos. Es liegt in einer Gasse nahe dem Dom.

»Servus, ich bin der Toni.«

Das muss der Chef sein. Ich nicke ihm nur zu, gebe ihm keine Hand. Er muss ja nicht gleich merken, dass mir drei Finger fehlen. Auch meinen Namen sage ich nicht. In meiner Mail habe ich den Vornamen mit M. abgekürzt und einen falschen Nachnamen angegeben. Wenn ich mich mit ihm nicht einige, gehe ich zu anderen Expeditionsanbietern. Dann kann er mich nirgends schlechtreden. Weil er einen falschen Namen von mir hat. Werden wir uns einig, kläre ich ihn auf. Mir wird schon irgendetwas einfallen, warum ich ihn zuerst angeschummelt habe. Besorgte Ehefrau zum Beispiel, die erst von den Plänen erfahren sollte, wenn nichts mehr daran zu rütteln war. Falls er sich telefonisch bei mir gemeldet hätte und sie drangegangen wäre oder so. Ach egal, heute muss ich ihn dazu bringen, mir Zahlungsaufschub zu geben.

»Also nimm bitte Platz, äh, wie heißt du noch mal?«

»Ach, ich heiße eigentlich Manfred. Aber sag einfach Manni zu mir. So nennen mich meine Freunde.« Gleich zwei Lügen. Mich nennt niemand Manni. Freunde habe ich auch keine. Aber der Zweck heiligt die Mittel.

»Gut, Manni, viele Infos hast du sicher schon dem Internet entnommen. Aber hier noch mal ein paar Fakten. Bevor ich damit anfange. Versteh mich bitte nicht falsch. Aber darf ich dich fragen, wie alt du bist?«

Warum stellt er diese blöde Frage? Erstens bin ich topfit. Und zweitens will er doch wohl ein Geschäft machen. Hat ja seine Vierergruppe für den Everest offenkundig noch nicht voll.

»Entschuldige, Manni. Aber der Everest ist kein Spaziergang auf den Jenner. Ich brauch dir nicht zu sagen, wie dünn die Luft schon ab sechstausend Metern ist. Und dann, bei achttausend Meter, beginnt die Todeszone, da musst du …«

Am liebsten würde ich ihm in die Fresse schlagen. Behandelt der mich doch tatsächlich wie ein Kleinkind.

»Kennst du den Sherpa Nirmal Purja? Der nepalesische Ex-Elitesoldat hat in sechs Monaten und sechs Tagen alle vierzehn Achttausender bestiegen. Der hat sich auch durch nichts von seinem Ziel abbringen lassen. Und ich soll den Everest nicht schaffen, einen einzigen Achttausender?«

Ich merke, wie ich ganz schön gereizt bin. Bis jetzt habe ich meine linke Hand unter dem Tisch verborgen gehalten. Aber irgendwann vor der Exkursion wird er es sowieso erfahren. Darum halte ich sie ihm mit senkrecht aufgestütztem Ellenbogen entgegen.

»Das war vor ein paar Jahren. Plötzlicher extremer Wetterumschwung, als ich am Hillary Step gewartet habe. Damals hatten wir noch eine lange Phase vor Ort, um uns zu akklimatisieren. Das will ich jetzt deutlich kürzer haben.«

Mein Ton scheint nicht sehr freundlich zu sein. Dieser Toni schaut mich verängstigt an.

»Ist ja gut«, sagt er jetzt ganz defensiv. »Darf ich fragen, wie oft du schon oben warst? Ich meine, wie oft du den Gipfel des Everest schon in Angriff genommen hast?«

»Darfst du. Es war mein sechster Versuch. Jedes Mal war das Wetter schuld. Der siebte Versuch, das habe ich mir geschworen, der muss klappen. Deswegen bin ich hier.«

Toni erklärt etwas eingeschüchtert das Konzept, wie er und sein Team Exkursionen auf den Gipfel des Mount Everest durchführen. Die Vorbereitungen beginnen bereits acht Wochen vorher zu Hause in Europa. Man schläft in einem speziellen Sauerstoffzelt. Der Körper akklimatisiert sich an eine Höhe von siebentausend Metern. Dadurch steigert man die eigene Leistungsfähigkeit am Everest. Die Exkursionsgruppe vor Ort besteht nur aus vier Personen, von denen jeder zwei Sherpas bekommt. Da man nicht ständige Auf- und Abstiege in der Everest-Region braucht, um sich an das Klima zu gewöhnen, verkürzt sich die Zeit von der Ankunft am Flughafen in Kathmandu bis zum Anstieg auf den Gipfel.

»Ich bin achtundfünfzig«, gebe ich schließlich zu. »Aber topfit!«

»So schaust du auch aus, Manni. Das glaube ich dir sofort!«

»Und schließlich war auch schon ein Achtzigjähriger auf dem Gipfel!«

Die Atmosphäre hat sich gebessert, so mein Eindruck. Darum erzähle ich dem Toni auch von meinem ersten Versuch.

»Damals habe ich Hannelore Schmatz gesehen. Kennst du die?«

»Hab schon von ihr gehört. Aber erzähl bitte.«

»Die ist als erste deutsche Frau auf dem Gipfel gewesen. Beim Abstieg ist sie auf achttausenddreihundert Metern Höhe an Erschöpfung gestorben. Sie war da einige Hundert Höhenmeter über dem Südsattel, starb im Sitzen. Ist sozusagen festgefroren. Als ich ein paar Jahre später zum ersten Mal den Gipfel in Angriff genommen habe, habe ich sie gesehen. Also ihre tiefgefrorene Leiche. Beim Vorbeisteigen habe ich ihr in die offenen Augen geschaut.«

Ich mache Toni den starrenden Blick vor. Er erschrickt richtig.

»Und ihr braunes Haar hat geweht. Ihre Augen haben mich den ganzen weiteren Weg verfolgt. Irgendwie fühlte ich mich verzaubert. Um nicht zu sagen verhext. Wollte Hannelore mich warnen? Als das Wetter umschlug, bin ich bald umgekehrt. Auch weil mich dieser Blick von ihr nicht losließ. Damals habe ich zu früh abgebrochen. Denn zwei Stunden später war der Schneesturm wieder vorbei. Aber da war ich wieder zu weit unten, um es noch einmal zu wagen.«

»Wahnsinn, Manni, du bist ja fast eine Everest-Legende. Musst du irgendwann mal aufschreiben.«

»Nein, das werde ich definitiv nicht tun!« Was denkt der sich eigentlich, dieser Toni. Ist das vielleicht ein Plappermaul, der das, was ich ihm hier erzähle, weitertratscht? »Ich verlange absolute Diskretion. Niemand außer meiner Familie darf von meinen Exkursionen erfahren. Das ist ganz allein meine Privatsache. Ich mag dieses Rumprahlen nicht!«

Jetzt schaut er mich an wie ein Junge, der beim Bonbonklauen erwischt wurde.

»Gut«, sagt er leise. Meine Lektion ist offenbar angekommen. »Darf ich jetzt zum Geschäftlichen kommen?«

Toni breitet vor mir eine Vielzahl an Formularen aus. Auch sichert er sich und Salzburg Adventures ab, falls das Wetter keinen Aufstieg zulässt.

»Die erste Zahlung von dreißigtausend Euro wäre bitte bis Ende dieser Woche fällig, Manni.«

Der kritische Punkt ist gekommen. Ich muss die Karten ein bisschen offenlegen.

»Ich wollte fragen, ob ich gleich die beiden ersten Zahlungen leisten kann. Also sechzigtausend. Allerdings erst in zwei Monaten.«

Der Toni schaut mich mit zusammengekniffenen Augen an. Der Blick eines Steuerfahnders. Zwanzig, dreißig sehr lange Sekunden vergehen.

»Nein, tut mir leid«, sagt er schließlich entschieden. »Das kann ich nicht machen. Ich muss noch diese Woche die Flugtickets verbindlich buchen, die Sherpas unter Vertrag nehmen, die Sauerstoffflaschen und den Helikopter zum Shuttle ordern …«

»Schon gut. Wenn du bis Ende der Woche nichts von mir hörst, wird es dieses Jahr nichts mehr. Aber ich komme wieder. Garantiert.«

Ohne eine Verabschiedung erhebe ich mich und gehe. Tonis letzter Blick ist eine Mischung aus Rätsel und Furcht. Aber ist mir egal. Wenn ich die Kohle habe, schaut der auch wieder freundlich. Menschen und ihre Launen sind käuflich. Alle Menschen sind käuflich.

Kapitel 21 • Hausdurchsuchungen

Mitterbach/Villa Gruber/Kripoinspektion,
Freitag, 25. Juni

Der Durchsuchungsbefehl für Horst Adlers Wohnhaus und das Verkaufsgelände ist da. Gernot Grubers Tod hat hier das Seine dazu beigetragen. Wäre es nur um seinen vermissten Bruder gegangen, hätte die Ermittlungsrichterin wohl kaum zugestimmt.

Mit vier Streifenwagen, der Spurensicherung und, vorsichtshalber, einem Ausbilder der Hundestaffel rückt die Polizei an. Während sie die Räume und Schuppen durchkämmen, beobachtet Simon Adler genau. Der steht mit düsterer Miene in einer Ecke des Hauptschuppens herum, als wolle man seinen Harro mit einigen Pekinesen in die Hundeschule schicken. Auch eine Art Büro gibt es dort, eine Holzkabine, in der ein Schreibtisch und einige ausgeleierte Aktenordner stehen.

Adler hat seinen Antiquitätenhandel als Gewerbe angemeldet. So viel Bundesbürger ist er auf jeden Fall, dass er weiß, welche Strafen ihm drohen, wenn er sein Geschäft schwarz betreibt. Dabei ist gar nicht gesagt, ob sich Horst Adler überhaupt zu den sogenannten Reichsbürgern zählt. Die Nürnberger Kripokollegen haben berichtet, sein Bruder Herbert sei ihnen zwar als Reichsbürger bekannt. Allerdings einer der eher harmlosen Sorte. Er sei Schrotthändler, mürrisch, bellend, abweisend, wenn sie ihn aufsuchen. Aber er füge sich dann doch ihren Anweisungen, zeige seinen Ausweis der Bundesrepublik und zahle seine Steuern und Abgaben. Also mehr ein Möchtegern-Rebell, ein Fünf-im-Weckla-Reichsbürger mit Gartenzwergen im Vorgarten und Bausparvertrag.

Auch Horst Adler hat ein Problem mit der Polizei. Aber das haben auch andere, ohne dass sie gleich Reichsbürger sind. Auch dass er unter anderem mit Militaria handelt, macht ihn nicht gleich zum Rechtsextremen. Die deutsche Geschichte bis 1945 war in vielem eine militärische. Darum sind auch viele historische Gegenstände aus dieser Zeit vom Geist des Militarismus geprägt. Am wichtigsten sind Simon bei der Durchsuchung die Reifen des dunkelgrünen Motorrads. Ausdrücklich bittet Simon die Rosenheimer Spurenermittler zu prüfen, ob diese Reifen mit denen an der Fundstelle von Golo Grubers Porsche übereinstimmen. Auch die alte Scheune mit den Oldtimern schaut er sich noch einmal an, macht ein paar Fotos. Ebenso macht er Aufnahmen vom völlig ungeordneten Schreibtisch, auf dem sich Berge von Rechnungen, alten handschriftlichen Briefen, Zeitungsartikeln und Fotos von Panzern und Fregatten türmen.

»Wie sind Sie eigentlich dazu gekommen, mit Antiquitäten und Militaria zu handeln?«, versucht Simon ein Gespräch mit Adler. Aber der schaut ihn nur angewidert an und schweigt.

»Den Computer nehmen wir bitte mit«, ordnet Simon an. Adlers Stirn zeigt jetzt tiefe Rillen wie ein frisch gepflügter Acker.

»Und wie soll ich mein Geschäft weiter betreiben?«, presst er schließlich zwischen den Zähnen hervor. »Wer zahlt mir den Verdienstausfall?«

»Den Computer sichten wir als Erstes«, beruhigt ihn Simon. »Wenn Sie Glück haben, bekommen Sie den morgen schon wieder zurück.«

Draußen beginnt Harro heftig zu knurren und seinen Eierkopf gegen die Gitterstäbe zu schlagen.

Zur gleichen Zeit ist Luisa mit mehreren Streifenbesatzungen im Wohnhaus der Familie Golo Gruber im Einsatz. Auch hier hat die Ermittlungsrichterin eine Durchsuchung genehmigt, ebenso in den Geschäftsräumen der Grubermilch AG. Golos und Gernots Computer werden beschlagnahmt, auch einige haptische Unterlagen, die Informationen über das Privatleben der Brüder und die Bewegungen auf ihren Konten versprechen.

Simon und Luisa treffen sich am Mittag in den Räumen der Kripo. Sie berichten einander von den Reaktionen der Betroffenen: Adler, Cynthia, Gesa, Gustav, Greta – überall grimmige Mienen, emotionale Kälte, knurrige Gereiztheit.

»Die Greta hat jetzt auch richtig Angst, falls sie nicht großartig schauspielert«, erzählt Luisa. »Falls wirklich jemand ihre beiden Brüder ermordet hat, könnte sie als Dritte der Geschäftsführung auch bald dran sein.«

»Die Angst ist begründet. Es sei denn, jemand wollte die Brüder für ihre Geschäftspraktiken bestrafen. Da hat sie ja ganz andere Vorstellungen. Wenn das der Täter weiß, ist Greta außen vor.«

»Ja, aber die Anschläge auf die beiden Brüder können auch familiäre Hintergründe haben. Oder Hass auf Reiche. Erpressungsversuche, die sie uns vorenthalten haben.

Intimfeinde des Gruber-Clans. Ehemalige Mitarbeitende, die entlassen wurden. Die Grubers reden ja nicht wirklich offen mit uns.«

Die Pathologie ruft an. Gernot ist tatsächlich das Opfer eines Mordes. Bei der Obduktion der Leiche wurden Würgemale am Hals festgestellt. Sein Tod ist durch Ersticken eingetreten. Jemand hat ihm die Gurgel so fest zugedrückt, dass er gestorben und dann vom Mannlsteig in die Tiefe gestürzt ist. Oder gestoßen wurde. Anders sind die tiefblauen Flecken am Hals und der eingedrückte Kehlkopf nicht zu erklären. Für die weiteren Ermittlungen günstig ist der Fund von Fremd-DNA an Hals und Jacke von Gernot Gruber. Ein Abgleich mit der DNA-Datei beim BKA in Wiesbaden ergibt jedoch keinen Treffer. Der Würger von Gernot ist also kein alter Bekannter, kein bisher in Erscheinung getretener Straftäter. Aber die sichergestellten Spuren könnten in diesem Fall noch zu entscheidenden Beweisen werden.

Um mehr über das Verschwinden von Golo zu erfahren, gehen Simon und Luisa verschiedene Dateien seines privaten und dienstlichen Computers durch. Ein IT-Kollege aus Rosenheim ist mit ihnen zur Kripo gefahren und hat für sie die Passwörter für die beiden Computer geknackt.

Auf den ersten Blick bestätigt sich nicht, dass Golo Verbindung zu irgendwelchen radikalen Gruppierungen unterhält. Es sei denn, er hat sie in einer der vielen Dateien getarnt. Oder die Konversation gar nicht schriftlich geführt. Was das Hotel zum Türken betrifft, hat er Analysen der Bausubstanz in Auftrag gegeben. Auch Links zu Artikeln über die Geschichte des Hauses und seiner Umgebung hat er abgespeichert. Aber das würde wohl jeder Mensch tun, der an so einer Immobilie interessiert ist. Golos Pläne gingen eher in Richtung eines Museums zur Geschichte der Grubermilch AG, das er im ehemaligen Hotel einrichten wollte.

»Keine schlechte Idee«, stellt Luisa fest. »Wieder wird die problematische Geschichte überformt. Nach Wellness im Kempinski, Hüttengaudi auf dem Kehlsteinhaus und Dokumentation am Ort einer Nazi-Unterkunft dann also Milchgeschichte im Hotel gleich neben Hitlers ehemaligem Berghof. Besucher kämen da reichlich.«

»Okay, Luisa, aber darüber können wir jetzt leider nicht weiter diskutieren.«

Simons Handy klingelt. Die Rosenheimer Spurensicherer haben einen Abgleich von Adlers Motorradreifen vorgenommen. Zwar ist es nicht mehr möglich festzustellen, ob die Spuren im Umfeld des Porsches tatsächlich von Adlers Motorrad stammen. Aber Adlers Reifen sind vom gleichen Hersteller, vermutlich auch vom selben Typ wie die am Porsche-Fundort. Reifen, wie sie heute nicht mehr hergestellt werden. Reifen, die eindeutig von einem alten Motorrad stammen. Die Rosenheimer schätzen das Alter auf irgendwann vor dem Ende des Zweiten Weltkriegs. Mit anderen Worten: Es gibt zwar keinen Beweis, aber ein starkes Indiz, dass es sich um das Motorrad handelt, das sie in Adlers Schuppen gesehen haben. Sie werden den Antiquitätenhändler in jedem Fall mit dem Ergebnis konfrontieren.

Im Browserverlauf von Golos privatem Computer finden sie viele Hinweise auf den Schachclub Berchtesgaden. Ein Anruf beim Vorsitzenden macht den Befund zum Rätsel: Golo war gar kein Mitglied im Schachclub und hatte auch ansonsten keinerlei Verbindung dahin.

»Wenn ich mich richtig erinnere, hat der Brunner erzählt, er sei im Vorstand des Schachclubs.« Simon fasst sich mit der Hand an die Stirn.

»Ja, das hast du mir nach dem ersten Gespräch mit ihm gesagt«, bestätigt ihn Luisa. »War er nicht am Abend zuvor bei einer Vorstandssitzung?«

»Stimmt, er hat gesagt, er sei versumpft und habe einen Brummschädel.«

Was das aber mit Golo Grubers Besuchen auf der Webseite des Schachclubs zu tun hat, ist ihnen nicht klar.

Der Pfeil, den der kollabierte Brunner bei seinem Auffinden in der Hand hielt, stammt definitiv aus dem Köcher des Schamanen Rick Walker. Wenn Walker nicht selbst geschossen hat, gibt es nur zwei Möglichkeiten. Entweder jemand ist zufällig bei ihm vorbeigekommen. Hat die Armbrust entdeckt. Den Köcher. Dann fuhr gerade Brunner nach oben. Walker hat tief geschlafen. Der Unbekannte hat sich einen Spaß gemacht und auf Brunner gezielt und geschossen.

»So viel Zufall geht aber nicht, Simon.«

»Bleibt Möglichkeit zwei. Jemand hat gezielt Walker aufgesucht. Dass er geschlafen hat, hat diesem Jemand gut gepasst. Er hat sich die Armbrust und einen Pfeil geschnappt und gewartet.«

»Bis Brunner kommt.«

»Das würde dann heißen, dass er Brunner gezielt ins Visier genommen hat. Drei Anschläge am Kehlstein innerhalb kurzer Zeit. Zumindest einer davon tödlich.«

»Und die Frage aller Fragen: Haben diese Fälle etwas miteinander zu tun, und wenn ja, was?«

Simon nickt zustimmend. Er ist aufgestanden und schaut gedankenverloren aus dem Fenster ihres Büros.

»Dass ein Bruder spurlos verschwindet und der andere ermordet wird, das *muss* miteinander zusammenhängen«, ist sich Luisa sicher.

»Abwarten.«

Sie durchsuchen weitere Dateien in den Computern von Golo. Von einer russischen Geliebten finden sie nichts.

»Aber schau mal.« Luisa winkt Simon zu sich. »Hier, der Papierkorb ist auf beiden Computern leer.«

»Den hat er leer geräumt.«

»Weil er dort gelöschte Dateien drin hatte, die niemand mehr finden sollte.«

»Kannst du die wiederherstellen?« Simon hat sich dem IT-Experten zugewandt, der noch mit Adlers Computer beschäftigt ist.

»Muss ich mir anschauen. Wahrscheinlich schon«, sagt er.

In Adlers Computer finden sie viele Mails von Militaria-Sammlern. Ihnen fehlt die Zeit, die Adressen im Einzelnen zu überprüfen. Der Ton in den Mails ist jedenfalls geschäftlich. Typische Sammler, die betteln, wenn irgendein Stück aufgetaucht ist, das noch als einziges in ihrer Sammlung fehlt. Der absolute Renner ist die Reichskriegsflagge in ihren verschiedenen Versionen. Sie feilschen mit Adler um Preise, fachsimpeln. Auf den ersten Blick scheint das hinsichtlich der Fälle Golo und Gernot Gruber sowie Klaus Brunner unverdächtig. Da sind die Reifenspuren des Motorrads schon ein anderes Kaliber.

Gernots Handy und Computer geben hingegen nichts Verdächtiges her. Außer dass er einige Frauengeschichten gleichzeitig am Laufen hatte. Die meisten Damen sehr jung. Und offenbar unverheiratet. Keine Nebenbuhler erkennbar. Für den Fall erst mal unerheblich.

»Ich schlage vor, wir fahren jetzt zu Adler, dann zu Cynthia Gruber und ihren Kindern und anschließend zu Greta. Wir konfrontieren sie mit unseren neuen Erkenntnissen.«

»Okay, Simon. Findest du nicht, wir sollten auch noch mal mit Klaus Brunner sprechen? Ihn noch mal genauer nach dem Schachclub fragen. Und ob er Feinde hat.«

»Du hast recht. Das tun wir. Schon verrückt, erst ist vier Wochen fast gar nichts los im Fall Gruber. Und jetzt kommen wir den vielen Spuren kaum noch hinterher.«

»Aber besser so als andersherum.«

Simon bittet Luisa, sie möge fahren. Bei ihm ist eine WhatsApp-Nachricht eingegangen. Die will er unbedingt lesen.

Möchtest du mit mir mal die Priener Chiemsee-Promenade entlanglaufen?

Ob er will? Welche Frage! Aber wann? Wann? Wann? Verdammt noch mal: WANN?

Kapitel 22 • Das Motorrad

Mitterbach, Freitag, 25. Juni

Adler hat sie auf den Hof fahren sehen. Die Alten sitzen wieder auf der Bank.

»Ja, was ist denn da los? Hallo, Sie? Lassen Sie unseren Sohn in Ruhe!«, ruft der alte Mann.

Der Bullterrier führt in seinem Käfig einen Veitstanz auf. Fette Spuckefäden laufen ihm die Lefzen hinunter. Aber die beiden Ermittler haben sich schon daran gewöhnt. Solange Adler nicht den Zwinger öffnet, ist alles gut.

»Was wollt ihr schon wieder hier? Ich bin ein unschuldiger Bürger. Habt mir schon genug geschadet. Den Computer mitnehmen. Eine Sauerei ist das!« Adler, der sich in den Schuppen begeben hat, schaut die Eintretenden finster an, auch aggressiv.

»Dieses Motorrad hier, das gehört Ihnen«, sagt Simon ungerührt. Luisa hält sich bewusst aus dem Gespräch heraus. Adler soll nicht das Gefühl bekommen, von zwei Seiten bedrängt zu werden. Dann macht er dicht. »Wir haben das Kennzeichen überprüft. Es ist auf Sie zugelassen.«

»Na und? Ist das strafbar?«, blafft Adler.

»Natürlich nicht. Sie erinnern sich an die Nacht, als Golo Gruber verschwunden ist?«

Adler schaut auf den Boden. Dann sagt er für seine Verhältnisse geradezu leutselig: »Die Sache mit dem Kehlsteinlift. Klar. Steht ja oft was in der Zeitung.«

»Dann kennen Sie auch den genauen Tag. Sie haben uns gesagt, Sie waren an diesem Abend zu Hause. Ihre Eltern könnten das bezeugen.«

»Ja, das mit meinen Eltern ist so eine Sache. Die sind ja schon neunzig. Wenn Sie alte Leute kennen, wissen Sie, die gehen oft schon um acht Uhr abends ins Bett.«

»Das heißt, sie können Ihnen kein Alibi geben.«

»Alibi. Alibi. Mei, ich bin halt allein hier gewesen. Ich geh ja nur ab und zu ins Bräustüberl. Und nur weil mich hier niemand gesehen hat, heißt das ja nicht, dass ich auf dem Kehlstein rumgegeistert bin. Was soll der Schmarrn?«

Simon überlegt kurz. Luisa schaut nach draußen zum Käfig, wo Harro noch immer unermüdlich kläfft.

»Herr Adler, wir haben Spuren Ihres Motorrads in einem Waldstück gefunden. Dort, wo der Wanderweg zum Kehlstein beginnt.«

Simon lässt die Worte nachwirken. Sie sollen sich langsam in Adlers Gehirn ausbreiten, ihn verunsichern. Er beobachtet den Händler mit dem faltigen Gesicht und den buschigen Augenbrauen. Seine Finger sind gelb vom Rauchen. Wie zum Beweis zündet er sich eine Zigarette an und bläst den Rauch in Simons Richtung. Der aber zeigt sich unbeeindruckt.

»Das war ich aber nicht. Das mit dem Motorrad.«

»Das Motorrad stand eine Weile neben einem schwarzen Porsche Cayenne.«

Wieder stößt Adler den Qualm aus. Er schluckt. Sein überdimensionaler Kehlkopf erinnert an den eines Truthahns und hüpft auf und nieder.

»Der Porsche hat das Kennzeichen BGL – GG – 65. Sagt Ihnen das was?«

Adler wirft die Kippe auf den staubigen Boden des Schuppens und tritt sie aus. Ein letztes Mal bläst er Simon den Rauch ins Gesicht.

»Das Auto kennt in Berchtesgaden jeder«, raunt er schließlich.

»Ach ja, wem gehört es denn?«

»Dem Gruber. Was soll die Frage? Ist doch kein Geheimnis.«

»Nein. Für Einheimische wirklich nicht. Da gebe ich Ihnen recht. Aber was haben Sie in der Nacht, konkret um dreiundzwanzig Uhr, an diesem Waldstück mit Ihrem Motorrad zu tun gehabt? Warum haben Sie sich dort mit Golo Gruber getroffen?«

»Kruzitürken! Ich war da nicht! Hörts mir auf mit dem Scheiß!« Adler brüllt. »Ihr habts heute wohl euren Märchentag! Lassts mich in Ruhe mit diesem Schmarrn! Oder soll ich den Harro holen?«

Adler macht sich gerade strafbar. Bedrohung von Polizeibeamten. Aber Simon übersieht das bewusst. Er will kein Bußgeld von Adler. Er will von ihm wissen, was sich in der Nacht von Golos Verschwinden abgespielt hat. Dazu blufft er die ganze Zeit ein wenig. Es kann auch irgendein anderes Motorrad gewesen sein. Walker hat es als dunkelgrün und alt beschrieben. Von denen gibt es sicher noch mehr in der Gegend. Auch die Reifen müssen nicht unbedingt die von Adlers Motorrad gewesen sein. Trotzdem hat er das Gefühl, hier auf einer wichtigen Fährte zu sein. Ihm kommt ein Gedanke.

»Gut. Dann glauben wir Ihnen, dass Sie selbst in besagter Nacht nicht am Kehlstein waren.«

»Und, was wollt ihr dann noch hier?«

»Ganz ruhig bleiben. Noch eine letzte, aber entscheidende Frage.« Simon macht eine kurze Pause und fixiert Adler so lange mit seinen Augen, bis der nicht mehr ausweichen kann. Auch stellt er seiner Frage bewusst eine Behauptung voran. Damit ihm Adler nicht mit einem Nein so einfach auskommt.

»Wir wissen, dass Sie Ihr Motorrad manchmal verleihen. Wem haben Sie es in der Nacht von Golo Grubers Verschwinden ausgeliehen?«

Adlers Augenbrauen zucken nur für eine Millisekunde. Aber entscheidend. Simon ist sich jetzt sicher, er liegt mit seiner Behauptung richtig. Auch für die besagte Nacht. Da hat Adler das Motorrad verliehen. Zu Simons Überraschung streitet Adler die Angelegenheit auch gar nicht ab.

»Natürlich verleihe ich die Motorräder ab und zu. Ich muss ja auch von etwas leben. Die Rente ist kaum über dem Hartz-IV-Satz. Das grüne hier ist eine NSU 201 aus dem Jahr 1939. Da rast manchen Motorradfans das Herz, wenn sie die mal fahren dürfen. Ich warte die technisch so, dass bei den Mietfahrten nichts anbrennt. Deswegen kommen die Leute auch zu mir. Aus ganz Oberbayern.«

Fast findet Simon Adler ein bisschen sympathisch. Er spricht noch weiter von seiner NSU wie von einem Kind, das er liebevoll pflegt. Aber für solche Emotionen ist jetzt kein Platz.

»Wo war das Motorrad in der Nacht, als Golo Gruber verschwunden ist? Oder besser gefragt: Wer hat es ausgeliehen?«

»Niemand. Ich muss jetzt weg«, sagt Adler trocken. »Wir sind ja wohl fertig, oder?«

Ohne eine Antwort abzuwarten, verlässt Adler den Schuppen. Als ihm die beiden Beamten nach draußen gefolgt sind, verschließt er den Schuppen mit einem Vorhängeschloss. Dann hören sie, wie er auf der anderen Seite des Hauses in ein Auto steigt und davonfährt.

»Was machen die immer noch da?«, ruft jetzt die alte Frau ihrem Mann zu. Er hat sich erhoben und läuft gebeugt an einem Stock langsam über den Innenhof.

»Die wollen bestimmt wieder Bohnenkaffee!«, ruft er zurück.

Kapitel 23 • Der Hausmeister

Villa Gruber, Freitag, 25. Juni

Cynthia Gruber ist kühl und distanziert. Dieses Mal sitzen sie allein mit ihr an einem Glastisch. Man hat einen Blick auf den Garten, die Pools, den alten Baumbestand. Natürlich hat sie von Gernots Absturz erfahren.

»Es war Mord.« Mehr sagt Simon nicht. Er hofft auf eine Gemütsregung von Golos Frau. Vergebens.

»Wie nahe standen Sie Gernot?« Er hat Zweifel, ob er sie aus der Reserve locken kann. Aber er will es wenigstens versucht haben. Von Golo hat sie drei Millionen Euro erhalten. Jetzt, wo Gernot tot ist, wird der zu verteilende Kuchen noch größer. Simon kennt sich mit Aktienrecht und Firmenerbe nicht aus. Aber Luisa hat herausgefunden, dass Eva Gruber noch mehrere wertvolle Immobilien besitzt. Zumindest an diesen könnte Gernot nicht mehr miterben. Er hat keine Kinder und ist geschieden. Das fiele wohl in den Topf zurück, an dem auch Cynthia partizipiert. Ein Mordmotiv?

»Nicht besonders nahe. Die drei Geschwister gehen privat ihre eigenen Wege. Sehen sich ja genug in der Firma.«

Das hatten sie so ähnlich schon einmal von Greta gehört. Simon fragt sich, ob solche Familien der Normalfall sind. Nicht weil sie reich sind. Sondern weil sie sich komplett fremd sind. Golo verschwindet, und Greta und Gernot gehen mehr oder weniger zur Tagesordnung über. Gernot stürzt ab, wird ermordet, und seine Schwägerin tut so, als wäre ein Aktenordner verloren gegangen. Wie schrecklich müssen in diesen Kreisen Familienfeiern sein? Runde Geburtstage der Mutter zum Beispiel?

»Haben Sie einen Verdacht, wer Gernot ermordet haben könnte?«

Sie stößt einen verächtlichen Laut aus. »Das ist ja Ihr Job, das herauszufinden.«

Verdammt. Ich bin schon wieder in die Falle getappt. Das hat sie mir bei Golo auch gesagt.

»Ich weiß. Aber wenn wir hier bei der Ehefrau eines Verschwundenen und der Schwägerin eines Ermordeten sitzen, ist die Frage nicht so abwegig.« Simon spricht ruhig, aber innerlich kocht er.

»Frau Gruber, wir haben Ihnen diese Frage bei Ihrem Mann gestellt«, fährt Luisa fort. »Aber wir kommen nicht drum herum, sie jetzt zu wiederholen. Hatten Ihr Mann und Ihr Schwager gemeinsame Feinde?«

Draußen wird irgendwo ein Rasenmäher angeworfen. Cynthia steht auf und schließt die Terrassentür. Sie ist gestylt wie für eine Modeshow. Hochhackige Schuhe, schwarze Strumpfhose, ockerfarbenes enges Lederkleid, das nicht mal bis zum Knie reicht.

»Ich kann mich da nur wiederholen. Als Unternehmer hat man immer Feinde. In der Branche der Grubermilch AG sind das zum Beispiel gekündigte Mitarbeiter, militante Tierschützer, konkurrierende Unternehmen.«

»Okay, danke. Aber wir sind hier nicht in Sizilien bei der Mafia. Dass Unternehmen die Chefs der Konkurrenz ermorden lassen …« Luisa merkt, wie wenig ergiebig diese Fragerei ist. An Cynthia ist kein Herankommen. Sie scheint auch keine Angst um ihr eigenes Leben zu haben. Mann verschwunden, Schwager tot. Aber sie tut so, als hätten beide Männer gerade mal eine Erkältung.

»Sprechen wir über ein anderes Thema«, schwenkt Luisa um. »Was verbindet Sie mit Dr. Matthias Herfurt?«

Endlich sehen die Ermittler, wie sich Cynthias wächsernes Gesicht verändert. Auf der Stirn bilden sich winzige Falten, an den Augen zeigen sich Ansätze von Krähenfüßen.

»Das ist … ich weiß nicht, ob Sie das was angeht.«

»Frau Gruber, wir können das auch anders regeln. Wir bestellen Sie und Herrn Dr. Herfurt noch heute zu uns auf die Inspektion zur Befragung. Auch wenn er Anwalt für Strafrecht ist, kann er sich dem nicht entziehen. Wir ermitteln in einem Mord- und einem Vermisstenfall. Das Interesse der Öffentlichkeit ist groß. Meinen Sie, Sie kommen allen Ernstes mit Ihrem Verhalten durch? Bei allem sagen Sie *Weiß nicht, Geht Sie nichts an* … So werden wir die Fälle nur schwer lösen. Und ich gehe mal davon aus, dass Sie an der Lösung interessiert sind, oder?«

Luisa ist für ihre Verhältnisse laut und sogar ein bisschen scharf geworden. Simon ist erstaunt, fühlt sich aber auch entlastet. Also liegt es nicht nur an ihm, wenn leichte Aggressionen hochkommen. Selbst der besonnenen Luisa geht mal die Hutschnur hoch. Immerhin bleibt Luisas Ansprache nicht ohne Wirkung.

»Dr. Herfurt habe ich zu uns gebeten«, erzählt jetzt Cynthia mit verändertem Tonfall, »weil er Experte für Strafrecht ist. Es geht um die Zukunft meiner Kinder und auch meine eigene. Ich wollte von ihm wissen, wie das ist, wenn der Ehemann und Vater verschollen ist. Wenn nie herauskommt, was passiert ist. Wenn …«, sie macht eine kleine Pause. »Sie haben das Gerücht sicher sowieso schon gehört, wenn der Ehemann mit einer jungen Geliebten eine neue Existenz unter anderem Namen beginnt. Das sind alles Dinge, die mich verunsichern. Da habe ich mir seinen Rat geholt.«

»Und der Dr. Herfurt fährt zu Mandantinnen nach Hause, um sie aufzuklären? Ich kenne das eigentlich so, dass die Klienten zum Anwalt kommen. Und dann hat er auch noch eine Fernbedienung, um Ihr Tor zu öffnen?«

»Sie haben recht. Ich könnte mir jetzt etwas ausdenken. Aber Sie werden es ja sowieso herausfinden. Dr. Herfurt ist seit zwei Jahren mein Geliebter.«

»Das ist Ihre Angelegenheit. Aber Sie müssen uns eine Frage beantworten: Wusste Ihr Mann von Ihrem Verhältnis?«

Einen Augenblick schweigt Cynthia Gruber, dann sagt sie mit belegter Stimme: »Nein. Ich hätte zehn Liebhaber haben können, und mein Mann hätte das nicht gemerkt. Ich war schon seit Jahren nur noch Luft für ihn.«

»Haben Sie …« Luisa bleiben die Worte im Halse stecken. Ihr Blick bleibt im Garten hängen, wo ein Mann Rasen mäht. »Das gibt es nicht …«, flüstert sie. Ganz langsam drehen sich jetzt auch Simon und Cynthia in Richtung des Gartens.

»Oha, Wahnsinn …«, bringt Simon nur hervor.

»Was ist denn los?« Golos Gattin ist verwirrt. »Ist was mit unserem Hausmeister?«

»Nein, nein, alles gut. Seit wann haben Sie diesen Hausmeister?«

»Och, schon seit vielen Jahren. Aber ich werde ihn entlassen.«

»Warum denn?«

»Wissen Sie, das ist wie beim Wechsel einer Regierung. Man tauscht das Personal im engeren Zirkel aus gegen Leute, denen man vertraut.«

»Aha. Das heißt, Sie vertrauen Ihrem Hausmeister nicht?«

»Nein. Er hat meistens nur auf Anweisung meines Mannes gehandelt. Mich hat er nie so richtig ernst genommen.«

»Das heißt also, er und Ihr Mann hatten ein besonderes Vertrauensverhältnis?«

»Ja. Aber warum wollen Sie das denn wissen?«

Luisa ist es eine Freude, jetzt umgekehrt auch Cynthia Gruber mal keine Antwort zu geben. Auch wenn die Eisfrau in den letzten Minuten ein wenig aufgetaut ist.

Kapitel 24 • Die russische Geliebte

Grubermilch AG/Kripoinspektion/Mitterbach, Freitag, 25. Juni

»Hammer!«, sagt Simon im Auto auf der Fahrt zur Grubermilch AG.

»Wirklich ein Hammer!«, erwidert Luisa. »Lass uns das unabhängig voneinander durchdenken, was das bedeutet.«

»Ja, besprechen wir dann nach dem Besuch bei Greta Gruber.«

Ihre Gedanken kreisen. Die Synapsen tanzen. Endlich mal ein glücklicher Zufall, der sie weiterbringt. Gut, dass sie zuerst zu Cynthia und nicht zu Greta gefahren sind. Sonst wäre der Hausmeister vielleicht schon wieder weg gewesen und hätte sich nicht samt Rasenmäher vor dem Terrassenfenster präsentiert.

Greta Gruber schaut nicht gut aus. Sie hat Flecken im Gesicht, ihr Haar ist nicht in Form, das Make-up sitzt auch nicht perfekt. Sie trägt ein schlichtes schwarzes Kleid.

»Ich habe einen privaten Sicherheitsdienst beauftragt, mich zu bewachen«, beginnt sie von sich aus das Gespräch. Sie hat Simon und Luisa in einen Besprechungsraum im Erdgeschoss gebeten. »Die stehen auch in Traunstein an meinem Wohnhaus, wenn ich dort bin. Gerade auch nachts. Frau Sedlbauer, Herr Perlinger, ich habe wirklich Angst.«

»Und Sie trauern sicher auch, sind schockiert«, ergänzt Luisa. Sie hat sich mit Simon abgesprochen, bei Greta die Gesprächsführung zu übernehmen. »Wir wissen mittlerweile auch, dass Ihr Bruder Gernot ermordet wurde.«

Die sonst so souveräne Greta bricht in Tränen aus. Der Tod des Bruders lässt auch sie nicht kalt. Im Gegenteil. Sie wird von Weinkrämpfen geschüttelt. Als löse sich gerade eine viele Jahre aufgestaute und zurückgehaltene Emotion. Simon geht raus, organisiert ein Glas Wasser. Luisa fragt, ob sie einen Rettungswagen rufen soll. Aber Greta winkt ab, fängt sich ganz langsam wieder.

»Ach wissen Sie«, spricht sie stockend unter Tränen, »wir haben uns immer so verrannt, wir Geschwister. Jeder wollte doch nur die Firma retten. Wir hatten halt unterschiedliche Vorstellungen. Die Schieflage in den letzten Monaten, diese finanzielle Existenzangst, das steckt niemand so einfach weg. Deswegen auch die schweren Zerwürfnisse zwischen uns. Darüber haben wir ganz vergessen, dass es mehr gibt als Geld und Erfolg. Wir haben uns zu sehr an die Firma geklammert. Immer gedacht, irgendwann haben wir genug, dann werden wir langsamer machen und endlich leben. Aber das ist Unsinn. Wenn wir das Leben immer nur vor uns herschieben, fällt es irgendwann die Klippe runter, und wir sind tot.«

Luisa reicht ihr ein neues Papiertaschentuch. Greta starrt ins Leere, als wäre sie gerade aus einem Albtraum erwacht. Ein ermordeter und ein verschwundener Bruder. Ein bedrohtes eigenes Leben.

»Als ich ein Kind war, da haben mich meine Brüder sehr behütet. Sie sind ja viel älter als ich. Mit der Distanz zwischen uns ging das los, als ich zu studieren begonnen habe. Ich glaube, mein Doppelstudium fanden sie nicht gut. Da war ich ihnen, was die inhaltlichen und ökonomischen Perspektiven der Firma anging, überlegen. Aus ihrer Sicht jedenfalls. Sie haben gehofft, ich werde irgendwo anders einen Job finden. Aber Berchtesgaden, Traunstein, das ist meine Heimat. Und die ist mir wichtig. Unser Vater hat mich protegiert. Er wollte alle drei Kinder in seiner Firma sehen. Deshalb hat er dafür gesorgt, dass ich die gleichen Anteile am Unternehmen bekomme wie meine Brüder. In der täglichen Zusammenarbeit haben wir erst gemerkt, welch unterschiedliche Charaktere wir sind. Aber ich will Sie hier nicht mit unseren privaten Geschichten vollreden. Sie sagen, Gernot wurde wirklich ermordet?«

Luisa erzählt, was die Obduktion der Leiche ergeben hat.

»Frau Gruber, sagt Ihnen der Name Horst Adler etwas?«

Greta stutzt etwas.

»Horst Adler? Nein. Ich glaube nicht. Wieso?«

»Er hat vor vielen Jahren kurz bei Ihnen an der Pforte gearbeitet.«

»Mag sein. Aber wissen Sie, wir haben allein in Berchtesgaden über fünfhundert Beschäftigte. Und leider eine hohe Fluktuation. Da kann ich nicht jeden kennen.«

»Völlig klar. Haben Sie gewusst, dass Ihr Bruder Golo das Hotel zum Türken am Obersalzberg erwerben wollte?«

»Was? Nein. Wie kommen Sie denn darauf?«

»Er hat sich ernsthaft darum bemüht. Aber nicht den Zuschlag bekommen.«

»Was wollte er denn mit diesem verfallenen Hotel? Das zudem meines Wissens historisch sehr belastet ist?«

»Er hatte die Idee, dort ein Museum über die Geschichte der Grubermilch AG einzurichten.«

Greta lässt sich im Stuhl zurückfallen, verschränkt die Hände hinter dem Kopf und schaut zur Decke.

»Meine Güte«, sagt sie nach einer Weile, »das ist so eine geniale Idee. Man hätte die ausbauen können. Die Geschichte der Milchwirtschaft im Allgemeinen. Und dann die neuen Ansätze mit Rücksicht auf Tierwohl und Klimaschutz. Die Grubermilch AG hätte sich als Speerspitze dieser Entwicklung zeigen können. Mit einer ökologischen, nachhaltigen Zukunftsvision. Wenn meine Brüder nur eingesehen hätten, dass es so wie bisher nicht mehr weitergeht. Die Wirtschaftszahlen sprechen eine deutliche Sprache. Ich bin sicher, ich hätte meine Brüder irgendwann so weit gehabt. Und jetzt ist der eine verschollen und der andere tot. Warum hat mir Golo nichts von diesem Museumsplan erzählt …«

Greta zieht die Brille ab, wischt sich die wieder feuchten Augen trocken.

»Frau Gruber, wir müssen jetzt gehen. Danke für Ihre Offenheit. Bitte halten Sie sich zu unserer Verfügung. Es ist gut, dass Sie einen privaten Sicherheitsdienst beauftragt haben. Wenn Sie einverstanden sind, lassen wir zusätzlich in Traunstein ab und zu eine Streife an Ihrem Haus vorbeifahren.«

»Ja, natürlich, danke.«

Als Simon und Luisa wieder im Wagen sitzen, erhalten sie einen Anruf vom IT-Kollegen. Ihm ist es gelungen, die aus dem Papierkorb von Golo Gruber gelöschten Dateien großenteils wiederherzustellen. Er hat sie auf einen Stick gezogen, der auf Simons Schreibtisch liegt.

»Fahren wir erst ins Büro?« Luisa lässt den Wagen an.

»Ja, ist vielleicht besser. Und danach …«

»Ich weiß, die Fahrt danach bleibt uns nicht erspart. Hab zwar null Bock. Aber mit unseren Ermittlungen kommen wir dann sicher ein gutes Stück weiter.«

•••

Die Auswertung von Golo Grubers gelöschten Dateien enttäuscht sie nicht. Auf einer ist die englische Korrespondenz mit einer jungen Russin zu finden. Meist sind es eher förmliche Schreiben. Die Liebesnachrichten gingen übers Handy, wie aus mehreren P.S. der Mails deutlich wird:

P.S.: We then discuss the really important things via WhatsApp

Die russische Geliebte lebt in London. Dort hat Golo sie bei einer Dienstreise in einem Hotel kennengelernt. Sie ist dreißig Jahre jünger, hat volle Lippen und langes blondes Haar, wie das Foto im kopierten Pass zeigt. Seit zwei Jahren kennen und lieben sie sich. Aber ob es konkrete Pläne Golos gab, unterzutauchen und mit Anna, so heißt die Russin, irgendwo ein neues Leben zu beginnen, geht aus den Dateien nicht hervor. Auch dazu lief die Korrespondenz wohl über das Handy, das mit Golo spurlos verschwunden und nicht zu orten ist.

Die wiederhergestellten Dateien geben nur wenige Informationen zu den Bewegungen auf Golos Schweizer Bankkonto. Einmal hat er eine größere Summe auf sein

Konto bei der Deutschen Bank transferiert. Hintergrund war die Option, das Hotel zum Türken zu erwerben. Er wollte die veräußernde staatliche Stelle und das Auktionshaus damit beeindrucken, die Summe von dreieinhalb Millionen Euro parallel zur Unterzeichnung des Kaufvertrags zu überweisen. Dieser Plan ging aber nicht auf. Das Haus ging an eine andere Berchtesgadener Unternehmerfamilie, wie jetzt im Internet nachzulesen ist. Noch einmal bestätigt finden sie die drei Millionen, die er kurz vor seinem Verschwinden auf das Konto seiner Frau überwiesen hat. Als Überweisungsgrund steht nur ein Wort da: Zukunft.

»Das mit dem Hotel muss ganz schön frustrierend für Golo Gruber gewesen sein«, meint Luisa fast mitleidig. »Da rafft er sich einmal zu einem Projekt auf, das auch seiner Schwester gefallen hätte. Und dann wird's nichts.«

»Mann, jetzt fällt mir etwas ein!« Simon schlägt sich mit der flachen Hand an die Stirn.

»Was denn?«

»Heute früh sind wir doch wegen des Anschlags auf Brunner so früh raus. Da hab ich ganz vergessen, dass es noch eine ganz andere Spur gibt. Hat sich gestern spätabends rein zufällig ergeben.«

Simon erzählt Luisa von dem Urlauberpaar auf dem Schönerlehen. Wie er unfreiwillig Zeuge des Gesprächs wurde, in dem der Mann etwas von kindlicher Kränkung erzählt hat. Und er war sich sicher, die Worte *Gernot* und *Mannlgrat* gehört zu haben.

»Wie konnte ich das nur vergessen!«

»Meinst du, wir sollten jetzt gleich aufs Schönerlehen fahren und die befragen?«

»Besser nicht. Ich mach das eher unauffällig und nebenzu. Will ja nicht die Pferde scheu machen. Vielleicht hab ich mich auch verhört. Nicht, dass die dann nicht mehr bei uns buchen. Da würden meine Großeltern grantig. Außerdem sind die Urlauber bei dem schönen Wetter heute sicher eh noch auf dem Berg.«

»Okay. Also dann zum Hausmeister von Golo Gruber. Seinem Vertrauten.«

»Auf zum Hausmeister. Hoffentlich ist der schon da.«

Wenig später kommen sie wieder auf dem alten Gehöft an. Wieder sitzen die Alten auf der Bank vor dem Haus. Wieder verstehen sie nichts. Wieder springt der Eierkopf im Dreieck, als sie über den Hof gehen. Der Schuppen ist verschlossen. Doch dann rollt ein Pick-Up auf den Hof. Man sieht dem Fahrer an, wie genervt er ist. Oder eher geschockt? Die Polizei schon wieder da! Haben sie neue Hinweise? Sind sie ihm jetzt auf die Schliche gekommen?

Er steigt erst mal gar nicht aus. Telefoniert. Als sich die Ermittler dem Wagen nähern, drückt er den Anruf schnell weg und stößt die Wagentür auf. Golo Grubers privater Hausmeister. Horst Adler.

Kapitel 25 • Zwei Verdächtige weniger

Mitterbach/Schönerlehen, Freitag, 25. Juni

Harro bellt, als habe man ihn ohne Narkose kastriert. Die Ermittler fordern Adler auf, einen Ort zu suchen, wo sie in Ruhe reden können. Den Eierkopf zu beruhigen scheint aussichtslos. Adler führt sie wieder in den Schuppen.

»Warum haben Sie uns belogen? Von wegen Sie kennen Golo Gruber nur aus der Zeitung?« Simon spricht ruhig, obwohl es ihm nicht ganz leichtfällt.

»Der steht oft in der Zeitung. Das ist doch nicht gelogen. Heute habe ich in der *BILD* gelesen, er soll mit einer russischen Geliebten durchgebrannt sein.«

»Hören Sie auf. Wir waren bei der Frau von Golo Gruber. Dort haben wir Sie gesehen. Beim Rasenmähen. Und Frau Gruber hat uns erzählt, Sie seien Golo Grubers privater Hausmeister. Speziell seiner. Warum haben Sie uns das verschwiegen?«

Adler setzt sich in einen barocken Ohrensessel, ohne ihnen eine Sitzgelegenheit anzubieten. Ansonsten schweigt er.

»Herr Adler, wir ermitteln in einem Mordfall und in einem Vermisstenfall. Wenn Sie weiter schweigen, führen wir Sie heute noch einem Haftrichter vor.« Simons Worte verfehlen ihre Wirkung nicht.

»Also, sagen wir mal so ...«, hebt Adler an. »Der Herr Gruber, der hat mich damals an der Pforte angesprochen. Ich war selbst überrascht, dass sich der Juniorchef mit mir unterhält. Er wollte wissen, ob mir der Job an der Pforte gefällt. Ich hab ihm gesagt, ich werde kündigen. Mich vielleicht selbstständig machen. Als Antiquitätenhändler. Mit den Schichten, das liege mir nicht so. Er hat mich gefragt, was ich so könne. Da hab ich ihm aufgezählt, was ich in meinen vielen Jobs gelernt habe. Vor allem handwerklich bin ich gut drauf. Ja, und dann hat er mir das Angebot gemacht.«

»Das Angebot, als Hausmeister bei ihm privat zu arbeiten.«

»Ja.«

»Und warum haben Sie uns das nicht erzählt?«

Adler beißt sich auf die Lippen. Sein Gesicht ist noch fahler, sein Hals noch faltiger als sonst. Er zündet sich eine Zigarette an, bläst den Rauch dieses Mal nicht in Richtung der Ermittler.

»Ja mei ...«, bringt er nur hervor.

»Ich weiß, warum Sie es uns verschwiegen haben«, sagt Luisa. »Sie haben bei Golo Gruber schwarzgearbeitet. Zwanzig Jahre lang. Stimmt's?«

Adler sagt zwar nichts. Aber ein leichtes Nicken ist zu erkennen.

»Herr Adler«, übernimmt Simon wieder. »Wir sind hier nicht von der Steuerfahndung oder vom Finanzamt. Sie wissen, warum wir hier sind. Wem haben Sie am Tag von Golo Grubers Verschwinden das Motorrad geliehen? Oder sind Sie doch selbst damit auf den Kehlstein gefahren?«

»Nein, verdammt!«, kommt es jetzt gereizt und unwirsch von Adler. »Ich war in dieser Nacht nicht auf dem Kehlstein!«

»Okay, wer dann? Wem haben Sie Ihr Motorrad gegeben?«

»Lasst mich in Ruhe. Gleich kommt Kundschaft.«

Aus Adler bekommen sie heute nichts mehr raus. Das spürt Simon. Sie verlassen den Schuppen. Es ist Abend geworden. Die Sonne schickt ihre letzten Strahlen über den Watzmann zum Göll. Nur dessen Spitze leuchtet noch golden. Hunger meldet sich bei Simon mit starkem Bauchgrummeln. Seit den Cornflakes zum Frühstück hat er nichts mehr gegessen. Ihm fällt ein Foto ein, das er in der Oldtimerscheune gemacht hat. Er sucht es auf seinem Smartphone. Dann hält er es Luisa hin. Sie braucht eine Weile, dann fällt auch ihr das Kennzeichen auf.

BGL – GG – 38.

Wenn der mal nicht Golo Gruber gehört. Er hat ihn bei Adler abgestellt. Die anderen Oldtimer haben keine Kennzeichen. Vielleicht gehören ihm die auch. Aber sie haben keine Lust mehr, Adler deswegen zu befragen. Würde auch nicht viel bringen.

»Aber wofür steht die 38, Simon?«

»Keine Ahnung.«

Sie verabreden sich für den nächsten Morgen. In aller Frühe wollen sie Klaus Brunner am Lift befragen. Er ist wieder auf den Beinen, haben sie erfahren.

»Wollen wir mit den Rädern hoch?« Luisa wieder, die Sportsüchtige.

»Klar. Wir müssen uns ja fit halten. Vielleicht fällt uns auch am Lift noch etwas auf, was wir bisher übersehen haben.«

»Weißt du, Simon, was ich unmöglich finde? Der Golo Gruber ist vielfacher Millionär. Und dann hat er es nötig, den Adler schwarz zu beschäftigen. Will für den keine Sozialabgaben zahlen. Das ist doch eine Sauerei!«

»Ja, schon. Aber vielleicht war es auch umgekehrt, und der Adler wollte keine Steuern bezahlen. Aber das müssen wir nicht ergründen. Wir haben genug andere Rätsel aufzulösen.«

•••

Simon fährt zum Schönerlehen. Sein Dienst ist noch nicht zu Ende. Er will das Urlauberpaar befragen, dessen Gespräch er unfreiwillig mitgehört hatte. Kindliches Trauma, Rache, Gernot, Mannlsteig. Er fährt den steilen asphaltierten Weg zum Schönerlehen hoch und am Bauernhaus vorbei. Seitlich vom Austragshäusl parkt er.

Auf der Bank vor dem Bauernhaus sitzen seine Großeltern mit einer Karaffe Wein und einem Urlauberpaar. An den Stimmen und ihrem Dialekt erkennt er sie. Es sind die beiden von gestern Abend auf dem Balkon. Jetzt sitzen sie fröhlich mit Ludwig und Maria zusammen und erzählen sich Geschichten von früher. Diese beiden so friedlich wirkenden Urlauber hat er allen Ernstes im Verdacht, die Mörder von Gernot Gruber zu sein? Aber das wäre nicht das erste Mal, wenn hinter einer bürgerlichen Fassade brutale Verbrecher stecken.

»Simon, willst noch ein Glas Wein mit uns trinken?«, ruft ihm der Großvater übermäßig fröhlich zu. Der fränkische Bocksbeutelwein, den seine Großeltern so lieben, zeigt erste Wirkung.

»Wenn Oma noch ein, zwei Scheiben Brot und einen Presssack hat, gerne.«

Ihm ist die Einladung gerade recht. Erstens kann er etwas essen. In seinem Kühlschrank herrscht Ebbe. Wann hätte er auch einkaufen sollen. Und zweitens kann er ganz nebenbei das Urlauberpaar befragen, wo sie am Tag waren, als Gernot Gruber abstürzte.

Werner und Edeltraud Hussong kommen aus dem Saarland. Sie waren im vorigen Jahr schon einmal auf dem Schönerlehen im Urlaub. Simon erinnert sich nur dunkel an ihre Gesichter. Obwohl das Ehepaar um die sechzig Jahre alt ist, machen sie noch recht anspruchsvolle Bergtouren. Heute etwa waren sie auf dem Hochkalter, eine gar nicht so einfache Gipfelwanderung. Simon will sie gerade fragen, ob sie schon mal auf dem Mannlsteig waren. Aber er hat den Mund voller Presssack und Gurken. Außerdem redet jetzt der Großvater. Erzählt von seiner ersten Besteigung des Hochkalters. Damals mit seinem Sohn, Simons Vater.

»Der war genauso ein Bergnarr wie du, dein Vater!« Ludwig berichtet den Saarländern von den Himalaja-Touren seines Sohnes, die er sich vom Munde abgespart hatte. Sogar zwei Grundstücke haben sie veräußert, damit ihr Sohn sich diese teuren Exkursionen leisten konnte.

»Wir haben uns halt immer gefragt, was wichtiger ist im Leben …«, geht Ludwig ins Philosophische über, wie so oft bei gutem Wein. »Zählt mehr das Geld auf dem Konto oder schaffen wir uns Erlebnisse, von denen wir bis zum Tod zehren?«

Rex Gildo ist kurz aufgesprungen, weil irgendwo aus dem Stall ein unbekanntes Geräusch kam. Aber dann legt er sich wieder quer unter den Tisch.

»Versteh ich absolut, Ludwig, absolut«, sagt Werner Hussong. »Hast du denn selbst nicht auch den Wunsch gehabt, mal einen Berg im Himalaja zu bezwingen?«

»Ehrlich gesagt nein. Als ich im guten Kletteralter war, waren Fahrten nach Nepal oder Pakistan nur wenigen Spitzenkletterern vorbehalten. Der Reinhold Messner, der Peter Habeler, die haben ihre großen Exkursionen durchgeführt. Für mich unvorstellbar. Ich hatte meinen Laden. Den konnte ich nicht im Stich lassen. Vom Bergsteigen leben, das war keine Option. Außerdem, das muss ich ehrlich sagen, war ich nicht so ein guter Kletterer. Aber meinem Sohn, dem wollte ich das ermöglichen.«

Simon spürt, wie ihn eine große Müdigkeit überkommt. Doch er weiß, ohne die entscheidende Frage kann er nicht schlafen gehen.

»Was für Touren habt ihr denn in diesem Urlaub außer dem Hochkalter noch so gemacht?«, will er von den Saarländern wissen.

»Hirschkaser, Gotzenalm ... Traudl, hilf mir, wo waren wir noch?«

»Na, natürlich wieder mit dem Boot auf dem Königssee, dieses Mal bis zur äußersten Spitze mit Kärlingerhaus und Funtensee, Kehlsteinhaus mit Gipfel ...«

»Ah, okay. Auf dem Kehlstein wart ihr auch.« Simon ist wieder hellwach. »Wann denn, wenn ich fragen darf?«

Die beiden Saarländer sind nicht im Mindesten irritiert über die Frage.

»Wir waren da, als du auch oben warst, Simon. Wir haben dich gesehen. Und aus der Zeitung wissen wir, warum du dort warst«, sagt Traudl.

»Du hast den schrecklichen Absturz untersucht. Wir wollten an diesem Tag auch den Mannlsteig machen.

Aber wir sind dann lieber zurückgegangen. Den Fußweg runter zum Parkplatz durch den Wald. Und was glaubt ihr, wem wir da begegnet sind?«

Simon kann es sich denken. »Einem Alpenschamanen?«

»Ja, ist der hier so bekannt?« Werner fühlt sich seiner Sensation beraubt. »Der war da mit drei anderen unterwegs. Wenn wir das richtig mitbekommen haben, hat er gerade einen Kurs gegeben. Heilkräuter suchen an Kehlstein und Göll.« Werner ist sichtlich stolz, einem Einheimischen doch noch etwas Neues erzählen zu können.

»Mit drei Leuten war der unterwegs?«

»Ja, drei Männern. Die waren auf Kräutersuche.«

»Um wie viel Uhr war das ungefähr, als ihr den vieren begegnet seid?«

»Na, das muss so gegen Mittag gewesen sein. Zwölf Uhr. Moment …« Werner holt seinen Geldbeutel hervor und kramt darin herum. »Hier. Die Quittung vom Kehlsteinhaus. Wir haben dort einen Kaffee getrunken. Elf Uhr vierundzwanzig haben wir bezahlt. Dann sind wir gleich gegangen. Bis zu der Stelle, wo wir den Schamanen getroffen haben, ist es ungefähr eine halbe Stunde. Ist das etwa für die Ermittlungen interessant?«

»Das weiß ich noch nicht«, hält sich Simon bedeckt. Natürlich ist das von Interesse!

»Ich hätte noch eine Frage, Traudl und Günther.«

»Günther? Eigentlich heiße ich Werner. Aber Günther ist auch okay«, lacht der Saarländer und schenkt allen noch mal Wein ein.

»Sorry. Werner natürlich. Habt ihr zufällig den abgestürzten Unternehmer gekannt? Den Gernot Gruber?«

»Nee, Simon, in solchen Sphären verkehren wir nicht.« Werner klingt überzeugend. »Allerdings …«

»Was allerdings?«, hakt Simon sofort nach.

»Allerdings kenne ich einen Gernot. Aus dem Saarland. Vom Mannlsteig.« Werner schaut verunsichert. Simon auch.

»Vom Mannlsteig kennst du einen Gernot?«

»Ach, i wo!«, geht Traudl dazwischen. »Du hast schon bisschen viel Bocksbeutel intus, Werner. Wie jeden Abend im Urlaub. Der Gernot im Saarland, das stimmt. Dein früherer Schulkamerad. Dem hast du letztens mal ordentlich die Meinung gegeigt. Der kommt allerdings aus dem Mandelbachtal!«

Werner prustet los. »Mannlsteig. Mandelbachtal. Gernot hier. Gernot dort. Das kann man ja wohl mal verwechseln.« In seinem jovialen Überschwang boxt er Simon auf die Schulter. »Hahaha. Kann man doch wohl mal verwechseln, Simon, oder?«

Simon lacht etwas bemüht. Er ist nicht auf dem gleichen Alkoholpegel wie die Gäste. Wer hätte das gedacht: Feriengäste seiner Großeltern sind im weiteren Kontext Zeugen im Umfeld des Mordes an Gernot Gruber. Sie haben Walker und seine Kräutergruppe gesehen, die vielleicht für den Fall noch eine wichtige Rolle bekommt. Aber mit dem Mord an Gernot selbst haben diese jovialen und trinkfreudigen Saarländer definitiv nichts zu tun.

•••

Simon ist trotz der Müdigkeit zu aufgekratzt, um gleich ins Bett zu gehen. Er macht sich ein Weißbier auf und setzt sich auf seine Terrasse. Nach einem tiefen Schluck holt er sein Handy hervor. Er muss endlich Andrea antworten.

Sehr gerne gehe ich mit dir am Chiemsee spazieren

Das ist ihm zu unverbindlich. Auch möchte er das Gespräch am Leben erhalten. Also schreibt er ihr eine Frage:

An welchem Buch schreibst du gerade?

Wie zwei blaue Häkchen zeigen, hat Andrea die Nachricht gelesen. Sie schreibt zurück. Auch das sieht er. Sein Herz hüpft. Es ist schon dreiundzwanzig Uhr.

Hallo Simon, schön, dass du dich meldest. Ich bin gerade etwas traurig. Lass uns ein anderes Mal schreiben. Gute Nacht

Will sie ihn abwimmeln? Soll er noch mal schreiben? Aber sie hat ihn ausdrücklich gebeten, ein anderes Mal zu schreiben. Also legt er das Handy zur Seite. Er hat sie mit seiner Antwort lange warten lassen. Ist sie vielleicht eingeschnappt? Aber wie hätte er ihr bei dem Ermittlungsstress schreiben sollen! Dabei fällt ihm ein: Andrea weiß noch gar nicht, was er beruflich macht. Vielleicht bricht sie dann eh den Kontakt ab. Er hat nur ungefähre Dienstzeiten. Bei Mordfällen wie dem von Gernot Gruber arbeitet er jeden Tag vierzehn Stunden. Welche Frau will schon mit so jemandem etwas anfangen. Ganz abgesehen von der Frage, ob Andrea wirklich an ihm interessiert ist. Zwei, drei WhatsApps und eine Widmung machen noch keinen Sommer.

Kapitel 26 • Die Visitenkarte

Kehlstein, Samstag, 26. Juni

Sechs Uhr dreißig. Noch ist die Luft feucht, ein Fuchs huscht über die Straße. Die Sonne kämpft mit dem dichten Nebel, wer die Oberhand behält. Der Wetterbericht nimmt das Ergebnis vorweg. Es wird ein strahlender Sonnentag. Luisa und Simon, dieser jetzt mit seinem eigenen Mountainbike, starten am Parkplatz Hintereck die Fahrt die Kehlsteinstraße hinauf.

Während sie sich mit ihren Rädern nach oben kämpfen, berichtet Simon Luisa von dem Gespräch mit dem Urlauberpaar. Wie nicht anders zu erwarten, ist sie sehr erheitert.

»Immerhin eine Spur weniger, Simon. Nimm's sportlich!«, tröstet sie ihn.

»Ganz umsonst war das Gespräch nicht. Immerhin wissen wir jetzt von Rick Walkers Kräuterkurs.«

»Wir sind fast bei ihm. Sollen wir ihn gleich nach den drei Teilnehmern fragen?«

»Ich weiß nicht, Luisa. Wenn er noch schläft, lassen wir ihn lieber. Bis der auf Touren kommt, fahren die Busse hoch. Und eine Kollision mit denen wollen wir doch vermeiden.«

Die Busfahrer der Kehlsteinstraße kennen die beiden Kriminalbeamten mittlerweile. Sie wundern sich zwar nicht mehr, wenn sie sie am Berg sehen. Erfreut sind sie aber auch nicht. Viel zu gefährlich ist die Strecke hoch zum Kehlsteinhaus, als dass man noch zusätzliche Gefahren gebrauchen könnte.

Bis zur Straße hin hören sie Walkers tiefes Schnarchen. Sie lassen ihm seinen Frieden und radeln weiter. Brunner begegnen sie im Tunnel zum Lift. Obwohl der Tag schon recht heiß ist, ist die Luft hier drinnen schlagartig feuchtklamm. Ein kühler Luftzug weht, die Wände sind nass. Ein Temperatursturz von über zwanzig Grad draußen auf vielleicht acht, neun Grad im Tunnel innerhalb von Sekunden.

»Noch geschlossen«, ruft Brunner aus der Entfernung, weil er sie nicht gleich erkennt. Dann trägt sein Gesicht den Ausdruck *Die-schon-wieder.* Morgens hat er seine geregelten Abläufe, da verträgt er keine Störungen. Damit er seine Aufgaben erledigen kann, gehen die beiden Ermittler neben ihm her.

»Haben Sie sich von Ihrem Kollaps erholt?« Luisa ist ehrlich besorgt. Sie übernimmt die Befragung Brunners. So hat sie es mit Simon abgesprochen. Er will vor allem Brunners Mimik beobachten. Oft sagen unsere Gesichtszüge mehr aus als unsere Worte. »Erst der Pfeilschuss während der Mopedfahrt, dann die Todesangst hier am Buswendeplatz, Herr Brunner. Erstaunlich, dass Sie heute schon wieder in der Arbeit sind!«

»Ich *muss* wieder arbeiten. Erstens weil ich ein gewissenhafter Mensch bin. Und zweitens habe ich Angst um meinen Job. So viel Aufsehen in diesen Tagen. Presse war gestern auch da, hab ich gehört. Die von der *BILD*. Wenn ich mir vorstelle, die hätten mich befragt, und ich wäre nur ausgewichen, weil ich ja nichts sagen darf.

Und dann hätte es geheißen, ich verberge etwas … Ich mag wieder meine ganz normale Tätigkeit hier ausüben. Ohne diesen Rummel! Hoffentlich beruhigt sich bald alles wieder.«

Brunner geht zum Funktionsgebäude, und sie lassen ihn dort allein. Mit einem Schrubber, einem Eimer schäumenden Wassers und einem Putzlappen bewaffnet kehrt er zurück.

»Herr Brunner, haben Sie mal überlegt, wer den Pfeil auf Sie abgeschossen haben könnte?«

»Natürlich. Die ganze Zeit. Aber ich hab keine Ahnung. Höchstens diese Neonazis. Die schnauze ich manchmal an, wenn sie frech werden. Aber dass die deswegen in aller Herrgottsfrühe hier hochsteigen und mich mit einer Armbrust abschießen … das ist eher unwahrscheinlich.«

»Kennen Sie Rick Walker?«

»Wer in Berchtesgaden kennt den nicht? Letztens gab's sogar eine Sendung über ihn in Servus TV.«

»Haben Sie ihn die letzte Zeit irgendwo hier am Kehlstein gesehen?«

»Nein. Ich dachte, der ist vor allem am Watzmann unterwegs?«

Luisa klärt Brunner über Walkers Lager auf. Erstaunlich, dass sich Walker und Brunner auf der Strecke noch nie begegnet sind. Als die Ermittler zum ersten Mal am Kehlstein auf den Schamanen getroffen sind, hatte dieser ein Stahlseil in der Hand. Hätte er ein solches über die Fahrbahn gespannt, wäre es Brunner mit seinem Moped zum Verhängnis geworden. Hatte Walker doch den Pfeil auf Brunner abgeschossen? Weil ihn irgendetwas an ihm störte?

»Haben Sie sich irgendwann mal abfällig über Walker geäußert? Zum Beispiel im Bräustüberl. Nachdem Sie ein paar Bier getrunken haben. Kennen wir ja alle. Da sind wir etwas drastischer in unseren Ausdrücken.«

»Nein. Nicht dass ich wüsste!«

»Er kann nicht zufällig dort gewesen sein und etwas Ähnliches von Ihnen gehört haben?«

»Nein. Kann ich mir nicht vorstellen. Ich bin da eh fast immer im Nebenzimmer.«

»Zum Schachspielen.«

»Genau.«

»Kennen Sie Horst Adler?«

»Ja, freilich. Hier in Berchtesgaden kennen wir uns alle. Das ist der mit den Antiquitäten und Oldtimern. Der handelt doch auch mit so Kriegszeug, oder?«

»Militaria, ja. Haben Sie mit ihm persönlichen Kontakt?«

»Nein. Er hat mich nur mal gefragt, ob ich Leuten, die sich für Geschichte interessieren, sein Geschäft empfehlen könne. Auch ein paar Visitenkarten hat er mir gegeben.«

»Und? Haben Sie ihm das zugesagt? Dass Sie sein Geschäft empfehlen werden?«

»Soll ich ganz ehrlich sein? Ich hab die Karten, kaum dass er weg war, in den Müll geschmissen. Kann doch keine Werbung für irgendein Geschäft machen. Da könnten ja viele kommen. Wenn das mein Chef erfahren würde!«

»Verstehe ich, Herr Brunner.« Luisa weiß, was sie jetzt fragen muss. Ein erheblicher Teil an Kapitalverbrechen ist auf das soziale Nahumfeld zurückzuführen. Wenn der Pfeilschuss kein Unfall war, sondern gezielt Brunner erwischen sollte, war es ein Mordversuch. »Haben Sie Familie?«

»Nein, also doch. Ich meine, ich bin nicht verheiratet, habe keine Kinder.«

»Sind Sie also Single?«

»Single? Also wenn Sie das so bezeichnen wollen, ja.« Brunner ist knallrot angelaufen. Das Thema mag er nicht.

»Wo leben Ihre Eltern? Haben Sie Geschwister? Erzählen Sie bitte.«

»Also das kann ich schon machen. Aber in einer halben Stunde kommt der erste Bus, und ich muss noch einiges vorbereiten.«

»Klar. Kann Sie denn hier am Lift nachher jemand vertreten?«

»Nur zur Not. Ich könnte den Schorsch fragen, vom Kartendienst. Der darf das offiziell.«

»Dann fragen Sie ihn. Wir treffen uns in einer halben Stunde im Gasthaus oben.«

Die Ermittler schließen ihre Räder ab und gehen zu Fuß zum Kehlsteinhaus hoch. Von oben überschauen sie noch mal das Gelände des Buswendeplatzes, das Gasthaus. Die paar Meter zum Gipfel und zum Beginn des Mannlgrats gehen sie auch noch einmal hoch. Aber ihnen fällt nichts auf, was ihnen weiterhilft.

Im Gasthaus bestellen sie einen Kaffee und warten dann auf Brunner, der sie um zehn Minuten versetzt. Dann erzählt er, schwerfällig. Sie müssen viele Nachfragen stellen. Ein einziges Aus-der-Nase-Ziehen. Aber dieses Wortkarge scheint sein Naturell zu sein. Ein verschlossener Typ, der an so einem belebten Ort wie dem Kehlsteinlift deplatziert erscheint. Oder er ist mit seiner stoischen Ruhe genau der Richtige?

Klaus Brunner wohnt in einer eigenen Wohnung im Weinfeldweg in Berchtesgaden. Aber noch nicht so lange.

Zuvor lebte er bei seinen Eltern. Er wirkt nervös, windet sich die Hände, Schweißperlen laufen ihm die Schläfe hinab. Die Ermittler bekommen den Eindruck von einem einsamen Junggesellen, der außer dem Job und dem Schachclub nicht viel Freude am Leben hat. Sein Vater ist freiberuflich tätig und bietet Versicherungen an. Die Mutter arbeitet auf Stundenbasis bei Lidl an der Kasse. Einen vier Jahre jüngeren Bruder hat er noch, der ein ähnlicher Eigenbrötler zu sein scheint wie er. Der lebt nämlich noch bei den Eltern und arbeitet als Rohrreiniger in einer Firma.

Sie verabschieden Brunner in seinen Dienst und bleiben noch ein bisschen sitzen. Für das weitere Vorgehen brauchen sie eine Strategie.

Vordergründig sind die Brunners eine einfache, recht zurückgezogen lebende Familie. Für die Ermittlungen geben die Ausführungen des Liftwarts nichts her.

»Ich denke, Luisa, wir besuchen die Brunners mal. Der direkte Kontakt bringt meistens mehr. Nur weil die Gruber-Brüder prominent sind und der öffentliche Druck größer ist, können wir den Anschlag auf Brunner nicht einfach zu den Akten legen. Wir bleiben da dran. Aber mir ist da noch etwas eingefallen. Etwas, was unseren Freund Adler betrifft.«

»Du willst aber nicht schon wieder zu dem hinfahren?«, entfährt es Luisa fast schon genervt.

»Ich habe bei der Durchsuchung irgendetwas im Unterbewusstsein registriert. Etwas, das mich stutzig gemacht hat. Aber ich kann mich nicht genau erinnern …«

»Das kenne ich. Irgendwie wird man dann abgelenkt. Und dann grübelt man und grübelt und kommt einfach nicht drauf.«

»Genau, Luisa. Es war irgendetwas, das mit seinem Geschäft zu tun hat.«

»Ich versuche in solchen Situationen, mir noch mal alle Details in Erinnerung zu rufen. In deinem Fall würde ich also fragen: Was weiß ich von Adlers Geschäft? Was bietet er an? Welche Kunden hat er? Wie ...«

»Stopp«, sagt Simon so laut, dass sich einige Touristen am Nachbartisch nach ihnen umdrehen. »Ich hab's. Das mit den Kunden war der richtige Hinweis. Warte ...«

Er holt sein Handy hervor und scrollt rauf und runter. Endlich findet er das Foto, das er gesucht hat. Es zeigt die Oberfläche von Adlers Schreibtisch. Er scrollt einen Ausschnitt heran, um ihn zu vergrößern. Hektisch kramt er seinen Geldbeutel hervor.

»Da, das ist es!« Er hält Luisa das Bild einer herangezoomten Visitenkarte hin. Luisa beugt sich über den Tisch und kneift die Augen zusammen, um schärfer zu sehen. Den Text auf der Visitenkarte kann sie nicht entziffern. Wohl aber erkennt sie die beiden auffallenden orange gefärbten Winkel, die genauso aussehen wie auf der Visitenkarte, die Simon jetzt aus seinem Geldbeutel nestelt.

»Okay, Simon, aber was sagt uns diese Visitenkarte jetzt? Ich meine, der kann doch auch ein ganz normaler Kunde bei Adler sein.«

»Kann, ja. Aber das glaube ich nicht. Er war zur Zeit von Golos Verschwinden sozusagen vor Ort. Er hat eine Zeugenaussage gemacht und uns damit eventuell bewusst in die Irre geführt. Oder er hat selbst eine Verbindung zu Golo Gruber. Lass uns sofort zu ihm hinfahren. Wir kommen ja eh bei ihm vorbei.«

»Gut, machen wir.«

»Warte, ich ruf noch schnell die Kollegin Belinda Koreck in Traunstein an. Sie muss uns jetzt helfen. Bei uns steppt gerade der Bär. Das ist ja nicht immer so. Ich bitte sie, uns alle greifbaren Informationen zu ihm zusammenzutragen. Auch wenn wir völlig falschliegen: Man sollte jede auch noch so kleine Spur, jedes Indiz ernst nehmen. Jede Person im Umfeld eines Verbrechens ist verdächtig. Und er war sehr nah am Verschwinden von Golo Gruber dran.«

Er, das ist Dr. Fridolin Täubner, wissenschaftlicher Mitarbeiter am Institut für Zeitgeschichte München-Berlin. Für ein Jahr abgestellt, um die Ausstellung im Dokumentationszentrum Obersalzberg zu überarbeiten. Sie schnappen sich ihre Räder und fahren mit dem nächsten Bus die Kehlsteinstraße hinunter.

Kapitel 27 • Ein Doktor in Not

Dokumentationszentrum, Samstag, 26. Juni

Sie treffen ihn in seinem Büro an. Er wirkt erschrocken. Als Wissenschaftler kennt er kein Wochenende. Fahrig legt er die Papiere auf seinem Schreibtisch zusammen, versucht Ordnung herzustellen. Simon übernimmt die Gesprächsführung und fragt ihn direkt nach Horst Adler. So eine Überraschungs- und Überfalltaktik ist oft am ergiebigsten. Täubner bestreitet nicht, Adler zu kennen. Auch dass er ihn in seinem Verkaufsschuppen besucht hat, räumt er ein.

Zwischendurch sieht Simon einen Anruf von Belinda aus Traunstein und gibt sein Handy Luisa. Sie geht raus, um von der erfahrenen Kollegin in Traunstein zu hören, was sie über Täubner auf die Schnelle herausgefunden hat. Weil Luisa als Zeugin fehlt, fragt Simon in dieser Zeit eher Unverdächtiges. Wo er herkomme, warum er sich für Militaria interessiere. Als Luisa wieder Täubners Büro betritt, geht er zu den entscheidenden Fragen über.

»Herr Täubner, haben Sie Kontakte in die Szene der sogenannten Reichsbürger?«

»Wie bitte? Was ist das denn für eine absurde Frage!«

»So absurd ist die nicht. Beantworten Sie sie einfach.«

»Nein, natürlich nicht.«

Simon schielt zu Luisa, weil er hofft, Belinda Koreck habe einen entsprechenden Hinweis gegeben. Aber Luisa schüttelt verneinend den Kopf.

»Gut, dann frage ich Sie nach etwas anderem. Wissen Sie, wem das Auto mit dem Kennzeichen BGL – GG – 65 gehört?«

Täubner merkt selbst nicht, wie er an den Fingernägeln zu knabbern beginnt. Sein hellblaues Hemd verfärbt sich am Kragenansatz dunkel vom Schweiß, der ihm den Hals hinabläuft. Er nestelt sich den oberen Knopf auf und öffnet das Fenster.

»Na, ist Ihnen heiß von unseren Fragen? Wissen Sie nicht mehr, was Sie uns zum Autokennzeichen bei unserer letzten Befragung gesagt haben?«

Simon lässt Täubner noch etwas schmoren, der vollkommen verstummt ist. Eine halbe Minute vergeht. Simon überlegt sich, wie er Täubner in die Falle locken kann. Er entscheidet sich für eine Behauptung, eingekleidet in eine Frage. »Seit wann kennen Sie Golo Gruber?«

Täubner schaut auf. »Ich war in der Kommission, die über die Vergabe des Hotels zum Türken entschieden hat. Als wissenschaftlicher Berater. Da hat auch der Herr Gruber sein Nutzungskonzept vorgestellt.«

»Und seitdem standen Sie mit ihm in Verbindung?«

»Ich habe mich nur an dem Abend, an dem das Gremium tagte, vor der Sitzung kurz mit ihm unterhalten. Es ging um seine Museumspläne für die Geschichte der Grubermilch AG.«

»Die Sie abgelehnt haben.«

»Über die Inhalte dieser Beratungen darf ich nichts sagen. Nur so viel: Ich war lediglich beratend dabei, ohne Stimmrecht.«

»Wie hat denn der Herr Gruber auf die Ablehnung reagiert?«

»Das weiß ich nicht. Er hat das Ergebnis erst einige Tage später erfahren.«

Simon malt sich aus, wie enttäuschend das für Gruber gewesen sein muss. Er, der so viel Gewerbesteuer in die Kasse der Kommune spült, wird einfach abgewiesen. Aber es wird Gründe gegeben haben. Ein Milchmuseum, wo früher Hitlers Paladine untergebracht waren, das muss nicht unbedingt einleuchten.

Es wäre nicht schlecht, Fingerabdrücke von Täubner zu bekommen, sagt sich Simon. Vielleicht auch eine DNA-Probe. Aber wie? In seinem Geldbeutel hat er die Visitenkarte von Gernot Gruber. Er fragt, ob er den Mann kenne. Dabei hält er die Karte so weit weg, dass Täubner sie unmöglich lesen kann. Prompt erhebt sich Täubner von seinem Stuhl und nimmt die Karte in die Hand. Ausgiebig liest er sie und gibt sie zurück.

»Ist das nicht der, der vom Mannlsteig gestürzt ist? Hab ich in der Zeitung gelesen. Da stand *Unternehmer Gernot G. aus Berchtesgaden*, das kann ja nur der Gruber sein.«

Simon geht nicht auf Täubners Aussage ein und steckt die Visitenkarte wieder weg. Fingerabdrücke hat er jetzt.

»Herr Täubner«, schaltet sich jetzt Luisa mit neuen Erkenntnissen von Belinda Koreck ein, »Sie haben den Motorradführerschein. Wann sind Sie das letzte Mal Motorrad gefahren?«

Täubner schenkt sich ein Glas Wasser ein. Er ist mit der Situation sichtlich überfordert.

»Konkret gefragt: Wann sind Sie das letzte Mal mit diesem Motorrad gefahren?« Sie hält ihm das Foto von Adlers NSU im Handy hin. »Wir haben Hinweise, dass das in der Nacht war, als Golo Gruber verschwunden ist. Sie sind mit ihm zum Kehlsteinhaus gefahren.«

»Wie kommen Sie denn darauf?«

»Nun, weil Sie Ihre Vita im Internet nicht überall bereinigt haben. Meist steht ja nur Ihr wissenschaftlicher Werdegang da. Aber an einer Stelle steht auch, dass Sie alte Motorräder mögen. Auch ist zu lesen, was Sie vor Ihrem Studium gemacht haben. Sie wissen, worauf ich hinauswill?«

Täubner starrt sie an, als wolle sie ihm den Doktortitel entziehen.

»Na, was meinen Sie?«

»Keine Ahnung.«

»Wirklich nicht?«

Er bewegt nur unmerklich den Kopf hin und her.

»Sie haben eine Ausbildung als Rettungssanitäter gemacht.«

»Ja, und?«

Luisa schaut zu Simon, der die Befragung wieder übernimmt. »Sie wissen ganz genau, was sich in der Liftkabine ereignet hat. Haben Sie hier eigentlich eine Kühltruhe oder einen größeren Kühlschrank?«

»Nein, so was gibt's hier nicht. Wir sind kein Restaurant.«

»Gut, dann hat Golo Gruber die gefrorenen Konserven mitgebracht. In der Milchfabrik gibt's sicher genug Kühlmöglichkeiten. Oder bei seinem vertrauten Hausmeister vielleicht.«

»Ich weiß nicht, was Sie da reden!« So langsam kommt Täubner wieder zu sich. »Welcher vertraute Hausmeister? Was habe ich mit dem Verschwinden von diesem Unternehmer zu tun?«

»Wenn Sie es nicht selbst sagen, werden wir den Rest schon noch herausfinden. Auch ob Sie etwas mit dem Mord an Golos Bruder Gernot zu tun haben, werden wir prüfen.«

Simon weiß in diesem Augenblick nicht so recht, was er weiter fragen soll. Zu viele Gedanken gehen ihm gerade durch den Kopf. Aber Täubner ist schon wieder am Schwitzen und schaut panisch, mit rollenden Augen, aus dem Fenster.

Jetzt holt Luisa zu einem weiteren Punch aus. »Ach, und damit ich es nicht vergesse, Herr Täubner, erzählen Sie uns doch mal etwas über Ihre gar nicht so guten Finanzverhältnisse.«

»Das geht Sie gar nichts an«, versucht er zu kontern. Aber Luisa hat gute Infos.

»Doch, wenn Ihre finanziellen Verhältnisse polizeilich relevant sind, geht uns das sehr wohl etwas an. Sie waren schon einmal fast in Beugehaft, weil Sie ein Bußgeld nicht bezahlt haben.«

Täubner hechelt jetzt wie ein Mops. Mit der Hand fasst er sich ins schüttere Haar, ringt nach Worten.

»Okay, also ich bin ein bisschen süchtig nach Antiquitäten. Sind doch alle Historiker. Da hab ich mal zu viel bestellt. Konnte das nicht bezahlen. Dann kamen die Mahnungen und so. Und jetzt bin ich in Privatinsolvenz.«

»Das passiert. Aber sagen Sie mal, ist dann nicht der Besuch beim Antiquitätenhändler so etwas wie eine Brauereibesichtigung für den trockenen Alkoholiker? Ich meine, quält es Sie nicht, wenn Sie einen Händler wie Adler aufsuchen? Mit all den Antiquitäten und Militaria?«

»Doch, doch. Das ist schon schlimm. Aber auch schön. Dort in den alten Urkunden und Briefen zu stöbern. Die

Motorräder, die alten Möbel … plötzlich ist man so … wie soll ich sagen … so entrückt?« Täubner hat die Augen aufgerissen, schaut Luisa verständnisheischend an. »Aber was erzähle ich denn da? Ich rede mich ja um Kopf und Kragen. Nein, ich sag jetzt nur noch was mit einem Anwalt.«

»Klar. Ich hoffe, Sie haben eine Rechtsschutzversicherung. Sie sind noch nicht angeklagt. Nur bedingt verdächtig. Aber wenn Sie es wünschen, steht es Ihnen natürlich zu, sich um einen Anwalt zu bemühen. Aber Sie wissen ja, Anwälte sind teuer.«

Simon und Luisa schicken sich an zu gehen. Als sie schon in der Bürotür stehen, bittet sie Täubner, noch mal die Tür zu schließen.

»Ich bitte um Bedenkzeit bis Montagfrüh«, flüstert er dann, »vielleicht erzähle ich Ihnen dann etwas von der Nacht, in der Golo Gruber verschwand.«

Draußen auf dem Parkplatz warten die beiden Ermittler noch eine Weile in ihrem zivilen Fahrzeug. Wie sie vermutet haben, huscht Dr. Täubner über den Parkplatz zu seinem moosgrünen Renault Clio. Mit gebührendem Abstand folgen sie ihm bis zu der Stelle, wo er abbiegt. Zum Antiquitätenhändler Horst Adler.

Kapitel 28 • Kaufsucht

Berchtesgaden/Rosenheim, Samstag, 26. Juni

Welche Motive könnte Täubner haben, Golo Gruber zu beseitigen? Simon und Luisa überlegen hin und her. Täubner scheint kaufsüchtig zu sein, was Antiquitäten und Militaria betrifft. Diese Kaufsucht hat ihn in die Privatinsolvenz geführt. Aber eine Sucht wird nicht durch Entzug oder Strafe geheilt, sie braucht eine Therapie. Als er von Adlers Antiquitäten gesprochen hat, leuchteten seine Augen. Das spricht nicht dafür, dass er von der Kaufsucht geheilt ist. Was, wenn er sich bei Adler in eine Antiquität verliebt hat? Die er unbedingt haben wollte? Dann braucht er Geld, um sie zu erwerben. In der Privatinsolvenz gehen die finanziellen Spielräume gegen null. Also braucht er andere Möglichkeiten, um an Geld zu kommen. Über die Ausschreibung des Hotels zum Türken lernt er den vielfachen Millionär Golo Gruber kennen. Hier ergibt sich ein Dreieck: Gruber-Adler-Täubner. Einer hat das Geld, der andere hat die Ware, und der dritte hat den Wunsch nach dieser Ware, aber kein Geld. Der, der das Geld hat, gibt es dem, der die Ware will, nicht einfach so. Er verlangt eine Gegenleistung. Eine Möglichkeit für Täubner wäre gewesen, Grubers Museumsidee im Hotel zum Türken vor dem Gremium zu favorisieren.

Vielleicht hat er das sogar versucht, sich aber damit nicht durchgesetzt. Oder aber er hat danach erst mit Gruber gesprochen, der ihn um einen anderen Gefallen gebeten hat. Zum Beispiel, er möge ihm als ehemaliger Rettungssanitäter Blut abzapfen. Dieses Blut hat Golo Gruber konserviert. Täubner wiederum hat sich Adlers altes getarntes Motorrad ausgeliehen und ist in besagter Nacht mit Golo Gruber die Kehlsteinstraße hochgefahren. Die Reichsbürger waren zu diesem Zeitpunkt schon wieder am Parkplatz Hintereck. Täubner hat das beobachtet. Er ist erst nach Abreise der Nürnberger mit Golo Gruber zusammengetroffen und die Kehlsteinstraße hochgefahren. Dort haben sie den Lift mit tiefgekühltem altem und neuem Blut bespritzt. Da die Spurensicherung die Blutspuren mit einem Kampf in Verbindung bringt, könnte es auch zu einer handgreiflichen Auseinandersetzung im Lift gekommen sein. Täubner ist danach zum Dokumentationszentrum gestartet. Das Motorrad hat er entweder irgendwo versteckt oder ist damit zu Adler weitergefahren. Am nächsten Tag ist er mit dem Bus wieder den Obersalzberg hochgekommen. Dort stand ja noch sein Auto. Und Golo Gruber? Er war verletzt. Ist mit Täubner ins Tal gefahren oder allein zu Fuß abgestiegen. Dann verlieren sich seine Spuren wie Fußabdrücke am Strand, wenn die Meereswellen darüber hinwegrollen.

Golo Gruber profitierte von einem Mann wie Täubner. Denn der brauchte dringend Geld für seine Kaufsucht und war obendrein manipulierbar. Und er war als Rettungssanitäter in der Lage, fachmännisch Blut zu entnehmen.

Bei diesem Ablauf bleibt jedoch offen, wie Täubner und Gruber das Tunnelportal geöffnet haben beziehungsweise wie sie an einen Schlüssel gekommen sind. Auch ist unklar, warum sich Gruber gerade so einen schwer erreichbaren und exotischen Ort wie den Lift des Kehlsteinhauses für seine Tat ausgesucht hat. Und vor allem: Warum? Wirklich wegen der jungen russischen Geliebten? Haben ihn breitschultrige, bis zum Hals tätowierte Männer aus der Halbwelt am Parkplatz Hintereck abgeholt und zur Freundin gebracht? Die Bronx in Berchtesgaden, die Camorra am Göll – ein bisschen absurd klingt das Ganze schon.

Vor allem ist weiter unklar, was dieses merkwürdige Arrangement im Kehlsteinlift mit der Ermordung von Gernot Gruber und dem Anschlag auf Klaus Brunner zu tun hat.

»Heute sind wir ein gutes Stück weitergekommen.« Luisa schaut zufrieden zu Simon, der neben ihr auf dem Beifahrersitz sitzt.

»Ja, ich hoffe sehr auf den Abgleich der Fingerabdrücke von Täubner mit denen, die wir im Lift und bei Gernot Gruber gefunden haben. Täubner hat seine auf meiner Visitenkarte von Gernot hinterlassen. Ich fahr die nach Rosenheim zur Spurensicherung.«

»Ach, hab ich gar nicht mitbekommen. War zu sehr mit Belindas Infos beschäftigt. Cool!«

»Was machst du jetzt?«

»Ich fahr noch ins Büro. Schreibe Protokoll über das, was wir in den letzten Gesprächen mit Adler, Brunner und Täubner erfahren haben.«

»Okay.«

»Äh, Simon?«

»Ja?«

»Soll ich auch deine Spur ins Saarland ins Protokoll aufnehmen? Mannlgrat und Mandelbachtal?« Luisa lacht hell auf und beißt sich auf den rechten Zeigefinger.

»Du Nudel!« Dabei haut er ihr kräftig gegen den Oberarm. »Mensch, Luisa, einen haben wir vor lauter Täubner ganz vergessen«, wird Simon wieder ernst.

Eine Sekunde dauert es. Dann weiß es auch Luisa.

»Stimmt ja, den Walker und die Leute, die bei ihm in diesem Kräuterkurs waren. Ausgerechnet am Tag von Gernot Grubers Tod waren die am Kehlstein unterwegs.«

»Der wird uns die Namen der drei Kursteilnehmer nicht verraten. Ich halte es für möglich, dass er die gar nicht kennt. Zu viel verspreche ich mir nicht von ihm.«

»Wir können ja Montagabend zu ihm hochjoggen, wenn wir bis dahin keine neuen Erkenntnisse haben.«

»Okay, so machen wir es.«

»Fährst du jetzt nach Hause ins Schönerlehen?«

»Nein. Ich bring die Visitenkarte mit den Fingerabdrücken gleich nach Rosenheim. Dann haben wir Montagfrüh das Ergebnis.«

»Jetzt bekomme ich ein schlechtes Gewissen. Du arbeitest heute schon wieder so viel.«

»Erstens bin ich der Leiter der Kripo. Zweitens entspanne ich mich beim Fahren. Und drittens gehe ich in Rosenheim noch mindestens ein Rieseneis essen.«

»Und morgen haben wir dann frei? Ein echter Sonntag?«

Simon hat vor, morgen ins Büro zu gehen und noch einmal alle bisherigen Ergebnisse durchzusehen und Verdächtiges zu suchen. Aber Luisa will er davon nichts erzählen. Er gönnt ihr ein bisschen Erholung.

»Bleib bitte in Bereitschaft, Luisa. Aber ins Büro musst du morgen nicht kommen. Am Montag wird wieder viel zu tun sein.«

Wie recht er damit hat! Noch ahnen sie nichts von dem eigenwilligen Besuch einer eigenwilligen Frau. Was sie ihnen sagen wird, ist nichts anderes als ein Geständnis.

•••

Simon sitzt im Freien am Tisch eines Rosenheimer Cafés in der Nähe des Hauptbahnhofs. Er hat Riesenhunger und bestellt eine große Portion Spaghetti bolognese. Trotz des Müsli-Frühstücks hat ihm die Fahrt mit dem Mountainbike auf den Kehlstein viel Kraft gekostet. Endlich kann er in seinen privaten Chat schauen. Sein Herz hüpft. Andrea hat ihm geschrieben.

Tut mir leid, dass ich gestern so kurz angebunden war. Vielleicht findest du es lächerlich. Aber ich habe getrauert, weil meine alte Katze überfahren worden ist. Lass uns den Spaziergang nicht aus den Augen verlieren. LG A.

Er atmet auf. Sie ist also nicht eingeschnappt. Trauer um Tiere, das ist ihm nicht fremd. Seine Großeltern leben ihm das vor, auch seine Eltern haben das getan, soweit er sich erinnern kann. Eine Szene mit Ludwig und Maria vor einigen Wochen steht ihm sofort vor Augen.

»Das Bleamei hat leider nicht aufgenommen«, hatte der Großvater Simon mit trauriger Stimme erzählt.

»Morgen kommt noch mal der Besamer«, ergänzte die aus dem Stall kommende Großmutter. Simon wusste, wovon sie sprachen. Bleamei, das war die Kuh mit den großen Mondaugen, die einfach nicht trächtig wurde. Wenn auch dieser letzte Versuch mit dem Besamen scheiterte, würden die Großeltern den Metzger rufen müssen, um das Bleamei abzuholen. So innig das Verhältnis zu ihren Kühen auch war, kamen sie nicht umhin, wirtschaftlich zu denken.

Noch vor Kurzem hatten sie den Stall nach neuesten ökologischen Standards umgebaut. Vor allem Ludwig hat die Gespräche mit dem Berater der Molkereigenossenschaft aus Piding geführt. Den Kühen sollte auch im Winter ein Mindestmaß an Auslauf im Freien gewährt werden. Niemals würden die Perlingers ihre Milch der Grubermilch AG anvertrauen. Aus ihrer Sicht ein kapitalistischer Konzern, der über die Interessen der kleinen Lehensbauern hinweggeht und das Wohl der Tiere nicht sieht. Auch wenn die Grubers in Berchtesgaden aufgewachsen sind, haben sie das Vertrauen vieler einheimischer Bauern verspielt.

Die Einzige in der Konzernspitze, die diese bittere Realität einsieht, ist Greta. Im Moment finanziert die Grubermilch AG ihren einheimischen Markt durch Gewinne mit Filialfirmen und Joint Ventures in Polen und den USA. Mit Produkten, die mit dem Kernprodukt Milch nur noch wenig zu tun haben: Powerriegel, Billigschokolade, Birchermüsli. Waren sie als Ermittler bisher ganz auf der falschen Spur und mussten sich vielmehr im geschäftlichen Umfeld der Grubers umschauen? Gab es da vielleicht Rivalitäten mit Konkurrenzunternehmen, die sie bisher noch gar nicht in den Blick genommen hatten? Also doch ein bisschen Mafia im Milchmarkt?

Simon ist mit seinen Gedanken ins Schweifen gekommen. Er bestellt als Nachtisch einen Erdbeerbecher. Dann fokussiert er sich wieder auf Andrea und schreibt ihr.

Wer ein Herz für Tiere hat, hat auch ein Herz für Menschen, Andrea. Bis bald S.

Kapitel 29 • Überraschende Besuche

Kripoinspektion, Montag, 28. Juni

Simon und Luisa treffen um acht Uhr in der Früh im Büro ein. Eine Meldung von der Berchtesgadener Friedhofsverwaltung lesen sie als Erstes: In der Nacht hat jemand das Grab von Hermann Gruber, dem Gründer der Grubermilch AG, verwüstet: Der Grabstein und die Platte sind mit einem spitzen Gegenstand zerkratzt worden. Der tönerne Pflanzenkübel, der auf der Platte stand, liegt zerbrochen neben dem Grab. Die Pflanzen selbst sind zertreten. Der Mitteilung sind Fotos vom Zustand des Grabs beigegeben.

»Irgendjemand hat es auf die Grubers abgesehen. Jemand mit einem gewaltigen Hass«, konstatiert Simon. Er bittet Luisa, Greta von dem verwüsteten Grab in Kenntnis zu setzen. Wieder lässt er die Spurensicherung aus Rosenheim kommen, damit sie das Grab von Hermann Gruber auf DNA und Fingerabdrücke absucht. Wenn das so weitergeht, brauchen sie bald eine eigene Spurensicherung, einen Kriminaldauerdienst und ein Labor in Berchtesgaden. Oder wenigstens im näher gelegenen Traunstein.

Bald darauf meldet ihnen die Wache eine Besucherin an. Sie hören sie die knarzende Treppe aus alten Eichenbohlen hochkommen. Ein kurzes Anklopfen, dann öffnet sie die Tür. Sie schaut ziemlich zerrupft aus: Die im Ansatz grauen Haare sind notdürftig zu einem hochstehenden Dutt gebündelt, ihr Gesicht sieht übermüdet aus, und in ihrem grauen Pullover klafft am rechten Ärmel ein ziemlich großes Mottenloch.

»Sind Sie von der Kriminalpolizei?« Sie klingt aufgewühlt, verzweifelt.

»Ja. Und wer sind Sie?«

»Ich bin Jana Brunner. Die Mutter von Klaus.«

Luisa bittet sie ins Besprechungszimmer, bietet ihr einen Stuhl an. Sie und Simon setzen sich der Besucherin gegenüber. Zwischen den beiden Ermittlern und der Frau steht ein simpler weißer Bürotisch mit einem Aufnahmegerät.

»Möchten Sie einen Kaffee?«

»Oh ja, gerne«, sagt die Frau und japst nach Luft. Die Atemnot kommt nicht nur von den steilen Treppenstufen.

»Kommen Sie doch erst mal zur Ruhe.« Luisa öffnet das Fenster, schenkt drei Tassen Kaffee ein und stellt die übliche Frage nach Milch und Zucker.

»So, Frau Brunner, was haben Sie uns denn zu erzählen?« Luisa übernimmt ohne Absprache mit Simon die Gesprächsführung. In dieser Hinsicht verstehen sie sich schon blind. Intuitiv wissen sie beide, dass eine Frau als Gesprächspartnerin in diesem Fall besser ist.

»Ich halte das nicht mehr aus«, fängt Frau Brunner an und wärmt sich die Hände an der heißen Kaffeetasse. »Dieses Geheimnis, das wir seit Jahren herumtragen.«

Sie schlurft am Kaffee und verstummt. Es fällt ihr schwer zu reden. Sie ist den Tränen nahe.

»Welches Geheimnis denn?« Luisa spricht einfühlsam, versucht Frau Brunner das Reden leichter zu machen.

»Wir … nein, eigentlich bin nur ich es, ich bekomme seit vielen Jahren von der Grubermilch AG Geld. Und zwar ziemlich viel. Ohne dieses Geld könnten wir kaum leben. Wissen Sie, ich habe ja nur einen Job bei Lidl an der Kasse. Und mein Mann macht jetzt auf Versicherungen. Aber auch erst seit einem Jahr und vorher war er oft arbeitslos. Wir mussten unsere beiden Söhne durchbringen. Die haben auch oft keinen richtigen Job gehabt. Es hat hinten und vorne gefehlt. Wir stehen wirklich nicht auf der Sonnenseite des Lebens. Ohne das Geld von den Grubers hätten wir das nie geschafft. Und dann ist der Seniorchef 2017 gestorben. Da haben die Gruber-Kinder die Zahlungen eingestellt. Unsere Söhne haben zwar mittlerweile einen Job. Unseren Klaus kennen Sie ja.«

Sie schaut zu den Ermittlern, die beide nicken.

»Ja, und jetzt habe ich von dem Anschlag auf unseren Klaus gehört. Und in der Zeitung gelesen, dass der eine Chef der Grubermilch AG, dieser Gernot, nicht einfach nur abgestürzt ist. Sondern dass es Mord war, das stimmt doch, oder?«

»Ja, er ist erwürgt worden, bevor er den Berg hinabstürzte«, sagt Luisa nüchtern.

»Mein Gott, mein Gott, was sind das nur für schreckliche Dinge«, schluchzt Jana Brunner und lässt jetzt ihren Tränen freien Lauf. »Und der andere ist spurlos verschwunden, oder?«

»Wir haben nach wie vor kein Lebenszeichen von ihm, seit er verschwunden ist. Aber das bedeutet nicht, dass er tot ist.«

Die Besucherin zieht mehrfach tief Luft ein.

»Schlimm. Schlimm. Ach, wenn ich das alles hätte kommen sehen …«

»Dann hätten Sie was, Frau Brunner?«

»Ach, ich weiß ja auch nicht. Und dann hat unser Klaus einen Pfeil in der Schulter. Ich kann mir auf das alles keinen Reim machen …«

»Wir uns auch noch nicht. Deswegen ist es gut, dass Sie zu uns gekommen sind. Bitte sagen Sie uns, warum Ihnen der Seniorchef Geld gezahlt hat.«

Jana Brunner richtet sich auf und schaut jetzt ganz entschlossen Luisa an.

»Nein, das werde ich Ihnen definitiv nie sagen. Das war die Bedingung für die Zahlungen. Der Grund musste streng geheim bleiben. Nein, nein, nein. Das werden Sie nicht von mir erfahren. Wenn, dann müssen Ihnen das schon die Gruber-Kinder selbst sagen. Also, ich meine, die Greta. Die anderen beiden können es ja nicht mehr sagen.«

»Frau Brunner, wenn Sie uns nicht die ganze Wahrheit sagen, lösen sich die Fälle vielleicht nie auf.«

Die Angesprochene hat den Satz gar nicht gehört oder tut zumindest so. »Ich dachte, jetzt geht es auch ohne dieses Geld. Aber es reicht halt doch nicht. Wir hätten ja verhandeln können. Aber die Grubers haben nur pampig reagiert. Haben uns mit einem Anwalt gedroht, der uns wegen Nötigung und Erpressung vor Gericht bringen würde …«

Tränen ersticken ihre Stimme. Luisa gibt ihr eine Pause, dann fragt sie die Besucherin, warum sie eigentlich gekommen sei. Die entscheidende Frage beantworte sie ja nicht.

»Ich wollte mir das Herz erleichtern. Ihnen sagen, dass ich die Grubers angeschrieben habe. Sie aufgefordert habe, mir weiterhin das Geld zu zahlen.«

»Warum hätten die Grubers das tun sollen?«

»Weil sie doch immer fürchten mussten, dass ich das Geheimnis preisgebe. Das hätte den Ruf der Firma zumindest hier im Berchtesgadener Land noch mehr geschädigt. Es sieht ja sowieso nicht mehr so gut aus für die Firma, seit der Seniorchef, der Hermann, nicht mehr da ist.«

»Dann war das also Schweigegeld, das Sie bekommen haben. Was könnten Sie wissen, was die Grubers schädigen könnte? Was so gravierend ist, dass Ihnen der Seniorchef viel Geld für die Geheimhaltung bezahlt. Haben Sie ein Kind von Hermann Gruber?«

»Nein. Also ich bitte Sie! Setzen Sie doch nicht solche Gerüchte in Umlauf. Wie gesagt, fragen Sie bei Greta Gruber nach. Vielleicht offenbart sie Ihnen das Geheimnis. Dann war ich es nicht. Denn wenn ich es tue, fürchte ich, werden die sogar das gezahlte Geld zurückfordern. Das wäre mein Untergang. Das Geld ist ja schon längst ausgegeben.«

Luisa schaut kurz aus dem Fenster, um sich zu konzentrieren.

»Gut, Frau Brunner. Weiß denn der Rest Ihrer Familie von dem großen Geheimnis?«

»Dazu möchte ich nichts sagen. Ich merke schon, Sie wollen mich in eine Falle locken. Damit ich es dann doch ausplaudere.«

»Na ja, wenn Sie beim Lidl an der Kasse sitzen und Ihr Mann auch keine richtigen Jobs hatte, da werden sich Ihre Söhne und Ihr Mann doch sicher gewundert haben, woher das viele Geld immer kam.«

»Wie gesagt, ich beantworte solche Fragen jetzt nicht mehr. Gehen Sie davon aus, dass ich ein schweigsamer

Mensch bin, der Dinge ganz gut mit sich allein ausmachen kann.«

»Jetzt offenbar nicht mehr. Der Mord an Gernot und der Mordanschlag auf Ihren Sohn haben Sie offenbar dazu gebracht, uns wenigstens einen Teil der Wahrheit zu sagen. Schade, dass es nur ein Teil ist. Sie könnten vermutlich sehr stark zur Aufklärung beitragen, wenn Sie uns die ganze Wahrheit sagen würden.«

»Könnten Sie uns bitte noch Ihre Adresse aufschreiben?«, schaltet sich Simon jetzt ein. Er reicht ihr ein Stück Papier und einen Kugelschreiber. Jana Brunner tut es, obwohl sie hätte wissen müssen, dass die Polizei ihre Adresse auch in den eigenen Systemen hat. Aber Simon hat nun ihre Handschrift.

»Danke, geben Sie mir den Zettel bitte rüber.« Jetzt hat er auch noch ihren Fingerabdruck.

Jana Brunner bleibt stehen. »Ich muss jetzt gehen. Um neun Uhr beginnt meine Arbeit. Auf Wiederschauen.«

Simon und Luisa ist nach diesem verschwurbelten Geständnis klar, wie sie weiter vorgehen müssen. In jedem Fall werden sie die Familie Brunner in ihrem Zuhause aufsuchen. Vorher aber müssen sie Dr. Fridolin Täubner zur Rede stellen. Denn die Fingerabdrücke auf der Visitenkarte, die Simon von ihm eingesammelt hat, sind identisch mit denen im Kehlsteinlift, die man am Morgen nach Golo Grubers Verschwinden gefunden hat. Mit anderen Worten: Täubner war in der besagten Nacht definitiv im Lift und mit hoher Wahrscheinlichkeit auf dem Motorrad, das die Kehlsteinstraße hochfuhr. Sie müssen ihn auch nach einem Alibi für den frühen Morgen fragen, als Gernot am Mannlsteig ermordet wurde. Auch Täubners Beziehung zu Klaus Brunner ist noch zu klären.

Seine selbst erbetene Bedenkzeit ist außerdem heute früh abgelaufen. Er will ihnen etwas über die Nacht erzählen, in der Golo Gruber verschwand. Mehr, als er ihnen bisher gesagt hat, so hat er es in Aussicht gestellt.

Rick Walker, so haben sie sich verabredet, besuchen sie nach siebzehn Uhr, wenn die letzten Busse gefahren sind. Wieder mit dem Mountainbike, weil es zugleich ein gutes Training für sie ist. Doch die Fahrt zu Walker wird fast schon obsolet, weil sich nur eine halbe Stunde nach Jana Brunner ein weiterer Überraschungsbesuch anmeldet. Nicht mit einem Geständnis. Aber mit einer Zeugenaussage. Oder besser gleich zwei Aussagen.

•••

Arno Krumbacher, der Tierschützer, nimmt auf dem Stuhl Platz, der von Jana Brunner fast noch angewärmt ist.

»Mit der Polizei hab ich's nicht so«, versucht Krumbacher sich gleich zu positionieren. »Ich bin gekommen, um zur Aufklärung des Mordes an Gernot Gruber beizutragen. Bevor ihr das mir oder irgendwelchen anderen Tierschützern in die Schuhe schiebt.«

Man merkt ihm an, wie schwer ihm der Gang zur Polizei gefallen ist.

»Erzählen Sie, Herr Krumbacher, was haben Sie uns mitzuteilen?« Simon lehnt sich auf seinem Stuhl zurück. Krumbacher ist wie vorher Jana Brunner einverstanden, dass das Gespräch aufgezeichnet wird. Also kann auch Luisa aufmerksam zuhören und muss nicht die ganze Zeit mitschreiben.

Krumbacher war am Tag des Mordes am Kehlstein und auf dem Mannlsteig. Er ist Frühaufsteher, sogar ein extremer Frühaufsteher. Morgens auf dem Berg zu sein, wenn es noch dunkel ist und die Natur ganz langsam erwacht, das ist für ihn das größte Glück. Vom Parkplatz Hintereck ist er, mit Stirnlampe gewappnet, um drei Uhr durch den Wald zum Gipfel des Kehlsteins hochgewandert. Dort hat er gegen fünf Uhr eine längere Pause gemacht. Mit Sonnenaufgang ist er dann den Mannlgrat gegangen. Durch Latschen ist er über den Grat noch oben gestiegen, dann an den Mannlköpfen den eigentlichen Mannlsteig hoch bis zur Mannlscharte.

»Auf der Strecke habe ich viele Fotos von Kugelblumen, Alpenrosen und Silberwurz gemacht. Auch von Alpensalamandern und Dohlen sind mir schöne Aufnahmen gelungen. Kann ich gerne zum Beweis zeigen. Da steht ja auch die Uhrzeit der Aufnahmen drauf.«

»Schon gut, Herr Krumbacher, bitte weiter.« Simon ahnt, worauf der Naturschützer gleich zu sprechen kommt.

»Ich bin auch vom vorgegebenen Weg abgewichen. Aber bevor ihr mir daraus einen Strick dreht: Ich bin dabei sehr vorsichtig und tue das, um den Reichtum der Berchtesgadener Alpen zu dokumentieren. Hab ich mir außerdem von der Naturschutzbehörde genehmigen lassen. Das wird nämlich ein Bildband. Der soll die Menschen motivieren, keine Blumen auszureißen und auch die Tiere …«

»Sie müssen sich nicht ständig rechtfertigen. Das tut jetzt nichts zur Sache. Was ist dann passiert? Sie sind ja wohl nicht gekommen, um uns von einer Bergwanderung zu erzählen.« Simon ist langsam genervt von diesem schrägen Typen.

»Ja, einverstanden. Irgendwo dort oben hab ich plötzlich einen Schrei gehört. Einen langen, leiser werdenden

Schrei. Gar nicht so weit weg von mir. Das muss der Gernot Gruber gewesen sein.«

»Mit Sicherheit. Was haben Sie dann gemacht?«

»Ich hab erst meine Stative abgebaut und alle weiteren Fotoutensilien verstaut.«

»Wie lange hat das ungefähr gedauert?«

»Na ja, die waren etwas verteilt, zum Teil an unzugänglichen steilen Stellen. Vielleicht eine halbe Stunde.«

»Was? Sie haben eine halbe Stunde Ihr Fotozeugs zusammengepackt, während in unmittelbarer Nähe ein Mensch in den Tod gestürzt ist?«

»Aber ich kann doch nicht meine Kamera einfach zurücklassen …«

»Sie sind mir ja ein Held! Das Foto vom Bergmandl ist Ihnen wichtiger als das Leben eines Menschen!«

»Aber wenn der abgestürzt ist, was hätte ich denn dem Gernot Gruber noch helfen können?«

»Saubere Einstellung! Vielleicht die Polizei verständigen? Als Zeuge sofort und nicht erst jetzt erst aussagen?« Simon ist ziemlich wütend, hat sich aber noch einigermaßen im Griff.

»Stimmt. Ich hätte mich früher melden können. Aber ich war unsicher, ob Sie mir dann nichts anhängen. Wir Tierschützer sind ja für solche wie Sie gerne ein Feindbild!«

Ein Räuspern von Luisa, ein kurzer Blick zu Simon, und sie übernimmt das Gespräch. Sie befragt Krumbacher, ob ihm andere Personen auf dem Mannlgrat begegnet sind. Oder ob er jemanden davonlaufen gesehen hat. Der Mörder von Gernot Gruber war nicht weit weg von ihm, wenn Krumbachers Darstellung nicht gelogen ist. Leider muss Krumbacher passen. Erst am Kehlsteingipfel seien ihm dann die ersten Besucher entgegengekommen. Es sei außerdem noch recht neblig gewesen. Der Blick habe nicht so weit gereicht, um zu erkennen, ob wer vom Tatort geflohen war.

Simon und Luisa haben in diesem Augenblick einen ähnlichen Gedanken: Im Grunde bringt ihnen die Aussage von Krumbacher gar nichts. Er stiehlt ihnen nur die Zeit. Es drängt sie, Täubner mit dem Fingerabdruck zu konfrontieren, Walker nach den Teilnehmenden seines Kräuterseminars zu befragen und Greta nach dem großen Geheimnis, das Jana Brunner angedeutet hat. Überhaupt die Familie Brunner, dort wären sicher mehr Infos zu erwarten als von diesem langatmigen Tierschützer. Aber dann holt Krumbacher zu Teil zwei seiner Ausführungen aus. Und plötzlich wird es doch noch interessant.

Krumbacher hat in der Gaststätte des Kehlsteinhauses Spinatknödel zum Frühstück gegessen. Durch den Wald ist er dann später etwa einhundert Höhenmeter zu Walkers Lager abgestiegen. Der Schamane bot an diesem Tag seine Kräuterexkursion an. Maximal drei Teilnehmer.

»Wir waren auch wirklich nur drei.«

»Wie haben Sie von dieser Exkursion erfahren? Der Walker hat ja keine Webseite.« Simon interessiert die Antwort nicht nur wegen der Ermittlungen. Was er keinem sagt: Er überlegt, selbst mal bei Walker an einem Seminar teilzunehmen. Wenn die aktuellen Fälle geklärt sind und Walker wieder auf die Stimmen am Berg eingeht. Die Stimme seines Vaters, die Simon am Watzmann immer wieder hört. Wie würde Walker das wohl beurteilen? Würde er die Stimme auch hören? Vielleicht noch mehr verstehen, als er, Simon, es tut?

»Der Walker hat einen Bekannten im Tal. Dem sagt er, wo er sich gerade befindet und was er wann anbietet. Dort habe ich mich erkundigt.«

»Und wer ist dieser Bekannte?«

»Na gut, ist zwar eher was für Insider. Aber auch kein großes Geheimnis. Der heißt Horst Adler und ist Antiquitätenhändler. Zu dem schleicht er sich heimlich wie ein Fuchs hin und fragt, ob sich jemand angemeldet und gezahlt hat.«

Donnerwetter! Simon ist die Verblüffung anzusehen. Jetzt wird es immer kurioser, denkt er sich. Luisa ergeht es, ihrem Blick nach zu schließen, ähnlich.

»Wieso schauen Sie so?«, wundert sich Krumbacher. »Kennen Sie den auch? Mit seinen Militaria-Sachen finde ich den Adler unsympathisch. Auch wie er diesen Bullterrier im Zwinger hält, schrecklich. Aber er hat auch wirklich schöne Antiquitäten. Diese Schränke aus dem Biedermeier. Wissen Sie, ich liebe Altes. Diese wunderbaren alten Motorräder. NSU, Zündapp, Herkules, BMW, da geht mir einfach das Herz über. Gut finde ich außerdem, wie der Adler sich um den Rick Walker kümmert. Der ist so weltfremd und wäre ohne Adler schon längst untergegangen.«

»Gut, kehren wir zur Kräuterexkursion zurück. Was wollten Sie uns dazu sagen?«

Krumbacher erzählt, wie Walker ihn erwartet habe. Die beiden anderen Teilnehmer seien kurz nach ihm zum Treffpunkt an Walkers Zelt gekommen. Krumbacher habe die anderen nicht gekannt. Er wisse auch keine Namen.

»Das ist nicht wie sonst bei Seminaren oder Exkursionen, dass man sich erst mal vorstellt und Persönliches erzählt. Der Walker ist einfach losgestapft und wir hinterher. Ab und zu hat er angehalten, uns Kräuter gezeigt und beschrieben, wie und bei welchen Leiden sie wirken. Da hat man gemerkt, wie lange er sich schon mit Alpenkräutern beschäftigt.«

Simon schaut auf die Uhr. »Herr Krumbacher, wir haben nicht mehr viel Zeit. Bitte kommen Sie auf den Punkt. Sofern es einen solchen gibt.«

Krumbacher wirkt jetzt etwas verschnupft, steuert dann aber doch auf das zu, was die Ermittler interessiert.

»Als wir fast auf der Höhe des Kehlsteinhauses waren, noch fernab von dem ganzen Rummel, hat uns Walker die Wahl gelassen: ob wir am Kehlsteinhaus weiter über den Grat in Richtung Göll gehen. Oder ob wir umkehren und auf der anderen Seite des Kehlsteins weitere Kräuter kennenlernen wollen.«

»Und? Was ist daran Besonderes?«

»Nun, einer der anderen Teilnehmer hat sich da plötzlich wahnsinnig aufgespielt. Er habe bei Adler die Gebühr bezahlt, vor allem wegen seltener Pflanzen am Göll. Der andere Teilnehmer war stumm. Ich war aber dagegen, wollte nicht mit der Touristenkarawane zum Kehlsteingipfel weiterziehen. Da ist der andere, der unbedingt zum Göll wollte, völlig ausgerastet. Ich habe schließlich nachgegeben.«

»Das heißt, die Gruppe ist zum Göll gegangen?«

»Einen Teil des Grats. Und …«

»Und Sie sind an der Stelle vorbeigekommen, wo Gernot Gruber erwürgt und ins Tal gestoßen wurde?«

»Ich kann ja nur vermuten, wo er ungefähr abgestürzt ist. Aber ja, da sind wir hingegangen.«

»Aber das ist jetzt auch nicht gerade hilfreich für unsere Ermittlungen.« Simon beginnt sich schon wieder über Krumbacher zu ärgern, diesen Zeitfresser. Die Ratte auf Krumbachers Schulter knabbert wie selbstverständlich am Ohr des Tierschützers. Doch dann horcht Simon auf.

»Ich habe so ein Bauchgefühl. Das sagt mir, dieser komische Typ, der unbedingt zum Göll wollte, ist der Mörder von Gernot Gruber.«

»Wieso denn das?«

»Sagt man nicht, Täter kommen wieder zum Tatort zurück? Mit uns als Kräutergruppe war er unauffällig. Sozusagen perfekt getarnt. Er hat uns dann auch gedrängt, bis zu den Drahtseilen am Steig zu gehen. An einer Stelle ist er dann lange stehen geblieben und hat ins Endstal gestarrt und etwas Unverständliches geflüstert. Das war schon sehr merkwürdig.«

»Okay, danke. Sie können sicherlich den Mann beschreiben. Wir müssen jetzt leider los. Könnten Sie heute Abend noch einmal kommen, damit wir ein Phantombild anfertigen? Zunächst mal nur für unseren internen Gebrauch. Denn nur weil der sich für den Göll interessiert, muss er noch kein Mörder sein. Aber sein verdächtiges Verhalten. Das könnte trotzdem ein Hinweis sein, dass dieser Mann für uns interessant ist.«

Die Kripo Berchtesgaden verfügt über eine Software, die hilft, Phantombilder anzufertigen. Luisa hat dazu eine Fortbildung besucht. Mit Krumbacher will sie ein solches Phantombild zeichnen. Neben dieser physischen Zeichnung versuchen die Ermittler auch, ein psychisches Profil des Täters zu erarbeiten. Dazu gibt es jetzt viele Hinweise.

Auf der Autofahrt zum Dokumentationszentrum auf dem Obersalzberg tragen sie einige Mosaiksteine für ein solches Täterprofil zusammen. Ein anderes Zeitfenster haben sie nicht. Krumbacher war lange bei ihnen.

»Der Mörder von Gernot muss eine starke Wut, ja einen Hass auf ihn verspürt haben«, beginnt Luisa. »Dafür sprechen die ausgeprägten Würgemale am Hals sowie das Hinabwerfen der Leiche ins Endstal.«

»Er hat ihn verfolgt. Morgens am Parkplatz in der Nähe des Dokumentationszentrums hat er ihn beobachtet und ist im gebührenden Abstand hinterhergegangen. Wenn er nicht von ihm selbst erfahren hat, dass er an diesem Morgen auf den Mannlsteig geht, hat er ihn beschattet.«

»Er hat Bergschuhe dabeigehabt und vermutlich wie Gernot Gruber auch Klettergurt und Karabiner. Demnach war er auf eine solche Tour vorbereitet. Der Täter ist durchtrainiert und klettererfahren.«

»Wir müssen die Nachbarn von Gernot befragen, ob sie etwas Auffälliges bemerkt haben. Ein Auto, einen Stalker.«

»Okay, Luisa. Ich ruf mal schnell eine unserer Streifen an, damit sie sich bei den Nachbarn von Gernot Gruber wegen dem schwarzen Golf umhören.«

Am Dokumentationszentrum angekommen, steuern sie direkt zum Büro von Dr. Fridolin Täubner. Heute wird er ihnen nicht auskommen.

Kapitel 30 • Eine Art Geständnis

Dokumentationszentrum, Montag, 28. Juni

Täubner knickt sofort ein. Was will er auch gegen seine Fingerabdrücke im Lift sagen? Die Spurensicherung hat sie am Morgen nach Golo Grubers Verschwinden im Lift gefunden. Ebenso wie auf Gernot Grubers Visitenkarte, die Simon ihm hingehalten hat. Von einem Anwalt spricht Täubner nicht mehr. Er gibt bereitwillig sein Einverständnis zum Speicheltest, um durch einen DNA-Abgleich mit den Spuren im Lift das Ergebnis noch sattelfester zu machen.

»Ich werde ab jetzt mit Ihnen kooperieren«, gibt er sich geläutert. Dem Wissenschaftler mit Kaufrausch, Antiquitätenfaible und Motorradsucht geht offenbar die Düse. So erzählt er von jener Nacht, als das Gruber-Imperium seinen ersten Häuptling verlor.

Wie vermutet, hat Täubner die grüne NSU bei Adler abgeholt. Adler hatte ihm den Deal mit Golo vermittelt. Der Antiquitätenhändler selbst wollte diese Aufgabe für Golo nicht übernehmen. Ihm war es zu heikel, nachts eine solche Fahrt auf der gefährlichen, schmalen Straße zum Kehlstein zu übernehmen. Die Blutabnahme hätte er ohnehin nicht durchführen können. Dafür brauchte es jemanden mit entsprechender Qualifikation. Ein Rettungssanitäter war da genau richtig. Als solcher hatte sich Täubner bei einem Besuch in Adlers Antiquitätenschuppen entpuppt. Denn Adlers Vater war kollabiert. Nur ein kleiner Schwächeanfall. Täubner kümmerte sich um ihn, maß den Puls und empfahl ihm schließlich, Bohnenkaffee zu trinken. Bald schleppte sich der Alte wieder am Stock über den Hof. Einen Rettungssanitäter, den brauchte Golo für seinen Plan. Für Täubner hatte es auch einen riesigen Vorteil. Nach gelungener Aktion verfügte er über eine beträchtliche Summe, natürlich von Golo unter der Hand bar ausgezahlt. Mit diesem Geld würde er sich bei Adler mit Antiquitäten und einem alten Motorrad eindecken. Pikanterweise war es auch Adler, den Golo Gruber angewiesen hatte, Täubner das Geld auszuhändigen. Das sollte über kein Konto laufen.

»Haben Sie das Geld schon erhalten?«, unterbricht Luisa seinen Bericht, der einem Geständnis gleichkommt.

»Nein, noch nicht. Wir wollten erst etwas Gras über die Sache wachsen lassen. So hatte ich es mit Adler abgesprochen.«

»Gut, erzählen Sie weiter.«

Täubner behauptet, er habe vor dem nächtlichen Vorhaben nur einen einzigen direkten Kontakt mit Golo Gruber gehabt. Wenn man von der Begegnung absieht, als es um die Vergabe des Hotels zum Türken ging. Bei der anderen Begegnung habe er Golo so viel Blut abgenommen, wie möglich war, ohne die Gesundheit zu gefährden. Gruber habe eine spezielle Kühlbox und Konserven mitgebracht, in die sie das Blut gefüllt hätten.

Alles Weitere lief über Adler. Der habe ihm absolutes Stillschweigen auferlegt. Er habe nur gewusst: Gruber kommt mit seinem Porsche zu dem Waldstück in der Nähe des Dokumentationszentrums. Dort solle er, Täubner, Golo Gruber um dreiundzwanzig Uhr mit der NSU abholen. Am Porsche angekommen, traf er auf einen fluchenden Milchfabrikanten. Er hatte den Schlüssel seines Porsches in den Wald geworfen, aber einen Teil der Blutkonserven im Auto vergessen. Voller Wut zertrümmerte er die Scheibe des eigenen Porsches mit einem großen Stein und zischte etwas von: Das ist sowieso alles egal jetzt!

Sie seien dann die Kehlsteinstraße hochgefahren. Gruber habe auf seinem Schoß die Kühlbox gehalten. Auch habe Gruber einen Schlüssel für das Tunnelportal und den Lift dabeigehabt. Er habe aufgeschlossen, sie seien zum Lift vorgegangen. Es sei dunkel und kalt gewesen. Nachdem das Licht im Lift an war, habe Gruber begonnen, das Blut aus den Konserven überall hinzuspritzen. Er, Täubner, habe draußen unter der Mosaikkuppel warten müssen.

»Warum glauben Sie, hat Gruber all diesen Aufwand betrieben?«, unterbricht ihn Simon.

»Weil er ein Zeichen setzen wollte? Für die, die sein Blut entdecken, sein Auto? Ich weiß es nicht. Ich durfte weder ihm noch Adler Fragen dazu stellen.«

Täubner fährt fort. Nach der Blutaktion im Lift habe Gruber es eilig gehabt. Sie hätten die jetzt leeren Blutkonserven wieder in die Kühlbox geworfen, den Lift und das Tunnelportal verschlossen und seien dann mit dem Motorrad wieder zum Parkplatz des Dokumentationszentrums gefahren.

»Und dann? Ich meine, wie sind Sie auseinandergegangen?« Simon ist sehr gespannt.

»Dann? Dann hat Gruber mich angeherrscht, ich solle sofort ins Tal fahren und das Motorrad bei Adler abstellen. Und natürlich niemandem von den Vorgängen in der Nacht erzählen.«

»Und was ist dann aus Gruber geworden?« Auch Luisa ist ungeduldig.

»Ich weiß es nicht. Keine Ahnung. Er ist allein auf dem Parkplatz zurückgeblieben. Allerdings hat er noch beim Herabfahren auf dem Motorrad eine Nachricht in sein Handy getippt. Als ich dann die kurvenreiche Straße des Obersalzbergs hinuntergefahren bin, ist mir ein schwarzer VW-Bus entgegengekommen.«

»Konnten Sie irgendwelche Gesichter sehen? Das Autokennzeichen?«

»Ich habe nur erkannt, dass der Bus ein Münchner Kennzeichen hatte.«

»Mehr nicht?«

»Nein, mehr nicht.«

Simon und Luisa schauen vor sich hin. Sie fragen sich, ob Täubner die Wahrheit gesagt hat und was das für die weiteren Ermittlungen bedeutet.

»Noch eine Frage.« Simon ist aufgestanden und schaut aus dem Fenster auf den Besucherparkplatz. »Die drei Autos mit den Nürnberger Kennzeichen, waren die um dreiundzwanzig Uhr noch hier? Oder haben Sie die erfunden, um uns auf eine falsche Fährte zu lenken? Haben Sie mit Gruber deswegen auf dem Buswendeplatz noch ein kleines Feuerchen entfacht?«

Täubner läuft rot an, fängt wieder an zu schwitzen. Sein früheres Lügen lässt sich nicht mehr abstreiten. Von wegen, er sei nach Hause gefahren und die hätten noch dagestanden.

»Die«, so räumt er jetzt ein, »die sind so um halb elf gefahren. Das war mit ein Grund, warum ich mich mit dem Unternehmer erst um dreiundzwanzig Uhr getroffen habe. Adler hatte mir gesagt, ich solle ihm eine Nachricht schicken, wenn auf dem Parkplatz alles leer sei.«

Simon und Luisa verabschieden sich. Zweifel bleiben. Könnte ja sein, er bindet ihnen einen Riesenbären auf. Aber dazu müsste er ein Profi-Betrüger und Meister-Lügner sein. So wirkt er nicht. Er macht eher den Eindruck eines nie wirklich erwachsen Gewordenen, eines verspielten Anhängers alter Sachen, eines sicher guten Wissenschaftlers jenseits von Gut und Böse. Eines Mannes, der einfach nur mal schnell leichtes Geld machen wollte.

Kapitel 31 • Geldsegen

Grubermilch AG/Haus Brunner,
Montag, 28. Juni

Die Sonne steht im Zenit und heizt das Berchtesgadener Tal auf. Die Temperaturen auf den Bergen sind etwas niedriger, angenehmer. Aber über der Baumgrenze brennt die Sonne unerbittlich. Viele Menschen sind in den Berchtesgadener Alpen unterwegs, mit Strohhüten und Basecaps gegen einen Sonnenstich gewappnet. Die Berge bieten Erholung, einen Schuss Abenteuer und auf den Almen frische Milch, Radler, Leberknödelsuppe. Tief unten im Tal läuten die Glocken der Berchtesgadener Kirchen zum Mittagsgebet.

Walker wollen die Ermittler am Abend aufsuchen, wenn überhaupt. Ob sie von ihm tatsächlich den Namen des Mannes erfahren, den Krumbacher für den Mörder von Gernot Gruber hält, ist ungewiss. Der hat die Anmeldung für Walkers Kräuterexkursion ja wahrscheinlich über Horst Adler vorgenommen. Wenn jemand den Namen kennt, dann der Antiquitätenhändler. Aber schon wieder zu Adler zu fahren, um dann doch nichts zu erfahren, das steht nicht auf Platz eins der To-do-Liste der Ermittler. Also fahren sie zur Grubermilch AG, nachdem sie sich erkundigt haben, ob Greta Gruber in der Firma ist.

Greta ist auch heute sichtlich angefasst. Sie ist blass, wirkt ängstlich. Während sie mit den Ermittlern spricht, schaut sie ständig besorgt aus dem Fenster auf das Betriebsgelände. Es hat den Anschein, als sehe sie überall potenzielle Mörder um die Ecke kommen.

Simon kommt gleich auf den entscheidenden Punkt.

»Eine Frau Brunner hat uns besucht und so etwas wie ein Geständnis abgelegt, Frau Gruber.«

Beim Namen Brunner hat Greta versucht, keine Regung zu zeigen. Beide Ermittler haben aber ein nervöses Zucken um die Mundwinkel registriert.

»Sie kennen Frau Brunner? Jana Brunner?«

Greta kaut auf den Lippen, streicht sich die Haare zurück.

»Gut, es hilft ja nicht, das abzustreiten«, sagt sie schließlich. »Was hat sie Ihnen erzählt?«

»Dass sie Geld von Ihnen möchte. Frau Brunner hat Sie und Ihre Brüder schon mehrfach dazu aufgefordert.«

»Ja, das stimmt.«

Simon will Greta nicht direkt nach dem Grund für die Zahlungen fragen. Dann weiß sie, dass Jana Gruber nichts verraten hat, und wird auch ihrerseits schweigen.

»Finden Sie die Forderungen wirklich so unbegründet, Frau Gruber? Wie würden Sie sich denn an Frau Brunners Stelle verhalten?«

Greta schaut wieder ängstlich auf das Betriebsgelände. Der Mord an ihrem Bruder hat sie, bei allen Differenzen mit ihm, emotional aus dem Gleis geworfen. Eine tiefe Lebensangst hat sich ihrer bemächtigt. Sie schaut, nein sie starrt jetzt auf den Boden, denkt dabei aber auch scharf nach.

»Ich glaube nicht, dass Frau Brunner etwas von dem Grund für die Zahlungen erzählt hat.« Sie geht Simon nicht auf den Leim.

»Warum glauben Sie das? Weil sie sich nicht um ihre Finanzquelle bringen will?«

»Ist doch egal. Von mir werden Sie es jedenfalls nicht erfahren.«

»Auch nicht, dass Ihr Vater ein uneheliches Kind …«, versucht es Simon, wird aber von Greta barsch abgewiesen. Sie verlangt, er möge respektieren, wenn sie ihm den Grund nicht sage. Sie habe da ein Versprechen gegeben, ihre Brüder auch. Aber sie sei in einem Punkt mit ihren Brüdern einig: Irgendwann hätte jede Entschädigung ein Ende. Für sie alle drei sei das mit dem Tod ihres Vaters der Fall gewesen. Darum hätten sie alle weiteren Forderungen von Jana Brunner entschieden abgewiesen.

Simon fällt ein, dass sie immer noch Golo Grubers PC zur Auswertung haben. Der IT-Kollege aus Rosenheim hat die Dateien auf eine externe Festplatte geladen, auch den Mailverkehr. Sie werden so bald wie möglich nach dem Namen Jana Brunner suchen. Wenn es Mailverkehr zwischen den Grubers und Jana Brunner gab, wird dort vielleicht auch etwas über den Grund für die Zahlungen zu finden sein.

»Frau Gruber, haben Sie eine Erklärung, warum Ihr Bruder Gernot morgens um halb sechs schon auf den Kehlstein und dann zum Göll gestiegen ist?«

»Weil er ein begeisterter Kletterer war. Er hasste es, wenn die Steige so überfüllt waren. Für Bergsteiger ist halb sechs keine frühe Zeit, wenn Sie wissen, was ich meine.«

Simon überlegt, ob ihn die Unternehmerin bewusst treffen will. Er ist erfahrener Bergsteiger und ausgebildeter Polizeibergführer. Aber für persönliche Eitelkeiten ist jetzt keine Zeit.

»Ist klar, Frau Gruber«, sagt er ruhig. »Aber der Kehlstein und der Göll sind für richtige Bergsteiger eher zum Trainieren da. Lassen Sie mich so fragen: Warum geht Ihr Bruder auf den Kehlstein, wenn dort noch niemand ist? Kein Klaus Brunner, Sohn von Jana Brunner und Liftwart. Kein Personal des Gasthauses. Nur ein Alpenschamane, der dort oben übernachtet. Was treibt Ihren Bruder Gernot dorthin, wo Ihr Bruder Golo knapp fünf Wochen zuvor spurlos verschwunden ist? Macht Sie das nicht stutzig?«

Greta hat die Brille abgezogen und spielt mit einem Bügel an ihren Lippen.

»Doch. Das frage ich mich auch. Warum wird gerade dieser Berg, der Kehlstein, zum Schicksalsberg meiner Brüder? Dieser Berg, der so eine reiche und zum Teil schlimme Geschichte hat. Fragen Sie doch mal meine Mutter. Die fördert den Trachtenerhaltungsverein, der sich nach diesem Berg nennt.«

»D'Kehlstoana?« Einige aus Simons Abiturklasse haben dort mitgemacht.

»Ja, genau. Ist die Leiche meines Bruders mittlerweile von der Gerichtsmedizin freigegeben? Ich muss mich ja um die Beerdigung kümmern.«

»Noch nicht. Aber Sie werden sofort informiert, wenn es so weit ist.«

»Haben Sie irgendeinen Hinweis, wer das Grab meines Vaters zerstört hat?«

»Auch das wissen wir noch nicht. Dürfen wir die Frage an Sie zurückgeben? Haben Sie einen Verdacht?«

»Absolut nicht. Aber ich habe wirklich Angst. Zwei Brüder in kurzer Zeit verschwunden beziehungsweise tot. Das Grab meines Vaters zerstört.«

»Und ein Angriff auf den Liftwart des Kehlsteins, Klaus Brunner. Aber wie der in die Kette zu Ihren Brüdern und Ihrem Vater passt, dafür haben Sie auch keine Erklärung, oder?«

»Nein, ist mir ein Rätsel.«

Simon und Luisa verabschieden sich. Während sie zur Familie Brunner fahren, spekulieren sie, was das große Geheimnis der Gruber-Geschwister und von Jana Brunner sein könnte. Ein Verbrechen? Ist Jana Brunner Zeugin einer Tat von Hermann Gruber geworden? Weiß sie etwas über Betrügereien der Grubermilch AG? Aber wie sollte so eine einfache Frau an so ein Geheimnis kommen? Es bleibt schleierhaft. Dass Hermann Gruber mit Jana ein Kind gezeugt hat, streiten sie und Greta heftig ab. Zu heftig? Sind die beiden so gute Lügnerinnen?

•••

Die Brunners wohnen in einem heruntergewirtschafteten Haus an der Bundesstraße zum Königssee. Erst nach dreimaligem Klingeln öffnet ihnen Jana. Laut Melderegister wohnen im Haus noch ihr Mann und Patrick, der zweite Sohn neben Klaus.

Jana bittet sie ins Wohnzimmer. Ein ehemals olivgrünes abgewetztes Sofa, eine zerkratzte Stehlampe aus den Fünfzigerjahren mit Kordelschnur, ein lausiger Hundekorb mit einer gähnenden Promenadenmischung – Reichtum sieht anders aus.

»Haben Sie noch Fragen?« Jana Brunner ist verwundert über ihren Besuch, auch beunruhigt. »Ich bin allein zu Hause. Ich hab Ihnen eins nicht gesagt. Meine Söhne, die wissen nichts von den Zahlungen der Grubermilch AG. Auch nichts von meinen Forderungen. Bitte erzählen Sie es ihnen nicht.«

Luisa schüttelt leicht den Kopf. »Das können wir Ihnen nicht versprechen. Sie haben die Grubermilch erpresst. Warum auch immer. Wir werden die Staatsanwaltschaft informieren. Die wird gegen Sie ermitteln, auch ohne Anzeige der Gruber-Geschwister. Spätestens dann wird alles öffentlich. Es ist naiv von Ihnen zu glauben, das könnte Ihren Söhnen verborgen bleiben. Weiß denn Ihr Mann von Ihren Erpressungen?«

»Nein, nicht wirklich. Er weiß nur, dass ich einmal im Jahr eine Zahlung der Grubermilch AG bekommen habe. Das ging nicht über ein Konto. Ich bekam es in bar. Von einem Mitarbeiter der Firma.«

»Wollen Sie uns nicht sagen, wie hoch der Betrag war?« Luisa lächelt sie an. »Wir bekommen das in wenigen Stunden ohnehin raus. Wollen Sie uns diesen Aufwand nicht ersparen? Sie halten die Situation mit dem Anschlag auf Klaus und dem Mord an Gernot Gruber nicht mehr aus. Also helfen Sie uns etwas, bitte!«

»Na gut, es waren immer einhunderttausend.«

Luisa ist das Erstaunen anzusehen. Auch Simon zieht die Augenbrauen hoch.

»Einhunderttausend, Frau Brunner? Das muss ja ein sehr wichtiges Geheimnis sein, das Sie da hüten. Wie lange haben Sie das Geld denn bekommen?« Luisa schaut sie weiter freundlich an.

»Lange.«

»Geht es noch ein bisschen genauer?«

»Das muss ich Ihnen nicht sagen. Ich habe gehört, die Banken heben Unterlagen nur zehn Jahre ...«

»Okay, also über zehn Jahre. Frau Brunner, glauben Sie uns, wir werden einen Weg finden, das herauszufinden.«

Jana Brunner ringt mit sich. Sie hat die Hände flach auf ihre Ohren gelegt, als wolle sie nichts mehr hören. Dann platzt es aus ihr raus: »Mehr als dreißig Jahre.«

Simon und Luisa sind verblüfft. So viel Geld über so lange Zeit. Warum nicht ein Einmalbetrag am Anfang, sondern diese jährlichen Zuwendungen? Sieht aus wie eine Alimentierung. Simon hält der gesprächsführenden Luisa im Handy den Auszug aus dem Melderegister hin. Klaus ist Jahrgang 1981, Patrick, der andere Sohn, 1985. Beide sind also deutlich über dreißig Jahre alt.

»Wenn Sie so viel Geld über so einen langen Zeitraum bekommen haben«, spricht Luisa jetzt weniger freundlich als entschieden, »dann ist entweder Klaus oder Patrick ein Kind von Hermann Gruber.«

»Nein, hören Sie damit auf, bitte!« Jana kommen die Tränen, »Sie dürfen mir so etwas nicht unterstellen. Ich will zu den Gründen einfach nichts sagen.«

»Okay. Sagen Sie uns, wann wir Ihren Sohn Patrick und Ihren Mann sprechen können.«

»Aber warum wollen Sie denn ...«

»Frau Brunner, wir können die beiden auch vorladen. Dann werden die noch viel argwöhnischer, was Sie betrifft.«

»Mein Mann, den können Sie ja befragen. Aber Patrick wird doch völlig verunsichert.«

»Also laden wir ihn vor?«

»Nein. Der Patrick kommt so gegen sechs Uhr von der Arbeit heim. Mein Mann ist gestern verreist. Dienstlich. Er macht eine Schulung am Hauptsitz der Elementaria Versicherungen in Aachen. Der kommt erst morgen am Nachmittag oder Abend wieder.«

»Gut, dann schauen wir heute Abend noch mal bei Ihnen vorbei, wenn Ihr Sohn da ist.«

Simon und Luisa verlassen das Haus, beratschlagen sich kurz. Sie entscheiden sich, doch noch einmal kurz Horst Adler aufzusuchen und ihn wegen Walkers Kräuterexkursion zu befragen. Zu Walker auf den Kehlstein zu fahren, dazu fehlt ihnen die Zeit. Außerdem wissen sie nicht, ob sie ihn antreffen. Kann ja sein, dass er wieder den Kräuterich gibt.

Da klingelt Simons Telefon. Es ist Dr. Matthias Herfurt. Rechtsanwalt für Strafrecht und Liebhaber von Cynthia Gruber.

Kapitel 32 • Der Blutlift

Mitterbach/Marktplatz, Montag, 28. Juni

Herfurt berichtet, Cynthia habe in der Tiefgarage eine erstaunliche Entdeckung gemacht. Hinter den Ersatzrädern und anderem Zubehör mehrerer Oldtimer sei eine metallene Kiste versteckt gewesen.

Simon und Luisa erinnern sich an die Tiefgarage von der Größe eines Fußballfeldes, in die sie bei der Durchsuchung einen kurzen Blick geworfen hatten. Darin stand ein halbes Dutzend edler Karossen aus dem vorigen Jahrhundert. Rechnete man die Oldtimer in Adlers Scheune hinzu, verlor man schon fast den Überblick über Golos Oldtimer-Imperium. Cynthia und ihr Liebhaber mussten gezielt nach etwas gesucht haben, denn die Ersatzteilecke sah aus, wie eine Ersatzteilecke eben aussieht. Viele Kisten mit alten Autolampen, Keilriemen, Türgriffen. Dort rein zufällig eine Kiste mit völlig anderem Inhalt zu finden war eher unwahrscheinlich.

Ein wenig ärgert sich Simon über sich selbst. Er war es, der den Leuten von der Spurensicherung gesagt hatte, sie sollten sich auf die Wohnräume konzentrieren. Jetzt macht Golo Grubers Frau Cynthia gemeinsam mit diesem undurchschaubaren Anwalt den Fund. Eventuell belastende Dokumente dürften sie mittlerweile beseitigt haben.

Oder aber sie haben Golo belastende Dokumente in diese Metallkiste hineingeschmuggelt.

»Was ist denn nun in der Metallkiste?« Simon ist ungeduldig.

»Strafrechtlich relevante Dokumente«, führt Herfurt aus. »Golo Gruber hat an den Geschwistern und den Aufsichtsgremien vorbei Geschäfte in Russland betrieben. Seit etwa zwei Jahren hat er dort in einen großen Molkereibetrieb investiert. Das Geld floss über die Schweiz und andere Kanäle nach Russland. Gegen die Personen, mit denen er dort verhandelt hat, liegen internationale Haftbefehle vor. Ich habe das über meine Kanäle als Anwalt überprüft.«

»Warum hat Golo Gruber das Ihrer Meinung nach auf diesem Wege gemacht? Ich meine, so an der Grubermilch AG vorbei und illegal?«

»Nun, weil … Also reden wir nicht um den heißen Brei herum. In der Kiste haben wir auch viele Fotos von einer sehr jungen Frau gefunden. Die ist höchstens Mitte zwanzig. Die Fotos sind teilweise kompromittierend …« Herfurt räuspert sich. »Sie wissen, was ich meine?«

»Nein«, sagt Simon, obwohl er es aufgrund der Dateien in Golos Computer ahnt. Aber er will es von Herfurt selbst hören.

»Es handelt sich um Aktfotos, zum Teil sind die Fotos obszön. Die junge Frau heißt Anna, ist Russin und lebt in London. Golo Gruber ist ihr auf den Leim gegangen. Sie hat ihm Avancen gemacht und etwas von der großen Liebe erzählt. Und der alte Trottel … ich meine Golo Gruber hat ihr das geglaubt. Für diese Anna und ihre Familie hat er all diese Aktivitäten in Russland entwickelt.«

»Woher wollen Sie denn wissen, dass er auf sie hereingefallen ist? Die beiden können sich doch auch ganz einfach lieben.«

»Pffft«, entfährt es Herfurt, »weil meine Mitarbeiter das überprüft haben. Die Dame gehört zu einem Unternehmen, das schon mehrere bekannte oder wohlhabende Persönlichkeiten hinters Licht geführt hat. Zum Beispiel den österreichischen Politiker, der sich in einer Finca auf Ibiza um Kopf und Kragen geplaudert hat. Seine Gesprächspartnerin war eine junge Russin. Sie gehört demselben Unternehmen an wie diese Anna.«

Simon schaut auf die Uhr, dann zu Luisa. Sie gibt ihm ein Zeichen, dass sie aufbrechen müssen. Simon bittet Herfurt, die Kiste stehen zu lassen. Sie würden noch heute vorbeischauen.

•••

Adler ist, wie gewohnt, maulfaul. Vielleicht kennt er die Namen der Kräuterschüler wirklich nicht.

»Wenn die bar bezahlen, wozu sollte ich mir deren Namen notieren?«

»Vielleicht fürs Finanzamt?« Luisas spontaner Einfall überrascht Adler kurz. Er schaut, als habe er Walkers Aktivitäten noch nie mit dieser Behörde in Verbindung gebracht. Er zieht es vor, Luisas Einwurf mit Schweigen zu quittieren.

»Wann haben die Männer sich angemeldet?«

»Am Mittwoch in der Früh.«

»Also am Tag von Gernot Grubers Tod. Am Tag der Exkursion.«

»Ja, na und?«

»Können Sie uns die Männer denn wenigstens beschreiben? Alter, Größe, Haarfarbe?«

Adler rollt mit den Augen.

»Ja mei, von den drei Angemeldeten habe ich den einen gekannt. Den vom Tierheim.«

»Arno Krumbacher«, ergänzt Simon.

»Ja, und dann war nur noch ein anderer hier. Der hat für zwei Personen gezahlt. Der war schon älter. Vom Sehen kannte ich den schon. Aber Namen, mei, damit hab ich es nicht so.«

»Was heißt älter?«

»Na so fünfzig, sechzig.«

»Und das Aussehen?«

»Ich kann mir keine Gesichter merken.«

»Größe?«

»Normal.«

Simon und Luisa geben es auf. Aus Adler ist nicht mehr herauszuholen. Ob er wirklich so unfähig ist, die Exkursionsteilnehmer zu beschreiben, oder ob er sie aus irgendwelchen Gründen schützen will – sie werden es so schnell nicht herausbekommen.

•••

Sie suchen Eva Gruber in ihrem Haus am Marktplatz auf. Die alte Dame ist ganz in Schwarz gekleidet. Die Trauer um ihren verstorbenen Sohn Gernot und das ungeklärte Verschwinden von Golo hat sich tief in ihr Gesicht gegraben. Die Wangen sind aschefarben, knittrig, die Augen leer und ausdruckslos. Mit einer müden Handbewegung bittet sie die Kriminalbeamten ins Wohnzimmer, wo gerade eine Standuhr aus schwerem Holz die volle Stunde schlägt.

»Frau Gruber«, Simon beugt sich vom barocken Stuhl mit den Lehnen zu der alten Dame vor, »wir möchten Ihnen unser Beileid über den Tod Ihres Sohnes Gernot aussprechen.«

Sie nickt fast unmerklich, ihre Hände zittern.

»Wir möchten den Mörder Ihres Sohnes finden. Darum haben wir ein paar Fragen an Sie.«

Die Angesprochene rührt sich nicht. Simon fragt sie nach Gernots Privatleben. Ob er irgendwelche Feinde gehabt habe. Auch welche von früher her. Eva Gruber kann ihnen nicht weiterhelfen. Sie zuckt nur mit den Schultern. Auch weil es solche Intimfeindschaften vielleicht gar nicht gab. Simon schwenkt zu Jana Brunner über. Wie sie Hermann Gruber und dann die Kinder erpresst hat.

»Haben Sie davon gewusst, Frau Gruber?«

Sie schweigt, schaut zur Wanduhr, wischt sich die Augen mit einem bestickten Taschentuch trocken.

»Ja, meine Kinder haben es mir vor zwei, drei Jahren erzählt.«

»Ah ja. Und Ihr Mann hat Ihnen nie was davon gesagt?«

»Nein, hat er nicht.« Eva Gruber ist die Situation unangenehm. Die Hände zittern stärker.

»Was, glauben Sie, war der Grund für die Zahlungen? Oder kennen Sie ihn vielleicht?«

»Darüber möchte ich nicht reden.«

Verdammt!, denkt Simon und hätte das Wort beinahe laut ausgestoßen. Überall diese Firewall des Schweigens, wenn es um dieses Thema geht.

»Sie haben uns beim letzten Mal erzählt, Ihr Mann wollte unbedingt eine Tochter haben. Viele Jahre haben

Sie sich bemüht, dann kam für alle überraschend noch Greta.«

»Ja, das stimmt.«

»Und dass Gretas Vater noch weitere Kinder hatte, daran haben Sie nie gedacht?«

Die zierliche Frau richtet sich in ihrem Stuhl auf, nimmt Haltung an. »Ich bitte Sie, solche Äußerungen zu unterlassen. Das sind Unterstellungen. Mein Mann ist tot. Es geziemt sich nicht, über Verstorbene solche schlechten Dinge zu reden.«

»Gut, Frau Gruber, wechseln wir das Thema. Haben Sie eine Erklärung, warum das Schicksal Ihrer beiden Söhne so unmittelbar mit dem Kehlstein verbunden ist?«

»Ich habe eine tiefe Beziehung zum Kehlstein. Deswegen fördere ich auch D'Kehlstoana. Den Trachtenverein. Die feiern dieses Jahr ihr einhundertjähriges Bestehen.«

»Das finde ich schön, Frau Gruber. Aber was ist denn der Grund für Ihre Beziehung zum Kehlstein?«

»Der Lift steht für mich immer im Zeichen des Blutes. ES IST FÜR MICH IMMER DER BLUTLIFT!«

Ein Satz, wie in Stein gemeißelt. So hat sie ihn auch ausgesprochen. Langsam, mit Pathos, abschließend. Kein weiteres Wort sagt sie mehr. Sie erhebt sich und geht stumm zur Tür, die sie den Besuchern offen hält. An nonverbaler Klarheit ist das nicht zu überbieten: Gehen Sie, meine Dame, mein Herr von der Polizei! Erinnern Sie mich nicht mehr an den Blutlift!

Kapitel 33 • Ein Geheimnis wird gelüftet

Haus Brunner, Montag, 28. Juni

Patrick Brunner ist scheu wie ein Reh. Er hat einen etwas unterwürfigen Blick, schaut schräg von unten das Gegenüber an. Aber meist hält er dem Augenkontakt nicht stand. Im Unterschied zu seinem Bruder ist er schlank, athletisch. Als er zum ersten Mal etwas sagen will, fällt ihm seine Mutter sofort ins Wort. Sie führt aus, was er ihrer Meinung nach sagen möchte. Sie haben keine Wahl und fordern Jana Brunner auf, den Raum zu verlassen. Auch soll sie in den ersten Stock gehen, damit sie nicht an der Tür mithört.

Simon und Luisa haben in der Zwischenzeit eine wichtige Information von den Kollegen der Streife erhalten. Ein Nachbar von Gernot Gruber hat einen schwarzen Golf mehrere Abende lang gegenüber von Gernots Haus parken gesehen. Das Auto sei ihm vom Küchenfenster aus aufgefallen, weil ein Fahrer drinsaß, stundenlang. Da es meist schon dämmerte oder dunkel war, habe er den Fahrer im Licht der Straßenlaterne nur in Umrissen erkannt. Das Kennzeichen habe er sich nicht gemerkt, außer dass es ein Berchtesgadener war. Er habe sich zwar gefragt, was der Mann in dem Auto mache.

Der telefoniere vielleicht, warte auf jemanden oder sei zwischendurch auch mal in einem Haus gewesen, habe er sich dann gesagt. Die Kollegen haben bereits alle Halter von schwarzen Golfs im Berchtesgadener Land auf folgende Namen hin untersucht: Adler, Brunner, Krumbacher, Walker, Gruber, Täubner. Einmal hat es Bingo gemacht: bei Patrick Brunner. Er ist Besitzer eines schwarzen Golfs.

Einen solchen Golf hatte ein Wohnmobilbesitzer vom Parkplatz des Dokumentationszentrums aus beobachtet. Der Fahrer ist zu früher Stunde hinter Gernot Gruber in den Wald gegangen. Vermutlich hat er den Fußweg zum Kehlstein genommen. Er könnte Grubers Mörder sein. Aber was sollte Patrick Brunner für ein Mordmotiv haben? Laut Aussagen seiner Mutter weiß er nichts von den seit mehr als dreißig Jahren erfolgenden Zahlungen der Grubermilch AG an die Familie.

Sie fragen Patrick, ob er Gernot Gruber gekannt habe. Er schüttelt den Kopf. Ob er Golo gekannt habe. Er schüttelt den Kopf. Ob er sich erklären könne, wer auf seinen Bruder einen Anschlag verübt habe. Er schüttelt den Kopf.

»Können Sie nicht reden?«, fragt ihn Luisa etwas genervt.

»D-d-d-doch.« Luisas Wangen verfärben sich. Sie konnte ja nicht wissen, dass Patrick einen Sprachfehler hat. Trotzdem ist es ihr sichtbar peinlich.

»Wann waren Sie zum letzten Mal auf dem Kehlstein?«, übernimmt Simon.

»V-v-vor K-k-kurzem. Ich war auf e-e-einer E-e-e-…«

»Einer Exkursion?«, erlöst ihn Simon.

»J-j-ja.«

»Für Kräuter.«

Patrick zieht es vor, nur zu nicken. Was muss der für ein leidensvolles Leben haben, denkt sich Simon. Ist doch fürchterlich, wenn man so stottert. Patrick wird auch wenig Freunde haben, wenn überhaupt. Das Mitleid hält nur kurz an. Dann besinnt er sich. Sie haben es mit einem Mord zu tun. Patrick ist verdächtig. Zu den beiden anderen Teilnehmern der Kräuterexkursion kann oder will Patrick nichts sagen. Sie beenden das Gespräch und bitten ihn, seine Mutter zu rufen. Patrick bleibt oben in seinem Zimmer. Das bewohnt er seit seiner Geburt vor sechsunddreißig Jahren. Ungewiss, ob er je woanders hinzieht. Er wirkt ein bisschen zurückgeblieben. Ohne seine Eltern wäre er wohl aufgeschmissen.

»Frau Brunner, Sie decken Ihren Sohn auch nicht?« Simon schaut der Frau mit ihrer farblosen Kittelschürze direkt in die Augen. Ihr Gesicht ist fahl und grau.

»Nein, er war wirklich hier!«

»Und am Donnerstagmorgen in aller Frühe, als auf Ihren Sohn Klaus mit einer Armbrust geschossen wurde?«

»Sie wollen doch nicht behaupten, dass mein Sohn …«

»Wo war Patrick an diesem Morgen?«

»Er war immer noch hier. Sie sehen ja, dass es ihm nicht so gut geht. Er hat Migräne. Hat er öfter. Ganz schlimm.«

»Fährt noch jemand den Golf Ihres Sohnes?«

»Nein. Er nutzt ihn auch nur, um in die Arbeit zu fahren. Ansonsten ist er fast immer hier. Er tut sich schwer, Kontakte zu knüpfen. Hat keine Freunde.« Der Mutter steigen Tränen in die Augen.

»Wie stehen Ihre beiden Söhne zueinander? Vertragen sie sich gut?«

»Klaus ist ja ausgezogen. Er besucht uns nur selten. Auch er lebt zurückgezogen. Hat nur seinen Schachverein.«

Der Schachverein, schießt es Simon durch den Kopf. Der taucht auf Golos Computer immer wieder auf. Wieso nur?

»Das ist nicht die Antwort auf meine Frage. Vertragen sich Ihre Söhne?«

»Ach, das ist doch bei Geschwistern immer so. Der eine fühlt sich hier benachteiligt. Der andere dort. Man kann es nie beiden recht machen.«

»Also haben sich Ihre Söhne oft gestritten?«

»Nein, das nicht. Aber sie haben so gut wie keinen Kontakt mehr, seit Klaus ausgezogen ist.«

»Sie behaupten, Ihre Söhne wissen nichts von den Zahlungen der Grubermilch AG. Wie haben Sie denn die Erpressungsschreiben verschickt? Per Mail?«

»Nein. Ich habe die mit der Hand geschrieben. Und dann mit der Post verschickt.«

»Kann es sein, dass Klaus oder Patrick oder beide einen dieser Briefe gesehen haben? Dass Sie ihn mal unbeabsichtigt haben auf dem Tisch liegen lassen. Der Paketbote hat geklingelt. Sie sind rausgegangen …«

»Nein, das kann nicht sein … aber … aber … warten Sie mal …« Janas Gesicht versteinert. In ihr steigt irgendetwas Schreckliches aus der Erinnerung hoch. »Vor einiger Zeit habe ich mit meinem Mann Karl gesprochen. Hier im Wohnzimmer. Wir haben überlegt, ob wir aufgeben. Weil die Grubers sich strikt weigerten. Karl hat gesagt, das mit diesen Schreiben bringe nichts. Aufgeben sei besser. Die Antworten von den Grubers würden immer unverschämter. Ich habe auch einen dieser Briefe noch mal vorgelesen. Lange haben wir alles abgewogen. Sind noch mal durchgegangen, wie das alles angefangen hat. Als wir dann aufgestanden sind, um unser Abendbrot herzurichten, habe ich gesehen, wie …«

»Was, Frau Brunner?«

»Wie Patrick die Treppen hochgeschlichen ist.«

»Sie meinen, er hat mitgehört?«

»Einen Augenblick habe ich das gedacht. Aber wir hatten die Tür geschlossen. Da müsste er schon richtig gelauscht haben.«

Simon bittet Luisa, sich mit Frau Brunner zu unterhalten, und geht raus. Schließt die Tür. Wenige Sekunden später kommt er wieder rein.

»Wie oft gießen Sie die Blumen, hast du, Luisa, gefragt. Und Sie haben geantwortet, die Blumen hätten Sie in letzter Zeit vernachlässigt …«

Jana Brunner starrt Simon an. Dann hat Patrick womöglich doch alles mitgehört. Das ist allen dreien jetzt klar.

»Frau Brunner, ich frage es noch mal, wofür haben Sie die Zahlungen der Grubermilch AG erhalten? Wenn Sie nicht reden, lassen wir Ihr komplettes Haus durchsuchen. Und das geht ganz schnell, dass wir einen Durchsuchungsbefehl haben.«

Jana Brunner sackt in sich zusammen. In ihr ist etwas in Bewegung. Ihre Stirn zerfurcht wie ein Akkordeonbalg. Sie bittet die Ermittler zu schauen, ob Patrick nicht an der Tür mithört. Dann flüstert sie: »Patrick ist das Kind von Hermann Gruber und mir.«

Luisa kann sich ein leichtes Zischen nicht verkneifen.

»Ich hatte kein Verhältnis mit Hermann Gruber. Ich habe damals für eine Reinigungsfirma gearbeitet. Deswegen bin ich auch bei der Grubermilch AG nicht als Mitarbeiterin geführt. Aber ich kam an einem Abend in die Räume der Grubermilch zum Putzen. Außer mir und meiner Kollegin war niemand mehr im Verwaltungsgebäude. Sie reinigte die Räume im Erdgeschoss, ich die Büros im ersten Stock. Es war schon gegen dreiundzwanzig Uhr. Da kam ich in Hermann Grubers Büro. Er war noch da, hatte nur das Schreibtischlicht an. Meine Kollegin und ich, wir hatten gar nicht gemerkt, dass noch jemand arbeitete. Ich bin sehr erschrocken. Er kam auf mich zu, legte seinen Arm um mich. Er war etwas angetrunken, glaube ich. Er hat mir dann einen Sekt angeboten und gesagt, wir Reinigungskräfte würden zu schlecht bezahlt. Ich war damals erst fünfundzwanzig und fand das schmeichelhaft, dass der doppelt so alte Chef der großen Firma sich mit mir abgab. Er hat mir Komplimente gemacht. Mit fortschreitendem Alkoholkonsum hat er mich dann bedrängt. Er wolle unbedingt eine Tochter, hat er geredet. Ich hab mich dann irgendwann nicht mehr gewehrt. Von dem einen Mal wird schon nichts passieren, hab ich mir gedacht. Und der große Hermann Gruber begehrt mich, das hat mich halt beeindruckt.«

»Und dann ist es passiert, und Sie sind von dem einen Mal schwanger geworden?« Luisa hat die Augen weit geöffnet.

»Ja.«

»Wie hat Gruber darauf reagiert?«

»Erst wollte er alles abstreiten. Damals war das mit dem Vaterschaftsnachweis auch noch nicht so einfach wie heute. Aber dann hat er irgendwann einen Schwenk gemacht.«

»Weil Sie ihn damals schon erpresst haben!« Luisa klingt wütend.

»Nein. Ich habe es meinem Karl gebeichtet. Denn ein zweites Kind von ihm war nicht möglich. Wissen Sie, wir haben dem vorgebeugt.« Sie schaut Luisa unsicher an, wagt es dann aber, von Frau zu Frau weiterzusprechen. »Also ich habe nicht die Pille genommen, das nicht. Aber man kann auf andere Weise vorsorgen. Ein Kind von meinem Mann war zu diesem Zeitpunkt jedenfalls nicht denkbar. Deswegen meine Beichte.«

»Und wie hat Ihr Karl sich verhalten? Wie fand er es, dass Sie von einem anderen Mann schwanger waren?«

»Er hat ausgesprochen verständnisvoll reagiert. Wissen Sie, mein Karl ist nicht so einer, der einen für so einen Ausrutscher gleich in die Ecke schlägt. Er hat mir geraten, dem Hermann Gruber unsere finanzielle Situation zu schildern. Dass wir uns kein zweites Kind leisten können. Und dass wir es im Notfall darauf ankommen lassen. Vor Gericht. Immerhin gab es eine Zeugin. Die Kollegin von mir, die im Erdgeschoss der Grubermilch AG gereinigt hat. Sie wollte schauen, wo ich geblieben war. Wir waren am Eingang verabredet, aber ich war nicht gekommen. Sie hat uns zwar nicht direkt in flagranti erwischt. Aber Hermann hat sich gerade die Hose hochgezogen. Die Situation war eindeutig.«

»Und diese Kollegin haben Sie Hermann Gruber als Druckmittel präsentiert.«

Jana schweigt.

»Haben Sie Hermann dann noch öfter getroffen?«

»Nein. Nur das eine Mal. Ich habe dann sofort bei der Reinigungsfirma gekündigt.«

»Wie kam es zu den Zahlungen?«

»Ich habe einen Brief an Hermann Gruber geschrieben. Ihm ein Ultimatum gestellt.«

»Ihn also doch erpresst!«

»Was sollte ich denn tun? Hermann Gruber ließ jedenfalls seinen Fahrer zu mir kommen. Der hat das Geld in bar mitgebracht. Seitdem kamen jedes Jahr im Januar die einhunderttausend Euro auf diese Weise. Vorher derselbe Betrag in D-Mark.«

»Was, den hat er einfach in Euro übertragen? Das war ja eine Verdoppelung der Summe.«

»Ja, hat er. Ich habe mich nie wieder bei ihm gemeldet.«

Luisa schnauft durch. Simon rauft sich die Haare. Was für eine Geschichte!

»Ich hab noch eine Frage«, sagt Simon schließlich. »Warum, glauben Sie, hat Hermann Gruber so viel Geld bezahlt? Warum hat er es nicht seiner Ehefrau gebeichtet? Warum hat er sich jahrzehntelang von Ihrem Schweigen abhängig gemacht?«

»Das habe ich mich auch gefragt. Ich hab dann auch eine Erklärung gefunden. Seine Tochter Greta ist nur vier Wochen nach Patrick geboren worden. Das ist wie beim Fürsten von Monaco oder bei Arnold Schwarzenegger. Zwei Kinder, die fast gleichzeitig geboren wurden, von zwei Frauen. Für Hermann Gruber und seine Zeit wäre so etwas moralisch ein noch viel größeres Problem gewesen als für den Fürsten und den Hollywoodschauspieler heute. Im katholischen Bayern hätten sich viele von ihm abgewandt, wenn es bekannt geworden wäre. Der Vorzeigeunternehmer, vielfach ausgezeichnet vom Freistaat Bayern, schläft mit Ehefrau und Geliebter gleichzeitig. Was für eine Sauerei, hätten da viele geschimpft.

Die Grubermilch AG hätte massiven Schaden erlitten. Viel mehr als die einhunderttausend Mark im Jahr.«

»Klingt plausibel«, sagt Simon. »Ihr Patrick hat davon aber nie etwas erfahren.«

»Nein.«

»Ihr Mann aber schon. Und Klaus?«

»Na gut. Dann kann ich das auch zugeben. Der weiß es auch schon, seit er volljährig ist. Wir fanden es gut, ihn einzuweihen. Wenn wir einen Unfall gehabt hätten oder sonst wie gestorben wären, hätte niemand sonst etwas gewusst.«

»Aber den Hauptbetroffenen haben Sie außen vor gelassen.«

Jana Brunner schluchzt. Sie zittert am ganzen Körper.

»Jetzt hat er es wohl eher zufällig erfahren, Frau Brunner.«

Simon spricht nicht weiter, was er daraus folgert. Er und Luisa verabschieden sich.

Kaum im BMW, diskutieren sie heftig. Sie sind sich ziemlich sicher, mit Patrick einen Verdächtigen zu haben. Er hätte ein Mordmotiv an Golo, Gernot, Klaus: Sie alle wissen seit vielen Jahren von dem Geheimnis, von dem er ausgeschlossen war. Sind jetzt die anderen Mitwisser auch an Leib und Leben gefährdet? Patrick muss ab sofort rund um die Uhr observiert werden. Von der Kripo Traunstein fordern sie ein Auto mit zwei zivilen Ermittlern an, die das Brunner-Haus im Blick behalten. Erst als die Kollegen eingetroffen sind, machen sie sich auf den Weg. Luisa muss schnellstmöglich einen Durchsuchungsbefehl besorgen. Vor allem Patricks Golf muss auf Spuren untersucht werden. Auch brauchen sie Patricks DNA.

»Fahren wir jetzt auf die Inspektion und durchsuchen Golos Computer auf den Namen Brunner? Oder schauen wir uns die Wunderkiste von Cynthia und Dr. Herfurt an?« Luisa wirkt etwas erschöpft. Es ist mittlerweile später Nachmittag geworden.

»Wir fahren zu Cynthia Gruber«, entscheidet Simon nach kurzem Überlegen. Da sieht er auf seinem Handy zwei neue Nachrichten.

Die eine ist von Andrea.

Die andere von Corinna Pregler.

Kapitel 34 • Ein Vollstreckungsbefehl

Villa Gruber/Kripoinspektion,
Montag, 28. Juni

Hab dich gegoogelt, Simon. Hey, du bist ja ein Sheriff! Ihr habt jetzt eine eigene Kripo in Berchtesgaden. Wie cool! Und stark, wie ihr den Mord am Watzmann aufgeklärt habt.

Simon ist sehr angespannt. Da tut diese Nachricht gut, die er nur für eine halbe Sekunde überflogen hat. Er hofft, Andrea werde jetzt verstehen, wenn er nicht immer gleich antwortet. Auch im Moment ist daran nicht zu denken. Er hat so viel um die Ohren, muss sich konzentrieren. Auf dem Beifahrersitz öffnet er als Nächstes Corinnas Nachricht.

Hast du was von Michi gehört? Er geht seit Tagen nicht ans Telefon und beantwortet keine Nachrichten.

Michi, Mist, den hat er ganz vergessen. Jetzt ist auch er verschwunden. Zumindest für Corinna. Ob Simon Corinna nicht kurz anruft? Aber dafür ist gerade überhaupt keine Zeit.

Da kommt noch eine zweite Nachricht von Corinna.

Wegen Greta. Ich hab nachgedacht und in der Zeitung gelesen, was da alles die letzten Tage passiert ist. Der Mord an Gernot. Als wir Kinder mal mit unseren Eltern beim Rodeln am Obersalzberg waren, haben wir auch Greta getroffen. Ich erinnere mich, wie sie zum Kehlstein gezeigt und gesagt hat: »Dort ist der Blutlift.« LG Corinna

Der Blutlift. Das Wort hat auch Eva Gruber benutzt, Gretas Mutter. Sie hat es wohl ihren drei Kindern weitererzählt. Irgendein blutiges Geheimnis verbinden die Grubers mit dem Lift. Hat Golo deswegen den Lift zum Ort des Blutbades gewählt? Wollte er ein Zeichen setzen? Und Gernots blutiger Tod in der Nähe des Kehlsteins, hat er auch etwas damit zu tun? Kurz bevor sie das Anwesen von Cynthia und Golo Gruber erreichen, hat Simon einen Entschluss gefasst. Er wird seinen Großvater Ludwig einspannen. Der Hobbychronist Berchtesgadens soll das Geheimnis des Blutlifts lüften. Oder liften. Wenn das jemand herausfindet, dann der Opa!

•••

Die Metallkiste ist voller Fotos. Viel mehr, als die Ermittler erwartet haben. Herfurt und Cynthia sehen bewusst weg, als Simon und Luisa die Fotos durchstöbern. Tatsächlich viele Aktfotos, laszive Blicke, erotische Anmache. Dazu Briefe in Kyrillisch, Englisch. Dokumente, ein Pass von Anna, der vor wenigen Monaten abgelaufen ist.

»Der hat versucht, sie nach Deutschland einzuschleusen. Wollte sich und ihr ein Häuschen auf Wangerooge kaufen, ein Liebesnest«, kommt es von Herfurt verächtlich. Dem Melderegister zufolge ist Herfurt in Traunstein verheiratet und hat drei Kinder, von denen zwei noch im Haus leben. Der Moralanspruch, den er Golo gegenüber erhebt, gilt für ihn selbst offenbar nicht. Das kennt man ja: selbst Ehe brechen, aber andere fürs Fremdgehen verurteilen. Aber jetzt ist keine Zeit, um über die Moral eines Dr. Herfurt nachzudenken.

Luisa fragt Cynthia, ob sie diese Anna mal gesehen habe. Sie verneint das.

»Zum Glück blieb ihr das erspart«, ergänzt Herfurt, der Cynthia demonstrativ einen Arm um die Schultern legt. Das wirkt unfreiwillig komisch, weil er ein ganzes Stück kleiner ist als sie. Der graue Maßanzug spannt sich heftig. Kurz hört es sich an, als sei irgendwo eine Naht gerissen.

Gustav und Gesa kommen fröhlich die Treppe herunter, scherzen. Dann sehen sie die Ermittler in der Garage und machen eine Turbo-Wesensveränderung durch. Das Lachen erstirbt, die Mundwinkel sind wie festgetackert.

Herfurt nimmt die Ermittler zur Seite.

»Es ist noch sehr früh. Aber ich werde versuchen, Golo Gruber für tot erklären zu lassen. Das Verschollenheitsgesetz bietet Spielräume. Unser Ansatz wird die Menge des Blutes sein. Wer so viel Blut verliert, wie im Lift gefunden wurde, kann das nicht überlebt haben. Wissen Sie mittlerweile, was sich im Lift abgespielt hat?«

Simon sieht keinen Grund, Herfurt jetzt schon über das Geständnis von Dr. Fridolin Täubner aufzuklären.

»Warum wollen Sie Golo Gruber jetzt schon für tot erklären lassen?«

»Weil die Familie eine Zukunft ohne ihn braucht. Ohne seinen Schatten.«

Simon kneift die Augen zusammen.

»Haben Sie eben gesagt, die Familie braucht eine Zukunft ohne den Ehemann und Vater?«

»Ehemann? Sie sehen doch hier an den Fotos, was er für ein Drecksch… Ach, lassen wir das. Und Vater, das war er auch so gut wie nicht.«

»Immerhin hat er seiner Familie drei Millionen Euro hinterlassen.«

»Als ob man sich mit Geld Zuneigung erkaufen könnte!« Herfurt stößt einen verächtlichen Laut aus.

Auf der Rückfahrt zur Dienststelle sagt Luisa ihre Meinung zu dem Paar Herfurt-Gruber: »Die wollen die schnelle Totschreibung, damit sie Golos Konto plündern können. Und dann tun sie so, als wäre Geld unwichtig! *Als ob man sich mit Geld Zuneigung erkaufen könnte!*«

»Gut möglich, Luisa.«

Als sie im Büro ankommen, liegt eine handschriftliche Mitteilung der Wache auf Simons Schreibtisch:

Ein Arno Krumbacher war da. Wegen eines Phantombilds. Er konnte nicht länger warten und ist jetzt für drei Tage in einer Schweigeklausur in einem Kloster. Leider nicht erreichbar für euch.

»Fuck!«, schreit Luisa. »Den habe ich ganz vergessen. Wieso geht dieser Simpel jetzt ausgerechnet in eine Schweigeklausur?«

»Vielleicht hat ihm jemand gesteckt, dass er einfach zu viel redet und zu wenig sagt. Dass er besser mal schweigen soll.«

Simon und Luisa setzen sich an ihre Schreibtische, öffnen die digitalen Ordner.

»Los, Luisa, lass uns noch mal alle Spuren und Verdächtigen durchgehen. Da hat sich in den letzten Tagen ganz schön viel ergeben!«

Kommt Krumbacher als Täter noch infrage? Er war nach eigenem Bekunden zur Tatzeit in unmittelbarer Nähe von Gernot Gruber. Theoretisch könnte er auch sein Mörder sein. Er war bei der Kräuterexkursion mit Rick Walker. Von einem verdächtigen Teilnehmer hat er erzählt. Das könnte eine Finte sein, erfunden, um von sich selbst abzulenken. Tatsächlich wollte er noch mal am selben Tag, getarnt in der Vierergruppe, zum Tatort. So könnte es gelaufen sein: Mit Gernot trifft er zufällig am Mittwoch in der Frühe auf dem Mannlgrat zusammen. Sie kennen sich von den Auseinandersetzungen mit Golo am Fabriktor. Auf dem Mannlgrat setzen sie die Auseinandersetzung fort. Jetzt ohne Zeugen, unbeobachtet, ganz allein. Sie lassen den Emotionen freien Lauf, werden aggressiv. Dabei behält Krumbacher die Oberhand. Zwar ist Gernot viel durchtrainierter, aber Krumbacher ist zwanzig Jahre jünger. Er würgt Gernot, bis das Röcheln aufhört. Dann stößt er ihn in die Tiefe. Um von sich abzulenken, hat er ihnen seine langatmigen Erzählungen aufgebunden. Werke der Fantasie. Jetzt hat er sich aus dem Staub gemacht. Sie müssen auf jeden Fall herausfinden, wo dieses Kloster ist. Tut er dort schon Buße für seinen Mord?

Mindestens genauso verdächtig ist Patrick Brunner. Alle aus seinem kleinen Umfeld haben gewusst, wer sein Vater ist: Mutter, Bruder, Vater, der nur sein Stiefvater ist. Dazu die Gruber-Geschwister. Er führt ein reduziertes, eingeschränktes Leben. Tagsüber die Rohre von üblem Dreck reinigen, dann zu Mutti an den Tisch und am Abend ins Jugendzimmer. Mit Mitte dreißig. Dann erfährt er das Ungeheuerliche. Wäre es da nicht nachvollziehbar, wenn der Hass wächst wie ein Teig namens Hermann?

Was ist mit Jana Brunner? Sie kommt wohl kaum für den Anschlag auf ihren Sohn Klaus infrage. Aber die Gruber-Brüder, die dürfte sie gehasst haben. Wegen ihrer Weigerung zu zahlen. Aber war sie in der Lage, einen durchtrainierten Mann wie Gernot Gruber zu würgen? Unwahrscheinlich!

Was ist mit Cynthia und ihren merkwürdigen Kindern Gustav und Gesa? Dazu der undurchschaubare Dr. Herfurt? Waren sie das Mordquartett? Haben sie zwei Brüder ermordet und jetzt Greta im Visier, damit der ganze Kuchen der Grubermilch AG bei ihnen verbleibt? Weder Gernot noch Greta haben Familie, Kinder. In der Erbfolge sähe es für Cynthia, Gustav und Gesa also gut aus. Zumal ein versierter Jurist wie Herfurt die Mikadostäbchen geschickt positioniert, damit das Gruber-Imperium nicht zusammenbricht. Sie könnten weiter den Betrieb melken … Aber sind sie so brutal? Eher nicht, aber sie könnten jemanden beauftragt haben.

Auch nicht aus dem Schneider ist Rick Walker. Zu ihm haben sie es heute nicht mehr geschafft. Er geistert die ganze Zeit am Kehlstein rum. Als Golo verschwand, als Gernot starb, als Klaus Brunner ein Pfeil traf – immer war Walker in der Nähe. Mit seiner exaltierten Art ist er unberechenbar. Ein klares Motiv für die drei Taten ist bei ihm nicht erkennbar. Aber ist das bei psychisch auffälligen Menschen nicht meistens so?

Fridolin Täubner, sein Geständnis haben sie gehört. Was aber, wenn auch er ein begnadeter Lügner ist? Wenn er ihnen nur einen allerersten Teil der Wahrheit gesagt hat? Hat er, als Nachfolger von Jana Brunner, die Gruber-Geschwister erpresst, weil er sah, wie leicht man da an Geld kam? Aber mit was sollte er sie erpressen? Gernot und Greta, weil er wusste, wie Golo verschwunden war? Ließ er sich für diese Informationen ordentlich bezahlen? Er ist einer, der Geld absolut braucht. Wegen seiner Kaufsucht, wegen seiner Privatinsolvenz.

In den Mails von Golo Gruber finden sie nichts zum Namen Brunner. Wenn es so lief, wie es Jana beschrieben hat, werden sie auch nichts finden: Der Fahrer brachte immer eine Tasche mit vielen Scheinen. Ohne Quittung. Ohne alles. Das Geld dafür wurde von einem Schweizer Konto abgehoben. Eine Zahlung und Jana war mit ihrem Sohn wieder für ein Jahr ruhiggestellt.

Was es geben müsste, sind Janas Drohbriefe. Aber die hat sie mit der Post versandt. Die finden sich nicht in den digitalen Ordnern. Bringt also gerade nichts, das Durchforsten von Golo Grubers Dateien.

Auf Simons Rechner geht eine Mail von Belinda Korreck von der Kripo Traunstein ein.

Habe in eurem digitalen Ordner zum Fall Gruber 1 und 2 auch vom Fall Brunner 1 gelesen. Wegen des Namens dachte ich, das könnte für euch interessant sein.

Im Anhang findet sich ein Vollstreckungsbefehl aus Salzburg. Eine Rate in Höhe von dreißigtausend Euro ist seit ein paar Monaten in Verzug. Mehrfache Mahnbescheide blieben ohne Antwort. Auch eine Schadensersatzforderung ist beigefügt.

In Simons Kopf spielen die Gedanken Squash. Kaum hat er den einen Ball halbwegs verarbeitet, knallt der nächste auf ihn zu. Er muss kühlen Kopf bewahren, schnell und durchdacht reagieren. Das Spiel zu verlieren ist keine Option.

Kapitel 35 • Ludwig hat eine Idee

Schönerlehen, Montag, 28. Juni

Ein langer und aufregender Tag liegt hinter Simon. Er fährt den Weg zum Schönerlehen hoch. Bei den Großeltern brennt noch Licht in der Stube, obwohl es schon spät ist und sie morgens um halb fünf die Kühe im Stall melken. In der Wohnstube sitzt der Großvater im Schlafanzug und blättert in der *Berchtesgadener Zeitung*.

»Noch so spät wach, Opa?«

»Ich war schon im Bett. Aber ich kann nicht so recht einschlafen. Was führt dich zu mir, Simon?«

Der Enkel erläutert ihm sein Anliegen. Erzählt von Eva Grubers kryptischen Äußerungen, vom Blutlift. Ludwig Perlinger streicht sich seinen weißgrauen Oberlippenbart. Grummelt vor sich hin.

»Ich hab da eine Idee, woher das kommen könnte«, sagt er schließlich. »Aber dazu muss ich zu dir rüberkommen und in mein Archiv schauen. Mach ich gleich morgen!«

Simon geht in seine Wohnung. Er macht sich kein Weißbier auf. Zu viel passiert gerade in den Ermittlungen. Nicht auszuschließen, dass er heute Nacht wieder rausmuss. Auto fahren. Am Steuer gilt für ihn null

Komma null Promille. Das hat er sich in der Ausbildung bei der Bereitschaftspolizei antrainiert. Im Dienst hat er viele Unfälle unter Alkoholeinfluss erlebt. Die schlimmen Bilder von eingequetschten Fahrern, überfahrenen Kindern, zusammengefalteten Autos. Heute ist es für ihn unvorstellbar, unter Alkohol zu fahren. Auch nicht mit nur einer Halben.

Er fühlt sich nicht wohl, jetzt einfach so in der Wohnung zu sitzen. Ihn plagt das Gefühl, etwas tun zu müssen. Sie haben drei oder sogar vier Fälle zu bearbeiten. Ein Verschwundener, ein Anschlagsopfer, ein Ermordeter, eine Grabschändung. Der oder die Täter laufen nach wie vor frei herum. Was, wenn sie in dieser Nacht wieder zuschlagen? Greta Gruber ist wenigstens gut bewacht. Auch kann Patrick Brunner nicht unbeobachtet das Haus verlassen. Die zivilen Ermittler lösen sich vor seinem Haus ab.

Er holt sein Handy heraus, liest noch einmal in Ruhe die Nachrichten von Corinna Pregler. Dann antwortet er.

Ich bin gerade sehr beschäftigt, liebe Corinna. Du weißt ja, was gerade in Berchtesgaden los ist. Stichwort Gruber. Darum habe ich mich auch nicht bei Michi gemeldet. Er ist ja krankgeschrieben. Werde mich baldmöglichst um ihn kümmern.

Wenig später schickt er eine zweite Nachricht hinterher.

Danke für den Hinweis mit Greta. Das hilft uns wahrscheinlich wirklich bei den Ermittlungen. Vielleicht rufst du sie mal an? Sie ist ziemlich fertig von all den Dingen, die da gerade geschehen.

Er hat den Fernseher eingeschaltet und sieht unkonzentriert einen Spielfilm. Noch einmal schreibt er an Corinna.

Finde es gut, dass du dich nach Michi erkundigst. Er war nicht gut drauf, als ich das letzte Mal bei ihm war.

Dann liest er endlich noch mal Andreas Nachricht. Wie als Belohnung für den anstrengenden Tag. Nach kurzem Überlegen schreibt er.

Findest du es wirklich cool, dass ich Polizist bin?

Andrea ist noch wach. Er sieht, dass sie ihm antwortet. Sein Herz macht einen kleinen Purzelbaum.

In der Regel meine ich das, was ich schreibe, mein Lieber! Bei eurem Fall mit dem Lübecker Ehepaar habe ich mir gedacht, da könnte man einen Krimi draus machen. ›Mord am Watzmann‹, klingt doch aufregend, oder?

Simon liest gerne Krimis. Vor allem die, die in Skandinavien spielen. Karge Landschaften, schrullige Menschen, lange zurückliegende Verbrechen, die wieder an die Oberfläche kommen.

Hast du schon mal einen Krimi geschrieben?

Er ist jetzt wirklich neugierig.

Nein, aber überlegt habe ich mir das schon öfter. Würdest du denn mein Berater sein? Ich meine so auf fachlicher Ebene? Da könnte ich keinen besseren finden als dich.

Simon weiß nicht so recht, was er von diesem Kompliment halten soll. Andrea kennt ihn doch kaum.

Klar helfe ich dir. Wir haben aktuell einen Fall, der ist auch krimitauglich. ›Mord am Kehlsteinhaus‹. ›Blutspur im Kehlsteinlift‹. Die Titel würden beide passen.

Andreas Antwort lässt nicht lange auf sich warten.

Dann ›Mord am Kehlsteinhaus‹. Titel müssen prägnant sein. Lass uns das mal weiterspinnen, wenn wir den Chiemsee umrunden.

Simon fällt auf, wie schnell Andrea schreibt. Sie ist geübt. Schreibt sie auch anderen Männern? Er merkt, wie

Eifersucht in ihm hochsteigt. Eifersucht, obwohl er Andrea nur zwei Mal gesehen hat.

Den Chiemsee umrunden? Zu Fuß? Du traust dich was!

Andrea ist, soweit er das erkennen konnte, weder dick noch dünn. Irgendwo dazwischen. Seine letzte Freundin, Carolin, war sehr schlank. Irgendwie hat ihm das gar nicht so gefallen, im Nachhinein. Oder redet er sich jetzt Andrea schön, weil sie ihn durch etwas anderes anspricht: ihre wache Art, ihre Fantasie, ihr unkompliziertes Wesen?

Spaziergang eine Stunde oder Umrundung einen Tag, du hast die Wahl. Trotzdem, zu Fuß ist das vielleicht ein bisschen weit. Aber mit dem Radl können wir den See umrunden. Das ist wunderschön.

So schreiben sie noch eine Weile hin und her. Simon ist hundemüde, will aber diesen Chat nicht beenden. Erst um Mitternacht bekommen sie die Kurve. Zum ersten Mal schicken sie sich einen Kuss-Smiley. Was das noch wird?

Kapitel 36 • Patricks Zimmer

Kripoinspektion/Haus Brunner,
Dienstag, 29. Juni

Der Großvater weckt ihn mit seinem Rumoren auf dem Dachboden, im Archiv. Gleich nach dem Kühemelken hat er sich dorthin begeben. Simon duscht, macht sich ein schnelles Frühstück. Dann klopft der Großvater bei ihm.

»Ich glaube, ich habe die Erklärung, warum die alte Frau Gruber den Aufzug am Kehlsteinhaus als Blutlift bezeichnet. Hier …« Er legt Simon mehrere alte Zeitungsartikel und von Hand beschriebene Karteikarten hin. Er will zu einer seiner Ausführungen anheben, da unterbricht ihn der Enkel.

»Vielen Dank, Opa, aber ich muss leider dringend los. Sobald ich etwas Luft habe, komme ich auf dich zurück. Okay?«

Ludwig ist einverstanden. Simon macht sich auf den Weg zur Dienststelle. Es ist kurz nach sieben. Auch Luisa stellt ihren hellblauen Corsa gerade auf dem Parkplatz vor dem Polizeigebäude ab.

»Hey Simon. Mein Bauchgefühl sagt mir, heute werden wir zumindest einen der drei Fälle klären.«

Simon öffnet die Tür der Dienststelle. »Ja, geht mir auch so.«

Während er die Kaffeemaschine anwirft, erzählt er Luisa, dass sein Großvater dem Geheimnis des Blutlifts auf der Spur ist.

»Spannend. Ich finde deinen Opa echt cool.« Luisa hat schon öfter ihre Begeisterung für Ludwig kundgetan. »Auch dass der mit den Grünen sympathisiert, finde ich klasse. Sogar zu Demonstrationen von *Fridays for Future* geht er.«

»Aber das kann ihm noch zum Verhängnis werden. Die Kunigunde und meine Oma werden ihn noch mit der Mistgabel über den Hof jagen, wenn er so weitermacht.«

Beide lachen auf. Dann machen sie sich an die Arbeit.

Als Erstes schaut Luisa in den Maileingang. Der Durchsuchungsbefehl für das Haus der Familie Brunner ist da. Die Nacht über hat niemand dieses Haus verlassen, teilen die zivilen Ermittler telefonisch mit. Auch betreten hat das Haus niemand. Luisa organisiert drei Streifenbesatzungen und zwei Spurensicherer aus Traunstein und Rosenheim. Die werden sie bei der Hausdurchsuchung unterstützen.

Das Kloster, in dem Arno Krumbacher eine Schweigeklausur macht, ist in Unterfranken. Über seine Mutter haben sie das herausgefunden. Sie bitten die Kollegen vor Ort, eine Streife hinzuschicken. Sie soll Krumbacher zur Kripo Würzburg bringen, um dort ein Phantombild von dem verdächtigen Exkursionsteilnehmer anzufertigen.

Der Vorsitzende des Schachclubs Berchtesgaden hat in der Zwischenzeit eine Liste der Mitglieder geschickt. Aus datenschutzrechtlichen Gründen ohne Adressen, nur die Namen. Die Durchsicht der vierundsiebzig Namen ergibt keine neuen Erkenntnisse. Der einzige in Zusammenhang mit den Kriminalfällen stehende Name ist der von Klaus Brunner.

Luisa ruft Greta Gruber an. »Wir kennen jetzt das Geheimnis. Warum Ihr Vater jedes Jahr einhunderttausend Mark und dann Euro an Jana Brunner gezahlt hat.«

Greta schweigt. Sie vermutet einen Trick der Ermittler. Erst als Luisa die Fakten benennt, sie auf den Halbbruder Patrick anspricht und fragt, ob sie ihm mal begegnet sei, kommt ein kurzes »Nein«.

»Verstehe ich nicht, Frau Gruber. Hat man denn nicht das Bedürfnis, seinen Halbbruder kennenzulernen, zumal er gleich alt ist?«

Greta räuspert sich. »Das war nie ein Thema«, sagt sie dann mit belegter Stimme. »Bisher war er für mich ein Phantom.«

»Weil Ihr Vater einen direkten Kontakt nie zugelassen hätte?«

»Ja.«

»Und nach dem Tod Ihres Vaters war das auch keine Option?«

»Ach wissen Sie, wenn man mehr als dreißig Jahre einen Halbbruder hat, von dem man nichts weiß, dann will man ihn auch nicht mehr kennenlernen. Ich glaube, das würde beide Seiten eher verstören.«

»Bin ich mir nicht sicher, Frau Gruber. Ich könnte mir vorstellen, Patrick hätte Ihre Bekanntschaft gutgetan. Aber jetzt ist es wohl wirklich zu spät.«

»Warum zu spät?«

»Weil wir ihn im Verdacht haben, in den Tod Ihres Bruders Gernot verwickelt zu sein.«

»Ist er der Mörder?« Greta klingt entsetzt. Auch wenn sie ihn überhaupt nicht kennt, macht sie die Vorstellung eines Brudermords betroffen. Eines Halbbrudermords, wenn man korrekt sein will.

»Das habe ich nicht gesagt. Wir ermitteln noch. Warten Sie ab. In den nächsten Tagen wird sich vieles klären.«

Luisa beendet das Gespräch. Simon hat kurz überlegt, ob er Greta wegen des Blutlifts befragen soll. Ihre Äußerung als Kind gegenüber Corinna Pregler. Aber das ist ihm jetzt zu wenig zielführend und kostet unnötige Zeit.

»Was wir gestern nicht geschafft haben, Luisa, ist …«

»… der Besuch bei Rick Walker. Können wir, glaub ich, weiterhin vernachlässigen. Der redet so verschwurbelt, und es ist fragwürdig, ob wir überhaupt etwas Essenzielles zur Kräuterexkursion herausbekommen.«

»Sehe ich auch so. Aber falls Patrick an der Kräuterexkursion teilgenommen hat, könnten wir später eine Gegenüberstellung mit Walker machen. Auch mit Krumbacher.«

Sie gehen noch einmal alle bisherigen Erkenntnisse durch. Luisa holt dazu das klapprige Flipchart, schlägt eine neue Seite auf und schreibt Stichwörter zu den jeweiligen Spuren. Auf diese Weise sortieren sie auch ihre Köpfe. Sie sind sich einig: Bei Patrick Brunner und seinen Eltern werden sie weiterführende Hinweise finden.

•••

Als sie bei Brunners mit großem Aufgebot klingeln, öffnet Jana und sieht aus, als habe sie keine Minute geschlafen. Der Schrecken von gestern steht ihr noch im Gesicht. Patrick als Mithörer an der Wohnzimmertür, der jetzt weiß, wer sein wirklicher Vater war. Simon weist die Polizeibeamten ein, wie sie sich im Haus verteilen und was sie suchen sollen. Luisa geht erst mal mit den Spurenermittlern. Simon bleibt bei Jana Brunner.

»Haben Sie Patrick gestern auf seinen leiblichen Vater angesprochen? Weiß er jetzt auch offiziell, was Sache ist?«

»Das habe ich mich nicht getraut«, bekennt Jana. »Ich habe immer noch die Hoffnung, dass er es nicht mitbekommen hat.«

Patrick arbeitet wieder in seiner Firma. Reinigt verstopfte Rohre. Geht in die Kanalisation, wo ihm Ratten mit Trippelschritten über den Weg rennen. Manchmal schlägt er welche mit einer Schaufel tot. Seine Form, den Lebensfrust abzureagieren. Sein Zimmer zu durchsuchen, haben sich Simon und Luisa selbst vorbehalten. Als Luisa wieder erscheint, bittet Simon Jana, unten zu bleiben.

Es ist tatsächlich ein Jugendzimmer. An den Wänden hängen Poster von Linkin Park, Sportfreunde Stiller und anderen Bands. Bunt bemalte Converse Chucks schauen unter dem Bett hervor. Ein riesiger SpongeBob thront auf dem Kleiderschrank. Bergeweise liegen gebrannte CDs herum. Über dem Stuhl hängt eine übergroße Baggyhose. Als sei die Zeit vor fünfzehn, zwanzig Jahren stehen geblieben. Aber auch ein Hinweis auf ein halbwegs normales Leben als Jugendlicher. Nur ohne Freunde, als Einzelgänger. In einer Ecke liegen abgenutzte Karabiner, abgewetzte Kletterseile. Ordnung ist nicht gerade Patricks Stärke. Fast schon ein Messi.

»Simon«, ruft Luisa in die Stille hinein. »Schau mal!« Sie hält ein Heft hoch, das mit Hand voll beschrieben ist. »Das ist eine Art Tagebuch. Die letzten Einträge haben es in sich. Soll ich dir mal vorlesen? Hier, die letzten Seiten.«

Simon nickt und legt den Basketball zur Seite, den er unter dem Bett gefunden hat. Luisa beginnt zu lesen.

Kapitel 37 • Ein Balg

Haus Brunner, Dienstag, 29. Juni

Ein Balg also bin ich. So haben sie mich im Brief an Mama genannt. Dieser Golo und dieser Gernot. Was für affige Namen die schon haben! Meinen wohl auch sonst, sie seien etwas Besonderes.

Halbbrüder sind die von mir. Weil ihr Vater seine Triebe nicht unter Kontrolle hatte.

Ich bin ein Unfall.

Ich bin Müll.

Ich bin Dreck.

Niemand hat mich gewollt.

Der Gruber nicht. Und Mama nicht.

Noch schlimmer: Alle haben es gewusst. Mein Vater, der, wie ich jetzt weiß, gar nicht mein Vater ist. Meine Mutter. Mein Bruder. Warum der? Habe ich es nicht eher verdient, die Wahrheit zu wissen, als er? Immer wird er bevorzugt. Immer. Immer. Immer. Ich hasse ihn!

Und die drei Gruber-Geschwister wissen, wer ich bin. Spätestens seit ihr Vater den Abgang gemacht hat. Dieser verdorbene Hurenbock. Schwängert einfach meine Mutter. Nutzt seine Macht aus. Um mich als seinen Sohn hat er sich null gekümmert. Mich verkauft. Für einhunderttausend Euro im Jahr.

Der Gruber ist ein Dreckschwein.
Der Gruber ist ein Dreckschwein.
Der Gruber ist ein Dreckschwein.
Die Menschen sind Lügner. Alle!
Diese ganze Gruber-Sippe müsste man vernichten!!!
Machen wir uns doch nichts vor, Familie ist die Hölle!!!

»Puh«, entfährt es Simon. »So viel geballter Hass. Ein klares Mordmotiv.«

»Ja«, ist Luisa überzeugt, »auch die Grabschändung und der Angriff auf den Bruder lassen sich hier mit Händen greifen. Jana Brunner hat uns auch da angelogen. Das Alibi hat sie für ihren Sohn erfunden. Der war nicht zu Hause, als ein Pfeil Klaus Brunner traf. Und sicher war er auch nicht zu Hause, als Hermann Grubers Grab geschändet wurde. Nur mit Golo Grubers Verschwinden hat er nichts zu tun, so wie es momentan aussieht. Aber sein Verschwinden ist Patrick sicher nicht verborgen geblieben. Die Nachrichten waren voll damit. Dann hört er an der Wohnzimmertür, wie er mit den Gruber-Geschwistern verwandt ist. Das ist eine unheilige Kombination. Einerseits liest Patrick von Golos blutigem Verschwinden. Andererseits wächst sein Hass auf die Familie Gruber. Also kommt ihm die Idee, nach Golos mysteriösem Abgang auch seinen Bruder hopsgehen zu lassen. Greta ist sicher auch auf seiner Abschussliste. Vorher aber waren sein Bruder Klaus und Hermann Gruber in Form seines Grabs dran.«

Simon sieht die Logik in Luisas Zusammenfassung. Nur ein Fünkchen Zweifel ist noch in ihm, ob Patrick Brunner für all diese Taten verantwortlich ist. Ihm scheint das alles zu offenkundig, zu glatt. Ermittler müssen dann am skeptischsten sein, wenn alles sehr plausibel ist. Außerdem gibt es noch diesen Vollstreckungsbefehl aus Salzburg. Der passt nicht in das Mosaik. Aber diese Zweifel können auch großer Käse sein. Für Patrick als Täter, ja als Mehrfachtäter spricht einfach zu viel.

»Luisa, ich glaube, wir können Haftbefehl gegen Patrick beantragen. Kümmerst du dich?«

Eine Stunde später sind die Spurensicherer mit ihrer Arbeit im Hause Brunner fertig.

»Was passiert denn jetzt?«, fragt die völlig verunsicherte Jana Brunner.

»Bleiben Sie ruhig«, beschwichtigt Simon sie. »Wir sichten einige Sachen und bringen sie baldmöglichst wieder zurück.«

»Haben Sie meinen Sohn Patrick im Verdacht?«

Simon weicht der Frage aus. »Rufen Sie ihn nicht an. Sie machen ihm unnötige Sorgen. Sobald wir mehr über die Hintergründe von Gernot Grubers Tod wissen, informieren wir Sie.«

Simon ist nicht zufrieden mit dem, was er da sagt. Was, wenn Jana Brunner ihren Sohn Patrick doch über das Handy anruft oder ihm schreibt, dass die Polizei ihn verdächtigt. Bis die Ermittlungsrichterin den Haftbefehl ausstellt, kann es einige Stunden dauern. Bis dahin ist Patrick längst auf der Flucht. Die Adresse von Patricks Arbeitgeber ist ihnen bekannt. Also bittet er eine Streife, umgehend dort hinzufahren. Sie sollen ihn verständigen, wenn Patrick Brunner das Gelände verlässt. Was er dabei nicht bedenkt: Rohrreiniger sind fahrendes Volk. Nur selten sind sie am Firmensitz. Denn die zu reinigenden Rohre sind woanders verlegt.

Simon und Luisa fahren zur Polizeiinspektion zurück. Die Würzburger Kollegen haben schnell gearbeitet. In einem Mailanhang findet Simon das Phantombild des Mannes, den Krumbacher intuitiv für den Mörder von Gernot Gruber gehalten hat. Er druckt es aus. Das war dann doch eher eine Schnapsidee von diesem Krumbacher, denkt Simon, während er das Bild betrachtet. Der gleicht Patrick Brunner kein bisschen. Auch Luisa schaut sich das Phantombild an.

»Hm. Der sollte öfter Schweigetage einlegen, dieser Krumbacher.« Sie fotografiert das Bild und wirft es auf den Schreibtisch.

•••

Von der Gerichtsmedizin ist die Freigabe von Gernot Grubers Leiche eingetroffen. Simon informiert Greta telefonisch. Er fragt sie auch, ob sie die Trauerfeier gemeinsam mit ihrer Mutter und ihrer Schwägerin plane.

»Mit meiner Mutter natürlich. Aber mit Cynthia … Was geht Sie das eigentlich an, Herr Perlinger?«

»Nun, Ihre Schwägerin wirkt sehr teilnahmslos. So teilnahmslos, dass es schon fast verdächtig ist. Weder das Verschwinden ihres Ehemanns noch der Tod des Schwagers machen sie traurig. Sie ist vielmehr daran interessiert, ihren Bruder schnellstmöglich für tot erklären zu lassen …«

»Dieses durchtriebene Biest«, entfährt es Greta, dann schnauft sie ins Telefon. »Kennen Sie den Dr. Herfurt?«

»Ja.«

»Der steckt hinter alledem. Ich kenne nicht ihren konkreten Plan. Aber jetzt, wo ich allein bin, werden sie alles in Bewegung setzen, Anteile von Gernot zu übernehmen und sich die Firma unter den Nagel zu reißen. Gustav und Gesa sitzen schon in den Startlöchern. Mich mit meinen Ideen lehnen sie total ab. Kurioserweise genauso, wie es Golo getan hat.«

Das Telefon hat Simon auf laut gestellt, sodass Luisa mithören kann. Sie zuckt die Schultern. Ihr Blick sagt das Gleiche, was Simon denkt: Oh, oh, die Gräben in der Familie Gruber sind noch viel tiefer als bisher gedacht. Haben Cynthia und dieser Herfurt einen Berufskiller bestellt, der Gernot ermordet hat? Sind sie mit Patrick doch auf der falschen Spur?

Aber da ist Patricks Tagebuch. Diese eindeutigen Einträge. Luisa telefoniert erneut mit der Ermittlungsrichterin. Eine Stunde später, es ist vierzehn Uhr, ist der Haftbefehl da. Zwei Streifenwagen folgen ihnen, als sie sich zur Rohrreinigungsfirma aufmachen, bei der Patrick Brunner arbeitet.

Kapitel 38 • Verfolgungsjagd

Berchtesgaden/Mannlgrat, Dienstag, 29. Juni

»Das würde ich auch gerne wissen«, antwortet ihnen der Chef der Rohrreinigungsfirma, als sie fragen, wo Patrick Brunner ist. »Der ist seit einer Stunde nicht zu erreichen. Er sollte eigentlich nach Ruhpolding. Dort ist an der Kirche eine Dachrinne verstopft. Der Pfarrer hat auf den Patrick gewartet. Der sei eine halbe Stunde später auch vorgefahren. Aber dann habe er, ohne auszusteigen, kehrtgemacht und sei davongefahren. Ich habe dann vergeblich versucht, den Patrick zu erreichen.«

»Wann war das?« Luisa rechnet gerade durch, wie weit es von Ruhpolding zur Grenze nach Österreich ist. Die Bundesstraße ist gesperrt. Also müsste Brunner einen Umweg gefahren sein.

»Na, der sollte um elf dort sein. Jetzt ist es halb eins. Der spinnt doch!«

Luisa verständigt umgehend die Bundespolizei und stellt ihnen ein Porträtfoto von Patrick Brunner zur Verfügung. Sie hat es in Patricks Zimmer abfotografiert, als sie das Haus durchsucht haben.

»Er ist mit einem Firmenwagen unterwegs? So einem?« Luisa deutet in Richtung Hof. Dort stehen mehrere Autos mit Aufschrift der Rohrreinigungsfirma.

»Ja, genau so einen Opel Kombi hat er.«

»Was ist da alles drin?« Luisa hat gerade der Bundespolizei das auffallende Äußere des Firmenwagens beschrieben. Mehrere Einsatzwagen fahren ab sofort die Grenzregion ab. Auch mehrere Streifenwagen der Landespolizei aus Traunstein und Rosenheim suchen das Berchtesgadener Land nach dem auffallenden Firmenwagen ab. Das Kennzeichen hat Luisa durchgegeben. Auch einige Alpinbeamte aus benachbarten Polizeibezirken haben sich auf den Weg in die Berchtesgadener Alpen gemacht, um für einen Einsatz am Berg gegebenenfalls zur Verfügung zu stehen. Patrick Brunner ist Kletterer, wie die Durchsuchung seiner Wohnung gezeigt hat. Eine Verfolgung in den Bergen ist nicht auszuschließen.

»Was der sich gedacht hat, einfach mit unserem hochwertigen Werkzeug abzuhauen!«, sagt der Chef sichtlich verärgert. »Aber wieso suchen Sie denn den Patrick eigentlich? Hat das was mit dem Anschlag auf seinen Bruder zu tun? Auf den Klaus Brunner? Ich hab das in der Zeitung gelesen.«

Luisa hat keine Zeit, Patricks Chef zu antworten. Simon ist es in der Zwischenzeit gelungen, Patricks Handy zu orten. Er muss sich irgendwo in Berchtesgaden aufhalten, gar nicht weit weg von ihnen. Er geht mit Luisa ein paar Schritte, bis ihn der Firmenchef nicht mehr hört.

»Ich halte es für wahrscheinlich, dass seine Mutter ihn gewarnt hat. Trotz unserer Anweisung, es nicht zu tun. Deswegen ist er in Ruhpolding umgekehrt. Irgendwas hat er hier in Berchtesgaden noch gebraucht. Schau, Luisa, jetzt hat sein Handy einen neuen Standort. Er bewegt sich irgendwo hier …«

Auf Simons Smartphone ist eine Karte zu sehen. Der Antennenpunkt, der Patrick Brunners Handy anzeigt, ist dicht an der deutsch-österreichischen Grenze verortet. Luisa bekommt im selben Augenblick einen Anruf. Eine Polizeistreife hat Brunners Firmenwagen gefunden. Der Opel steht auf dem Parkplatz Hintereck am Obersalzberg. Dort, wo die Busse zum Kehlsteinhaus abfahren. Den Parkplatz kennen die Ermittler mittlerweile nur zu gut.

»Verdammt, warum will der ausgerechnet diese Straße hoch, wenn er fliehen will?« Luisa ist ins Auto gesprungen. Sie rasen vom Firmengelände aus in Richtung Obersalzberg.

»Weil er ahnt, dass er über die normale Landesgrenze nicht mehr rüberkommt.«

»Du meinst, er will nach Österreich über die grüne Grenze? Über den Göll und auf der anderen Seite absteigen?« Luisa ist sichtlich angespannt, während sie die steilen Kehren den Obersalzberg hochfährt. Da viele Touristenautos die Strecke fahren, hat sie die Blaulichtlampe auf dem Dach befestigt und angeschaltet.

»Ja, obwohl das keinen Sinn macht. Offenbar denkt er noch in anderen Kategorien. Als man im Ausland noch besser vor einem Zugriff der Polizei geschützt war. Wir wissen ja, wie irrational Verfolgte manchmal handeln. Aber es kann auch sein, dass er sich vom Mannlgrat in den Tod stürzen will. Aus Verzweiflung. Sozusagen seinem Opfer Gernot Gruber hinterher.«

»Ja. Er hat nur noch den Knast als Perspektive. Da ist ein Suizid nicht auszuschließen.«

Sie rasen am Dokumentationszentrum vorbei zur Bushaltestelle. Manfred Lechhuber, der Leiter der Busgesellschaft, empfängt sie mit grimmigem Blick.

»Wollt ihr mir wieder die Strecke sperren?« Seine Stimme hat etwas Drohendes. Aber er weiß auch um die schrecklichen Dinge, die in den letzten Wochen am Kehlstein passiert sind. Die waren auch nicht unbedingt förderlich für die Busgesellschaft.

»Können Sie die Leute an der Ticketausgabe fragen, ob sie heute diesen Mann gesehen haben?«

Luisa gibt ihm das Foto von Patrick Brunner.

»Und noch was. Kann uns ein Bus sofort mit hochnehmen?«, fragt Simon, während er und Luisa sich ihre Bergausrüstung anlegen. »Sonst müssen wir mit unserem Einsatzauto hoch.«

»Ich organisier das«, sagt Lechhuber erstaunlich ruhig. »In vier, fünf Minuten ist das möglich.«

Sie schnüren ihre Wanderschuhe, und schon steht ein kleiner Bus für sie bereit.

Lechhuber kommt vom Ticketschalter zurück und gibt ihnen das Bild. »Ja, der hat vor etwa einer halben Stunde ein Ticket gekauft. Ist dann gleich mit dem nächsten Bus nach oben gefahren.«

Der Fahrer des Kleinbusses fährt sie in Höchstgeschwindigkeit nach oben zur Buswendestelle. Auf der Fahrt bekommt Simon einen Anruf vom Wirt des Kehlsteinhauses, Rudi Moderegger. Er berichtet, wie der Bruder von Klaus Brunner oben im Wirtshaus für ein Gerangel gesorgt hat. Er sei zu Fuß von der Buswendestelle zum Gasthaus hochgestiegen und habe sich dort auf grobe Weise an den Leuten vorbeischlängeln wollen. Ein bulliger Typ habe sich das nicht gefallen lassen und ihm im Vorraum des Gasthauses eine verpasst. Durch den Schlag habe Brunner stark aus dem Mund geblutet. Auch ein Zahn sei ihm ausgefallen. Dass es Patrick Brunner war, habe sein Bruder Klaus bestätigt. Der sei gerade mit dem Lift angekommen und habe ihn am Boden liegen gesehen. Aber Patrick habe sich aufgerappelt und sei dann in Richtung Kehlsteingipfel und Mannlgrat gestürmt. Das sei vor etwa einer Viertelstunde gewesen.

»Er hat also eine gute Viertelstunde Vorsprung«, konstatiert Simon. »Holen wir den ein?« Er schaut zu Luisa, der Bergläuferin, die immer topfit und durchtrainiert ist.

»Na logo, Simon. Schalten wir halt den Turbo an.«

Den Turbo anschalten. Das hatte Simons Vater auch immer gesagt, wenn sie gemeinsam auf Tour waren. Immer wenn er glaubte, der kleine Sohn habe keine Kraft mehr, hat er ihn ermutigt, die allerletzten Kraftreserven einzuschalten. Wie bei einem Porsche. Der hat auch einen Knopf. Und wenn man den drückt, holt er noch mal zusätzliche Leistung aus dem Motor raus. Sein Vater hatte ihm damals mit dem Daumen auf die Stirn gedrückt. Und schwups, waren wieder neue Kräfte da. Alles eine Frage der Psychologie, weiß Simon heute. Vor einiger Zeit hatte er Luisa diese Geschichte erzählt, als ihr Rekordlauf über den Watzmann bevorstand. Sie hatte ihr gefallen. Und am Schluss hatte sie auch den Turbo eingeschaltet. Jetzt, im Kleinbus, drücken sie sich gegenseitig kurz den Daumen an die Stirn. Das baut auch die Nervosität ab. Der Fahrer beobachtet sie verwundert im Innenspiegel, sagt aber nichts.

Zur Absicherung ordert Simon noch einen Polizeihubschrauber, der den Mannlgrat steil von oben abfliegen und Patrick Brunner beobachten soll. So ein mächtiges dröhnendes Fluggerät trägt, so die Hoffnung, dazu bei, dass sich der Verfolgte ergibt. Wenn er allerdings Suizidabsichten hat, wird ihn der Hubschrauber kaum davon abhalten. Simon spricht sich mit den zusätzlichen Alpinbeamten ab: Sie werden von Hinterbrand über das Carl-von-Stahl-Haus zum Hohen Brett aufsteigen und Brunner vom Großen Archenkopf entgegenkommen. Eine sportliche Herausforderung, aber Alpinbeamte haben nicht ohne Grund ihre Berufsbezeichnung. Die österreichische Alpinpolizei ist auch verständigt und steigt mit zwei Beamten zum Purtschellerhaus auf, falls Brunner die Flucht ins Nachbarland plant.

An der Bushaltestelle angekommen, spurten Simon und Luisa den Weg zum Kehlsteinhaus hoch. Bis sie sich zum Lift vorgedrängelt haben, dauert ihnen zu lange. Sie sind nicht zimperlich, wenn es darum geht, Touristen auf der kurzen Strecke zum Kehlsteinhaus zur Seite zu schubsen. Sie sagen zwar *Polizei, lassen Sie uns durch*, verwirren damit aber manche.

Wie? Was? Polizei? In der schönen Bergwelt? Was ist da nur passiert? Immerhin sehen die Touristen noch ihre dunkelblauen Sweatshirts, auf denen in Leuchtschrift *Bergpolizei Berchtesgaden* zu lesen ist. Das gibt ihnen eine zusätzliche Legitimation.

Als sie das Gasthaus erreichen, steht Moderegger wie zum Empfang bereit. Er reicht ihnen ein paar Powerriegel. Sensationell, denken sich die Ermittler, was der für ein Einfühlungsvermögen hat. Denn gegessen haben sie heute bis jetzt so gut wie nichts. Und jetzt steht ihnen eine anstrengende Verfolgung bevor. Sie spurten über die Besucherterrasse zum Kehlsteingipfel. Gar nicht so leicht angesichts der Anhängsel am Gürtel: Pfefferspray, Taser, Taschenlampe, Messer, Handschellen, Karabiner und natürlich die Dienstwaffe.

Über ihnen ist ein gewaltiges Donnern zu hören. Der Polizeihubschrauber 14 ist auf Kurs gegangen, fliegt jetzt den Mannlgrat ab. Die Touristen halten sich die Hände flach über die Augen, um gegen das Sonnenlicht den Libellentanz des Hubschraubers zu beobachten. Andere legen die Hände auf die Ohren, um sich vor dem Lärm zu schützen. Simon nimmt Funkkontakt mit dem Flugtechniker im Hubschrauber auf.

»Haben eine auffallende Person entdeckt«, erläutert der Flugtechniker. »Ein Mann mit gelber Jacke und dunkler Hose. Er schaut ständig zu uns hoch, rennt aber weiter. Stürzt oft. Er hat sich scheinbar verletzt. Hinkt leicht.«

»Okay, seht ihr uns?« Simon winkt nach oben.

»Ja, hab dich erkannt.«

»Wie weit sind wir von ihm weg?«

»So um die einhundertfünfzig Meter.«

»Na dann, bleibt ihr da oben an ihm dran.«

Während sie über den Grat rennen, weichen ihnen die Bergwanderer jetzt von ganz allein aus. Der Hubschrauber sagt mehr als tausend Worte.

»Auf geht's, Luisa, gleich haben wir ihn«, peitscht Simon seine Kollegin und auch sich selbst an. Luisa ist konditionell fast noch besser drauf als Simon. Sie springt vor ihm über die Steine und Flechten mit der Grazie einer Antilope und der Muskulatur einer Leopardin.

Patrick Brunner scheint den zweiten Frühling zu bekommen. Sie sehen ihn jetzt zwar schon auf dem Grat, aber nur wenige Meter nehmen sie ihm ab. Als sie am Einstieg zum Mannlsteig ankommen, ist Brunner ihnen an den Drahtseilen etwa zwanzig, fünfundzwanzig Meter voraus. Aber im Klettern macht Simon so schnell keiner was vor. Er greift in die zum Teil spitzen Steine, als seien sie aus Teig, wuchtet sich an den Seilen nach oben. Luisa bleibt ein paar Meter zurück.

»Wie geil ist das denn«, ruft Simon zwischendurch und erfreut sich mitten in dieser gefährlichen Lage an seinem Beruf. Zwar kommt er nicht so schnell voran wie beim normalen Klettern auf so einem Steig. Dafür schleppt er einen zu schweren Gürtel. Auch überlegt er, ob Brunner vielleicht eine Schusswaffe dabeihat. Aber darauf deutet nichts hin.

»Herr Brunner, geben Sie auf«, keucht er jetzt nach oben. Ihn trennen nur noch zehn Meter vom Rohrreiniger. Der ist sichtlich angeschlagen, sein Bein schmerzt so stark, dass er laut stöhnt. Über sein Funkgerät hört Simon von den beiden Alpinbeamten, die von der anderen Seite kommen, dass sie das Hohe Brett erreicht haben.

»Das kostet dich zwei, drei Halbe«, schnauft der eine ins Funkgerät. »So einen Aufstieg mal einfach so anzufordern, du bist ganz schön unverschämt, Simon!«

Simon hat keine Zeit zu antworten. Brunner kommt kaum noch voran. Nur noch drei Meter ist Simon unter ihm. Jetzt wird es für ihn gefährlich. Der Rohrreiniger tritt gezielt Gestein aus dem Felsen!

»Verdammt«, flucht Simon. »Bleib du unten, Luisa. Ich geh allein weiter. Pass auf die Steine auf!« Von weiter unten kann Luisa die Steine besser sehen und leichter ausweichen, so sein Gedanke. Er und Luisa tragen zwar Helme. Aber die Brocken können sie auch im Gesicht, an der Schulter, am Arm treffen und schwer verwunden. Einen Augenblick verschnauft Simon.

Brunner hat sich in einem Kamin festgesetzt und schaut bedrohlich und ängstlich zugleich nach unten. Sein Shirt ist von Schweiß durchnässt. Das strähnige

Haar klebt ihm an den Schläfen, sein Gesicht ist voller Kratzer und Blut. In der Hand hält er einen großen Steinbrocken, der für Simon vorgesehen ist.

»Geben Sie auf, Herr Brunner! Sie haben keine Chance!«

Trotz dieser Warnung behält Brunner den Stein in der Hand. Simon steigt zwei Meter hinunter und versteckt sich hinter einem Vorsprung in der Felswand. Wieder nimmt er Funkkontakt mit dem Hubschraubertechniker auf, bittet ihn, irgendein Flugmanöver zu absolvieren, um Brunner abzulenken. Daraufhin schwebt der Hubschrauber ganz nahe an den Felsen oberhalb von Brunner, sodass dieser sich ängstlich nach oben dreht. Das ist die Chance, das Zeitfenster für Simon. Mit kräftigen Zügen zieht er sich in Sekundenschnelle die fehlenden Meter zu Brunner hoch.

Der ist so perplex, als Simon plötzlich vor ihm auftaucht, dass er sich nicht sofort wehrt. Simon biegt ihm die linke Hand auf den Rücken und schlägt die eine Hälfte der Handschelle um Brunners Handgelenk. Der leistet nun zwar heftigen Widerstand, aber Simon schafft es, Brunners Arm in Richtung des Drahtseils zu drehen. Brunner hält dagegen. Zentimeterweiße drückt Simon die andere Hälfte der Handschelle dem Drahtseil entgegen. Er beißt die Zähne zusammen, spuckt sogar etwas, so viel Kraft kostet es ihn, Brunner zu bezwingen. Wie beim Armdrücken geben beide ihr Letztes. Endlich ist die andere Hälfte der Handschelle über dem Drahtseil und schnappt zu.

Brunner ist jetzt zwischen zwei Befestigungseisen des Drahtseils fixiert. Wie ein Affe im Zoo kann er ein paar Meter rauf und runter springen, aber keinen Meter weiter. Die Flucht ist beendet. Simon drückt sich erschöpft mit dem Rücken gegen eine Felsplatte direkt neben Brunner, dessen Hände er mit einem zweiten Paar Handschellen fixiert. Per Funk verständigt er die Besatzung des Hubschraubers, dass sie abdrehen können. Dann informiert er die Alpinbeamten, die ihnen von oben bald entgegenkommen werden. Der Täter sei fixiert, und sie würden ihn gemeinsam über den Grat abführen und ins Tal schaffen.

Luisa ist inzwischen bei Simon angekommen und meldet der Bundespolizei die Festnahme. Eine halbe Stunde später eskortieren sie den Festgenommenen zu viert über den Grat zum Kehlsteinhaus. Sie bitten die Besucher, zur Seite zu treten, als sie an der Schlange am Lift eintreffen. Die Lifttür öffnet sich. Klaus und Patrick Brunner stehen sich auf engstem Raum gegenüber.

»War er es, der den Pfeil auf mich abgeschossen hat?« Klaus hat seinen Bauch an die Liftwand gepresst und dreht seinem Bruder, der nur sein Halbbruder ist, den Rücken zu. Er starrt auf die Bedienungsleiste des Lifts.

»Wir warten noch den DNA-Abgleich ab«, sagt Luisa in die einundvierzig Sekunden Stille hinein. So lange braucht der Lift, bis er am unteren Teil des Schachts ankommt. Mit dem Kleinbus fahren sie mit Patrick Brunner zum Busbahnhof und von dort weiter zum Kreisklinikum. Zwei Polizeibeamte bewachen ihn dort. Er hat sich das linke Bein schwer geprellt. Die Nacht über wird er im Krankenhaus bleiben.

Für die Ermittler ist entscheidend, was der DNA-Abgleich erbringt. Erst dann ist der Fall für sie abgeschlossen. Zwei Stunden nach Brunners Einlieferung ins Krankenhaus sind die Ergebnisse aus dem Labor in Rosenheim da. Nur noch eine Formsache. Doch weit gefehlt!

Patrick Brunners DNA stimmt nicht mit der an Gernot Grubers Hals, Kleidung und Gurt überein. Auch bei Rick Walkers Pfeil und Köcher gibt es keinen Treffer.

Und dann beginnt Patrick zu erzählen. Von Satz zu Satz stottert er weniger. Von seiner hysterischen Mutter erzählt er. Vom Hass auf die Gruber-Geschwister. Vom Hass auf seinen leiblichen Vater. Vom Hass auf seinen Bruder. Vom Mannlgrat.

Kapitel 39 • Sieben Finger

Kripoinspektion, Dienstag, 29. Juni

Simon ist nicht so überrascht, wie er es sein könnte. Er hat die ganze Zeit einen winzigen Funken Zweifel gehabt. Zu glatt ist ihm das die letzten Tage mit den Ermittlungen gegangen. So schräg Patrick Brunner auch ist, wie ein Mörder wirkt er nicht. Während der Verfolgung ist er die ganze Zeit stumm geblieben. Wollte er nicht stottern, weil er sich dafür schämte? Oder fiel es ihm schwer, sich zu äußern, wenn er gleichzeitig körperlich gefordert war? Er hätte nicht fliehen müssen, war er doch weder der Mörder von Gernot Gruber noch der Attentäter seines Bruders. Hatte er Sorge, seine Unschuld nicht beweisen zu können? Oder wollte er jemand decken? Aber wen?

Simon schaut sich noch mal den Vollstreckungsbefehl aus Salzburg an. Geht das Melderegister durch. Da, jetzt entdeckt er den Fehler. Oder, besser gesagt, die Täuschung. Das deckt sich mit einer Betrugsanzeige, die heute eingetroffen ist.

Auf der Polizeiinspektion ist lautes Geschrei im Treppenhaus zu hören. Jana Brunner will unbedingt die Ermittler sprechen. Sie hat vom Tal aus den Hubschrauber beobachtet. Gleichzeitig konnte sie ihren Sohn nicht mehr erreichen. Sie weiß nicht, wo er jetzt ist. Simon und Luisa bitten sie herein, beruhigen die aufgeregte Mutter, erklären ihr, was mit ihrem Sohn passiert ist.

»Liegen wir richtig mit der Vermutung, dass Sie Ihren Sohn vor einer Festnahme gewarnt haben?«

Die Mutter weint heftig, windet sich vor Seelenschmerz.

»Ja«, schluchzt sie, »er ist doch mein Kind.«

»Kennen Sie diesen Mann?« Simon hält ihr das Phantombild hin, das die Würzburger Polizei nach Arno Krumbachers Angaben hat anfertigen lassen.

Jana starrt auf das Foto, ihr Mund bleibt offen stehen.

»Nein, nein«, schreit sie jetzt und schaut entgeistert ins Leere.

»Frau Brunner, wer ist dieser Mann?«

»Den … den kenne ich nicht.«

Luisa holt sich den Stuhl heran, schaut Frau Brunner direkt in die Augen. Sie hat das Gefühl, Patricks Mutter sagt nicht die Wahrheit. »Wirklich nicht?«

»Nein, wer soll das sein?« Janas Stimme ist jetzt wieder fester. »Ich war eben nur weggetreten, weil ich mir vorgestellt habe …«

»Was?«

»Wissen Sie, mein Sohn, also ich meine Patrick, hat ja oft schwere Depressionen. Und da hab ich gedacht, er tut sich etwas an, wenn er jetzt so allein mit dem Auto rumfährt. Und da wollte ich ihn vor Ihnen warnen, hab ihm gesagt, er kann zu meiner Schwester nach Linz, die wird ihn verstecken … und dann könnte man sehen … falls er wirklich den Gernot Gruber umgebracht hat … ich hätte besser aufpassen müssen, er hätte das nie erfahren dürfen …«

»Das ist doch verständlich, Frau Brunner, wenn Sie sich um Ihren Sohn sorgen.«

»Aber ich hätte ihn beinahe in den Selbstmord getrieben ...«

»Nein, Ihr Sohn wollte sich nicht umbringen. Wir sind ihm die ganze Zeit gefolgt. Er hat versucht zu fliehen, ja. Aber wenn er seinem Leben hätte ein Ende setzen wollen, hätte er genügend Gelegenheiten gehabt.«

»Aber ... wenn ich bedenke ...«

»Wenn Sie was bedenken? Hat es doch etwas mit dem Phantombild zu tun, das wir Ihnen eben gezeigt haben? Kennen Sie den Mann darauf wirklich nicht?«

»Nein, nein, nein ... Mein Sohn ist unschuldig. Glauben Sie mir das bitte! Er war wirklich zu Hause, als dieser Gernot Gruber abgestürzt ist. Auch bei dem Schuss mit dem Pfeil auf unseren Klaus. Oder als dieser Golo Gruber verschwand. Wirklich! Unser Patrick ist zwar ein Eigenbrötler. Aber er ist doch kein Mörder! Sie irren sich!«

»Beruhigen Sie sich doch bitte. Wir haben etwas viel Entlastenderes für Ihren Sohn herausgefunden.«

»Nein, nein, das sagen Sie doch nur, weil Sie mich aufhalten wollen. Der sitzt mit Sicherheit in diesem Hubschrauber und wird ins Gefängnis nach München oder Bernau oder was weiß ich wohin gebracht.«

»Wenn Sie uns nicht so in Beschlag nehmen würden, Frau Brunner, hätten wir längst die Aufhebung des Haftbefehls beantragt ...«

»Ich glaube Ihnen gar nichts! Sie wollen mir meinen Patrick nehmen ...«

Jana Brunner geht unvermittelt mit den Fäusten auf Luisa los. Als diese Jana an den Armen packt, um sie abzuwehren, lässt sie sich kraftlos auf den Stuhl fallen und weint vor sich hin. Sie steht kurz vor dem Kollaps.

Luisa nimmt Simon zur Seite, flüstert: »Warum dreht sie so durch? Ihr Sohn ist doch entlastet. Sie hört gar nicht mehr zu.«

»Weil für sie der Fall weitergeht«, kommt es von Simon trocken.

»Jedenfalls hat es keinen Sinn mehr, sie weiter zu befragen«, stellt Luisa ernüchtert fest. »Sollten wir uns nicht besser an ihren Mann wenden? Der müsste doch wieder in Berchtesgaden sein. Dieser Karl. Vielleicht ist der ja weniger hysterisch als seine Frau. Zumindest hat er ihr keinen Stress gemacht, als sie ihm die Schwangerschaft von einem anderen Mann gestanden hat.«

Simon nickt und sieht gleichzeitig eine Mail auf seinem Computer eingehen. Sie ist von Arno Krumbacher. Trotz Schweigetagen meldet er sich. Dann muss er eine wichtige Mitteilung haben. Simon öffnet die Mail. Danach weiß er, wer Gernot Grubers Mörder ist. Und wer den Pfeil auf Klaus Brunner abgeschossen hat.

Er bittet Luisa, noch einen Moment bei Jana Brunner zu bleiben. In der Zwischenzeit spricht er von einem anderen Büro aus mit der Ermittlungsrichterin.

Was er denn an Belastendem gegen den Verdächtigen vorzuweisen habe, fragt die Juristin.

Das Phantombild, die sieben Finger, die Betrugsanzeige, der Vollstreckungsbeschluss, der schwarze Golf mit den zwei Schlüsseln. Die Liste ist lang, der Fall nun klar. Wegen Fluchtgefahr kommt der Haftbefehl umgehend. Schnelles Handeln ist gefragt. Der Täter läuft noch frei herum – und er ist kein einfacher Ladendieb. Es ist ein Mörder, der selbst vor den eigenen Leuten nicht haltmacht.

Kapitel 40 • Unverhofftes Wiedersehen

Kripoinspektion, Dienstag, 29. Juni

Der Anruf von der Bundespolizei am Münchner Flughafen hat es in sich. Aus dem Vereinigten Königreich ist Dr. Golo Gruber eingereist. Er hat sich den Beamten als Vermisster zu erkennen gegeben und zugesichert, direkt nach Berchtesgaden zu fahren und die Kriminalpolizei aufzusuchen.

Zwei Stunden später steht er vor ihnen: längsgestreifter Designeranzug von Brunello Cuccinelli, Gold & Wood Sonnenbrille und streng-herbes Herrenparfüm. Das exklusive Äußere korrespondiert fast perfekt mit den klaren Strukturen seines Gesichts, der sonoren, festen Stimme und den breiten Schultern. Aber eben nur fast. Wer den Unternehmer kennt, sieht die kleinen Sorgenfalten um die Mundwinkel, Spuren der Bitternis, die sich in den letzten Wochen in sein Leben gegraben haben.

Was er Simon und Luisa auf der Dienststelle erzählt, untermauert diesen Eindruck. Das Leben ist oft nur nach außen hin edel und reich. Er, Golo Gruber, sei das Opfer eines Betruges geworden. Wütend sei er gewesen, weil er den Zuschlag für das Hotel zum Türken nicht bekommen habe. Seine Museumspläne – ohne Chance in Berchtesgaden. Das habe ihn noch anfälliger gemacht für die junge Geliebte. Als Geschäftsmann sei er gewieft, aber in Liebesdingen habe er sich naiv verhalten, das müsse er einräumen. Er ist sich keines Vergehens bewusst. Klar, er habe Hausfriedensbruch begangen, sei unerlaubt in das Gebäude des Kehlsteinlifts eingedrungen. Ja, er habe mit dem Verspritzen der Blutkonserven eine Sachbeschädigung begangen. Beides im Übrigen gemeinsam mit Dr. Fridolin Täubner. Aber bei diesen beiden Vergehen bewege man sich, so Golo vollkommen selbstsicher, im Bereich einer Geldstrafe.

Geldstrafe, denkt sich Simon. Wie der das ausspricht! Als wäre das so normal wie das Zahlen eines Fahrscheins für die Deutsche Bahn.

»Klären Sie uns bitte auf, Herr Gruber.« Simon lässt sich seinen Widerwillen nicht anmerken. »Dr. Täubner sagt, er wisse nicht, wie Sie an den Schlüssel zum Portal gekommen sind. Auch an den Schlüssel für den Lift selbst.«

Der Unternehmer erzählt es ihnen. Als berichte er von einem Spieleabend bei Freunden. So selbstverständlich, so harmlos, so normal das alles.

Sein Verbündeter in der Schlüsselfrage war Horst Adler, seines Zeichens privater Hausmeister und in vielen Dingen Vertrauter Golo Grubers. Ihn hatte er wegen seines Untertauchens zurate gezogen. Der Kehlsteinlift sollte der Tarnung dienen. Angeregt hatte ihn das Verschwinden eines deutschen Unternehmers bei Zermatt in den Hochalpen. Viele Spekulationen rankten sich um dieses Ereignis. Genau das wünschte sich Golo auch für sein eigenes Untertauchen. Adler lehnte es ab, selbst mit ihm in der Nacht auf den Kehlstein zu fahren. Blut verteilen und falsche Spuren legen, damit fühlte er sich überfordert. Golo und Adler suchten jemanden, der sich mit Blut auskannte. Auch jemanden, der Motorrad fahren konnte. Im Idealfall jemanden, der Geld brauchte. Welch wunderbare Fügung, als Fridolin Täubner zu Adlers Antiquitätenscheune kam und offen von seiner finanziellen Situation redete. Er war außerdem ehemaliger Rettungssanitäter und Motorradfahrer. Niemand hätte geeigneter sein können! Die alte grüne NSU war außerdem die perfekte Tarnung für die nächtliche Kehlsteinfahrt. Doch noch war unklar, wie sie an den Schlüssel für Portal und Tür des Kehlsteinlifts kommen sollten. Hier kam ihnen Adlers Vorliebe für das Bräustüberl zupass. Er kannte Klaus Brunner, den Liftwart, flüchtig. Hatte ihm mal Visitenkarten angedreht. Er wusste, dass Klaus Brunner regelmäßig ins Bräustüberl kam. Denn Brunner war Mitglied im Schachclub Berchtesgaden. Im Nebenzimmer des Bräustüberls frönte er mit den anderen bis spät in die Nacht seinem Hobby. Seine Jacke, so hatte es Adler beobachtet, hängte er immer an die Garderobe der Gaststube. Nur den Geldbeutel nahm er mit ins Nebenzimmer. Wer sollte, so dachte sich wohl Klaus Brunner, schon etwas mit den Schlüsseln anfangen können? Horst Adler, hätte man ihm zurufen mögen. Denn der bediente sich in einem unbeobachteten Augenblick am Schlüsselbund von Klaus Brunner. Zehn Minuten später stand er in seiner Werkstatt auf seinem Gehöft. Dort nahm er einen Schlüsselrohling und eine Feile zur Hand und fräste mit viel Augenmaß Dubletten der beiden alten Schlüssel. Brunner hatte sie zum Glück beschriftet, sodass Adler nicht den ganzen Schlüsselbund kopieren musste. Zwei Stunden später saß er wieder an der Theke des Bräustüberls, nachdem er zuvor Brunners Schlüsselbund unbemerkt wieder in dessen Jackentasche hatte gleiten lassen.

»Sie haben gesagt, Sie sind Opfer eines Betrugs geworden«, beendet Luisa das Schweigen, das nach Golos Vortrag über den Schlüsselerwerb eingetreten ist. »Was für ein Betrug?«

Golo sieht Luisa kurz an, wendet sich dann aber an Simon zu. Scheint ihm peinlich zu sein, bei seinen Ausführungen einer Frau in die Augen zu schauen.

Nachdem er mit Täubner in besagter Nacht wieder den Kehlstein hinuntergefahren war und ihn verabschiedet hatte, nahm ihn ein schwarzer VW-Bus auf. Am Steuer ein Fahrer, auf der Rückbank Anna. Sie war der Antrieb für sein Handeln. Er selbst wollte schon länger aus seinem bisherigen Leben aussteigen. Das ständige Abwehren neuer und, wie er fand, unsinniger Geschäftsmodelle seiner Schwester, die Trägheit seines Bruders, die Kälte und Distanz seiner Frau und seiner Kinder – er hatte, wie er es nannte, *genug gerackert*. Er wollte endlich leben. Anna schien ihm die Richtige zu sein, um noch einmal durchzustarten. Vielleicht sogar noch mal eine Familie zu gründen. Annas Alter gab das her. Natürlich hatte er sich Gedanken gemacht, ob er hier nicht einer Verbrecherorganisation aufsaß. Er hatte eigens eine Detektei beauftragt, Annas Biografie zu checken. Keine besonderen Auffälligkeiten hatte ihm die Detektei gesagt. Anna spielte ihre Rolle perfekt. Er glaubte, sie habe wirkliche Gefühle für ihn. Sogar ihre russische Mutter hatte sie nach London einfliegen lassen. Eine einfache Frau, die zum ersten Mal ihre Heimat verlassen hatte, angeblich um ihn, Golo, kennenzulernen.

»Liebe macht blind, nun, dieser Satz hat auf mich in dieser Situation zugetroffen. Allerdings bin ich Anna dann doch auf die Schliche gekommen.«

Sie habe ihn schon wenige Tage nach seiner Ankunft in London gedrängt, eine Wohnung zu kaufen. Sie fand sein Untertauchen gut, kritisierte aber, es sei jetzt schwer, sich scheiden zu lassen. Wer nicht mehr existiere, könne irgendwann für tot erklärt werden. Aber ein Toter, der heiratet? Auch wollte sie nicht, dass er immer bei ihr zu Hause saß und nichts arbeitete, außer sein reichliches Geld anzulegen.

Und dann las er eines Tages in ihrem Handy. Auf Russisch schrieb sie sich mit einem Mann, dessen Porträtfoto ihm suspekt vorkam. Er fotografierte den Chatverkehr ab und ließ ihn sich von einem Übersetzer ins Deutsche übertragen. Danach war klar: Annas Aufgabe war es, heimlich an Golos Passwörter zu kommen, um seine Konten zu plündern. Sie war ein Lockvogel für die russische Mafia. Er war nicht das erste Opfer. Aber immerhin hatte er den Braten noch rechtzeitig gerochen. Er tat das, was Anna von ihm verlangt hatte, nur jetzt umgekehrt. Er tauchte in London unter und in Berchtesgaden wieder auf.

»Ja, und jetzt bin ich froh, dass ich das Abenteuer weitgehend unbeschadet überstanden habe.«

Simon wippt auf seinem Stuhl hin und her. Der Glanz von Grubers Edelanzug steht im Kontrast zum biederen Interieur ihrer Diensträume, mit Plastikrollos, die ihre beste Zeit im letzten Jahrtausend erlebt hatten.

»Okay, Herr Gruber, was haben Sie jetzt vor? Sie wissen, dass wir den Mörder Ihres Bruders noch nicht gefasst haben.«

»Ich weiß, ich weiß. Das war auch ein Grund, warum ich aus London weg und wieder hierher bin. Meine Schwester ist mit der Situation völlig überfordert. Schlimm, was meinem Bruder zugestoßen ist. Als ich das gelesen habe, war mir klar, ich muss zurück.«

»Sie sind unter Umständen gefährdet.«

»Ja, ich werde mir einen Sicherheitsdienst holen.«

»Für Ihr Haus hier in Berchtesgaden?«

Eine Pause tritt ein. Gruber sieht zu Boden, wirkt betreten.

»Da geh ich erst mal nicht hin. Ich habe mir ein Zimmer im Edelweiß genommen.«

»Weil Sie Ihrer Familie nicht mehr unter die Augen treten können?«

»Ach, lassen wir das. Das ist ja wohl nicht das Thema hier.«

Damit hat er sogar recht, denkt Simon. Er versucht sich vorzustellen, wie Dr. Herfurt schauen würde, der gerade an der Toterklärung für Golo bastelte. Wenn der Tote plötzlich quicklebendig vor ihm stünde.

»Warum haben Sie sich gerade den Kehlsteinlift ausgesucht, um uns, Ihre Familie und die Öffentlichkeit zu täuschen und falsche Spuren zu legen?«

Der Unternehmer schaut unsicher zu Simon und dann aus dem Fenster, wo sich eine Meise auf dem Fensterbrett niedergelassen hat.

»Das fragen Sie mal besser meine Mutter. Die wird Ihnen das erklären. Im Grunde habe ich es für sie getan.«

»Ich verstehe nur Bahnhof.«

»Das glaube ich Ihnen. Aber fragen Sie meine Mutter. Es ist ihr Privileg, das zu erklären. Die Sache mit dem Blutlift.«

Simon und Luisa schauen sich an. Schon wieder der Blutlift. Merkwürdig. Sein Großvater war der Sache zum Glück auf der Spur, hatte eine Vermutung, die Simon noch abfragen musste.

»Gut. Dann berichten Sie uns noch mal detailliert, wie der Abend und die Nacht abliefen, als Sie mit Täubner zum Kehlstein hochgefahren sind. Da ist jedes Detail für uns wichtig.«

Golo Gruber erzählt. Ausführlich. Ganz am Schluss horchen Simon und Luisa auf.

»Dann kam da dieser Irre …«

Der Irre. Golo beschreibt ihn. Vor allem seine linke Hand ist auffällig.

Simon ist klar, wen Golo Gruber meint. Er zeigt ihm Krumbachers Phantombild. Ja, das ist er. Golo bestätigt es.

Kapitel 41 • Zugriff

Haus Brunner, Dienstag, 29. Juni

Mir ist noch etwas eingefallen, heißt es in der Mail von Arno Krumbacher. *Das hatte ich völlig vergessen. Der Mann, der mir so verdächtig vorkam, hatte nur noch sieben Finger.*

Das ist der letzte Mosaikstein für Simon in den Fällen Gernot Gruber und Klaus Brunner. Er ruft zur Sicherheit noch mal bei Dr. Fridolin Täubner an, fragt ihn, warum er diese Begegnung im Lift des Kehlsteins verschwiegen hat. Weil der Irre ihm angedroht habe, ihn zu ermorden, sagt der Historiker. Das mag sogar stimmen.

Simon und Luisa bringen Jana Brunner nach Hause. Zu ihrer Verwunderung aber betreten die Ermittler das Haus, ohne sie zu fragen. Noch unverschämter findet sie es, wie sie sie in die Küche drängen und die Tür schließen. Sie solle sich still verhalten, sagen sie ihr. Was geht hier vor?

Simon und Luisa sprechen sich kurz ab. Dann gehen sie mit vorgehaltener Pistole von Raum zu Raum. Niemand da. In der Garage hören sie ein hämmerndes Geräusch. Das graue Kipptor ist geschlossen. Die Metalltür an der Seite nur angelehnt. Durch den Türspalt sehen sie einen kleinen drahtigen Mann, der mehrere Rucksäcke im Laderaum eines Ford Transit verstaut. Dazu Seile, mehrere Paar Bergschuhe, einen Helm. Sieht aus, als würde jemand eine größere Exkursion unternehmen wollen. Oder auswandern. Oder fliehen. Zum Schluss hievt der Mann noch ein Mofa in den Transporter.

»Hände hoch, Polizei!« Simon ist mit gezückter Pistole durch die Tür gesprungen und richtet seine Waffe auf die Brust des Mannes. Luisa sichert ihn ab. Außer ihnen dreien ist niemand in der geräumigen Garage. Patricks schwarzer Golf wirkt neben dem mächtigen Kastenwagen wie ein Spielzeugauto.

»Ganz nach oben die Hände!« Simon ist in solch heiklen Situationen ganz ruhig. Gelassen geht er bis auf einen Meter an den Mann heran, fordert ihn auf, sich zum Ford hinzudrehen, die Hände an die Fahrerscheibe.

Auch Luisa richtet jetzt ihre Pistole auf den sichtlich überraschten Mann. Simon durchsucht ihn unterdessen auf Waffen. Aber findet nichts. Dann fordert er den Mann auf, die Hände auf den Rücken zu nehmen. So kann er ihm die Handschellen anlegen. Er schiebt ihn mit dem Rücken zum Auto, sodass er und Luisa ihm ins Gesicht schauen können. Aus der Brusttasche des Mannes kramt er dessen Geldbeutel hervor. Darin ist der Personalausweis. Seine Identität ist jetzt geklärt. Simon holt sein Handy aus der Tasche. Krumbachers Phantombild, das er darin abgespeichert hat, trifft den festgenommenen Mann ziemlich gut. Auch ein anderes Foto in seinem Handy sucht er. Er hat es bei der Durchsuchung von Patricks Zimmer abfotografiert. Das Bild zeigt Patrick und den Mann auf einem Berggipfel, tief im Schnee. Auf dem unteren Rand des Fotos steht *Dachstein 2018*. Erst heute hat Simon entdeckt, was das Besondere an dem Mann neben Patrick war. Er hat ihn herangezoomt, sich jedes Detail angeschaut. Dann sah er es: Der Mann hatte an der linken Hand nur noch zwei Finger.

»Na, auf dem Weg zum Mount Everest?«, fragt Simon jetzt mit einem Anflug von Ironie.

Eine Antwort bekommt er nicht. Nur einen abschätzigen Blick zur Seite, als wolle der Mann nicht wahrhaben, was sich da gerade abspielt.

»Nun, wenn Sie …« Simon wird von aufgeregtem Geschrei unterbrochen. Jana Brunner hat es in der Küche nicht ausgehalten und ist ihnen in die Garage gefolgt. Sie stürmt in den Raum und auf den Mann zu.

»Wieso … wie … Handschellen … hast du etwa wirklich unseren …«

»Frau Brunner, Sie stören gerade massiv!« Luisa spricht laut und unerbittlich. »Entweder Sie sind jetzt still und setzen sich hier an die Seite. Oder ich lasse eine Streife kommen und Sie in eine Klinik einweisen.«

Das wirkt. Jana Brunner schweigt und setzt sich auf den von Luisa zugewiesenen Stuhl am Ausgang der Garage. Simon kann fortfahren.

»Nun, wie haben Sie sich das denn vorgestellt, mit dem Himalaja? Sie haben Salzburg Adventures dreißigtausend Euro überwiesen. Als Anzahlung. Das scheint zunächst alles seine Ordnung zu haben.«

»Du hast doch gesagt, es ist endlich Schluss mit deinem Everest-Traum …«, keift Jana dazwischen. Simon gibt Luisa mit einem Zeichen zu verstehen, sie solle sie lassen. Denn jetzt wird sie zu einer wichtigen Zeugin gegen den Mann, der da in Handschellen steht. Wie einer, den man beim Pinkeln an eine Kirchenmauer erwischt hat, schaut er aus. Nur dass dieses Pinkeln eine Petitesse wäre angesichts dessen, was er getan hat.

»Aber dann ist Ihnen die Luft ausgegangen«, fährt Simon fort. »Sie haben die zweite Rate von wieder dreißigtausend Euro nicht mehr zahlen können. Deswegen liegt uns ein Vollstreckungsbefehl von Salzburg Adventures gegen Sie vor.«

Der Everest-Träumer wiegt den Kopf hin und her, als wolle er Simons Worte aus seinem Gehirn schütteln.

»Sie haben die erste Rate auch nicht mit Ihrem eigenen Geld gezahlt. Nein, Ihr Arbeitgeber war Ihnen dafür gut genug. Uns liegt eine Betrugsanzeige vor. Sie haben Personen fingiert, Verträge und Policen manipuliert. Die Summe der Betrügereien kommt ungefähr hin mit dem, was Sie als erste Rate an Salzburg Adventures gezahlt haben.«

Ab und zu schaut Simon zu Jana Brunner. Sie sitzt zusammengekauert auf ihrem Stuhl. Simon ist sich sicher: Sie hört zum ersten Mal von diesen Dingen. Denn sie glotzt, staunt und schüttelt immer wieder ungläubig den Kopf.

»Aber das mit der Betrügerei Ihres Arbeitgebers ging nicht mehr weiter so. Die innerbetriebliche Revision hat bereits Unterlagen angefordert, was Ihnen nicht entgangen sein dürfte. Also hat sich die Schlinge um Ihren Hals zugezogen, wenn ich mal dieses Bild verwenden darf. Wo hätten Sie jetzt noch Geld herbekommen sollen? Jetzt muss ich mich an Sie wenden, Frau Brunner.«

Die Angesprochene schaut Simon an wie ein Geißlein den bösen Wolf. Aber Simon lässt sich nicht aus der Ruhe bringen. Er merkt bei jedem Satz, wie sich auch in seinem Kopf die Dinge klären. Luisa steht neben ihm, die Waffe nicht mehr im Anschlag, den Mann mit den Handschellen aber die ganze Zeit im Blick.

»Frau Brunner, Sie waren froh, dass Ihr Mann Ihnen den Ausrutscher mit Hermann Gruber so großzügig verziehen hat.« Simon lässt Jana nun nicht mehr aus den Augen. »Auch haben Sie beide den Seniorchef der Grubermilch AG durch sanfte Erpressung zu jährlichen Zahlungen bewegt. Was Sie uns allerdings vorenthalten haben: Sie haben Hermann Gruber immer wieder neu zum Zahlen gezwungen. Wir haben entsprechende Briefe gefunden. Sie waren in Golo Grubers Schreibtisch. Nach achtzehn Jahren meinte Hermann Gruber offenbar, es sei genug mit den Zahlungen. Der Patrick müsse jetzt selbst Geld verdienen.«

Jana Brunner entfährt ein tiefer Seufzer.

»Außerdem haben wir Ihre letzten Drohbriefe vorliegen, die Sie an die Gruber-Kinder gerichtet haben. Allerdings sind das gar nicht Ihre Drohbriefe, Frau Brunner.«

Jetzt droht Jana durchzudrehen. Sie schreit irgendetwas Unverständliches, rauft sich die Haare und sieht Simon mit verwirrtem Blick an: »Wieso sind das nicht meine Briefe?«

»Weil ich mir Ihre Schrift genau angeschaut habe. Als Sie bei uns auf der Polizeiinspektion waren, haben ich Sie gebeten, mir Ihre Adresse auf einen Zettel zu schreiben. Schauen Sie mal …« Simon hält ihr das Foto eines Briefes im Handy hin. »Das ist doch nicht Ihre Schrift, oder?«

»Nein«, kommt es von Jana, die nun laut vorliest, was in dem Brief steht:

Wenn Sie mir nicht die dreißigtausend Euro in bar geben, passiert Ihnen was! Als Übergabeort schlage ich den Besucherparkplatz des Dokumentationszentrums auf dem Obersalzberg vor. 25. Mai, zehn Uhr abends. Stellen Sie dort einen Beutel mit dem Geld unter dem Schild mit den Besucherinformationen ab. Dann fahren Sie sofort davon. Wenn Sie nicht erscheinen oder die Polizei einschalten, bringe ich Sie um.

»Das … das … das habe ich nie geschrieben!« Bestürzt sieht Jana Gruber auf.

»Das glaube ich Ihnen, Frau Brunner. Ihre Briefe, wem haben Sie die gegeben, um sie den Grubers zuzustellen? War das vielleicht der Mann, der Ihnen geraten hat aufzugeben? Die Grubers nicht weiter zu erpressen?«

Ganz langsam erhebt sich Jana Brunner, will zu dem Ford Transit gehen, vor dem der kleine muskelbepackte Mann steht und zu Boden starrt.

»Du hast doch nicht etwa …« Jana bewegt sich Schritt für Schritt nach vorne. Wie ein Raubtier, das sich gleich auf einen Hasen stürzt. Simon stellt sich schützend vor den Handschellenmann. Es muss hart sein für Jana Brunner, zu realisieren, welch doppeltes Spiel der Mann gespielt hat. Trotzdem weist Simon sie an, sich wieder zu setzen.

»Ich fahre mal fort, wie sich die Dinge jetzt darstellen. Bei der Durchsuchung von Patricks Zimmer haben wir ein Foto gefunden. Entstanden ist es auf dem Dachstein 2018. Zu sehen sind Patrick und Sie«, Simon zeigt auf den Mann am Ford. »Sie sind gemeinsam auf den Berg gestiegen, im Winter. Für Sie vielleicht eine Trainingseinheit für den Mount Everest.«

Simon sortiert sich gedanklich kurz, dann fährt er fort.

»Auf diesem Foto ist zu erkennen, dass Sie nur noch zwei Finger an der linken Hand haben. Stellen Sie sich vor: Aufgrund des Vollstreckungsbefehls habe ich bei Salzburg Adventures angerufen. Ein Toni war am Telefon. Erst habe ich geglaubt, es handele sich bei dem gesuchten Herrn Brunner, der die zweite Rate für den Everest nicht gezahlt hat, um einen anderen. Denn Brunner ist ein häufiger Name. Und bei Salzburg Adventures ging es ja immer um einen Manfred Brunner. Der *Manni*, so haben Sie sich vorgestellt. Dieser Manni war offenbar besessen von dem Wunsch, den Everest zu besteigen. So besessen, dass ihn sogar drei erfrorene, amputierte Finger nicht von seinem Entschluss abbringen konnten. Es war ein Wahn, dem dieser Manni unterlag. Dieser Mann, der gar kein Manni war. Denn …«

Simon holt tief Luft.

»Denn ich habe im Melderegister gesehen, dass Manfred nur Ihr zweiter Vorname ist. Sie wollten sich hinter diesem zweiten Vornamen verstecken. Ist Ihnen ja auch einen Moment lang gelungen. Aber in Wirklichkeit heißen Sie nicht Manfred oder Manni, sondern …«

Simon macht bewusst eine Pause. Schaut erst zu Jana Brunner, dann zum Handschellenmann und Luisa.

»… sondern Karl Manfred Brunner!«

Kapitel 42 • Geplatzte Träume

Haus Brunner, Dienstag, 29. Juni

Er lässt den Namen wirken. Wie Weihrauch die Kirche schwängern seine Worte die Garage mit Gewissheiten. Simon gibt Brunner und seiner Frau, aber auch sich selbst einen Abriss der Ereignisse. Demnach hat Karl Brunner, Ehemann von Jana, leiblicher Vater von Klaus und Stiefvater von Patrick, die Gruber-Geschwister über Monate hinweg erpresst. Er brauchte rund einhunderttausend Euro, um sich seinen Lebenstraum mit Salzburg Adventures doch noch zu erfüllen: die Besteigung des Mount Everest. Geld, das er nie aus eigener Kasse hätte aufbringen können. Bis 2017 hatte er alle Everest-Expeditionen mit den jährlichen Zahlungen von Hermann Gruber finanziert. Seine Frau Jana ließ ihn gewähren, weil sie wusste, wie unleidlich Karl wurde, wenn sie ihn da einbremste. Außerdem hatte sie wegen ihres Seitensprungs ein schlechtes Gewissen. Immerhin hielt es Karl seit über dreißig Jahren mit einem Kind aus, das er nicht gezeugt hatte. Spielte nach außen die Rolle des leiblichen Vaters. Das hatte sie nie vergessen.

Jana selbst sparte sich alles, was das tägliche Leben betraf, vom Munde ab. Eigene Ansprüche stellte sie fast immer zugunsten ihres Mannes zurück. Sie fuhren nie in Urlaub, wohnten immer zur Miete, und die Couchgarnitur war noch die ihrer Eltern aus den Fünfzigerjahren. Karl muss ihr bei der letzten Tour zum Everest, als er drei Finger verlor, versprochen haben, seinen Traum für immer zu beerdigen. Für sie begann nun das eigene Träumen. Was würden sie jetzt alles tun, wenn sie das Geld von Gruber zur freien Verfügung hätten! Nach Wien fahren und mit einem Fiaker die Stadt erkunden! Eine Kreuzfahrt durch die norwegischen Fjorde! Endlich ein neuer Fernseher und bequeme Möbel fürs Wohnzimmer!

Doch nach dem Tod von Hermann blockierten die Gruber-Kinder die Zahlungen. Sie war wütend darüber, wollte nicht verzichten und schrieb ihnen Briefe, in denen sie das Geld weiterhin einforderte. Dem Scheine nach riet ihr Mann Karl ihr, besser aufzugeben. In Wirklichkeit kamen Janas eher milde Briefe nie bei den Grubers an. Stattdessen ersetzte Karl sie durch eigene Briefe. Diese enthielten massive Drohungen. Doch auch jetzt antworteten die Gruber-Geschwister nur ein einziges Mal. Der Brief, in dem sie Patrick als Balg bezeichneten. Diesen Brief zeigte Karl sogar seiner Frau, die ihn als Antwort auf ihren eigenen auffasste. Sie las ihn laut vor, auf Karls Geheiß.

Dass Patrick dabei vor der Tür lauerte und mithörte, hatte Karl geschickt eingefädelt. Patrick war während des Gesprächs vor der Wohnzimmertür, weil Karl ihn gebeten hatte, das Rohr des Gäste-WCs gleich neben dem Wohnzimmer zu reinigen. Karl selbst hatte es zuvor mit Toilettenpapier verstopft. Das alles war Teil seines Planes: Patrick sollte Wut auf die Familie Gruber entwickeln, und auf alle, die um das große Geheimnis seiner

Herkunft wussten. Nur er war ein Nichtsahnender! Damit hatte Patrick klare Rache- und Mordmotive. Die er aber nicht auslebte. Stattdessen tat das Karl, sein Stiefvater, dem klar war, wie schwer es für Patrick sein würde, seine Unschuld gegebenenfalls zu beweisen.

Karl Brunner spürte, dass seine Drohbriefe nicht die gewünschte Wirkung erzielten. Zugleich brauchte er dringend Geld, um die zweite Rate an Salzburg Adventures zu bezahlen. Der eine Weg war, seine eigene Versicherung zu prellen. Der andere, seinen Forderungen an die Grubers Nachdruck zu verleihen. Als Erstes nahm er Kontakt zum Ältesten der Geschwister auf.

Er forderte Golo auf, am 25. Mai um zehn Uhr abends zum Dokumentationszentrum Obersalzberg zu kommen und dort dreißigtausend Euro in einer Tasche zu hinterlassen. Karl fuhr mit seinem Ford zum vereinbarten Treffpunkt. Auch sein Mofa hatte er sicherheitshalber dabei. Vielleicht gäbe es eine Verfolgungsjagd durch den Wald, da wäre das Mofa von Vorteil. Doch Golo Gruber erschien nicht zur vereinbarten Zeit. Wozu auch? Golo war klar, dass er sein weiteres Leben ohnehin nicht mehr in Deutschland plante. Warum sollte er sich also noch mit einem Erpresser beschäftigen! Mit Fridolin Täubner war er eine Stunde nach dem gewünschten Übergabetermin verabredet. Zwar auch am Dokumentationszentrum, aber bewusst am Waldeingang. Ein anderer Ort also, und bis dahin wäre der Erpresser sowieso weg! Das war Karl auch, doch auf dem Rückweg war ihm Grubers auffallender Porsche entgegengekommen. Karl Brunner drehte daraufhin um. Der hat sich wohl verspätet, hat er gedacht. Er staunte nicht schlecht, als Golo aber gar nicht zum Treffpunkt fuhr und plötzlich nirgends mehr zu sehen war.

In der Ferne hörte er das Klirren einer berstenden Autoscheibe. Dann sah er Gruber auf einem Motorrad zur Kehlsteinstraße fahren. Karl eilte zu seinem Transporter zurück. Gut, dass er das Mofa dabeihatte. Auch er fuhr die gefährliche Strecke zum Kehlstein hoch, Golo hinterher. Der war mit Täubner in der Zwischenzeit im Lift zugange und versudelte sein Blut aus den Konserven. Karl Brunner überraschte die beiden im Lift. Er stellte Golo wegen des Geldes zur Rede und prügelte auf ihn ein. Daher das frische Blut, das so gar nicht vorgesehen war. Danach zog Karl ab. Er hatte ein weiteres Ultimatum zur Zahlung gestellt, und Golo hatte eingewilligt. Er wäre ja eh wenige Stunden später über alle Berge! Da konnte er das dem Erpresser Karl ruhig versprechen. Der ahnte von nichts. Auch warum Golo und Täubner Blut im Lift verteilten, hat Brunner sich offenbar nicht weiter gefragt.

Karl Brunner musste jetzt aber vorsichtig sein. Ihm kam der Gedanke, Patrick tauge perfekt zum Mörder und Armbrustschützen. Mit einem ausgeklügelten Plan erschlich er sich das Vertrauen Patricks. Sagte ihm, wie gut er seine Enttäuschung verstehe. Dass er nur zufällig von seiner Herkunft erfahren habe, weil er an der Wohnzimmertür gelauscht habe. Dass er, Karl, ihm das schon lange sagen wollte. Aber vor allem Klaus habe ihn daran gehindert. Der Bruder wollte, so behauptete Karl, Patrick im Ungewissen lassen. Damit schürte er Patricks Hass auf Klaus ins Unermessliche. Patrick hatte sich dem älteren Bruder gegenüber immer zurückgesetzt gefühlt. Jetzt erfuhr er auch noch, dass Klaus ihn weiter belügen und betrügen wollte.

Doch nicht nur diesen Hass stachelt Karl an. Auch den gegen die Gruber-Geschwister nährt er wie die Amme einen Säugling. Er manipulierte Patrick, gaukelte ihm Verständnis vor, forderte Vertrauen ein. Fortan wechselte er sich mit Patrick beim Observieren von Gernot Brunner ab. Mit dem schwarzen Golf war immer einer von ihnen auf Wache vor Gernots Wohnhaus.

Dann war die Gelegenheit endlich gekommen. Gernot brach frühmorgens zu einer Bergtour auf. Den Kehlstein wählte er, weil er wie seine Geschwister eine besondere Beziehung zu diesem Berg hatte. Er dürfte nicht mitbekommen haben, dass hinter ihm zwei Männer durch den Wald auf den Kehlstein stiegen. Oder er hielt sie für Frühaufsteher, die wie er den Mannlsteig bewältigen wollten. Erst auf dem Mannlgrat kam es dann zur Begegnung: Gernot Gruber auf der einen, Karl und Patrick Brunner auf der anderen Seite. Karl hat Gernot gedroht, er werde ihn umbringen, wenn er nicht bis zum nächsten Tag dreißigtausend Euro in bar abliefere. Gernot hat ihn hämisch verlacht und wollte weitersteigen. Da hat Karl ihn von hinten gepackt, auf eine Felsplatte gedrückt und mit aller Kraft erwürgt.

Patrick war etwa zehn Meter entfernt vom Geschehen und paralysiert. Er sah noch, wie sein Stiefvater Gernots Leiche ins Tal warf. Dann floh er, Patrick, gefolgt von Karl, dem Mörder. Sie stiegen durch den Wald zum Hintereck und fuhren mit dem Golf ins Tal. Karl redete während der Fahrt auf Patrick ein, sie seien beide die Täter. Sie müssten sich, falls jemand sie am Kehlstein gesehen habe, eine Begründung einfallen lassen. Walkers Kräuterexkursion kam ihnen da gerade recht. Karl, der häufiger bei Horst Adler verkehrte, wusste von diesen Exkursionen. Er fuhr zum Antiquitätenhändler und zahlte die Gebühr für sich und Patrick. Der dritte Teilnehmer war Arno Krumbacher.

Karl wurde am Ende seine Neugierde zum Verhängnis. Sein Wunsch, unauffällig mit der Kräuterexkursion am selben Tag an den Tatort zurückzukehren. Zu schauen, ob sie auch nichts Verdächtiges zurückgelassen hatten. Einen Karabiner, ein Tempotaschentuch, was auch immer.

Arno Krumbacher hatten die Ermittler unterschätzt. In Bezug auf Karl hatte er genau den richtigen Riecher gehabt. Er hatte von Anfang an den Verdacht, dass der Mann, der unbedingt auf dem Mannlgrat nach Kräutern suchen wollte, der Mörder war. Auch das Phantombild, das nach Krumbachers Angaben erstellt worden war, hatte verblüffende Ähnlichkeit mit dem realen Karl. Das hatte Simon im Laufe der Ermittlungen ebenso bemerkt wie Jana Brunner, als sie damit konfrontiert wurde. Dass sie versuchte, das Wiedererkennen ihres Mannes vor den Ermittlern zu verbergen, war nachvollziehbar. Aber es war ihr schlecht gelungen.

Karl Brunners perfider Plan ging noch weiter. Er wollte immer mehr Verdacht auf Patrick lenken. Bei der Kräuterexkursion entdeckte er die Armbrust an Rick Walkers Zeltverhau. Am Tag nach dem Mord an Gernot Gruber begab er sich wieder auf den Kehlstein. In aller Herrgottsfrüh. Sein Mofa versteckte er irgendwo in einem Waldstück an der Kehlsteinstraße, weit genug entfernt von Walker, dass dieser ihn nicht hörte. Er pirschte sich ans Zelt heran. Der schlafende Walker merkte nichts. Weder, dass Karl Armbrust und Pfeil nahm. Noch, dass er auf seinen eigenen Sohn anlegte und schoss. Wann dieser zu seiner Schicht die Kehlsteinstraße hochfuhr, war ihm bekannt. Zu Karls Verteidigung lässt sich sagen, dass er den Sohn nicht ermorden wollte, sondern absichtlich nur auf die Schulter gezielt hatte. Das würde genügen, um Patrick auch diese Tat unterzuschieben. Patrick hasste seinen Bruder, genauso wie die Gruber-Geschwister. Alles gute Mordmotive.

Die Wahrheit aber war: Karl selbst hatte eine Rechnung mit den Grubers offen, weil sie nicht weiterzahlen wollten. Weil sie ihm seinen Traum vom Everest zerstörten. Und Klaus, sein Sohn? Der war ihm bestenfalls gleichgültig. Patrick hatte den Ermittlern erzählt, wie Klaus seinen Vater einmal geschlagen habe. Das lag schon zwanzig Jahre zurück. Aber er habe immer wieder gespürt, wie sehr Karl das gedemütigt hatte. »Kannst ja deinen Vater wieder schlagen«, hatte er Klaus mehr als einmal zugerufen, wenn dieser sich den väterlichen Anweisungen widersetzte.

»Tja, und jetzt, Herr Brunner«, wendet sich Simon direkt dem Delinquenten zu, »haben Sie gedacht, Patrick sei geliefert. Es spreche so viel gegen ihn, dass er sich nicht mehr wehren kann. Glückwunsch! Das haben Sie gar nicht so schlecht eingefädelt. Aber wir haben nirgendwo Patricks DNA gefunden. Nicht am Lift, nicht an Gernot Gruber, nicht an der Armbrust und dem Pfeil von Rick Walker. Wohl aber dürfte Ihre dort überall zu finden sein. Das wird umgehend abgeklärt. Ach ja, und noch eine Neuigkeit: Golo Gruber ist wieder aufgetaucht. Er hat uns detailliert von Ihrer Begegnung im Kehlsteinlift erzählt. Und im Gegensatz zu Fridolin Täubner hat er keine Angst vor Ihnen. Braucht er jetzt auch nicht mehr zu haben. Sie werden wohl kaum unter lebenslänglich davonkommen. Und ob Sie nach fünfzehn Jahren wieder rauskommen, steht in den Sternen. Dann sind Sie dreiundsiebzig. Für den Everest definitiv zu alt.«

Mit einem Kopfnicken gibt Luisa den dazugekommenen Streifenbeamten das Zeichen, Karl Brunner abzuführen. Im selben Augenblick kommt Patrick nach Hause. Er sieht die Polizei, die Handschellen an den Armgelenken seines Stiefvaters. Mit hasserfülltem Blick schauen sich die beiden an. Dann begleiten Polizeibeamte Karl Brunner zum Streifenwagen.

»Und Sie, Herr Brunner«, wendet sich Luisa an Patrick, »Sie sind verdächtig, das Grab von Hermann Gruber geschändet zu haben.«

Kurz ist es ruhig in der Garage. Sogar Jana schluchzt nicht mehr.

»Ja«, sagt Patrick in die Stille hinein. »D-d-das Grab habe ich gesch-sch-schändet. Dazu ste-e-e-ehe ich.«

Kapitel 43 • Ludwig klärt auf

Marktplatz/Schönerlehen, Ende Juni

Simon und Luisa besuchen Eva Gruber. Wie muss es dieser Frau ergehen! Ein Sohn ermordet. Der andere verschwunden und jetzt wieder aufgetaucht. Sie, so hat es Golo in Aussicht gestellt, kann das Geheimnis um den Blutlift lösen. Doch als sie beim Haus am Marktplatz ankommen, steht der Rettungswagen vor der Tür. Sie gehen zur Wohnung hoch. Von der Notärztin erfahren sie, dass Eva Gruber vor wenigen Minuten einem Herzinfarkt erlegen ist.

Der auferstandene Sohn war eine Nachricht zu viel. Möglich, dass sie vor Freude über diese Nachricht verstorben ist. Das wäre wenigstens ein guter Tod, wenn es so etwas überhaupt gibt.

Aber was hat es mit dem Blutlift auf sich? Wird das für immer ein Geheimnis bleiben?

Einen Trumpf hat Simon noch. Seinen Großvater.

•••

Ludwig Perlinger hat viele Ordner, Zeitungsartikel und handgeschriebene Zettel auf seiner riesigen Tischplatte ausgebreitet. Mit seinem Enkel ist er die enge Stiege in den ersten Stock des Austragshäusls hinaufgegangen. Ins Archiv, das Reich des Hobbyhistorikers. Für die Akten und Unterlagen hat er sich eigens Regale von einem befreundeten Schreiner anfertigen lassen. Wichtigste Bedingung: Jeder freie Zentimeter im Raum muss für Regalwände genutzt werden. Tiefe Regalwände, sodass er sie dreireihig, vierreihig bestücken kann.

»Also pass auf, Simon. Du hast mich nach dem Blutlift gefragt und dem Zusammenhang mit dem Kehlsteinhaus.«

Ludwig Perlinger holt weit aus, rollt noch einmal die ganze Geschichte des Obersalzbergs auf. Er erzählt von den alten Lehen, der Errichtung des Führersperrgebiets und wie die Nazis die alteingesessenen Bauernfamilien erpresst und vertrieben hatten, um sich deren Häuser und Grundstücke einzuverleiben. Er spricht vom Bau der Kehlsteinstraße und des Kehlsteinhauses, schließlich auch vom Bau des Lifts.

»Für den Lift haben die Arbeiter einen einhundertdreißig Meter tiefen Stollen angelegt.« Ludwig hält Simon ein Foto hin. Man sieht den ausgebohrten Tunnel von oben. Ein Blick wie in den Schlund eines Wals, der sein riesiges Maul aufgerissen hat.

»In diesen Tunnel ist bei den Bauarbeiten ein Arbeiter gestürzt.«

Simon wartet auf weitere Ausführungen, aber der Großvater ist verstummt. Er hat sich eine Pfeife angezündet und schaut in verschiedene Ordner.

»Weiß man, wer der verstorbene Arbeiter war, Opa?«

»Moment! Ich muss noch kurz etwas suchen.«

Während Ludwig in seinem Ordner wühlt, ruft Simon den Wikipedia-Eintrag zum Kehlsteinhaus auf dem Smartphone auf.

»So, jetzt hab ich's!« Der Großvater zieht noch einmal kräftig an seiner Pfeife. »Der verunglückte Arbeiter heißt Wilhelm Gruber.«

»Gruber?«

»Ja, Wilhelm Gruber. Hier …« Der Großvater hält Simon eine Art topografische Karte hin, auf der die verschiedenen Lehen des Obersalzbergs eingezeichnet sind, bevor der Berg zum Führersperrgebiet ernannt wurde. »Wilhelm Gruber entstammt einer alten Bauernfamilie am Obersalzberg. Die Nazis haben sie zum Verkauf ihrer Güter gezwungen. Wilhelm hat sich anfangs geweigert und dann einige Monate in einem Lager verbracht. Als er nach Berchtesgaden zurückkam, steckte man ihn in eine Arbeitereinheit, eine sogenannte Gefolgschaft. Dort wurde er für die Ausschachtungsarbeiten am Lift eingesetzt.«

»Und ist dann dort verunglückt?«

»Genau. Wie es passiert ist, darüber geben meine Quellen nichts her. Ich vermute, es gibt auch keine Aufzeichnungen dazu. Denn solche Unfälle wollten die Nazis natürlich nicht an die große Glocke hängen.«

»Hier im Internet steht, es habe bei der Errichtung des Aufzugsschachtes zwölf Tote gegeben, Opa.«

»Die berufen sich vermutlich auf eine englische Hitler-Biografie von 1941. Da ist einiges dazugedichtet worden, um das Ganze noch schlimmer zu machen. Nachzuweisen ist, dass bei den ganzen Bauarbeiten auf dem Kehlstein, also für die Straße, den Lift und das Haus, zehn Arbeiter zu Tode gekommen sind. Mehr geben die erhaltenen Quellen nicht her. Das sind angesichts der Tausenden von Arbeitern relativ wenig. Die haben auch im Winter bei eisiger Kälte und mit unzureichender Kleidung sechzig Stunden in der Woche geschuftet.«

Ludwig stützt sich auf die große Tischplatte.

»So, und jetzt, Simon, willst du sicher wissen, ob der Wilhelm Gruber etwas mit der Grubermilch AG zu tun hat.«

»Natürlich, ich bin sehr gespannt.«

»Hat er. Und wie. Wilhelm ist der Vater von Hermann Gruber. Nach seinem Unfalltod im Schacht des Kehlsteinlifts haben die Nazis der Ehefrau eine recht hohe Summe Schmerzensgeld bezahlt. Zusätzlich noch eine Rente.«

»Wohl eher ein Schweigegeld!«

»Ja, das kann man wohl so nennen. Mit diesem Geld hat Alma Gruber, Wilhelms Frau, den Milchladen am Berchtesgadener Marktplatz eröffnet. Oder besser gesagt ihr Sohn, Hermann.«

»Das bedeutet, das Anfangskapital der Grubermilch AG stammte von den Nazis, Opa.«

»Ja, das war wohl so. Aber ich würde das nicht negativ sehen. Denn die Nazis haben der Familie Gruber großen Schaden zugefügt. Erst die Erpressung wegen des seit Jahrhunderten vererbten Lehens, dann die Enteignung, die Lagerhaft für Wilhelm. Schließlich seine Zwangsrekrutierung für die Arbeiten am Lift, die mit seinem Tod endeten. Bedenkt man all das Leid, sind die bezahlten Entschädigungen nichts dagegen.«

»Stimmt schon, Opa. Und dass der Hermann einen großen Konzern aufgezogen hat, ist ja allein sein Verdienst.«

»Sehe ich genauso. Aber man sieht, wie tief die schlimme Geschichte der Nazizeit auch noch Jahrzehnte später nachwirkt.«

»Jetzt haben wir wenigstens das Geheimnis des Blutlifts noch gelöst. Blut von Wilhelm Gruber, der in dem Schacht zu Tode gestürzt ist.«

Simon ist ins Grübeln geraten. Auch Ludwig schweigt und schmaucht seine Pfeife.

»Jetzt ist mir auch klar, warum der Golo ausgerechnet den Lift für seine Scheinflucht ausgewählt hat.«

»Ja, das wird jetzt klar.«

»Weil er seinem Großvater ein Denkmal setzen wollte. Und um seiner Mutter ein Zeichen zu geben. Sie hat ihren Schwiegervater ja nie kennengelernt. Aber als Mitglied der Familie wusste sie um dieses große Geheimnis. Sie und Golo und die anderen beiden Geschwister durften nie offen über das Vergangene sprechen. Auch als die Nazizeit lange vorbei war, fürchteten sie, es könne sie jemand deswegen angreifen. Ihnen die Entschädigungen durch die Nazis zum Vorwurf machen. Oder behaupten, Wilhelm Gruber habe mit den Nazis kooperiert.« Simon schweigt wieder. Es dauert, bis er Worte findet.

»Weißt du was, Opa? Der Watzmann ist der schönste Berg der Berchtesgadener Alpen, aber der Kehlstein ist der spannendste.«

Die beiden schauen aus der kleinen Dachluke hinüber zum Massiv des Watzmanns. Der Himmel ist königlich blau, die Berge mit ihren Tälern und Schluchten schauen aus wie ein Labyrinth für Riesen.

Simon leuchtet jetzt noch etwas ein. Der Oldtimer in Adlers Schuppen gehört ganz sicher Golo Gruber. BGL – GG – 38. Es ist offenkundig, was es mit der Zahl für eine Bewandtnis hat. 1938, das Jahr des blutigen Todes von Golos Großvater im Schacht des späteren Kehlsteinlifts.

Wieder schweifen die Blicke von Großvater und Enkel zum Watzmann.

»Vielleicht hat den Wilhelm Gruber ja auch jemand in den Schacht gestoßen …« Der Enkel schaut den Großvater mit großen Augen an.

»Simon, man merkt, dass du bei der Kripo bist. Du siehst überall Mord und Totschlag. Jetzt hast du gerade die spektakulären Fälle um die Familie Gruber gelöst. Aber ich fürchte, für den Fall aus dem Jahr 1938 gibt es keine Beweise mehr. Falls es überhaupt ein Fall war.«

Hinter Ludwigs buschigem Oberlippenbart ist ein Schmunzeln zu erkennen. Auch Simon kann sich ein Lächeln nicht verkneifen.

Kapitel 44 • Alles fließt

Berchtesgaden, Juli/August

Die Grubermilch AG kommt wirtschaftlich immer stärker ins Schlingern. Die dunkelste Wolke am Himmel, die Insolvenz, rückt bedrohlich näher. Bevor sich das Gewitter vollends entlädt, setzen sich Golo und Greta am Tag der Trauerfeier ihrer Mutter zusammen. Greta erklärt Golo ihren Ausstieg. Sie ist nicht bereit, länger den Kopf für die Geschäftspraktiken der Grubermilch AG hinzuhalten. Sie strebt eine politische Karriere an. Gemeinderat, Landtag, vielleicht Bundestag, das sind ihre Ziele. Die örtliche Grünen-Vorsitzende ist sie ja schon. Auch liegen ihr verschiedene Angebote von Headhuntern vor, in Firmen mit nachhaltigen Konzepten einzusteigen. Vor allem ein Projekt aus Südafrika fasziniert sie, wo hochbegabte Keramiker aus den Townships von Kapstadt edle Teller, Tassen und Vasen herstellen. Diese hochpreisigen Produkte in Europa und den USA zu vermarkten, sicht sie als eine von mehreren passenden Herausforderungen an.

Golo findet in seiner Post einen Brief aus der Kanzlei von Dr. Herfurt. Gleich zehn Anwälte und Anwältinnen stehen auf dem Briefkopf. Der, der ihm schreibt, ist Scheidungsanwalt. Cynthia lässt ihm mitteilen, dass für sie das Trennungsjahr mit dem Tag seines mysteriösen Verschwindens begonnen hat. Da es keinen Ehevertrag gibt, kommen auf Golo hohe Zahlungsforderungen zu. Er wird sich auch einen Anwalt holen. Die Messer werden gewetzt. Mal sehen, wer als Sieger vom Feld geht. Dass beide verlieren werden, kommt in Golos Gedankenwelt nicht vor.

Auch Gustav und Gesa, seine Kinder, schreiben Golo. Sie sagen sich völlig von ihm los. Mit seiner Flucht habe er ihnen gezeigt, wie wenig sie ihm bedeuteten: Eine junge russische Geliebte sei ihm wichtiger als der Kontakt zu ihnen gewesen. Wenn die Geliebte ihn nicht so enttäuscht hätte, wäre er sowieso wohl für immer abgetaucht.

Jetzt tauchen wir halt für immer vor dir ab. Sorry, »Vater«.

•••

Golo Gruber fährt wenige Tage später zu Horst Adlers Antiquitätenladen. Er ist jetzt alleiniger Besitzer der Grubermilch AG. Familie hat er keine mehr, Freunde hatte er noch nie. Nur mit diesem schrägen Händler, seinem privaten Hausmeister und Gärtner, hat er öfter privaten Kontakt.

Lange mustert er die tannengrüne NSU. Sie ist noch da. Wie Adler berichtet, ist Täubner mit seinem Gruber-Geld ins Spielcasino gefahren. Wollte, dass es sich schnell vermehrt. Aber dann war alles ganz schnell futsch.

Golo hat den Motorradführerschein, ist aber seit dreißig Jahren nicht mehr gefahren. Solange er es sich noch leisten kann, möchte er das Leben genießen, sagt er sich. Also legt er Adler ein Bündel Scheine hin, steckt den Schlüssel ins Schloss der alten Maschine und fährt mit lautem Dröhnen des Auspuffs los.

Er biegt Richtung Obersalzberg ab, fährt auf die Roßfeld-Panoramastraße. Als er am Dokumentationszentrum vorbeikommt, bleibt er kurz stehen. Dort oben, an einem der Fenster, muss Dr. Fridolin Täubner sitzen. Der Wissenschaftler ist in der Privatinsolvenz, Golo steht der geschäftliche Ruin unmittelbar bevor. Einen Augenblick überlegt er, zu Täubner hochzugehen und ihn auf eine Spritztour einzuladen. Jetzt mit getauschten Rollen, er als Fahrer. Wie hatte der Täubner gejuchzt, als er die alte NSU fuhr. Aber Golo Gruber neigt nicht zu Sentimentalitäten. Er dreht am Gasgriff, lässt die Maschine mehrmals aufheulen und brettert auf der Panoramastraße weiter.

Auf dem Scheitel bremst er ab und sieht ergriffen auf die steinernen Zeugen der Ewigkeit: Hoher Göll, Kehlstein, das Tennen- und Dachsteingebirge, der Untersberg. Was ist schon der Verlust der Familie angesichts dieser Herrlichkeit, fragt er sich. Aber er spürt einen Schmerz in der Brust, nah am Herzen. Familie, das sitzt emotional viel tiefer, als es der Verstand wahrhaben will.

•••

Rick Walker baut seinen Zeltverhau am Kehlstein ab. Zu viel ist vorgefallen. Die kosmischen Wellen im Berginneren schwingen nicht mehr in seiner Seele. Wo Morde passieren, geht spirituelle Essenz verloren. Das war schon beim Doppelmord am Watzmann so. Jetzt ist der Kehlstein seiner Magie beraubt. Aber er spürt schon, wie ein anderer Berg sich nach ihm sehnt, ihn ruft. Ist es der

Jenner? Der Untersberg? Der Hochkalter? Oder das Steinerne Meer mit dem Funtensee?

Schwer bepackt steigt er den Fußweg vom Kehlstein hinunter. Da, ein Ziehen in der Brust, ein Windhauch, ein golden gleißendes Leuchten direkt vor den Augen. Er presst die Augen zusammen, spürt engelgleiche Gestalten um sein Haupt streichen. Dann weiß er, welcher Berg ihn ruft. Wie ein Indianer tanzt er im Kreis, die Augen weit aufgerissen, die Zähne gebleckt.

•••

Klaus Brunner fährt wieder Lift. Patrick Brunner reinigt wieder Rohre. Nur Jana Brunner sitzt nicht mehr hinter der Kasse bei Lidl. Sie schafft es nicht mehr, so viel unter Menschen zu sein. Karl hat sie zu sehr verletzt. Über all die Jahre hat sie ihm das Gruber-Geld für seinen Everest-Wahn überlassen. Dass er sie dann so betrügt, ihre Schreiben an die Gruber-Kinder vernichtet, diese stattdessen mit Morddrohungen erpresst, die er sogar umsetzt, das hätte sie ihm nie zugetraut. Dann entpuppt er sich auch noch als Schläger, Mörder, Sohn-Attentäter. Ob sie jemals wieder einem Menschen vertrauen kann?

Als sie an einem Morgen vor dem Spiegel steht, sieht sie die Falten, die sich tief in ihr Gesicht eingegraben haben. Sie weiß nicht, was sie noch vom Leben erwartet. Leni, ihre beste und einzige Freundin seit Schultagen, hat Jana angeboten, bei ihr auf dem Hof zu arbeiten. Die Kühe versorgen zähle ebenso zu ihren Aufgaben wie das Aufbereiten der Gästezimmer. Dafür bekomme sie ein Zimmer im Dachgeschoss, dürfe mittags mit Leni und ihrer Familie essen, auch einen mäßigen Lohn wolle man ihr zahlen.

Sie hat lange gezögert, dann aber zugesagt. Anfangs fielen ihr das frühe Aufstehen und die vielen Stunden im Stall schwer. Aber Leni ist eine Kuhflüsterin, redet viel mit ihnen und nennt sie oft beim Namen. Sie hat ihre emotionale Bindung an die Milchtiere unmerklich an Jana weitergegeben. Die Abläufe des bäuerlichen Alltags, das regelmäßige Melken, die körperliche Arbeit lassen Janas Seele langsam, aber sicher gesunden. Sie empfindet ihr neues Leben immer weniger als Ballast und Plage. Und wenn sie nachts aus ihrer Fensterluke unter dem Dach schaut und der Vollmond scheint, dann glaubt sie manchmal, ihr Karl sei der Mann im Mond. So fern ist er ihr, ein anderer Planet. Erstaunlich, wie weit sich ehemals vertraute Menschen mit dem Aufdecken eines Vergehens voneinander entfernen können. Manchmal fragt sie sich, ob sie wirklich vierzig Jahre mit Karl zusammengelebt hat. Oder ob sie das nur geträumt hat.

Kapitel 45 • Andrea

Chiemsee, Anfang September

Die Leihfahrräder sind ohne technischen Schnickschnack. Es ist ein sonniger Spätsommertag. Nur ein leichter Wind, der das hohe Schilf zwischen Radweg und offenem See hin und her wiegen lässt, deutet den nahenden Herbst mit seinen Stürmen an.

Andrea und Simon radeln gemütlich um den Chiemsee. Sie haben sich viel zu erzählen. Nach eineinhalb Stunden machen sie an einem Lokal Rast, das Steckerlfische anbietet. Simon erfährt von Andreas Ehe. Sie ist erst seit Kurzem geschieden. Hinter ihr liegt ein Rosenkrieg. Freimütig räumt sie ein, an diesem Krieg nicht unbeteiligt gewesen zu sein. Ihre Ehe ist kinderlos geblieben, obwohl sie sich beide so sehr Kinder gewünscht hatten. Mit den Jahren wuchsen die Spannungen. Ihr Mann ging mehrfach fremd. Aber auch sie war kein Kind von Traurigkeit. Irgendwann waren die Spannungen dann zu stark.

»Dann begann ein Prozess, für den ich mich heute schäme.«

»Wieso schämen?«

»Weil ich begann, seine Schuld aufzuplustern und meine zu bagatellisieren.«

»Das heißt, du hast versucht, ihn zum Alleinschuldigen an eurer Trennung zu machen?«

»Ja, aber er genauso. Heute sehe ich die Stufen auf der Eskalationsleiter. Erst das Bagatellisieren der eigenen Schuld und das Aufbauschen der Schuld des anderen. Dann folgt das Pathologisieren. Man stellt den anderen als jemanden dar, der irgendwo psychisch gestört ist.« Andrea hat jetzt ein gerötetes Gesicht. Man sieht ihr an, wie sie diese Erinnerungen quälen. Sie hat die Scheidung noch nicht verarbeitet.

»Nach dem Pathologisieren kommt das Kriminalisieren«, fährt sie fort. »Das habe ich leider auch bedient. Habe meinen Freundinnen erzählt, ich traue ihm zu, dass er gewalttätig wird.«

»Und das war übertrieben?«

»Wahrscheinlich schon. Aber er hat dann noch die letzte Stufe der Eskalation gezündet.«

»Welche ist das?«

»Das Dämonisieren. Er hat mir ins Gesicht geschrien, ich sei eine Hexe. Vor ein paar Hundert Jahren hätte man mich für mein Verhalten verbrannt, brüllte er.«

»Die Trennung muss für dich ein Trauma sein.«

»Ja, ist es, würde ich sagen. Aber es lässt nach. Zum Glück haben wir keine Kinder. Das hätte die Sache noch viel schwieriger gemacht.«

Sie zahlen, fahren weiter, reden und reden.

Als Simon am Abend nach Berchtesgaden zurückfährt, fühlt er sich glücklich. Es war so ein schöner Tag mit Andrea. Bald kommt sie nach Berchtesgaden. Er will sie seinen Großeltern vorstellen. Das wird nicht so einfach. Vor allem Maria Perlinger hat so ihre eigenen Anschauungen von Beziehung und Ehe, Mann und Frau.

Im Dunkeln setzt Simon sich vor das Austragshäusl des Schönerlehens. Es ist abends schon recht frisch, und er streift sich eine Fleecejacke über. Das Weißbier schmeckt heute besonders gut. Er schreibt Andrea noch eine Nachricht. Komisch, denkt er sich, wir kennen uns kaum und sind uns schon so vertraut. Dass sie zehn Jahre älter ist, juckt ihn gar nicht. Sein Handy leuchtet auf. Andrea hat ihm geschrieben.

Das mit dem Krimi meine ich ernst. ›Mord am Watzmann‹ könnte der erste Band lauten. ›Mord am Kehlstein‹ ein zweiter Band. Und du erlebst sicher noch sehr viel mehr. Komm, Simon, lass uns ein gemeinsames Projekt starten.

Gemeinsames Projekt klingt gut, sagt sich Simon und fragt sich, ob Andrea auch ein anderes Projekt gerne möchte: eine Familie gründen. Sie ist zwar bald vierzig. Aber Kinder bekommen ginge ja wohl noch. Simon war immer der Meinung, eine richtige Familie, das müsse der Himmel sein. Aber die letzte Zeit hat ihn auch zweifeln lassen. Die Familien Gruber, Brunner, Pregler – sie alle sind so zerstritten, im Krieg, zerstört.

Ich kenne mich mit Bücherschreiben nicht aus, antwortet er.

Sie reagiert sofort.

Von wegen, mein lieber Simon, wo gibt es Männer in deinem Alter, die die Liebesromane von Zeruya Shalev lesen? Auch meine Bücher liest du.

Simon hat einen Roman von Andrea in der Hand.

Deine Liebesromane, speisen die sich auch aus deinen Erfahrungen? Er ist gespannt auf Andreas Antwort.

Natürlich. Literatur ist verschriftlichtes Leben. Wer viel erlebt, der hat auch viel zu schreiben.

Simon überlegt kurz, was er antwortet.

Und du willst demnach auch viel erleben, Andrea?

Dieses Mal dauert die Antwort von Andrea etwas. Dann schreibt sie: *Ja, am liebsten mit dir.*

Wie schon öfter schickt sie ihm ein Kuss-Smiley. Er nimmt seinen ganzen Mut zusammen und schickt ihr ein pulsierendes Herz.

Drei Sekunden später macht es bling. Sie hat ihm geantwortet. Ein Herz. Kein pulsierendes. Aber dafür in einem tiefen satten Rot.

Kapitel 46 • Es ist nie zu spät

Berchtesgaden, September

Greta Gruber kandidiert als Spitzenkandidatin für die Grünen bei den Gemeinderatswahlen in Berchtesgaden. Sie hat ihrem Bruder Golo ihre Anteile an der Grubermilch AG verkauft, auch um als Klimaschützerin und Umweltaktivistin glaubwürdig zu sein. Heute erwartet sie in ihrem Berchtesgadener Büro Besuch.

Der Herr heißt Ludwig Perlinger und ist sechsundsiebzig Jahre alt. Früher besaß er eine Schnitzerei in Berchtesgaden. Er wohnt im Schönerlehen in der Engedey und ist seit einiger Zeit sehr an grünen Themen interessiert. Sie hat ihn am Rande einer Demonstration von *Fridays for Future* kennengelernt. Damals hat er sie angesprochen, sie gelobt für ihre Rede und sich bereit erklärt, sich für die Ziele der Grünen einzusetzen. Und das, obwohl ihm dafür zu Hause viel Ungemach vonseiten seiner Frau und deren bester Freundin Kunigunde drohe, wie er freimütig einräumte.

Greta fand den älteren Herrn sympathisch und lud ihn ein, sich einmal ausführlicher auszutauschen. Sie hatte auch mitbekommen, dass Herr Perlinger nach ihrem Treffen einen Mitgliedsantrag bei den Grünen gestellt hat. Jetzt sitzt er ihr gegenüber auf der anderen Seite des Schreibtischs. Er trägt eine graue Filzweste über dem blau-weiß karierten Hemd, dazu Lederhosen und einen Hut mit Gamsbart.

»Herr Perlinger, ich freue mich, dass Sie gekommen sind. Ich habe nämlich einen Anschlag auf Sie vor!« Greta lächelt und merkt im selben Augenblick, wie ernst und finster ihre Gedanken die letzten Wochen waren. Jetzt wird sie etwas Neues anfangen, die Partei und ihre Leib-und-Magen-Themen voranbringen.

»Bevor ich Ihnen mein Anliegen schildere, möchte ich Sie etwas ganz Persönliches fragen.« Sie holt aus, um von Golo und Gernot zu erzählen, aber Ludwig Perlinger winkt schon bald ab.

»Ist mir alles bekannt«, sagt er und greift sich an den weißen Schnauzbart.

»Weil Sie Zeitung lesen oder …«

»Oder was?«

»Oder weil Sie mit dem jungen Polizisten verwandt sind, diesem Simon Perlinger?«

»Beides. Die *Berchtesgadener Zeitung* lese ich seit mehr als fünfzig Jahren jeden Tag. Und ja, der Simon ist mein Enkel.«

»Dachte ich es mir doch.«

»Ja. Ich bin auch Hobby-Chronist von Berchtesgaden und habe herausgefunden, warum sich Ihr Bruder Golo den Kehlsteinlift für sein ominöses Verschwinden ausgesucht hat.«

Der Ortschronist holt weit aus, als er die verwunderten Blicke Gretas sieht. Im Unterschied zu Golo weiß sie wenig von ihren Großeltern Alma und Wilhelm. Vom tragischen Tod ihres Großvaters im Aufzugsschacht auf dem Kehlstein hat sie noch nie gehört. Nur das Stichwort Blutlift kennt sie, das ihr die Großmutter in der Kindheit öfter mit dem Fingerzeig auf den Kehlstein gesagt hatte, ohne es weiter zu erklären.

»Das mit dem Tod meines Großvaters bei den Bauarbeiten hat man bis heute vor mir verborgen gehalten.« Sie zeigt sich sichtlich erschüttert. »Nur Golo war eingeweiht, wie es aussieht. Gernot eher nicht. Sonst hätte er es mir gesagt, als Golos Blutspuren im Lift auftauchten.«

Eine Zeit lang schweigen sie. Dann gibt sich Greta einen Ruck, wechselt das Thema.

»Warum ich Sie zu mir eingeladen habe, Herr Perlinger. Könnten Sie sich vorstellen, für unsere Partei bei den Gemeinderatswahlen anzutreten?«

»Ich? Ich bin doch viel zu alt!«

»Nein, sind Sie nicht! Gerade Sie könnten die ältere Generation für unsere Anliegen gewinnen. Sie wirken, wenn ich das so sagen darf, sehr glaubwürdig. Die Alteingesessenen in Berchtesgaden kennen Sie. Und umgekehrt weiß keiner besser über Berchtesgaden Bescheid als Sie …«

»Sie schmeicheln mir. So kriegen Sie mich nicht«, behauptet Ludwig, obwohl genau das Gegenteil der Fall ist. Ihm tut diese Anerkennung gut. Wenn er an seine Maria denkt, was die für ein Theater macht, weil er nicht mehr wie Generationen vorher die Christsozialen wählt. Da ist es schön, wenn so eine bekannte Unternehmerin und glaubwürdige Politikerin ihn anfragt, ob er mit ihr auf einer Liste kandidieren wolle. Noch eine Weile bearbeitet Greta ihn. Dann gibt er sich geschlagen.

»Na gut, dann setzen Sie mich auf die Liste. Aber ganz hinten hin. Am liebsten auf den letzten Platz.«

Dass ihm das nicht viel helfen wird, um seine Wahl zu verhindern, ahnt Ludwig Perlinger zu diesem Zeitpunkt noch nicht. Einige Wochen später bekommt er die zweitmeisten Stimmen, nur ein paar Dutzend weniger als die Spitzenkandidatin.

Es ist nie zu spät, etwas Neues zu beginnen!

Kapitel 47 • Das große Treffen

Schönerlehen, September

In der Wohnstube von Simons Großeltern. Simon und Maria Perlinger sitzen auf der Bank mit dem von Ludwig geschnitzten Kruzifix im Hintergrund.

»Oma, ich hab eine Freundin.« Simon schaut auf sein Weißbier, seine Großmutter auf ihr Weinglas.

»So, ja das gfreit mi! Hoffentlich nicht so eine Geschminkte wie die aus München, diese Carolin. Wie heißt die Neue denn?«

»Andrea. Ich möchte sie dir und Opa am Sonntag vorstellen.«

»Soll ich einen Schweinsbraten machen? Mit Kartoffelknödeln?«, kommt es postwendend von Maria Perlinger.

»Das wäre genial!« Simon freut sich, wie positiv seine Großmutter reagiert.

»Jetzt sag amoal, Simon, was arbeitet die Andrea denn?«

Simon zögert einen Augenblick. Aber es hilft nichts, sich etwas auszudenken. »Also die Andrea, die ist Schriftstellerin.«

»A Schriftstellerin ist sie? Ja, do schau an. Kann man denn davon leben?«

»Es sieht so aus«, behauptet Simon, obwohl er das gar nicht so genau weiß.

»Was für Bücher schreibt sie denn, die Andrea?« Marias Neugier war schon immer groß.

»Also vor allem so Liebesromane ...«

»Ja, sag einmal, wie kommst du denn an eine Schriftstellerin?«

»Ich hab sie im Café Forstner kennengelernt.« Simon trinkt einen kräftigen Schluck. Er weiß, er kommt um diese Fragen nicht herum, auch wenn sie ihm nicht sehr angenehm sind.

»Aha. Hm. Schriftstellerin also. Das macht aber nix. Reicht ja, wenn einer von euch einen anständigen Beruf hat. Meinst du, sie kann die Kühe übernehmen?«

»Oma«, Simon räuspert sich, »ich will sie euch doch erst mal nur vorstellen. Da geht's doch nicht drum, ob sie unsere Kühe melkt. Bitte, stell keine solchen Fragen am Sonntag.«

»Warum denn nicht? Willst mir einen Maulkorb umhängen?« Maria klingt jetzt eingeschnappt. Aber Simon ignoriert das.

»Oma, ich muss dir noch was sagen. Die Andrea, die ist älter als ich.«

»So! Wie viel älter ist sie denn? Du schaust ja, als wär sie so alt wie ich!«

»Nein, Oma, so alt natürlich auch wieder nicht. Sie wird bald vierzig.«

»Was? Zehn Jahre älter? Sag einmal, willst du keine Kinder kriegen? Ich meine, willst du dir keine jüngere Frau suchen, die noch Kinder kriegt?«

Maria schaut jetzt so lange zu Simon, bis er ihren Blick erwidert.

»Man kann auch noch mit vierzig Kinder kriegen, Oma. Bitte sprich auch das am Sonntag nicht an!«

»Ich woaß net. Und wenn ich alles nicht ansprechen darf, warum stellst sie uns dann vor?«

Simon schaut etwas gequält zu seiner Großmutter.

»Weil ich möchte, dass die Andrea mein Zuhause kennenlernt. Und da gehört ihr beiden nun mal dazu.«

»Passt schon, Simon. Ich mach auf jeden Fall einen Schweinsbraten. Und eine zehn Jahre ältere Schriftstellerin ist alleweil besser als gar keine Frau.«

Simon zögert, ob er das Thema beenden soll, ringt sich dann aber doch durch: »Oma, ich muss dir noch etwas sagen.«

»So. Was kommt denn jetzt noch?«

»Die Andrea, die ist evangelisch.«

Maria schaut, als sei ihr aus Simons Mund der leibhaftige Satan entgegengesprungen.

»Mei«, stammelt sie, »sind denn jetzt alle verrückt geworden? Der Opa geht demonstrieren und kandidiert für die Grünen. Der Enkel will eine zehn Jahre ältere Schriftstellerin heiraten, die zu den Evangelischen gehört. Jesses, Maria und Josef! Allmächtiger! Geht denn die ganz Welt jetzt zugrunde?«

Im selben Augenblick geht die Tür auf, und Marias beste Freundin Kunigunde Pöppel betritt die Wohnstube.

»Kunigunde, jetzt san hier alle narrisch geworden!«

•••

Der Schweinsbraten duftet. Ludwig und Maria Perlinger sitzen auf ihren Stammplätzen am urigen Holztisch in der Wohnstube. Simon und Andrea nehmen die Seitenplätze ein. Andrea zeigt sich interessiert am Hof, am Leben mit den Tieren, an der Geschichte des Ehepaars

Perlinger. Ludwig beantwortet freundlich ihre Fragen. Dann meldet sich Maria zu Wort.

»Was ich Sie fragen wollte, Andrea, könnten Sie sich vorstellen, die Kühe ab und zu zu melken. Und später mal ganz zu übernehmen. Denn …«

Simon schießt das Blut in die Wangen.

»Oma, ich hab dir doch …«

»Lass, Simon«, Andrea hat ihm sanft die Hand auf den Arm gelegt. »Ich kann mir das gut vorstellen, Frau Perlinger. Allerdings noch nicht jetzt. Erst mal abwarten, wie sich die Dinge entwickeln.«

Maria Perlinger schaut zufrieden aus.

»Will noch jemand einen Kartoffelknödel?«

Epilog

Untersuchungsgefängnis München-Stadelheim,
Weihnachten

Acht Quadratmeter ist meine Zelle groß. Einen größeren Gegensatz zum Himalaja gibt es nicht. Hier diese Enge, von der ich Platzangst bekomme. Dort das Dach der Welt, so unendlich weit und offen.

Ich bin gescheitert.

Diese Gruber-Schweine wollten nicht mehr zahlen.

Jetzt ist einer von ihnen tot, und ich bin deswegen hier.

Wenn ich mit fünfzehn Jahren Haft davonkomme, bin ich bei der Entlassung dreiundsiebzig. Dann habe ich kein Training mehr, keine Muskulatur, kein Geld für den Everest. Für immer ist dieser Traum gestorben.

Manche haben alles Glück der Erde. Und Leute wie ich haben eben Pech.

Anmerkung des Gefängnisseelsorgers

Diesen Zettel habe ich in der Zelle von Karl B. gefunden. Er hat sich mit Schnürsenkeln an einem Scharnier der Zellentür erhängt. Bei der Trauerfeier habe ich seine Frau Jana und seine Söhne kennengelernt. Sie waren alle drei sehr erschüttert. Aber Jana hat auch von einem hoffnungsvollen Neuanfang auf einem Bauernhof erzählt. Klaus hat Beruf und Wohnort gewechselt, weil ihm der Kehlstein mit seinem Lift an zu viel Schreckliches erinnert. Er ist jetzt Elektriker bei den Stadtwerken in München. Patrick war sehr still. Soweit ich weiß, reinigt er Rohre im Berchtesgadener Land. Ich habe das Gefühl, in dieser Familie hat man wenig miteinander geredet. Die Probleme blieben unter der Oberfläche verborgen. Deswegen hatte die Familie für alle Beteiligten etwas von der Hölle. Dabei kann Familie, wenn ich das hier einflechten darf, auch der Himmel sein. Man muss allerdings etwas dafür tun.

DANK

Denen ich in *Mord am Watzmann* gedankt habe, danke ich auch hier. Viele Menschen in Berchtesgaden und Umgebung haben mich beraten und mir so viel Wissens- und Liebenswertes über Land und Leute erzählt. Stellvertretend möchte ich hier Regina und Matthias vom Schoberlehen nennen, deren Beziehung zu ihren »Mädels«, den Kühen, mich fasziniert. Wenn jemand Parallelen zwischen dem Schönerlehen in diesem Buch und dem Schoberlehen entdeckt, nenne ich das gut beobachtet.

Außerdem danke ich meiner wunderbaren Lektorin Julia Krug-Zickgraf und dem großartigen Team des Servus Verlags sowie meiner immer mit bestem Rat zur Seite stehenden Agentin Franka Zastrow.

Danken möchte ich besonders den Menschen, die in einer persönlich sehr schwierigen Zeit für mich da waren.

Widmen möchte ich das Buch dem Berchtesgadener Gymnasiasten Rudi Sack. Seinen Einsatz für geistig behinderte Menschen bewundere ich. Sein ansteckendes Lachen und seine Lust am Theaterspielen vergesse ich nicht. Er ist unerwartet gestorben.